KB063090

순정복서

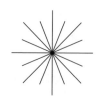

# 춘정복서

추종남 지음

## 차례

# 천재 소녀의
# 등장

단 한 번의 패배도 없이 세계 프로 복싱 8체급을 석권한 살아 있는 전설 에스토마타. 그에게 한국은 일본으로 가는 경유지에 불과했다. 한때 많은 세계 챔피언을 보유한 적도 있었지만 지금은 복싱의 불모지가 되어버린 작은 나라. 별 기대 없이 한국을 방문한 에스토마타는 공항을 가득 채운 팬들의 환호와 기자들의 열띤 취재 경쟁에 어리둥절한 모습이었다.

"복싱이 아니라, 챔피언 당신의 팬입니다."

행사를 주최한 나이키 관계자는 에스토마타와 컬래버한 한정판 운동화가 높은 가격임에도 완판됐다는 소식을 전했다. 기자회견과 팬 사인회로 이어지는 빠듯한 일정을 소화하는 동안 에스토마타의 얼굴에선 미소가 떠나지 않았다. 복싱 유망주들과의 만남이 준비된 체육관으로 향할 때는 "한국을 영원히 사랑하겠다"라는 말을 남기기도 했다.

트레이닝복 차림의 에스토마타는 섀도복싱을 선보였다. 잠시도 쉬지 않는 현란한 풋워크가 링 위를 휘저었고, 빠른 펀치가 허공을 갈랐다. 복싱 유망주들은 챔피언의 동작에 감격과 탄성으로 반응했다. 체육관은 신흥 종교단체의 부흥회장 같았다.

에스토마타는 챔피언이자 세계적 스타였다. 그는 대중의 열광에 부담이 아닌 흥분을 느꼈고 기대보다 큰 결과를 내놓을 줄도 알았다. 섀도복싱으로 몸을 푼 그는 통역사를 불러 유망주들의 원 포인트 레슨을 자청했다. 먼저 가볍게 펀치를 주고받았다. 앳된 얼굴의 선수들은 세계 챔피언에게 펀치를 뻗었다는 사실만으로도 흥분한 모습이었다. 단 한 명, 행렬 속에 서 있는 이권숙만 빼고.

짧은 머리 때문에 미소년처럼 보이지만 권숙은 유일한 여자였다. 국가대표를 은퇴하고 프로로 전향해 데뷔전을 기다리는 열여덟의 그녀는 에스토마타의 움직임에 감탄하는 대신 매서운 눈초리로 분석했다. 지도를 겸한 스파링이 시작되자 권숙은 코치이자 아버지인 철용의 지시를 받고 링에 올랐다.

"진짜 때려도 돼요?"

결의에 찬 표정으로 도발하는 권숙을 보며 곳곳에서 실소가 터져 나왔다. 소녀의 용기에 감탄한 에스토마타가 들어오라고 손짓했다. 스파링 시작 벨이 울리자마자 권숙이 저돌적으로 달려들며 레프트 잽을 던졌다. 챔피언은 겁 없는 소녀가 그저 귀엽다는 표정으로 몸을 살짝 틀었다. 작은 주먹쯤이야 간단히 피할 수 있다며 미소 짓는 순간, 권숙의 라이트 어퍼컷이 그의 가슴 밑으로 파고들었다. 펀치는 작은 포물선을 그리며 빠르게 턱 끝에 닿았다. 에스토마타의 눈에 들어온 것은 높은 천장이었다.

체육관은 침묵에 휩싸였다. 세계 챔피언이 링 한가운데 뻗어 일어나지 못하고 있었다. 중립 코너로 돌아온 권숙은 멍하니 서 있는 심판에게 말했다.

"카운트 안 해요?"

완벽한 녹다운, 카운트는 필요 없었다. 날벼락을 목격한 행사 관계자들은 현장에 있던 사람들에게 에스토마타의 장난 섞인 깜짝쇼라고 설명했다. 하지만 그날 밤 유튜브에 '이권숙 폼 미쳤다'라는 영상이 올라왔고 BTS 뮤직비디오가 세운 기록을 돌파했다. 위대한 챔피언의 굴욕적인 첫 패배가 세상에 알려졌다.

에스토마타는 그날 일을 다시는 입에 담지 않았다. 다만 오랜 시간이 흐른 뒤 은퇴 기자회견에서 이렇게 말했을 뿐이다.

"스티브 첸(유튜브 공동 창업자)을 KO시키지 못한 것이 가장 아쉽다."

복싱을 완벽하게
그만두는 법

1

커다란 주먹이 테이블을 힘껏 내려쳤다. 스포츠 마케팅 전문 업체 S&P 회의실에 무거운 침묵이 내려앉았다. 기획팀 직원의 상품 개발 계획을 듣는 순간 표정을 구긴 축구선수 김민세가 폭발한 것이다.

"누가 이따위 기획을 했죠?"

직원들의 시선이 한곳으로 향했다. 구겨진 와이셔츠 곳곳에 피로를 묻힌 채 심드렁하게 앉은 남자가 있었다. 이따위 기획을 한 장본인이자 민세의 반응은 걱정하지 않아도 된다고 큰소리 친 김태영이다.

"뭐야, 형이 내 이름으로 도시락 만들자고 한 거야?"

고함을 지르는 민세의 목소리가 갈라지기 시작했고 억누르지 못한 화는 표정으로 쏠렸다. 벌겋게 달아오른 얼굴로 죽일 듯이 노려보는 민세를 응시하던 태영이 그제야 입을 열었다.

"대체 뭐가 문젠데?"

민세는 지난달 예능 프로그램에 출연해 식단 관리를 철저히 한다며 직접 만든 도시락을 공개했다. 균형 잡힌 영양에 식욕을 자극하는 비주얼은 방송 후 큰 화제가 됐다. 태영은 즉시 대기업 편의점과 접촉해 도시락 사업을 제안했다. '#김민세도시락'을 검색하면 유튜브, 인스타, 블로그 등에 직접 만들어봤다는 인증샷이 넘쳐났다. 편의점은 발 빠르게 제품 기획에 들어갔다. 물론 언제나처럼 선수와의 상의는 생략한 태영의 독단적 결정이었다.

"운동선수가 무슨 도시락이야. 형, 내 에이전트 맞아?"

"누가 너보고 직접 팔래? 상품화 모르냐. 회사가 다 알아서 만들고 팔 테니까 걱정 마. 반응 좋으면 밀키트, 삼각김밥, 샐러드도 출시하고 광고도 찍고 그러자고. 그리고 인마, 내가 회사에선 피엠(PM)님으로 부르라고 했지. 너는 왜 공과 사가 없냐. 따라 해봐. 프로젝트 매니저, 피엠님!"

"에이씨, 피엠님! 나 쪽팔려. 스포츠용품도 아니고 도시락이 뭐냐고. 피엠님, 나 그냥 축구선수 아니고 국가대표잖아요. 몰라?"

길길이 날뛰는 민세를 지켜보던 태영이 나지막이 말했다.

"네가 언제까지 국가대표일 거 같냐? 너 무릎 아직 안 좋은 거 한 경기만 뛰어도 바로 들통나. 수술이든 재활이든 이번 시즌은 망쳤고, 다음 시즌에 더 잘할 거란 보장이 있어?"

얼굴빛이 달라진 민세가 태영의 눈을 피하며 대답했다.

"무릎이 부서져도 뛸게요. 축구선수가 그라운드에서 죽으면 되지."

"자존심을 자부심으로 착각하지 말라고 했지. 그라운드에서 쓰러지는 건 영광이 아니라 민폐야. 하고 싶은 거 말고 할 수 있는 일을 해. 무릎 부서져서 은퇴하면 뭐 먹고살 건데. 팔릴 때 보험 들어놔라."

민세가 고개를 떨궜다. 태영이 팀원들에게 말했다.

"도시락 발주하라고 해. 고생한 보람 좀 느껴보자."

그러고는 민세의 어깨를 두드리며 덧붙였다.

"네 음식 맛있잖아, 자신감 가져."

얼마 후 회의실에서 나오는 태영을 보며 팀장이 말했다.

"너 꼴이 그게 뭐냐. 목에 때 낀 거 안 보이냐. 그리고 옷도 좀 어떻게 해라. 네가 지나갈 때마다 땀내에 꼬랑내가 진동해서 사무실 공기가 변해."

태영이 낮은 신음을 토해내며 팀장의 손을 쳐냈다.

"클라이언트 미팅도 아닌데 멋은 뭐 하러 내. 이거 기획안 때문에 밤샌 티 내는 거예요. 민세 저 새끼는 피곤하냐고 묻지도 않네, 서운하게."

"저렇게 싫다는데 꼭 해야겠어? 무릎 수술 잘되면 재기할 수도 있잖아."

"재기도 김희원급은 돼야 성공해요."

"김희원 선수 복귀 정해졌어?"

"이제 곧 할 거예요."

태영이 목소리에 힘을 실으며 말했다. 스스로에게 다짐하듯.

"김희원한테 쏟는 정성 반의반만 민세한테 줘봐라."

"지금 내가 민세 돕는 거 안 보여요? 쟤는 부상이 문제가 아니에요. 체력도 많이 떨어져서 예전 기량으로 못 돌아가요. 이걸 제일 잘 아는 게 저 자식이고요. 아무튼 김민세는 스포츠 매니지먼트 정리하고 엔터 쪽 개척하는 방향으로 갑니다."

"그럼 민세는 미디어팀에서 전담하면 되겠네. 대신 너는 선수 하나가 비니까……."

"민세 빼도 10명이에요."

"아무리 생각해도 너밖에 없다."

"팀장님이 찍은 애들 좀 보세요. 이런 싹은 정성 들여도 콩나물이에요."

"이권숙."

이름 석 자가 태영의 앞에 던져졌다. 에스토마타를 쓰러트린 이름을 흘려들을 수는 없다. 유튜브 영상 조회 수가 올라갈수록 대중은 권숙에게 열광했다. 얼마 후 열린 그녀의 프로 데뷔전은 무려 20여 년 만에 공중파에서 프로 복싱을 중계하는 새 역사를 썼다. 경기 티켓은 오픈하자마자 매진됐다. 복싱이 비인기 종목인데다 여자 선수층이 얕아 데뷔전은 일본 선수와 치렀다. 세계 상위 랭커와 맞붙은 권숙은 1라운드 시작과 동시에 통쾌한 펀치를 날리며 상대를 KO로 눕혔다. 압도적 승리는 그녀가 에스토마타를 쓰러트린 게 우연이 아님을 증명했다. 여기에 아시안게임, 올림픽, 세계선수권대회를 석권하며 한국 여자 아마추어 복싱 최초 그랜드슬램을 달성했던 기록이 알려지자 대한민국은 복싱 천재의 탄생에 흥분했다.

천재의 등장은 세상을 바꾼다. 특히 스포츠에서의 영향력은 절대적이다. 수영의 박태환, 피겨스케이팅의 김연아가 그러했던 것처럼 권숙은 비인기 종목인 복싱을 바꿔버렸다. 복싱 체육관은 회원들로 북적거렸고, 초등학생 사이에서 목에 글러브를 매고 다니는 것이 유행했다. 복싱은 예능 단골 아이템이 됐고 서점의 베스트셀러 코너에는 복싱 관련 서적이, 영화 투자사에는 복싱 영화 시나리오가 눈에 띄었다. 어느새 복싱은 유행이 아니라 트렌드였다.


"은퇴했잖아요."

태영이 말했다.

권숙은 아마추어 시절부터 쌓아온 무패 전설을 이어가며 단숨에 세계 챔피언 타이틀매치로 직행했다. 그러나 경기를 앞두고 투병 중인 어머니가 사망했다. 그대로 잠적한 권숙은 경기 당

일에도 모습을 드러내지 않았고 며칠 후 은퇴를 선언했다. 천재의 등장으로 봄이 찾아왔던 복싱은 권숙의 퇴장과 함께 허무한 끝을 맞이했다.

"이권숙이 직접 복귀하겠다고 한 거예요?"

태영이 연거푸 질문을 던졌다.

"협회에서 의뢰를 받았어. 복귀 교섭부터……"

"준비 안 됐을 확률이 높아요."

"조건이 좋아. 이권숙에 대한 전권 위임은 기본이고 협회가 무조건 편의를 봐주겠대. 이권숙을 링에 세우는 게 유일한 조건이야."

"그새 실력이 녹슬었으면요?"

"넌 왜 이렇게 의심이 많냐. 확인해 보면 되잖아."

잠시 고민하던 태영이 말했다.

"까짓거 실력 파악해 보죠. 여전하면 데려오고, 아님 버리고."

어쨌거나 이권숙이니 확인해 볼 가치는 충분했다.

"지금 어디에 있대요? 제가 찾아야 해요?"

"위치는 파악됐어. 호동 유치원."

"유치원이라."

무의식적으로 팀장을 따라 말하던 태영이 화들짝 놀라 되물었다.

"유치원이요?"

## 2

아이들은 통제 불능이었다. 우르르 몰려다니고 소리 지르며 유치원을 휘젓고 있는데 교사들은 아직 등원 차량 운행에서 돌아오지 않았다. 먼저 도착한 보조교사만이 진땀을 흘리며 아이들의 뒤를 쫓았다. 아직 초보 티를 벗지 못한 그녀는 아이들이 다치기라도 할까 전전긍긍하다 문틀에 발을 찧거나 미끄럼틀에 이마를 부딪쳤다. 아픈 듯 찡그린 표정으로 어깨에 닿은 머리칼을 가지런히 모아 올리자 얼굴이 드러났다. 천재 소녀, 이권숙이었다. 트렁크 팬츠와 브라톱 대신 동물 캐릭터가 그려진 앞치마를 두른 그녀는 파이터의 비장함 대신 사회 초년생의 얼뜬 얼굴이었다.

권숙이 머리칼을 묶는 동안 아이들은 눈빛을 주고받았다. 아람이가 "돌격억!" 하고 외치자 꼬맹이들이 앞다퉈 권숙에게 달려들었다. 권숙은 갑작스러운 공격에 휘청거리는가 싶더니 금세 양발을 앞뒤로 벌려 자세를 낮췄다. 링 위에 선 듯한 모습이었다. 아이들의 집요한 공격에도 권숙은 흔들리지 않았다. 다섯 살에 복싱을 시작해 15년을 링 위에 붙어 있던 다리였다. 권숙은 씩 웃으며 잽을 날리듯 아이들의 머리 위에 가벼운 꿀밤을 날렸다. 순식간에 당한 아이들은 더 큰소리를 내며 습격했다. 때마침 교사들이 돌아왔고 제풀에 꺾인 아이들은 주저앉았다.

"감사히 먹겠습니다."

배식을 받은 아이들은 허겁지겁 숟가락을 들었다. 넘쳐나는 에너지를 주체하지 못하는 아이들을 영리하게 움직여 점심시간 전에 녹초로 만든 덕이었다. 오후는 자유 놀이와 낮잠 시간이 있어 수월했다. 아이들이 하원 차량을 기다리는 지금은 교사들도 잠시 숨을 돌리는 시간이다. 보조교사 권숙은 조용히 탕비실로 갔다. 쉴 틈 없는 잡무에 지칠 만도 한데 웃는 얼굴로 교사들에게 커피를 건넸다. 그들은 촌스러운 이름 대신 '이유리'로 개명한 자신을 의심 없이 받아들였다. 어쩌면 알고도 모른 척하는 것일 수도 있다. 그래도 자신과 복싱을 연관 짓지 않는다는 사실만으로도 충분했다.

"유리쌤, 소개팅할래?"

권숙의 모태 솔로 고백 후 교사들이 소개팅을 주선했지만 번번이 거절했다. 핑계는 언제나 애프터조차 받지 못한 첫 소개팅이었다. 소개팅 직후 주선자로부터 "상대가 권숙이 너랑 같이 목욕탕에 가고 싶다더라"라고 전해 들은 사정은 숨기고 남자 앞에만 서면 빨갛게 달아오르는 얼굴 때문에 소개팅을 망쳤다며 거짓말을 했다.

"내 친구가 자기 카톡 프로필 보더니 소개해 달라고 난리야. 유리쌤이 숫기가 없어서 거절할 거라고 했는데도 한 번만 더 물어봐 달래. 내 친구 사진 볼래?"

교사가 내민 핸드폰에는 깔끔하고 다부진 인상의 남자가 웃고 있었다. 나쁘지 않았다. 하지만 권숙에겐 소개팅을 거절해야 할 분명한 이유가 있었다.

"죄송해요. 저 사실 좋아하는 사람이 있어요."

"누구, 부원장?"

교사가 창가 쪽으로 눈짓을 보냈다. 창밖에는 부원장 한재민이 있었다. 원장 아들로 유치원 홍보와 경영을 담당하는 재민은 오후에나 어슬렁거리며 출근했다.

"자기가 맨날 부원장 훔쳐보는 거 다 알아. 뭐 잘생겼고 옷도 잘 입긴 하지. 근데 스물일곱이나 먹고도 엄마 밑에서 꿀 빠는 도련님밖에 더 돼? 거기다 은근히 사람 무시한다니까. 차라리 내 친구를 만나."

지난겨울 아르바이트하던 카페에서 잘린 권숙은 호동 유치원 보조교사 구인 공고를 발견했다. '차분한 성격'과 '일을 배워갈 초보자 우대'라는 조건에 끌려 이력서를 냈다. 면접을 보러 오라는 말에 권숙은 평범한 직장인처럼 보이고 싶어 치마를 입고 구두까지 꺼내 신었다. 원장실 근처에서 서성거리던 중 "무슨 일로 오셨나요?"라며 묻는 목소리에 뒤돌아본 순간 숨이 멎었다. 섬세한 이목구비와 하얀 얼굴, 부드러운 갈색 머리카락에 크림색 스웨터가 어울리는 남자가 서 있었다. 순정 만화를 찢고 나온 듯한 남자의 얼굴을 넋 놓고 바라보던 권숙에게 그는 자신이 부원장이라며 기다리고 있었다고 말했다.

면접은 엉망이었다. 무료한 표정으로 턱을 괴고 앉아 이력서를 뒤적이는 재민을 쳐다보느라 대답은 늦었고, 말도 안 되는 단어만 튀어나왔다. 그런데도 보조교사로 채용됐고 그렇게 일한 지 어느덧 반년이 지났다.

그날 이후 권숙의 머릿속은 재민이 차지했다. 그의 사소한 행동까지 관찰하며 몰래 마음을 키웠다. 사람을 무시한다는 교사의 말처럼 재민은 한결같이 무심했지만 권숙은 그 속에 숨은 다정함을 알고 있었다. 자신이 실수할 때마다 고개를 살짝 끄덕이는 재민의 작은 몸짓에서 수많은 메시지를 읽었기 때문이다.

'잘하고 있어요. 힘내요. 늘 응원하고 있어요. 제가 늘 지켜볼게요……'

재민의 조용한 배려를 느낄 때마다 가슴에서 희망이 자라났다. 때때로 재민은 권숙이 혼자 있을 때 경계를 허물고 들어와 친밀하게 말을 걸기도 했다.

"뭘 그렇게 보고 있어요?"

홀로 유치원 마당 한구석을 서성일 때도 그랬다.

"여기에 꽃을 심으면 예쁠 거 같아서요."

"무슨 꽃이요?"

"지금 씨를 뿌리면 여름이나 돼야 꽃이 피니까 샤스타데이지나 마리골드도 좋고, 한련이나 백일홍도 괜찮을 거 같아요."

"꽃 이름이 어렵네. 그래도 백일홍은 알아요."

재민이 핸드폰으로 백일홍을 검색했다.

"꽃말도 좋네, 인연. 학부형들이 보면 좋아하겠죠?"

개량을 거듭해 잡초에서 꽃이 된 백일홍의 꽃말은 분분했다.

재민의 말처럼 인연이기도 했고, 떠나간 친구를 그리워한다는 뜻으로 불리기도 했으며, 누군가는 행복이라 말했다. 하지만 그날부터 권숙에게 백일홍의 꽃말은 인연이었다. 재민은 원장에게 유치원에 화원을 조성하자는 의견을 냈고, 권숙이 담당하게 됐다. 한 평 남짓한 땅에 심은 권숙과 재민의 비밀은 여름날 고개를 들었다. 백일홍은 하얀빛으로, 붉은빛으로, 분홍빛으로 두 사람의 인연을 만들어주었다. 권숙은 백 일 동안 피운 꽃이 지는 날 고백하기로 했다.

최근 재민이 유치원에서 가장 많은 시간을 보내는 곳은 화원이다. 오늘도 그곳에서 생각에 잠긴 재민을 바라보던 권숙은 커피를 챙겨 화원으로 향했다. 그때 아람이가 불쑥 나타났다.

"보조쌤, 궁금한 게 있어요."

아람이라면 갑자기 덤벼들지도 모른다는 생각에 커피잔을 쥔 손에 바짝 힘이 들어갔다.

"뭔데?"

"아기는 어떻게 생겨요?"

권숙이 움찔했다. 간신히 균형을 잡은 덕에 커피를 쏟진 않았지만 이젠 권숙의 가슴이 일렁이고 있었다. 어느새 아이들이 모여들었다. 권숙은 짐짓 여유 있는 미소로 대답했다.

"다리 밑에서 주워 오지."

돌아온 것은 아이들의 싸늘한 시선뿐이었다.

"그…… 그러니까 사랑! 사랑을 하면 아가가 생겨!"

의심 가득한 눈빛은 여전했다. 아람이가 짓궂게 웃으며 옆에 서 있는 예린이의 어깨에 팔을 둘렀다.

"그럼 우리도 사랑하면 아기 만들 수 있어요?"

"그러니까 사랑이라는 건, 남자하고 여자하고……"

머릿속에는 끈적끈적한 장면만 떠올랐다. 권숙은 아이들 눈높이에 맞는 단어를 생각하느라 입술을 더덜거렸다.

"안녕하세요."

이제 막 출근하는 재민이 인사를 건넸다. 그제야 권숙은 화원을 서성이던 사람이 재민이 아니라는 사실을 알아챘다. 멋대로 유치원에 들어온 낯선 남자는 종종걸음으로 사라졌다.

그때였다. 권숙이 한눈파는 순간을 놓칠 리 없는 아이들이 온 힘을 다해 달려들었다. 예상 못 한 공격에 권숙은 힘없이 무너졌다. 유치원 바닥이 꺼질 듯 큰 소리가 울렸지만 재빨리 커피잔을 자신의 몸쪽으로 기울인 덕분에 아이들은 모두 무사했다. 뜨거워서 어쩔 줄 모르는 권숙을 보며 아이들은 드디어 보조쌤을 점령했다며 기쁨의 함성을 질렀다.

"조심 좀 하세요. 애들 다치면 어쩌려고 그래요."

곁을 지나던 재민이 권숙을 내려다보며 말했다. 보는 눈이 많으니 손을 내밀어 주진 못해도 저렇게 차가운 눈빛을 보낼 필요는 없었다.

"보조쌤 괜찮아요?"

아람이 쪼르르 달려와 물었다. 유치원의 공식 앙숙 관계인 아람이도 이렇게 걱정해 주는데 쌔한 재민의 뒷모습이라니. 미동조차 없는 권숙을 보며 심상치 않은 분위기를 파악한 아이들은 보조쌤이 죽을지도 모른다며 울먹거렸다. 한바탕 소동에 교사들이 달려와 권숙을 일으켜 세웠다.

"유리쌤, 괜찮아? 다행히 화상은 안 입겠네. 저 인간이 저래요. 사람이 넘어졌으면 좀 도와줘야지. 이래도 저 자식이 좋아?"

"그만 하세요."

"나쁜 남자는 좋아할 게 아니라 물어 버려야 돼."

"저 부원장님 안 좋아해요. 진짜 싫어요!"

유치원의 이목이 권숙에게 집중되었다. 앞서가던 재민도 뒤돌아봤다. 그러나 그는 관심 없다는 듯 원장실로 들어갔다. 그 모습을 바라보던 권숙은 혼잣말처럼 힘없이 중얼거렸다.

"정말요."


소개팅 장소로 유명한 이탈리안 레스토랑은 어색한 남녀들로 가득했다. 하지만 권숙의 건너편에 앉은 남자는 달랐다. 그는 권숙에게서 눈을 떼지 못했다. 반면 권숙은 고개를 살짝 떨군 채 원피스에 일어난 보풀을 만지작거리며, 속으로 옷을 잘못 골랐다는 후회만 되풀이했다.

상대는 재민과 같은 27세로 시원한 인상의 호남이었다. 그는 기어들어 가는 목소리로 말하는 권숙의 이야기를 가만히 들어 주거나 분위기가 어색해지면 조심스레 질문했다. 음식이 나오자 남자는 권숙의 접시를 가져가 스테이크를 한입 크기로 썰어 주었다. 그제야 상대가 권숙을 소개시켜 달라며 엄청 졸랐다는 말이 떠올랐다. 그래, 이번 소개팅은 다르다. 권숙은 스테이크 한 조각을 조심히 입에 넣었다.

"맞네! 은솔이가 하도 아니라고 해서 내가 잘못 본 줄 알았는데. 이권숙 선수 맞죠?"

권숙의 표정이 카운터펀치를 맞은 듯 일그러졌다.

"저 완전 팬이에요. 유튜브 조회 수 1,000 정도는 내가 올렸을걸요. 진짜 대박이다."

남자는 경박스럽게 '선수 이권숙'에 관해 물었다.

"언제 복귀해요?" "에스토마타랑 리벤지 매치 안 해요?" "펀치볼 점수는 몇이나 나와요?"

권숙은 아무 대답도 하지 않았다. 남자는 아랑곳하지 않고 유튜브 영상을 불쑥 내밀었다. 링 위에 선 자신의 모습은 여전히 끔찍했다. 더는 참을 수 없던 권숙이 자리에서 벌떡 일어섰다.

또 실패다.

"어, 잠깐만요. 사진 한 장만 같이 찍으면 안 돼요?"

남자가 재빨리 권숙의 옆으로 와 어깨에 팔을 둘렀다.

"친해 보이게 고개를 조금만 왼쪽으로, 오케이?"

핸드폰 속 얼굴은 실망을 감추지 못해 눈꼬리가 축 늘어져 있었다. 못난 얼굴이, 비참한 오늘이 기록되는 게 싫었다. 소개팅을 주선한 교사 때문에 상대를 뿌리치지 못한 권숙은 눈을 질끔 감았다.

"당신 뭐야?"

셔터음 대신 무언가 바닥에 떨어지는 소리가 들렸다. 눈을 뜨자 낯선 남자가 보였다. 떨어진 핸드폰을 주운 상대는 덩치 큰 남자에게 차마 덤비지 못하고 씩씩거리며 콧바람만 쏟아냈다.

"무례한 인간에게까지 매너를 지킬 필요는 없어요."

낯선 남자가 손을 내밀며 말했다. 잠시 망설이던 권숙은 커다란 손을 잡았다. 이 남자가 누구든 상관없다. 지금은 여기서 벗어나고 싶었다. 레스토랑을 나온 권숙은 남자를 바라보았다. 까칠한 피부와 선이 굵은 인상, 언젠가 본 적 있는 얼굴이었다.

"김태영이라고 합니다."

남자가 명함과 함께 악수를 건넨다. 이름보다 '스포츠 에이전트'라는 글자가 먼저 눈에 들어왔다. 그는 복싱 협회와 국민이 간절히 원하는 복귀를 위해 왔다며 계약서를 내밀었다.

"저희가 제시할 수 있는 조건은 복귀 후 3년, 총 10경기의 매니지먼트입니다. 시합은 물론 스폰서, 광고, 상품 개발, 커리어까지 선수님에 관한 모든 것을 관리할 생각입니다. 복싱이 비인기 종목이긴 하지만 이권숙이라는 브랜드를 믿고 높게 책정했……."

"우리 오늘 처음 보는 거 아니죠?"

권숙이 마침내 태영을 기억해 냈다. 유치원에서 재민으로 착각했던 사람, 며칠 전부터는 자신이 사는 고시텔을 얼쩡거리기 시작한 사람이었다.

"선수님의 컨디션을 파악하려던 것인데 불쾌했다면 사과하겠습니다."

태영은 말허리를 자르고 들어온 권숙의 추궁을 부정하거나 변명하지 않았다. 화를 억누른 권숙이 되물었다.

"그래서 지금 제 컨디션은 어떤가요?"

"유치원에서 일해도 체력은 선수 시절만큼 성실히 관리하시더군요. 언제든 링으로 돌아갈 준비를 하는 것처럼 보였습니다."

"이봐요, 저기 보여요?"

다정하게 앉아 있는 창가의 연인을 가리키며 권숙이 말했다.

"지금 내가 원하는 건 복싱이 아니라 연애예요. 근데 그쪽 때문에 다 망쳤어요."

"저 때문에요?"

잠시 말이 없던 태영이 웃음을 터트렸다.

"아, 내가 실수를 했네. 미안해요. 난 그게 튕기는 건 줄 몰랐어요. 알았다면 잘되게 도와줬을 텐데."

너털웃음을 짓는 태영을 보니 이제는 저런 꼬질꼬질한 아저씨까지 자신을 우습게 여기는 것 같았다.

"미안합니다. 내가 그 친굴 만나서 사정을 설명하고 사과할게요. 두 사람 다시 잘될 수 있게 어떻게든 해볼게요."

"그럴 필요 없어요."

자신이 이권숙이라는 사실을 아는 사람과 더는 엮이고 싶지 않았다.

"아무튼 오늘 일은 고맙습니다. 그런데 협회에는 절대로 복귀 안 한다고 전해 주세요."

권숙이 자리에서 일어났다.

"이권숙 선수!"

태영이 다급히 권숙의 어깨를 잡았다. 순간 근육 속에 켜켜이 쌓인 권숙의 무의식이 작동했다. 한 발을 지탱한 채 빠르게 회전한 몸은 태영을 향한 힘찬 라이트 스트레이트 펀치로 연결됐다. 태영의 미간 앞에서 멈춘 주먹을 꽉 쥔 권숙이 소리쳤다.

"안 해요, 절대 안 해! 복싱 때문에 우리 엄마가 죽었어요."

잠깐의 정적 후 태영이 털썩 주저앉았다. 발끝에서 시작된 떨림은 온몸으로 번졌다. 권숙의 펀치에 태영의 반사신경이 이제야 반응한 것이다. 이 광경을 목격한 사람들이 웅성거리기 시작하자 권숙은 도망치듯 카페를 나왔다.


두 평 남짓의 창도 없는 고시텔은 낮인지 밤인지 분간할 수 없을 만큼 컴컴했다. 눈을 뜬 권숙은 시계를 보지 않아도 지금이 새벽 5시라는 것을 알고 있다. 15년 동안 한결같던 그녀의 기상 시간이니까. 이불 속에서 가만히 눈만 껌뻑거렸다. '너무 이른 시간이야. 조금만 더 자자…….' 눈을 감고 주문을 외듯 다시 잠을 청했지만 5분도 지나지 않아 눈을 떴다. 다리 근육이 조각조각 배곯음을 하듯 허기를 채워달라고 욱신거렸기 때문이다. 뛰어야 고통이 사라지는 것은 권투의 저주였다.

얼마나 달렸을까. 권숙이 신경질적으로 허공에 두어 번 펀치를 뻗었다. 그제야 머릿속을 맴돌던 아빠의 목소리가 부서져 흩어졌다. 선수 시절 아빠에게 하루쯤 로드워크를 쉬자고 투정을 부리면 그런 말은 꺼내지도 말라는 퉁명스러운 대답만 돌아왔다. 한동안 잊고 지냈던 아빠가 다시 생각난 건 며칠 전 만난 김태영이라는 인간 때문이었다. 그날 이후 태영은 자신의 주변을 맴돌고 있다. 권숙은 태영의 자동차 옆을 지날 때면 달리는 속도를 높였다.

"안녕하세요."

권숙이 노부부에게 인사를 건넸다. 중풍을 앓고 있는 할머니와 그녀를 부축해 주는 할아버지였다. 매일 같은 시간 마주치는 두 사람 덕분에 요즘에는 로드워크가 외롭지 않았다. 힘겹게 한 발을 떼는 할머니의 걸음은 제자리에 머무른 듯 느렸지만, 할아버지는 아내의 두 손을 마주 잡고 묵묵히 다음 걸음을 기다렸다. 권숙에게도 그런 사람이 필요했다. 더 빠르고 강해지라고 재촉하는 대신 옆을 지키며 함께 걸어줄 사람이.

"앞 안 보고 뛰면 다친다."

귀에 익은 목소리와 함께 커다란 손이 권숙의 팔꿈치를 잡았다. 트레이닝복 차림의 태영이 어느새 옆에서 보조를 맞춰 뛰고 있었다. 권숙은 놀란 마음을 숨기고 태영을 앞질렀다. 지지 않겠다는 듯 태영도 속도를 높였다.

"습관이란 게 참 무서워. 복귀할 마음도 없는데 아침마다 뛰게 만들잖아. 나도 왕년에 야구선수 생활 좀 해서 이 짓이 얼마나 힘든지 잘 알지."

"왜 오늘은 돈 얘기 안 해요? 많이 주겠다고 꼬셔 봐요. 100억을 준대도 절대 안 할 거니까."

은퇴 후 그녀를 찾아온 에이전트만도 여럿이었다. 모두 복귀만 하면 최소 10억이라며 권숙을 링으로 돌려보낼 궁리만 했다. 그들에게 권숙은 선수가 아닌 상품이었다. 그녀의 생각이나 진심은 중요하지 않았다. '어떻게 그만둔 복싱인데……' 이런 속물들의 말에 넘어가 다시 시작할 생각은 없었다.

"날씨도 이렇게 좋은데 기분 잡치게 무슨 돈 얘기야. 그냥 같이 뜁시다. 나는 운동 되고, 이 선수는 심심하지 않고. 좋잖아."

특유의 능글맞은 웃음을 지으며 태영이 같이 달리자는 몸짓을 건넸다. 권숙은 은근슬쩍 자신에게 붙는 태영이 싫어 속도를 높였다. 이번에도 태영은 곧장 쫓아왔다.

"호흡 흐트러진다! 코로 짧게 흡흡 두 번 마시고, 후 길게 내뱉고. 가슴은 더 내밀고."

쓸데없는 참견까지 하다니……. 권숙은 허공을 가르는 펀치를 던져 태영이 다가오지 못하도록 간격을 확보했다.

"좋았어. 원투, 원투! 역시 기본기가 탄탄해. 근데 방어는 안 섞어? 그쯤에서 위빙 한 번 해주면 딱 좋을 거 같은데."

양손으로 가드를 올린 태영이 상체를 앞으로 숙이고 좌우로 흔들었다. 그 모습에 권숙은 같잖다는 코웃음을 쳤다.

"야구선수였다면서요. 아는 척하지 마요."

"복싱선수도 담당했었지. 에스토마타처럼 만들려고."

"그럼 그 선수한테 가요. 나한테 찝쩍거리지 말고."

"열심히는 했는데 이 선수 같은 재능이 없었어."

"왜 반말이에요?"

"내 나이가 더 많으니까."

"좋은 말로 할 때 가요. 지금부터 한 발자국이라도 따라오면 이번에는 그쪽 면상에 제대로 펀치 날릴 거니까 다신 내 앞에 나타나지 마요."

권숙이 지면을 힘껏 밀어내며 달려 나갔다. 최악의 소개팅에서 구해준 걸 잠시나마 고맙게 생각한 게 억울했다. 더는 태영이 보이지 않을 무렵 핸드폰 알람이 울렸다. 유치원 첫 출근 전날 설정해 둔 오전 7시, 권숙이 원하는 기상 시간이다.

"내일은 알람이 울리기 전에는 절대 일어나지 않을 거야."


"다시 만나보라니까."

운전 중인 태영이 전화를 받자마자 팀장이 재촉했다.

"아직요, 이권숙은 일단 놔둘 필요가 있어요."

"야 인마, 이렇게 뜨뜻미지근할 거면 뭐 하러 맡겠다고 했어. 할 마음 없으면 빨리 손 털어. 차라리 딴 놈한테 줘버리게."

"거참 합니다, 해요. 밑지고 들어가지 않으려고 열심히 하는 사람 서운하게 왜 이러세요."

"네가 욕심내는 거 보면 아직 죽지 않았다는 건데……."

태영은 권숙의 펀치가 코앞까지 날아왔던 순간을 떠올렸다. 다리가 풀릴 만큼 아찔했던 느낌이 다시금 살아났다. 10년도 지난 일이지만 고교 시절 포수로 활동하며 시속 120km가 넘는 공을 무수히 받아내던 실력이 무색했다. 이유리라는 이름으로 살고 있다지만 그녀는 여전히 복서 이권숙이었다.

"그럼 줄 거 다 줘도 되잖아. 뭐가 문제야?"

도로의 정체가 풀리고 있었다. 태영이 액셀을 밟으며 말했다.

"다 안 주고도 데려올 수 있을 거 같아서 그래요."

태영은 권숙과의 만남에서 되바라졌다는 평을 듣는 그녀가 사실은 세상 물정 모르는 어린아이라고 판단했다. 균형 잡힌 몸은 운동만 바라보고 살아온 순수한 시간을 증명했고, 유치원에서 잠음 없이 일하는 모습은 참는 데 익숙한 훈련 생활의 반증이었다. 코치이자 아버지인 이철용과 결별했으니 현재는 그녀를 뒤에서 조종할 사람도 없다. 따라서 권숙이 복귀를 거부하는 건 몸값을 높이려는 전략이 아니라, 말 그대로 복싱이 하기 싫다는 뜻이다. 이유는 궁금하지 않다. 지금껏 선수들의 치기 어린 투정은 질릴 만큼 경험했고 얼마나 쓸데없는 에너지 낭비인지도 알고 있다. 이럴 때 처음부터 무리한 조건을 내걸면 오히려 실패할 가능성이 크다.

"방법은 있는 거야?"

"복귀할 수밖에 없는 상황을 만들어야죠."

"그게 언젠데?"

"오늘은 아니에요."

태영은 팀장의 대답도 듣지 않고 재빨리 핸드폰을 끊었다. 멀리 HH치타스 홈구장의 우듬지가 보이기 시작했다. 태영이 조수석을 흘깃 쳐다봤다. 가장 기쁜 날에 마시기로 다짐한 최고급 샴페인이 놓여 있었다.


3


올해 한국 프로야구의 열기는 뜨거웠다. 연일 소수점 이하의 승률로 희비가 엇갈리는 가운데 800만 명이 넘는 사람이 야구장을 찾았고 최다 관중 동원을 갱신했다. 하지만 HH치타스의 홈구장은 관중보다 빈 좌석이 많았다. 일찌감치 포스트시즌에 탈락한 HH치타스와 상대 팀의 경기는 관심 밖의 승부일 뿐이다.

태영은 내야석에서 지루하게 흘러가는 경기를 차분히 지켜봤다. 양 팀 선수들은 이미 시즌 오프에라도 들어간 듯 승리보단 제 몸 챙기기가 우선이었다. 부상을 입지 않으려 설렁설렁 경기를 치르는 모습에 관중들도 승패보다는 여름의 끝자락을 즐기는 나들이로 자리를 지키는 모양새였다. 구장에는 치어리더들이 내뱉는 형식적인 구호만 반복해서 울려 퍼졌다. 함성도, 탄식도 없었다. 술에 취한 중년 남성이 그라운드를 향해 포스트시즌에 진출하지 못한 울분을 토해내기도 했지만 그뿐이었다. 오늘처럼 누구의 기억에도 남지 않을, 단순히 기록으로만 남을 경기는 오랜 부상에서 회복한 선수를 기용할 좋은 기회이기도 하다. 태영이 HH치타스 홈구장을 찾은 것도 그 때문이다.

HH치타스가 선 득점으로 승기를 잡은 건 6회 말이었다. 마침내 HH치타스의 투수, 등번호 21의 김희원이 불펜에 등장해 몸을 풀기 시작했다. 태영이 주먹을 불끈 쥐고 자리에서 일어났다. 희원의 역할은 분명하다. 선발 대신 마무리 직전의 셋업맨으로 투입해 승리를 지켜내고 마무리 투수에게 마운드를 넘겨줄 것이다. 긴장과 초조로 태영의 몸이 달아올랐다.

그러나 9회 말이 되도록 희원은 불펜에서 워밍업만 반복했다. 그의 유니폼이 땀에 젖을수록 희망도 무너졌다. 코치가 감독의 마지막 작전을 전하러 마운드로 달려 나갔지만 교체 사인은 없을 것이다. 희원의 등장은 태영을 위한 감독의 쇼에 불과했다.

태영은 며칠 전 난잡한 접대 끝에 거나하게 취한 감독에게 돈봉투를 안겼다. 희원의 선발 출전을 바란 것은 아니다. 다만 희원이 한 번이라도 등판만 할 수 있다면 감독뿐 아니라 언론도 부상에서 완전히 회복되었다고 판단할 것이다. 그럼 희원에게 은퇴를 요구하는 구단의 마음도 돌릴 수 있다고 생각했다. 하지만 감독의 대답은 희원의 불펜 출입까지였다.

"그만 좀 던져! 경기도 다 끝나 가잖아. 팔 상해!"

태영이 볼펜을 향해 외쳤다.

"마무리로 나가게 될지도 모르잖아."

희원이 대답하는 순간에도 투수의 공은 곧게 날아가 포수의 미트에 꽂혔다. 투수에게는 완봉승을 챙기라고 지시했을 것이고, 희원도 교체는 없음을 예감할 터였다. 연습구를 던지다 지쳐버린 희원의 어깨가 다시 움직이기 시작했다.

"씨발, 형 마음대로 해."

돈 봉투만으로 등판을 확신했던 자신에게 짜증이 나 아무것도 모르는 희원에게 화풀이를 했다. 그때였다. 상대 팀 타자가 HH치타스의 공을 쳤다. 하늘 높이 솟아오른 공이 투수의 글러브 속에 안겼다. 스리 아웃, 경기는 끝났다. 끝나지 않을 것 같던 희원의 워밍업도 마침내 멈췄다. 희원이 더그아웃으로 달려 나갔다. 아랫입술을 깨물고 비참함을 감추려 애쓰는 그의 표정이 보이는 듯했다. 그 옆으로 관중석의 태영을 향해 전화를 받으라고 손짓하는 HH치타스의 감독이 보였다.

태영은 일주일 만에 다시 룸살롱을 찾았다. 접대가 부족했던 걸까? 돈이 적었던 걸까? 무엇이든 감독이 원하는 걸 주고 희원을 등판시키겠다는 약속을 받아내리라 결심했다.

"중요한 이야길 하기에 여기보다 좋은 곳이 없을 것 같아서. 괜찮지?"

감독은 지난번과 같은 자리에 앉아 있었다. 옆에는 마담 대신 왼쪽 관자놀이부터 볼까지 긴 흉터가 난 남자가 함께했다. 돈이든 술이든 원하는 것을 주려던 태영의 머릿속에선 많은 생각이 오갔다. 저 남자는 희원의 등판과 무슨 관계가 있는 걸까? 감독의 진짜 의도가 궁금했다.

"아, 이 사람은 우리 쪽이니까 편하게 생각해. 그리고 김 피엠 나한테 하고 싶은 말 있지? 우리가 어떤 사이야. 말하는 건 다 들어주는 사이지. 안 그래?"

태영은 아무런 대답도 하지 않았다.

"김 피엠이 아직 말할 생각이 없는 것 같으니까 내가 먼저 물어보지. 난 김 피엠이 김희원한테 목매는 이유가 궁금해. 고등학교 선수 시절 후배였던 것도 좋고, 김희원이 메이저리그에 갈 때 에이전트였던 것도 좋다 이거야. 근데 지금 김희원은 가진 것도, 줄 것도 없는데 대체 뭣 때문에 그 난리냐고."

2년 전 태영은 HH치타스를 설득해 아직 계약기간이 남아 있는 희원을 메이저리그에 포스팅할 수 있는 길을 열었다. LA 다저스에서 막대한 금액으로 희원을 입찰했고, 태영은 6년에 3,600만 달러라는 거금의 계약을 성사 직전까지 끌고 갔다. 메디컬 테스트에서 팔꿈치 부상만 발견되지 않았다면, 지금쯤 메이저리거이자 한국의 새로운 영웅이 되었을 것이다.

"메이저리그 파투 난 지 벌써 2년이 넘었어. 판이 깨졌으면 손을 떼야지. 뭘 챙겨 먹겠다고 지극정성이야. 혹시 메이저리그에서 다시 김희원 부를까 봐 이러는 거야?"

발끈한 태영의 입술이 떨렸다. 당장 반박하고 싶지만 감독의 속내가 완전히 드러날 때까지 참기로 했다.

"이 친구 선수 잘 본다는 말 다 뻥이구만. 내일모레면 은퇴할 퇴물을 얻다 써먹겠다고 메이저리그에서 찾겠어. 팔꿈치도 다 부서졌는데."

"형 팔꿈치 다 나았습니다. 이렇게 푸대접받을 선수도 아니고요. 형 전성기가 치타스 전성기였습니다. 부상 좀 있다고 먹다 버린 빵처럼 벤치에만 박아두는 거 좋게 안 보입니다."

참아왔던 서운함과 분노가 단번에 터져 나왔다.

"좋게 안 보여?"

감독도 기다렸다는 듯 언성을 높였다.

"그래서 우리 애들 미국 현지 에이전트에 연결해 달라는 거 끝까지 무시했나?"

"쓸 만해야 들이대죠. 형만큼 하는 선수가 있습니까? 실력도 없는 애들이 주전 꿰차고 있으니까 매년 7등만 하죠. 칠타스 인제 그만 하실 때도 되지 않았습니까?"

"뭐, 인마!"

감독이 고함을 지르며 일어났다. 오른손에 쥔 술잔을 당장에라도 던질 기세였다. 태영도 때리면 맞겠다는 얼굴로 감독을 노려봤다. 누구라도 먼저 움직이면 툭 끊어져 버릴 듯한 팽팽한 긴장감이 흘렀다. 말없이 두 사람을 지켜보던 남자가 차분히 비집고 들어왔다.

"사업 얘기 하자더니 왜들 그러십니까."

그 말에 감독이 다시 앉았다. 술을 가득 따라 입안에 털어놓더니 차분하게 말했다.

"미안하네, 김 피엠."

"아닙니다. 저도 말이 심했습니다."

어느새 남자가 이곳의 분위기를 주도하고 있었다. 묵직한 목소리에 압도된 감독도, 시선을 거두지 못하는 태영도 더는 말이 없었다. 아무래도 이 자리의 열쇠는 남자에게 있는 것 같았다. 마침내 그가 무언가를 지시하듯 감독에게 눈짓을 보냈다.

"김 피엠은 김희원을 객관적으로 평가하고 있다고 생각하나?"

"무슨 말씀이시죠?"

"자네 눈에는 내가 병신 같겠지만 나도 감독일세. 잘하는 선수를 왜 기용하지 않겠나. 여기가 고등학교도 아니고. 적어도 난 개인적 감정이나 돈 봉투에 휘둘리는 바보는 아니네."

태영이 반박하려 했지만, 감독은 곧장 말을 이었다.

"김희원이 퇴물이란 말은 심했다고 치지. 그런데 팔꿈치만 나으면 무슨 소용인가. 예전의 김희원이 아닌데. 자네 최근에 김희원이 던지는 공 받아본 적 있나? 솔직히 다음 시즌에 자리보전이나 할런지도 모르는 상황이야."

뒤늦게 도입된 한국 프로야구의 에이전트 제도는 허울뿐이다. 자격 요건을 갖춰도 계약 사항 외에는 개입이 불가능하기 때문이다. 따라서 선수의 훈련에 관여할 수 없다. 메이저리그 진출 실패 후 돌아온 희원을 위해 태영이 할 수 있는 일은 먼발치에서 재활을 돕는 것뿐이었다. 그리고 이제 다 나았다는 희원의 말만 그대로 믿었다. 결국 태영이 증명할 수 있는 건 아무것도 없었다. 태영의 대답을 기다리던 감독이 사내와 눈짓 교환 후 말했다.

"솔직히 말할게. 김희원 이번 시즌 끝으로 방출 확정이야."

태영은 아직 조명이 꺼지지 않은 HH치타스의 연습장에 들어섰다. 희원이 홀로 남아 젖은 수건으로 투구 연습 중이었다. 수건 끝을 잡고 공을 던지듯 정면을 향해 힘껏 팔을 뻗었다. 수건이 팽팽히 펴지는 경쾌한 소리가 텅 빈 연습장에 울렸다.

"시속 160은 여전하신가!"

태영이 외쳤다. 희원은 대답 대신 희미하게 웃었다. 취기 오른 태영이 비틀거리며 홈플레이트로 향했다. 손에는 글러브를 끼고 있었다. 희원을 향해 야구공을 던진 태영이 눈빛을 보냈다. 공을 받고 잠시 생각에 잠긴 희원이 자세를 잡았다. 방출 예고가 믿기지 않을 만큼 흠잡을 데 없는 투구 자세였다.

태영은 조금 전 수상쩍었던 남자와의 대화를 떠올렸다.

"이쪽은 답 없는 김희원을 구원해 주실 분."

감독은 희원의 방출 소식에 멍해 있던 태영에게 남자를 소개했다.

"칼자국이라고 부르시면 됩니다."

이름을 감춘 남자는 망설임이나 비밀한 기색 없이 당당히 직업을 밝혔다.

"프로 스포츠 사설 도박장을 운영하고 있습니다."

우리나라는 운동 경기 결과를 예측해 베팅하고 적중한 사람에게 배당금을 주는 스포츠 토토를 허용하고 있다. 그러나 국민체육진흥공단의 관리를 받는 스포츠 토토는 오후 10시 이후 베팅 금지, 1일 6회 미만 베팅, 회차별 베팅 금액 10만 원 미만으로 제한한다. 레저 게임이 도박으로 번지지 않도록 철저히 통제하는 것이다. 칼자국이 운영하는 사설 도박장은 이러한 원칙을 무시하고 24시간 무제한 베팅을 하는 불법 도박시설이다.

"도박이란 게 운과 실력이 모두 따라야 하는 전쟁이다 보니 간혹 딜러가 손해를 보는 경우가 있습니다. 그래서 제가 직접 게임을 장악해볼까 합니다. 피엠님 픽스매치라고 아십니까?"

"선수들을 매수해서 경기를 조작하시겠다?"

"매수와 조작이라……. 촌스럽게 말하면 그렇겠군요. 김희원 선수를 플레이어로 기용하고 싶습니다. 일종의 임대계약이라고 할까요?"

감독이 태영의 눈치를 살폈다. 태영은 대답 대신 짧은 한숨을 뱉었다. 더는 이곳에 있을 이유가 없었다.

"김희원도 알고 있네. 자네한테 결정을 미룬 거야. 자네가 여전히 자기 에이전트라면서."

감독이 태영을 다급히 잡아 앉혔다.

"지금 자네가 이 방을 나가면 김희원 인생도 끝이야. 김희원이 팔꿈치 치료하는 데 그동안 번 돈 다 쓴 거 알고 있나? 이제 좀 나아져서 다시 돈 좀 벌어볼까 했더니 이번엔 방출이네. 퇴물로 방출당하면 치타스 코치는커녕 중학교 야구부 감독 자리도 못 얻어. 마누라랑 애는 뭘 해서 먹여 살릴 수 있을 것 같나. 예전만 한 기량이 없다는 거 김희원이 제일 잘 알아. 자네 마음은 알지만 지금은 김희원이 살길을 열어주는 게 제일 중요하지 않겠나. 자네가 도와주면 그 길 우리가 만들어주겠네. 김희원의 전성기가 치타스의 전성기였다는 말대로 구단을 설득해서 방출 대신 시즌 마지막 경기에서 화려하게 승리하고 명예롭게 은퇴할 기회를 주겠다는 걸세. 일이 잘되면 김희원 등번호도 영구결번시켜줄 수도 있어. 그러면 먹고사는 길도 자연히 열릴 걸세."

희원이 공을 던졌다. 공은 태영의 믿음을 배반하지 않고 곧게 날아와 글러브 안으로 빨려 들어왔다. 스트라이크다. 하지만 예전의 힘찬 기운은 느껴지지 않았다. 희원이 태영에게 넘긴 선택의 답이 확실해졌다. 선뜻 결정할 수 없는 태영은 미동도 하지 않았다. 희원이 홈플레이트로 걸어왔다.

"네가 무슨 말을 할지 알고 있어. 어떤 방법이든 마운드 위에서 은퇴하는 것도 나쁘지 않아."

희원의 목소리는 현실을 받아들인 듯 덤덤했다. 차마 희원의 눈을 볼 수 없는 태영이 하늘을 보며 말했다.

"내가 좀 더 일찍 형이 먹고살 방법을 만들어놨어야 했어. 고집부리지 말고 빨리 은퇴시켰어야 했는데……."

"고집은 내가 부렸지. 너한테 어려운 결정 맡겨서 미안하다."

희원은 커다란 손으로 태영의 머리를 헝클이며 웃었다.

"그 경기는 보러 오지 마라. 내 은퇴식은 방금 던진 공으로 끝내자."


# 4


교실은 영어 동요 부르기가 한창이었다. 집중하지 못한 몇몇 아이들은 주변을 두리번거리며 딴짓을 했다. 슬금슬금 뒤로 기어 나온 아람이 가방을 안고 출입문과 가장 가까운 자리로 옮겨갔다. 그러다 창가에 앉아 있는 권숙과 눈이 마주쳤다. 미간을 찌푸리며 자리로 돌아가라는 고갯짓을 보냈지만 아람은 메롱거리더니 배시시 웃었다.

망쳐버린 소개팅 이후 교사들의 눈은 권숙만 따라다녔다. 소개팅남이 태영의 이야기까지 한 것이 분명했다. 교사들은 틈만 나면 권숙의 정체를 확인할 방법을 찾았다. 몰래 사진을 찍어 지식인에 올리거나, 아예 대놓고 물어보자고도 했다. 아니면 술을 먹이고 진실게임을 하는 것도 좋겠다며 즐거워했다. 자신을 쫓는 시선과 수군거림에 지친 권숙이 진실을 고백하려던 그때, 재민은 언제나처럼 고개를 끄덕여 응원의 신호를 보냈다.

'괜찮아요.'

재민의 목소리가 들리는 것 같았다. 권숙은 진실을 말하는 대신 소개팅남의 무례함을 탓하기로 했다. 처음 화를 내는 권숙의 모습에 놀란 교사들은 노골적으로 비아냥거렸지만 신경 쓰지 않기로 했다. 언제나 말없이 응원을 보내는 재민이 있으니까.

원장실 문이 열리고 재민이 통화를 하며 바쁜 걸음으로 나왔다. 권숙과 눈이 마주치자 언제나처럼 고개를 살짝 끄덕거렸다. 밖으로 나간 재민은 골목 끝을 응시하며 서성였다. 얼마 후 작은 굴착기 한 대가 유치원 마당으로 들어왔다. 재민이 굴착기 기사에게 무어라 이야기하자 삽을 높이 세우더니 화원으로 향했다. 동시에 권숙도 벌떡 일어나 마당으로 달려 나갔다. 화원에 도착했을 때는 이미 첫 삽을 뜬 뒤였다. 파인 흙 사이로 뿌리째 뽑히고 줄기가 부러진 백일홍이 보였다. 놀란 권숙이 허겁지겁 백일홍을 수습했다. 다시 삽을 뜨려던 굴착기가 멈췄다.

"무슨 일이시죠?"

작업을 감독하던 재민이 다가와 물었다.

"아직 꽃이 지지 않았잖아요."

"아……, 체육 시설을 확장할 예정이에요."

"갑자기 이러시는 법이 어디 있어요?"

"갑자기라뇨. 주간회의 때 선생님들 의견 듣고, 원장님 승인받은 일입니다."

회의에 참석하는 교사들 대신 아이들을 돌보느라 권숙은 아무것도 알지 못했다.

"그래도 화원은 제 담당이잖아요. 최소한 저한테 상의라도……."

"이유리 선생님."

재민이 권숙의 말을 잘랐다.

"화원은 뭐고 담당은 또 뭐죠? 유치원 분위기도 바꿀 겸 놀리던 땅에 꽃 좀 심어본 겁니다."

단호하고 냉정한 목소리였다.

"비켜주세요. 오늘 안으로 기초공사 마무리해야 합니다."

"잠깐만요."

권숙이 굴착기에 신호를 보내려는 재민의 팔을 막았다.

"여기 있는 꽃, 제가 가져갈게요."

"이걸 다요?"

"부끄럽지만 여기 와서 처음으로 제 몫을 한 일이 이것밖에 없어요. 이 백일홍들……."

권숙은 당황스러웠다. 말라버린 줄 알았던 눈물이 어느새 차올라 금방이라도 흐를 듯 찰랑대고 있었다. 참아야 했다. 눈물로 소비될 감정을 주먹으로 모으라는 아빠의 말이 떠올랐다. 손바닥에 손톱이 파고들 만큼 주먹을 세게 쥐고 말을 이어갔다.

"저에겐 의미가 깊어요. 부탁드립니다."

하는 수 없다는 듯 재민이 기사에게 잠시 중단하자는 제스처를 보냈다. 권숙은 고맙다는 말도 잊은 채 백일홍을 수습했다.

"이유리 선생님이 열심히 한 거 압니다."

재민이 권숙 옆에 쭈그리고 앉았다.

"그런데 당장 다음 학기부터 옆 블록에 새 유치원이 개원하는 거 아시죠? 올해는 졸업반 원생도 많은데 경쟁자까지 등장했어요. 거기선 체육활동을 특화할 계획이라던데 우리가 먼저 해야 해요. 안 그러면 지금 원생 수 유지도 어려워요. 심각한 상황이란 걸 알아주셨으면 좋겠네요."

백일홍 뿌리가 다치지 않도록 손으로 흙을 퍼내던 권숙의 서운함이 사그라졌다. 부원장이라는 직책 때문에 '우리'의 소중한 화원을 파헤쳐야 하는 재민의 마음 또한 참담했을 것이다. 냉정은 이를 감추기 위한 위장이 아닐까.

"어쩔 수 없는 거, 저도 알고 있어요."

용기 내 말을 꺼낸 권숙의 목소리는 이미 축축하게 젖어 있었고 참았던 눈물까지 터졌다. 주먹을 더 강하게 쥐어 봤지만 소용없었다. 아빠의 가르침은 정말이지 쓸모없는 것들뿐이었다.

"꽃 때문에 우는 거예요?"

재민이 놀라 묻는 말에 권숙은 고개를 가로저었다. 흙에 파묻힌 꽃은 드라이플라워로 만들고, 아직 무사한 꽃은 옮겨 심으면 된다. 다만 재민과 함께 만든 화원이, 우리 둘 사이의 유일한 기억이 사라진다는 것을 받아들이기 힘들었다.

"그럼 이만하고 일어나시죠."

권숙은 재민이 내민 손을 잡지 못했다. 한번 터진 눈물은 멈출 줄 몰랐고 이제는 어깨까지 서럽게 들썩이고 있었다. 시계를 들여다보며 초조해하던 재민이 굴착기로 다가갔다. 다시 땅을 파는 소리에 권숙이 고개를 들었다. 삽을 든 재민이 조심스레 백일홍을 옮기고 있었다. 삽을 깊숙이 꽂아 뿌리까지 퍼내느라 이마에선 땀이 흘렀다. 몇 번의 삽질 끝에 땀을 닦고 다시 삽을 잡는 모습은 권숙을 위한 것이라고 말하는 듯했다. 울음을 그친 권숙도 재민 옆으로 가서 그들의 기억을 추억으로 정리해 나갔다. 가슴이 정신없이 뛰어서 흙을 퍼내는 손끝이 연신 떨렸다.

　"저 오늘 야구 보러 가기로 해서 빨리 끝내야 해요. 어느 정도 정리되면 굴착기 다시 움직입니다."

　권숙은 재민이 재촉에 고개를 끄덕였지만 손은 더디게 움직였다. 재민과 함께하는 이 시간이 끝나지 않길 빌었다.


　HH치타스의 홈경기가 있는 날, 간판선수들이 더그아웃을 지키고 있다. 오랜만에 선발에 나서는 선배의 명예로운 은퇴를 위해서다. 칼자국과의 만남 이후 감독은 약속한 대로 구단을 설득했다. 다음 시즌에 희원을 방출하는 대신 오늘 시합을 은퇴 경기로 포장하기로 한 것이다. 구단도 팀의 최고참 선수의 방출보다는 공식적인 은퇴가 보기 좋다고 판단했다. 포스트시즌 진출이 일찌감치 좌절된 마당에 간판선수 대신 김희원을 내보낸다고 해서 달라질 것은 없었다. 이기면 좋고, 설사 김희원 때문에 진다고 해도 노장의 마지막 모습으로 주목받을 수 있으니 나쁘지만도 않았다. 이런 상황을 알기에 선수들은 오늘도 텅 빈 관람석을 바라보며 선배의 마지막 경기를 준비했다.

"선배님 오늘 컨트롤 좋으신데요. 팔꿈치 괜찮으시죠?"

희원의 연습구를 받은 포수가 다시 공을 던진 뒤 우타석 안쪽 깊숙한 곳으로 글러브를 가져갔다. 희원은 잠시 망설였다. 포수의 사인을 읽을 수 없었다.

'자칫 컨트롤이 무너지기라도 하면 타자가 공을 맞을 수도 있는 위험한 코스. 어차피 질 경기에 위협구가 필요할까? 아니면 패배가 확정되는 순간 컨트롤이 무너져 폭투하는 모습이라도 연출하라는 뜻인가? 그럼 포수도 매수된 걸까?'

공을 쥐고 있는 시간이 길어지자 몸을 풀던 선수들이 힐끔힐끔 쳐다봤다.

"무슨 일이야?"

감독이 마운드로 올라왔다.

"우리 편은 누구까지입니까?"

감독이 한심하다는 표정으로 희원을 보더니 바짝 달라붙어 속삭였다.

"누가 너한테 생각하라고 했어? 내가 설계한 코스대로 나올 거니까 넌 그냥 정해진 길로 던지기만 하면 돼. 그 정도는 할 수 있잖아?"

감독이 희원을 격려하듯 엉덩이를 톡톡 두드리며 말했다. 그런데 그때 "아빠 파이팅!"이라는 아이의 목소리가 경기장에 울렸다. 불길한 예감에 휩싸인 희원이 홈팀의 응원석을 쳐다보자 아내와 아들이 손을 흔들었다.

"야 인마, 너 정신 나갔어? 오늘 같은 날 가족을 불러?"

"아닙니다. 선발로 뛴다는 말은 하지도 않았는데……."

경기 시작을 준비하는 사이 다시 '아빠'를 애타게 부르는 아들의 목소리가 들렸다. 그제야 희원은 모자를 깊게 눌러쓰고 포수를 향해 섰다. 주심이 플레이볼을 선언했다.


태영은 『스포츠 K』의 박 기자와 함께 일식집에 있었다. 술이나 거하게 마시자는 제안을 거절하고 깔끔하게 초밥이나 먹자던 박 기자는 자리에 앉자마자 30분 뒤에는 사무실에 돌아가야 한다고 못을 박았다. 태영이 어떤 부탁을 하든 들어주지 않겠다는 완곡한 표현이었다. 태영은 근황 따위의 심심한 이야기를 주고받으며 박 기자의 눈치를 살폈다. 별말 없이 초밥을 해치운 박 기자가 젓가락을 내려놓는 타이밍에 본심을 드러냈다.

"박 기자님 요즘 우리 애들에 대한 애정이 식었나 봐요. 인터뷰 요청도 없고, 기사도 안 써주시고……."

"피엠님 선수들이면 나 아니어도 기자들이 줄을 섰을 텐데, 왜 이러실까."

"박 기자님이 아니면 안 되는 애도 있어요."

태영은 잠시 뜸을 들이고 비밀스럽게 말했다.

"이권숙이랄지."

회사로 돌아가려는 듯 지갑과 핸드폰을 챙기던 박 기자가 멈 칫했다. 오만하고 시건방지다던 그 이권숙이라니. 하지만 천재 의 실력에 반한 사람들은 여전히 그녀의 경기를 보고 싶어 한다. 이미 은퇴한 이권숙을 노리는 기자도 여럿이다. 그만큼 이권숙 의 존재감은 크고 높다.

태영이 준비해 온 보도 자료를 슬쩍 내밀었다. 하지만 박 기자 는 내용 확인 대신 계약서부터 찾았다.

"피엠님, 이권숙 복귀 기사는 나도 몇 번이나 썼어요. 물론 죄 다 밟혔고……. 하도 당한 기자들이 많아서 확실한 계약서 없으 면 데스크에 올리기도 전에 무조건 킬이에요."

"계약은 곧 합니다. 물론 박 기자님이 도와주시면요."

태영이 던진 불씨는 내일이면 전국을 뒤덮을 큰불로 번질 것 이다. 박 기자의 선동으로 권숙을 다시금 대중의 관심 속에 던질 생각이다. 권숙이 홀로 기자들을 상대하며 대중의 관심에서 벗 어나려 발버둥 칠 때가 태영이 등장할 차례다. 겁에 질린 권숙에 게 보호를 약속하며 계약서에 사인만 받으면 상황은 끝난다. 계 획을 밝힌 태영이 두툼한 봉투를 건넸다.

"이런 거 안 하시잖아요."

"그땐 제가 어렸죠."

태영에게도 실력이 곧 권력이라고 생각했던 시절이 있었다. 선수의 실력만 있다면 연봉과 스폰서 등 필요한 것을 모두 해결

할 수 있었다. 태영은 그저 선수에게 가장 이득이 되는 선택만 하면 됐다. 늘 승자의 편에서 게임을 벌여왔지만 희원이 무너지면서 모든 것이 변했다. 선수를 지키려면 자신이 가장 낮은 곳으로 내려가야 했다. 높은 곳의 눈치를 보고 때로는 아부도 필요했다. 그것이 에이전트의 역할이라는 것을 뒤늦게 깨달았다.

"오늘 밥은 제가 사죠."

박 기자가 봉투를 가방에 넣었다.

그때 문자 메시지를 확인한 태영이 황급히 TV를 찾았다. 조용한 일식집에 TV가 있을 리 없었다. 안절부절못하는 태영을 본 박 기자가 선심 쓰듯 핸드폰으로 방송을 틀어주었다. HH치타스의 경기는 종반에 접어들었고 마운드에는 녹초가 된 희원이 서 있었다. 그런데 무실점이었다.

"오, 김희원 선수 복귀했네요. 이기겠는데. 피엠님 오늘 축하 주 사야 하는 거 아냐?"

박 기자가 능청을 부리는 사이, 태영이 밖으로 달려 나갔다. 화면 속의 희원이 공을 던졌다. 타자가 크게 휘두른 배트는 허공을 갈랐다.

삼진이었다.


태영이 구장에 도착했을 때 희원은 이미 강판당한 뒤였다. 치타스는 여전히 경기를 앞서고 있었다. 더그아웃 밖으로 얼굴을 내민 감독이 관중석의 태영을 향해 고개를 저었다. 작전은 실패했다. 희원이 무실점 호투를 하는 사이 포섭되지 않은 2진 타자가 홈런을 쳐서 1점을 획득했다.

태영은 결과를 인정하지 못했다. 감독과 투수가 한편인 경기였다. 공격으로 몇 점을 얻더라도 그보다 더 잃어주면 그만이었다. 절대적으로 패배할 수 있는 조합에서 이겨버리다니 납득할수 없었다. 당장 백그라운드로 향했지만 희원은 보이지 않았다. 핸드폰은 칼자국에게서 걸려 오는 전화로 쉬지 않고 울어대고있었다. 희원을 만나 이유를 듣고, 대책을 세우기 전에는 전화를 받지 않을 생각이었다. 그러나 시간이 지날수록 대책은 나중 문제라는 것을 깨달았다. 희원을 대피시키는 것이 먼저였다.

칼자국은 신사였다. 몸에 밴 매너와 차분한 어조, 그리고 상대를 배려하는 어휘는 건달이라는 색안경을 무색하게 만들었다. 하지만 실수로 배당금 계산이 잘못되었다는 부하의 보고를 받자마자 감독과 태영은 아랑곳하지 않고 손에 잡히는 모든 것을 이용해 부하를 폭행했다. 사방으로 피가 튀고, 실신한 부하가 쓰러져도 폭행은 끝나지 않았다.

"죄송합니다. 제가 불의는 참아도 불이익은 못 참는 성격이라."

태영은 알고 있었다. 자신의 진짜 모습은 정중하지 않다는 것을 알려주기 위한 칼자국의 본보기임을.

희원을 찾아 어디로 데려가야 할지 고민하는 사이 라커룸 앞까지 왔다. 문을 열고 들어가려는 순간 신이 난 아이의 목소리가 들렸다.

"아빠 다음에 또 이겨라. 그때는 친구들도 데리고 올래!"

살짝 열린 문틈 사이로 희원과 그의 아내의 손을 한 쪽씩 잡은 아이가 보였다.

"그래…… . 다음에 또 출전하면."

희원의 대답에 아내가 고개를 돌려 눈물을 닦았다. 아이를 어깨에 태운 희원은 라커에 붙인 가족사진을 보며 말했다.

"아빠는 엄마하고 재권이만 있으면 돼."

희원이 아내의 등을 조심스럽게 감싸 안았다. 조급했던 마음이 차분해진 태영은 조심스레 문을 닫았다. 그때였다. 눈물이 차올라 뿌옇게 변한 태영의 시야에 이쪽을 향해 다가오는 검은색 덩어리들이 어른거렸다. 칼자국의 부하였다. 태영은 황급히 문을 가로막으며 덩어리들을 멈춰 세웠다.

"희원이 형은 둬요. 나랑 얘기하자고 해요."


칼자국은 태영의 자동차 뒷좌석에 앉아 있었다. 표정만으로는 분노의 정도를 확인하기 어려웠다. 태영은 다급한 대로 눈을 질끈 감고 고개를 조아렸다.

"희원이 형을 용서해 주십시오."

"김희원이 강판 직후 전화를 걸어왔어요. 못 하겠다고. 수습은 했어요. 그래서 최악의 상황은 면했죠."

칼자국은 여전히 무표정한 얼굴이었다. 한참을 망설이던 태영이 침을 꿀꺽 삼키고서 말했다.

"책임은…… 제가 지겠습니다."

"왜죠?"

"제가 희원이 형의 에이전트니까요."

"감동적입니다. 그 우정."

칼자국이 서늘한 미소를 지었다.

"돈이 중요한 건 아닙니다. 이 기회로 나와 피엠님이 친밀한 사이가 될 수 있다면 나는 그걸로 됩니다. 축구에 김민세, 골프에 박승현……."

칼자국의 입에서 태영이 관리하는 선수들의 이름이 줄줄이 나왔다. 프로야구뿐 아니라 다른 종목도 조작 경기를 계획하고 있다는 뜻이다.

"내가 그딴 요구를 들어줄 거라 생각합니까?"

태영의 단호한 거절에도 칼자국은 미소를 유지한 얼굴로 단정하게 접은 종이를 건넸다. 격식을 갖춘 지급요구서였다. 10억 원이라는 비현실적인 액수가 적혀 있었다.

"선택은 피엠님의 몫이지요. 시간이 필요할 겁니다. 생각해 보세요. 우린 좋은 친구가 될 수 있을 것 같아서 말이죠."

지급요구서를 손에 쥔 태영이 허망한 표정으로 칼자국의 뒷모습을 바라보았다.

## 5

이제 막 호동 유치원 골목에 들어선 노란색 승합차 앞으로 카메라와 기자들이 몰려들었다. 당황한 운전기사가 재차 클랙슨을 울렸지만 꿈쩍도 하지 않았다. 오히려 승합차 안을 들여다보며 연신 카메라 셔터를 눌러댔다. 그때 기자 하나가 승합차 뒷좌석의 문을 멋대로 열었고 문가에 앉아 있던 권숙의 모습이 드러났다. 얼굴을 가리기도 전에 정신없이 플래시가 터졌다. 특종 앞에서 한마음으로 단결이라도 한 듯 기자들은 승합차를 부여잡았고, 몇몇 기자들은 마이크를 들이댔다. 승합차와 기자, 카메라가 어지럽게 뒤엉킨 가운데 누군가가 소리쳤다.

"이권숙 선수, 에이전트 계약을 맺고 복귀한다는 소식이 사실입니까?"

오늘 아침 단독 특종으로 내보낸 박 기자의 기사 때문이었다.

"그만 하세요. 애들이 무서워하잖아요!"

권숙이 승합차 위로 악착같이 올라오려는 기자들을 밀쳐내며 소리쳤다. 놀란 아이들이 하나둘씩 울음을 터트리기 시작했다. 권숙은 아이들을 달래며 기자들을 향해 공격적으로 팔을 휘둘렀다. 위협적인 바람 소리가 뒤따랐다.

"이권숙 선수, 흥분하지 말고 질문에 대답하세요!"

놀란 기자들이 권숙에게 소리쳤다.

"도대체 내가 뭘 잘못했다고 이러는 거예요!"

권숙의 절규에 기자들의 기세가 잠시 꺾였다. 그 기회를 놓치지 않고 승합차에 발을 올린 사람들을 밀어내고 단숨에 문을 닫아버렸다. 그러고는 운전기사를 향해 외쳤다.

"그냥 밀어버리세요!"


S&P 사무실 역시 몰려드는 전화로 분주했다. 권숙과의 계약 여부를 묻는 것부터 이미 복귀를 기정사실로 받아들인 듯 첫 대전 상대에 관한 질문까지, 온통 권숙의 이야기뿐이었다. 출근한 직원들은 가방도 내려놓지도 못한 채 전화통만 붙들고 있었다. "아직은 밝힐 수 있는 단계가 아닙니다"라는 대답과 함께 연신 사과하기에 바빴다. 팀장은 임원진과의 통화에서 섣부른 축포를 경계하면서도 계약에 대한 자신감을 보였다.

"확신이 없으면 움직이지 않는 친구입니다. 믿어보십시오. 반드시 계약서에 도장 찍을 겁니다."

떡밥 기사를 문 유튜버들이 '이권숙 폼 미쳤다'라는 영상을 다시금 업로드하면서 인터넷은 이권숙으로 도배되기 시작했다. 이제는 계약을 못 하면 안 되는 상황까지 온 것이다.

"지금부터 의심을 걷어낸다. 계약 조율 중이라고 응대하고 같은 내용으로 후속 보도자료 준비해!"

팀장이 비어 있는 태영의 자리를 바라보며 소리쳤다.

"김태영 아직 연락 안 돼? 이 새낀 사고를 쳤으면 자리에 붙어 있어야지 어딜 간 거야!"

지방 소도시의 작은 슈퍼마켓의 셔터가 올라갔다. 중년 여성이 밖으로 나와 좌판의 과일을 정리하기 시작했다. 그녀는 완전히 가시지 않은 전날의 피로를 풀듯 틈틈이 기지개를 켜고 허리를 두들기기도 했다. 슈퍼마켓에서 조금 떨어진 골목 어귀에 세워둔 자동차 안에 태영이 있었다. 밤새 한숨도 자지 못해 푸석한 얼굴로 그녀를 바라보는 중이었다. 마지막으로 본 게 지난 설인데 엄마는 그때보다 부쩍 늙은 모습이었다.

"요즘 장사는 어때요?"

긴 망설임 끝에 전화를 건 태영이 아무렇지 않게 물었다.

"먹고살 만은 하지."

엄마의 대답은 언제나처럼 무뚝뚝했다.

"무슨 일 있냐?"

태영은 머뭇머뭇 입을 뗐다.

"집에, 돈은 좀 있어요?"

"얼마나 필요한 게야?"

엄마는 늘 그렇듯 이유 따윈 묻지 않았다. 야구를 그만두며 패배자가 된 태영을 아무 조건 없이 지지해준 것도, 없는 살림에 태영이 새 출발 할 수 있는 기틀을 마련해 준 것도 엄마였다. 태영은 알고 있었다. 사정을 말하면 엄마는 당신의 삶을 포기해서라도 문제를 해결하려 할 것을. 그래서 더 이상 말할 수 없었다.

"내가 무슨 돈이 필요하다고. 용돈 떨어졌는지 궁금해서 그래요."

"태영아, 엄마한텐 애쓰지 않아도 된다."

태영은 순간 숨이 막혔다.

"일 좀 쉬엄쉬엄해요. 나이도 있는데."

태영은 목소리의 물기가 전해지지 않도록 빠르게 말한 뒤, 대답도 기다리지 않고 전화를 끊었다. 괜히 내려왔다고 생각했을 때 가게 안에 있던 손님이 밖으로 나왔다. 익숙한 얼굴, 칼자국의 부하다. 파라솔 아래 앉은 남자는 태영의 자동차를 향해 캔맥주를 살짝 들어 보였다.

"당신 미쳤어? 무슨 짓이야!"

서울로 향하는 태영의 자동차는 제한속도를 넘긴 채 고속도로를 달리고 있었다. 핸드폰 너머로 들리는 칼자국의 목소리는 여전히 차분했다.

"피엠님 약점은 김희원뿐인 줄 알았는데 제가 잘못 봤군요. 두 번째 약점 감사히 확보했습니다. 아직 생각이 정리되지 않으신 것 같으니 조금 더 기다리겠습……"

태영은 신경질적으로 전화를 끊었다. 곧바로 핸드폰이 울렸다. 다시 전화를 받은 태영이 핏대를 세우고 외쳤다.

"돈 갚는다고. 그 더러운 돈 내가 갚는다고!"

수화기 너머로 들린 목소리는 잔뜩 화가 난 듯 울화를 삼킨 박 기자였다.

"저 지금 이권숙이랑 같이 있습니다."

경찰서는 대낮부터 각종 사건사고에 휘말린 사람들로 시끌벅적했다. 두리번거리며 권숙을 찾는 태영의 마음에 뜻밖의 안도가 찾아왔다. 빚을 갚지 못할 거라는 절망, 선수들을 조작 경기에 이용할 수밖에 없다는 절망에서 벗어날 방법이 여기 있었다. 경찰이 불법 스포츠 도박으로 칼자국을 옭아매 주기만 한다면 문제는 쉽게 해결될 것이다. 태영은 앞을 지나던 형사의 팔을 무작정 붙잡았다.

"무슨 일입니까?"

문제는 고발 이후였다. 칼자국은 순순히 검거될 만큼 호락호락한 사람이 아니다. 게다가 태영은 경찰의 추적이 시작되면 밀고자로 가장 먼저 의심받을 사람이다. 그럼 자신의 안전은 고사하고 희원과 엄마도 위험에 빠질 게 뻔했다. 지금으로써는 경찰의 개입이 독이 될 가능성이 컸다.

"이권숙 선수 때문에 왔습니다."

의심스러운 듯 치훑는 형사에게 태영이 명함을 건넸다.

"이권숙 선수 대리인입니다."

명함을 확인한 형사가 태영을 안내했다. 취조실에 박 기자와 권숙이 나란히 앉아 있었다. 경찰의 배려가 아니라 경찰서에 상주하는 사회부 기자들에게 특종을 빼앗기지 않으려는 박 기자의 요구 때문이었다.

"이 선수."

취조실로 들어간 태영이 권숙을 불렀지만 고개를 들지 않았다. 대신 배를 어루만지고 있던 박 기자가 볼멘소리로 불만을 터트렸다. 취재차 유치원을 찾아간 자신에게 권숙이 다짜고짜 주먹을 날렸다는 것이다.

"복귀 앞둔 선수가 기자한테 주먹질이라니. 나 이거 손해배상으론 안 넘어가. 아니, 못 넘어가. 본지 기자 특종 '이권숙의 맨주먹을 맛보다' 이런 타이틀이라도 달아서 기사 쓸 테니까 어디 기대……"

박 기자의 협박에 고개를 숙인 권숙이 무어라 웅얼거렸다.

"뭐라는 거야? 운동선수 목소리가 그것밖에 안 돼요?"

박 기자가 어깨를 쿡쿡 찌르며 권숙을 도발했다. 권숙은 박 기자의 팔을 쳐내며 짜증을 터트렸다.

"아저씨가 애들을 미니까 그랬죠! 나만 괴롭히면 되지 왜 애들한테 손을 대요?"

매스컴이 일단 철수하기로 하면서 소동은 마무리되었지만 박 기자는 자리를 지켰다. 유치원의 경계가 느슨해지길 기다린 그는 점심을 먹고 마당에 나와 노는 아이들에게 다가가 권숙에 관해 물었다. 하지만 오전의 소동으로 기자들을 적이라 생각한 아이들은 박 기자에게 달려들었다. 그동안 권숙에게 덤벼들면서 단련한 덕분인지 아이들은 끈질기게 달라붙었고 참다못한 박 기자가 아이들을 거칠게 밀쳐냈다. 마침 그 광경을 목격한 권숙이 화를 참지 못하고 박 기자의 좌측 복부에 펀치를 꽂아 넣었다. 그 순간에 대해 박 기자는 "옆구리가 반으로 접힌 채 공중으로 붕 떠올랐다가 땅에 떨어졌다"라고 증언했다.

"잘못했습니다. 한마디면 될 걸, 트집 잡는 거 봐."

복부를 움켜쥔 박 기자의 비아냥거림이 다시 시작됐다. 충격이 간까지 전달돼 숨이 멎는 줄 알았다며, 이런 고통을 준 권숙에게 똑같은 악몽을 경험하게 해주겠다고 입을 놀려댔다. 가만히 듣고 있던 권숙이 더는 못 참겠다며 벌떡 일어났다. 동시에 일어난 박 기자가 권숙을 향해 더 때려보라며 얼굴을 들이밀었다. 태영이 막지 않았다면 이번엔 박 기자의 턱이 날아갔을 것이다. 태영은 권숙에게 제발 그만하라는 간절한 신호를 보냈다. 입술을 깨문 권숙이 다시 자리에 앉아 팔을 베고 엎드리자 이번에는 박 기자를 다독여 밖으로 데리고 나갔다.

"싸가지가 없어. 어릴 때부터 잘한다는 말만 듣고 살았으니 저렇게 앞뒤 안 가리고 설치지."

"그래서 고소하시게요?"

태영은 동조하지 않고 담담하게 물었다. 당황한 박 기자가 목소리를 높였다.

"이거 왜 이래요? 나 피엠님 도우려다가 이렇게 된 건데."

속이 빤히 보이는 핑계였다. 권숙은 복귀에 대한 답변을 거부했고, 태영은 현장에 나타나지 않았다. 이대로면 박 기자의 특종은 해프닝으로 끝날 판이었다. 후속 기사에 대한 데스크의 압박도 만만치 않았을 테니 무리하게 취재를 감행한 것이 분명했다.

"일단 병원이라도 가보세요."

태영이 지갑 속 현금을 모두 건넸다. 박 기자가 코웃음을 쳤다. 고작 그 정도 푼돈으로 되겠냐는 비난이 읽혔다. 태영은 한숨을 푹 내쉬고는 손을 거뒀다.

"그럼 죽여요. 폭행으로 기사 쓰고 이권숙 매장시켜. 나도 애인성이 저래서 같이 못 해먹겠으니까."

태영이 돌아섰다. 교섭에서 조건 없는 저자세는 상대의 힘만 키워줄 뿐이다. 한 걸음씩 발을 내디딜 때마다 가슴이 두방망이질 쳤다. 태영은 속으로 열을 셌다. 10, 9, 8…… 카운트가 끝나기 직전, 박 기자가 팔을 잡았다.

"이권숙 주요 기사 단독 보도."

태영은 가슴 깊은 곳에서부터 올라온 안도의 한숨을 꾹 누르고 생각에 잠긴 척 머뭇거렸다.

"오케이 한 겁니다. 나 기사 쓰러 가요."

태영이 손에 쥔 돈을 채간 박 기자는 빠른 걸음으로 사라졌다.


"정말 미안해요, 이 선수."

태영은 경찰서에서 데리고 나온 권숙을 자동차에 태웠다.

"나랑 접촉한 정보가 샜나 봐요."

태영은 짐짓 미안한 표정을 지으며 권숙의 눈치를 살폈다. 여전히 말없이 굳은 얼굴이었다. 예상치 못한 변수가 있었지만 계획이 실패한 것은 아니다. 태영은 권숙에게 계약서를 건넸다.

"회사 차원에서 보호해 줄 거예요. 이 선수 지키려면 이 방법밖에 없어요."

"오늘 일은 고맙지만 복귀할 생각 없어요. 이미 몇 번이나 말한 거 같은데요."

권숙은 계약서를 보자마자 강한 거부감을 드러냈다.

"우리 엄마······"

"돌아가신 어머님께 부끄럽지도 않아요?"

권숙의 입에서 '엄마'라는 말이 나오기 무섭게 태영이 말을 잘랐다. 지난 만남 이후 태영은 권숙이 말했던 어머니의 죽음에 관해 알아봤다. 그녀의 말과 달리 복싱과 어머니의 죽음은 아무런 관련이 없었다. 권숙을 위해 어머니가 희생했다거나, 운동 때문에 병간호를 소홀히 한 것도 아니었다. 오히려 권숙과 그녀의 아버지는 혹독한 훈련 시간 외에는 늘 병실을 지켰다. 게다가 병원 관계자도 투병 생활이 불행해 보이지 않았다고 증언했다.

"어떤 이유에서건 죽은 어머니 내세워서 도망치는 건 좋아 보이지 않아요. 돌아가신 어머니도 이 선수가 큰 선수로 성장하길 바라셨을 텐데······."

"아저씨가 뭘 알아요?"

서늘하게 가라앉은 권숙의 목소리가 태영의 말을 잘랐다.

"우리 엄마 가망 없다는 판정받고서 항암치료 포기하고 호스피스 선택했어요. 죽기 전까지 조금이라도 덜 고통스럽게 살고 싶어 해서 매일 독한 진통제를 들이부었어요. 약에 취해서 꽃처럼 잠들어 있던 엄마가 남들 눈에는 그저 평온해 보였겠죠."

태영은 권숙을 궁지로 모는 데 열중하느라 예의를 지키지 못했음을 깨달았다.

"미안해. 내 생각이 짧았어. 나는 그냥 이 선수가 어머니 핑계를 대는 게 걸려서……."

"나 나쁜 년 맞아요. 엄마가 복싱 때문에 죽었다고 거짓말했고, 그걸 핑계로 도망치려고 했어요. 변명 안 해요. 그래도 아저씨가 내 불행을, 엄마의 죽음을 판단할 권리는 없어요."

권숙은 장례 당시의 기억을 떠올렸다. 빈소를 뒤흔드는 곡소리는 들리지 않았다. 문상객들은 죽음을 위로하는 대신 며칠 뒤에 열릴 세계 챔피언 타이틀매치를 응원했다. 권숙은 그 순간까지도 복싱 타령만 하는 어른들을 상대하고 싶지 않았다. 상주석에 멍하니 앉아 엄마의 영정을 바라볼 뿐이었다. 그렇게 한참을 꼼짝하지 않았다. 그러다 어느 순간 환하게 웃고 있는 사진 속 엄마가 권숙에게 말을 걸어왔다. 복싱에서 도망칠 수 있는 건 지금뿐이라고, 그러니 어서 도망치라고…….

권숙은 고개를 들어 태영을 쳐다봤다. 그리고 힘주어 말했다.

"욕하세요. 나쁜 년이라고. 그래도 안 돌아가요."

"협회에선 이미 이 선수를 복귀시키겠다고 마음을 먹었어요."

"다시 말할게요. 난 복싱이 싫어요. 아빠가 시켜서 한 거지, 하고 싶었던 적도 없어요. 난 그냥 평범하게 살고 싶어요."

"우리가 포기한다고 끝나는 게 아니야. 곧바로 다른 업체에서 붙을 거야. 넌 그냥 복싱선수가 아니라 에스토마타를 이긴 사람이야. 이런 기대는 당연한 결과고 받아들이는 수밖에 없어.”

“우연이라구요! 그때 에스토마타가 방심하지 않았으면 난 1분
도 못 버텼을 거예요. 내 실력은 내가 제일 잘 알아요. 난 천재가
아니에요!”

감정이 격해져 가쁘게 숨을 내쉰 권숙이 자동차 문을 열었다.

“난 링으로 안 돌아가요. 죽어도 복싱 안 해.”

태영이 차에서 내리려는 권숙의 팔을 낚아챘고, 권숙이 반사
적으로 펀치를 날렸다. 태영은 손바닥을 펼쳐 빠르게 날아온 펀
치를 막았다. 강속구를 받았을 때처럼 손바닥이 저릿했다.

“나는 죽어야 복싱에서 완벽하게 벗어날 수 있는 건가요?”

권숙이 울먹이며 소리쳤다. 태영은 자기연민에 빠진 권숙이
답답하고 한심했다. 자신의 재능이 다른 사람에게는 평생을 노
력해도 가질 수 없는 꿈인 줄도 모르고 악을 쓰고 투정만 부리는
태도를 이해할 수 없었다. 짜증이 치받친 태영이 소리쳤다.

“그럼 지든가, 씨발! 한 번도 져본 적이 없는데 이권숙이 천재
가 아니란 말을 누가 믿어?”

권숙이 당황한 얼굴로 태영을 돌아봤다. 아차, 권숙이 계약의
열쇠를 쥐고 있다는 것을 잠시 잊고 있었다. 뒤늦게 후회해 봤자
이미 늦었다. 태영의 머릿속에 실패라는 두 글자가 새겨졌다. 이
게 다 칼자국의 협박 때문이다. 좌절한 태영이 머리카락을 쥐어
뜯자 권숙이 픽 하고 웃었다.

“내가 왜 그 생각을 못 했지? 아저씨 말대로 차라리 졌다면 나

한테 관심도 안 가졌을 텐데."

권숙의 혼잣말이 태영에게 구원처럼 들려왔다. 발목에 어마어마한 빛을 채우고 끝없는 어둠으로 가라앉던 그에게 탈출을 도와줄 한 줄기 빛이 보였다. 태영이 권숙의 손을 덥석 잡았다.

"집시다. 일단 복귀해서 무조건 집시다."

"이 아저씨가 정말, 복싱 안 한다구요!"

"일부러 지는 경기를 해서 천재가 아닌 걸 증명하면 되잖아. 그러면 당당하게 은퇴도 하고 협회가 괴롭힐 일도 없을 거야. 내가 도와줄게."

권숙의 눈동자가 흔들렸다. 태영은 정확한 단어와 분명한 약속으로 쐐기를 박았다.

"복싱을 완벽하게 그만둘 수 있게 만들어줄게."


6


원장이 살짝 내려간 안경을 올려 썼다. 옆에 앉은 재민은 핸드폰만 보고 있었다. 기자들이 들이닥친 후 상황이 정리될 때까지 쉬라는 통보를 받은 지 이틀 만이었다.

"이유리 선생. 아니, 이권숙 씨라고 불러야 할까요?"

"이유리로 불러주세요."

"그래요, 이유리 선생. 기자들 때문에 학부모들이 많이 불안해해요. 전화가 너무 많이 와서 업무도 제대로 할 수 없고. 이유리 선생을 어떻게 해야 할지 모르겠네요.”

“그만두라고 말씀하셔도 돼요.”

마음의 준비를 마친 권숙이 예의를 갖춰 말했다. 일방적 은퇴 선언 후 복싱과 아빠에게서 도망친 권숙이 다시 세상으로 나온 건 3개월이 지난 뒤였다. 그 사이 SNS는 쳐다보지도 않았고 포털사이트 프로필도 삭제했다. 프로 데뷔 때문에 대학을 포기한 권숙이 선택할 수 있는 것은 아르바이트밖에 없었다.

첫 알바는 햄버거 프랜차이즈였다. 한 손님이 권숙을 알아본 뒤 많은 사람이 몰려들었다. 대부분 햄버거에는 관심도 없고 권숙의 사진을 찍어 인스타에 올리는 게 목적이었다. 매상엔 도움도 안 되고 바글바글한 인파 때문에 햄버거를 사러 온 손님까지 발걸음을 돌리자, 점장은 사흘 만에 권숙이 그만뒀으면 좋겠다고 말했다. 다른 알바를 구해도 상황은 마찬가지였다.

알바에서 쫓겨나듯 잘릴 때마다 복귀설도 함께 따라다녔다. 이제 천재의 철없는 방황은 끝났으니 곧 권숙이 링 위에 오를 거란 추측성 기사가 난무했다. 결국 권숙은 다시 숨기로 했다. 완벽한 잠적을 위해 먼저 ‘이유리’로 개명했다. 처음으로 화장을 하고 치마도 입으니 ‘이권숙’이라는 허물이 벗겨진 것도 같았다. 그런 그녀에게 호동 유치원은 구원이고 운명이었다. 재민과 동료 교사, 아이들까지 그녀를 이권숙이 아닌 어설픈 보조교사 이유리로 받아들였으니까.

"결국 이렇게 되네요. 저는 정말 괜찮아요."

권숙이 담담한 목소리로 말했다.

"저 여기 정말 좋아했어요. 다섯 살에 복싱을 시작해서 친구도 없거든요. 애들이 얕잡아보기도 하고 장난도 많이 걸었지만 그래도 행복했어요. 복싱이 아니어도 할 수 있는 게 있고, 혼자가 아니라는 생각도 들고……."

가만히 이야기를 듣던 재민이 살며시 고개를 끄덕거렸다. 권숙의 눈에는 그 모습이 마치 '괜찮아, 뭐든 말해 봐'라며 언제나처럼 아무도 모르는 응원을 보내는 것처럼 보였다. 순간 지난밤 자신을 찾아온 태영이 떠올랐다. 그는 정말로 복싱을 그만둘 수 있게 해주겠다며 새로운 계약서를 내밀었다. 그러면서 3개월이면 복싱과 완전히 이별할 수 있다고 했다.

'원장님께 3개월만 기다려 달라고 해볼까.'

"할 말이 남았나요?"

망설이는 권숙에게 원장이 물었다. 그동안 폐만 끼친 보조교사를 3개월이나 기다려줄 리 없다. 게다가 태영과 세운 계획을 설명할 수도 없다.

"그럼 퇴사는 이유리 선생의 선택이라고 생각해도 될까요?"

"네, 그동안 감사했습니다."

호동 유치원과의 인연도 이제 끝이다. 원장실을 나오자 권숙의 눈치를 살피는 교사들이 보였다. 절대 아니라던 그 이권숙이 맞았으니 배신감을 느꼈을 것이다. 그때였다.

"보조쌤."

아람이와 아이들이 쪼르르 달려왔다. 박 기자를 쓰러뜨렸을 때 겁에 질려 자신을 바라보던 아이들의 눈빛이 생각났다. 이렇게 귀여운 아이들에게 무서운 경험을 남겼다고 생각하니 차마 똑바로 쳐다볼 수 없었다.

"나쁜 아저씨 때려줘서 고맙습니다."

아람이가 작은 손으로 푸딩을 내밀었다. 아마도 오늘 간식일 것이다. 푸딩이 나오는 날이면 하나 더 먹고 싶다며 조르던 아람이었다. 권숙이 선뜻 받지 못하자 다른 아이들도 기다렸다는 듯 푸딩을 건넸다.

"보조쌤이 파워레인저처럼 악당을 물리치고 우리를 구해줬어요. 이제 보조쌤 안 놀릴게요."

아람이 권숙을 따라 하듯 휙휙 주먹을 뻗었다. 손 안 가득한 푸딩을 가방에 넣은 권숙이 아람과 키를 맞춰 앉았다.

"다음에 또 나쁜 아저씨가 나타나면 김밥을 마는 것처럼 손가락을 쥐고 그 위에 엄지를 올리는 거야. 이 주먹으로 나쁜 아저씨를 혼내주면 돼. 자, 손가락을 어떻게 한다고?"

"김밥을 마는 것처럼!"

아이들이 한목소리로 대답했다.

권숙이 양 손바닥을 펴서 아이들에게 때려보라는 신호를 보냈다. 아람이 권숙의 손바닥에 주먹을 뻗었다. 색색거리며 왼손과 오른손을 번갈아 하나둘, 하나둘 힘껏 내밀었다. 어느새 아람의 뒤로 아이들이 줄을 이었다. 언제나 무질서하던 아이들이 권숙의 손바닥만 바라보며 나란히 선 것이다. 모두와 깜짝 스파링을 끝낸 권숙이 아이들에게 외쳤다.

"하나만 약속하자. 친구들은 때리지 않기."

아이들이 따라 외쳤다.

"친구들은 때리지 않기."

그때 가만히 지켜보던 원장이 말했다.

"도피처가 아니라 일이 필요한 거라면 남아요. 하나씩 배워봅시다."

원장 곁의 재민이 고개를 살짝 끄덕였다. 누구의 제안인지 묻지 않아도 알 수 있었다. 권숙의 눈에 눈물이 맺혔다.

"보조쌤, 아파요?"

아람이 미안해하며 서성거렸다. 권숙은 고개를 저으며 아람을 끌어안았다. 언제나처럼 여기에 있고 싶었다.


"나 같은 놈하곤 친구 하기 싫다는 말로 알아들어도 될까요?"

칼자국은 대뜸 이권숙의 이름부터 꺼낸 태영에게 실망한 기색을 감추지 않았다.

"저는 사장님과 제가 모두 만족할 방안을 가지고 온 것뿐입니다."

진실이고, 진심이었다. 가만히 태영을 바라보던 칼자국이 말해 보라는 손짓을 보냈다. 태영의 설계는 간단했다. 우선 이권숙이 복귀를 선언한다. 한 달 안에 복귀전으로 화려하게 재기한다면 대중들은 다시 천재에게 열광할 것이다. 복싱 열풍으로 다시 세계 챔피언 타이틀매치가 열렸을 때 권숙은 태영과 약속한 대로 완벽하게 패배한다.

"꼭 두 경기나 필요합니까?"

어느새 태영의 말에 귀를 기울이던 칼자국이 물었다.

"은퇴 후 첫 경기입니다. 승리가 확실하지 않은 선수에게 큰돈이 모이진 않겠죠."

이는 권숙을 위한 것이기도 했다. 복귀하자마자 패배한다면 천재의 실수로 동정 여론을 만들어 완벽한 은퇴가 힘들어질 수도 있기 때문이다.

"설계 마무리까지 얼마나 걸리죠? 오래 기다릴 수 없어요."

"석 달입니다."

불가능한 일정은 아니다. 두 경기나 치러야 하는 것을 못마땅해하던 권숙이 태영의 계획을 받아들인 것도 3개월이란 짧은 시간 덕이었다. 모든 편의를 약속한 협회 덕분에 행정 절차도 수월했다. 선수층이 얇은 여자 프로복싱에서 복귀전을 통한 타이틀매치 도전권 획득은 절차적으로 아무런 문제가 없었다.

"피엠님이 말씀하신 설계라면 30억 정도는 우습게 벌 수 있습니다. 하지만 복귀전 승리로 기대감을 잔뜩 높여놓고 타이틀매치에 많은 돈을 끌어모으는 건 초보자의 발상입니다. 처음부터 빅매치를 조작하면 그 선수는 다음을 기약할 수 없어요. 기대가 큰 만큼 실망도 큰 법이니까요."

태영의 대답을 기다리던 칼자국이 의중을 파악했다는 듯 말을 이었다.

"이권숙은 은퇴를 생각하고 있군요."

칼자국이 손가락 끝으로 책상을 툭툭 두드리며 잠시 생각에 빠졌다.

"나는 한 번으로 끝날 이권숙보다 피엠님의 선수들이 더 매력적입니다. 내가 그렇게 싫은가요?"

"승부 조작에 참여할 마음은 없습니다."

"혹시 모순이라는 단어의 뜻을 알고 있나요? 피엠님, 지금 당신은 전 국민이 사랑하는 복싱 천재를 픽스매치에 내보내 은퇴시키려 하고 있어요. 그리고 잊으셨나 본데, 김희원의 픽스매치를 결정한 것도 당신입니다. 그런데 승부 조작에 참여할 마음이 없다니요. 완전한 모순이 아닌가요?"

"희원이 형 일은 제 실수입니다. 하지만 다음 실수는 없습니다. 저는 이권숙 선수에게 어떠한 강요도 하지 않았습니다. 그녀의 뜻대로 은퇴를 에이전트 할 뿐입니다. 석 달만 기다려주시면 모든 수익을 넘기겠습니다."

"수익을 넘기다니요. 잘못 알고 계시네요. 나와 친구가 되지 않는 이상 피엠님에게 돌아갈 수익은 없어요. 10억이든 100억이든 말이죠. 참, 리스크도 피엠님 혼자서 짊어지는 겁니다. 아시다시피 제가 불의는 참아도 불이익은 못 참으니까요."

칼자국이 손짓을 보내자 부하가 문서를 늘어놓았다. 태영이 갚아야 할 빚보다 많은 액수의 보험금이 걸려 있는 생명보험 가입 서류였다. 최악의 경우 목숨과 빚을 맞바꿔야 할지도 모른다고 생각했다. 막연한 상상에 불과했던 죽음이 현실로 다가왔다. 태영의 안색이 창백하게 굳어졌다.

"마지막 기회를 드리겠습니다."

칼자국은 태영의 두려움을 알고 있다는 듯 말했다. 최후의 협박이었다. 태영은 대답 대신 펜을 들었다. 권숙과는 이메일과 전화를 주고받으며 단단한 밀약을 성사시킨 상태였다. 팀장의 반대를 무릅쓰고 '을 이권숙이 선수로서 한계를 느낀다면, 갑 S&P와의 합의하에 언제든 은퇴를 결정할 수 있다'라는 조항까지 추가한 덕분이었다. 태영은 권숙의 펀치를 떠올리며 두려움을 꾹꾹 눌렀다.


약속 시간이 지났지만 권숙은 도착하지 않았다. 핸드폰 전원도 꺼져 있다. 권숙을 찾아 나설지, 여기서 가만히 기다릴지 아직 결정하지 못했다. 망설이던 태영이 어디론가 전화를 걸었다.

"이유리 선생님 오늘부로 퇴원하셨습니다."

유치원은 권숙이 폐를 끼치고 싶지 않다며 떠났으니 그녀의 의사를 존중해 앞으로는 연락하지 말라고 했다. 이로써 권숙이 출발을 결심한 것은 확실하다. 자신을 구해줄 유일한 카드인 그녀를 잃는다는 것은 전부를 잃는 것이다. 다시는 권숙을 만날 수 없을지도 모른다는 불안감에 어디로든 그녀를 찾아 나서야겠다고 생각한 순간 그토록 기다리던 목소리가 들렸다.

"아저씨!"

돌아보니 권숙이 손을 흔들고 있었다. 태영은 황급히 달려가 권숙을 꽉 끌어안았다.

"왜 전화를 꺼놨어!"

"냄새나요."

권숙이 태영을 밀쳐냈다.

"배터리가 없었어요. 온다고 했는데 왜 사람을 못 믿어요."

"이건 못 믿는 게 아니라 걱정하는 거야."

권숙은 여전히 미심쩍다는 표정으로 "나 아저씨 믿어도 되죠?"라고 물었다.

"걱정 마. 타이틀매치에서 지고 깔끔하게 은퇴하는 거야."

복싱을 증오하는 권숙이라면 반드시 성공할 것이다. 손수건으로 땀범벅인 태영의 손을 닦은 뒤 악수를 받아들인 권숙이 태영의 말을 따라 하듯 읊조렸다.

"반드시 지고 은퇴한다."

이제 남은 건 계획대로 움직이는 것뿐이다.


인천국제공항의 입국장 문이 열렸다. 기자들은 카메라 셔터를 누르기 시작했고 플래카드를 치켜든 사람들은 함성을 질렀다. 트레이닝복 차림의 남녀가 입국장을 나오자, 실망과 탄식이 터져 나왔다. 그들 뒤로 아이돌 그룹이 모습을 드러낸 순간 다시 한번 플래시와 환호가 쏟아졌다.

"이한 선수!"

입국장 한편에서 대기하던 박 기자가 남녀에게 다가갔다.

"아무리 여자 복싱이 비인기 종목이래도 세계 챔피언을 못 알아보네."

여자 프로복싱 3대 기구 통합 세계 챔피언 이한아름과 그녀의 지도자인 송 관장이다.

"이권숙 선수 시절엔 그래도 관심이 꽤 많았는데. 안 그래요?"

이한아름은 친한 척 따라붙는 박 기자를 무시하고 지나쳤다.

"이한 선수, 잠시만요. 할 말이 있어요."

송 관장이 다시 따라붙는 박 기자를 신경질적으로 밀쳐냈다.

"모르는 건 당신도 마찬가지잖아. 우리 한아름이는 이한 아름이 아니라, 이 한아름이라고. 취재하고 싶으면 챔피언 이름부터 제대로 알고 오슈."

"관장님, 그냥 가요. 저 피곤해요."

두 사람은 필리핀 전지훈련에서 이제 막 돌아온 참이었다.

"이권숙 복귀했어요."

등 뒤에서 들려온 박 기자의 외침에 한아름이 멈췄다.

"비록 기권승이었지만 이권숙을 이긴 유일한 선수 아닙니까."

"노 콘테스트. 승리가 아니라 무효경기였어요."

"엇, 사람들은 한아름 선수의 승리로 알고 있는데……."

박 기자가 무안하다는 듯 웃으며 화제를 돌렸다.

"그때 못다 겨룬 승부를 다시 할 수 있게 됐는데 어때요?"

"이번에는 정말로 복귀한대요?"

"어제 계약서에 사인한 걸 제가 단독 보도했어요."

한아름이 이를 악물고 말했다.

"그럼 기사 하나만 부탁할게요. 저 이한아름은 이권숙과는 절대 경기하지 않을 거라고요."

나 배신하지
말아요

1

안개가 자욱이 깔린 거리 위로 이른 출근길에 오른 사람들이 하나둘 늘어갔다. 그 사이로 비틀거리며 달려오던 태영이 자리에 멈췄다. 땀으로 축축해진 트레이닝복이 무겁게 태영을 짓눌렀다. 양 무릎에 손을 짚고 턱 끝까지 차오른 숨을 크게 뱉자 구역질이 섞여 나왔다. 한참 숨을 고른 태영은 다시 비틀비틀 걸음을 옮겼다. 고시텔 앞에서 함께 출발한 권숙은 로드워크 코스의 반환점에서 앞서더니 뒷모습조차 사라진 지 오래였다.

권숙이 매일 아침 '가볍게 뛴다'던 20킬로미터의 로드워크를 만만히 본 게 잘못이었다. 펄펄 날 듯 뛰던 태영이 헐떡대며 걷기 시작하고, 멈춰 서서 숨을 고르기까지 그리 오랜 시간이 걸리지 않았다. 그에 반해 권숙은 보폭을 유지한 채 사이드 스텝과 백 스텝, 섀도복싱까지 틈틈이 섞어가며 달려도 속도를 유지했다. 태영은 몇 번이나 지나가는 택시를 향해 손을 흔들고 싶었다. 하지만 함께 뛰겠다고 약속했다. 선수와 에이전트의 관계에서 가장 중요한 신뢰를 저버리기 싫었다. 게다가 트레이닝 첫날부터 우스운 모습을 보일 수도 없었다.

"야구선수였다는 거 뻥이죠?"

운전석에 앉아 거친 숨을 내쉬는 태영을 보며 권숙이 놀리듯 말했다. 태영이 로드워크를 완주하는 사이 씻고 배달 온 아침 도시락까지 먹은 권숙이다.

"오래…… 너무 오래 쉬어서 그래. 옛날엔 40킬로미터씩 달렸어."

"내일부터는 혼자 뛸게요."

태영이 내심 반가운 마음을 누르며 살갑게 물었다.

"그럼 로드워크 끝나는 시간 맞춰서 데리러 올게."

"아니에요, 체육관도 알아서 갈게요."

"그런 게 어디 있어. 내 선수는 최고로 모시는 게 내 철칙이야."

"폐 끼치기 싫어요."

태영은 보이지 않는 벽을 느꼈다.

"이 선수 이제 버스나 지하철도 못 타. 알잖아, 복귀 기사 나간거."

"그럼 자전거 타요. 원래 코치들은 자전거로 움직여요."

"자동차에서 기다리지 말고?"

"같이 뛰어준다면서요."

"오케이, 내가 폐활량은 많이 떨어졌어도 허벅지 힘이 엄청나요. 완전 말 근육이야. 자전거는 껌이지. 내일부터 이 선수 옆에서 떨어질 일 없을 거야."

"알겠어요."

권숙이 퉁명스럽게 대답했다. 적막한 공기가 감돌았고, 잠시 권숙의 눈치를 살피던 태영이 슬쩍 말을 건넸다.

"고시원은 언제 나올 거야? 체육관 근처 숙소 알아볼게."

"여기가 편해요. 남한테 함부로 신세 지기도 싫고……."

"회사 경비니까 돈 걱정은 안 해도 돼."

"그 돈 때문에 나중에 은퇴 못 하면요?"

권숙이 날카롭게 되물었다. 태영은 문득 권숙과의 계약금을 떠올렸다. 역대 최고 수준이었던 계약금은 밀약한 두 경기의 대전료 수준으로 삭감됐다. 권숙이 은퇴를 선언할 때 계약금에 발목 잡히지 않도록 배려한 태영의 결정이었다.

"숙소 때문에 은퇴 못 할 일은 없어. 다 계산된 거니까 맘 편히 이사해."

"그래도 싫어요."

꾹 다문 권숙의 입술에서 고집이 배어났다.

"그럼 우리 집으로 들어와. 체육관 근처에 방도 두 개야. 축구

선수 김민세 알지? 걔도 예전에 우리 집에서……."

"미쳤어요? 내가 거기서 왜 살아요. 그리고 나 금메달리스트
예요. 꼬박꼬박 연금 나오니까 나 먹고사는 건 신경 쓰지 마요."

권숙은 태영을 경계하고 있음을 온몸으로 드러냈다. 태영은
둘 사이의 보이지 않는 벽을 부수기로 했다.

"체육관 연습 비용은 어쩌려고."

"그것도 내가 낼게요."

골똘히 생각하던 태영이 슬며시 웃었다.

"월 회비가 좀 센데."

연습장으로 결정된 체육관은 텅 비어 있었다. 직장인 회원들
이 몰리는 저녁 시간을 제외하고는 통째로 권숙에게 임대하기
로 한 것이다. 태영이 계약서를 흔들어 보였다.

"어디 보자. 연금이 들어온다고 했으니까 임대료로 월 100만
원, 어때?"

"꼭 이런 데서 연습해야 해요? 그냥 한강에서 해도 되는데."

당황한 권숙이 억지를 쓰기 시작했다.

"그래, 한강으로 가자. 거기서 우리 지는 경기 연습해요, 하고
아예 광고를 하자."

반박할 말을 찾지 못해 분하다는 듯 노려보는 권숙을 보며 태
영은 즐거운 표정을 지었다.

"형님!"

체육관 문이 열리고 노랗게 물들인 머리칼에 화려한 트레이

닝복을 입은 남자가 반갑게 웃으며 다가왔다.

"이쪽은 이 체육관의 최호중 대표. 페더급 세계 랭킹 4위 출신이니까 이 선수 훈련 도울 자격은 충분해."

호중을 슬쩍 쳐다본 권숙이 태영에게 눈짓을 보냈다.

"입 무거운 친구야. 나랑 막역하기도 하고."

권숙의 생각을 읽었다는 듯 태영이 먼저 말을 꺼냈다.

"이 선수 덕에 체육관 열고 돈도 많이 벌었으니 이 선수에게 빚진 사람이기도 하죠."

호중은 악수할 생각이 없는 권숙의 손을 억지로 잡고 세차게 흔들었다. 기쁨을 주체하지 못한 채 권숙의 어깨를 두드리며 깔짝대더니 급기야는 장난스럽게 권숙의 복부를 툭 건드렸다. 순간 태영이 황급히 호중을 끌어당겼고, 곧장 권숙의 펀치가 날카로운 바람 소리를 내며 호중의 눈앞을 스쳤다. 굶주린 짐승 같은 권숙에게 기가 눌린 호중이 기어들어가는 목소리로 말했다.

"어, 어쨌든 잘해 봅시다."

"대표님이라면서요. 관장님은요?"

"아, 그게 우리 체육관이 다이어트 전문이라……. 여성 회원이 많다 보니 관장이란 호칭이 좀 불편한 거 같아서 대표로 통일했어요. 뭐, 편한 대로 불러요. 관장이든 대표든, 오빠든."

"나쁘지 않네요."

새침하게 대답한 권숙이 체육관을 둘러보기 시작했다.

"원래 성격이 저렇게 쌩해요?"

"자식이 묘하게 거리를 두네. 그래도 쓸 만하지?"

"몸 상태는 괜찮아요. 승모근 잘 잡혔고, 복근 단단하고, 근육도 크게 무너진 곳 없어 보이고. 조금만 다듬으면 되겠어요."

호중이 호들갑스럽게 군 것은 권숙의 대략적인 신체 상태를 파악하기 위해서였다. 태영은 병원에서 받아온 권숙의 운동능력 결과를 건넸다. 근력, 지구력, 유연성, 순발력까지 현역 선수 이상의 수준을 유지하고 있었다. 하루라도 운동을 거르면 온몸이 아프다던 권숙은 전형적인 운동 중독증 환자였다. '아빠의 저주'라며 씁쓸해하던 그녀에게 아버지에 관해 물었지만 아무 대답도 들을 수 없었다. 태영은 문득 떠오른 듯 호중에게 물었다.

"너 이철용 코치 좋아하지?"

"좋아하는 게 아니라 존경하죠. 주먹만 안 부서졌어도 세계 챔피언이었는데……."

"쟤 앞에서는 입도 뻥긋하지 마."

"왜요?"

"왜긴, 복싱만큼 아버지 싫어하는 애야. 은퇴하자마자 집 나왔다더라. 일부러 내색 안 하는 애 건드려서 좋을 거 없어. 잘못하다간 복귀전 망친다."

"그게 문제가 아닌 거 같은데. 한 달 안에 복귀전 잡을 거라면서요. 가능해요?"

호중은 권숙의 기량을 걱정했다. 어떤 스포츠도 신체 능력만으로 승리할 수 없다. 태영도 내색하지 않았지만 불안하긴 마찬가지였다. 무리한 일정 탓에 복귀전에서 패하기라도 한다면 모든 것이 끝장이다. 최대한 복귀 일정을 앞당기라는 협회의 독촉에 응하지 않는 것도 이 때문이다.

그때였다. '퍽' 소리가 체육관을 가득 울렸다. 권숙은 어느새 샌드백 앞에 서 있었다. 가볍게 몸을 풀 듯 샌드백을 칠 때마다 우렁찬 타격음이 터져 나왔다.

"형님, 조작 경기 꼭 해야 합니까."

호중이 조심스럽게 말했다.

"저도 복싱선수였잖습니까. 애가 망가졌으면 그러려니 할 텐데 펀치가 살아 있잖아요."

충분히 납득한 줄 알았던 호중이 흔들리고 있었다. 실은 태영도 그랬다. 권숙을 처음 만난 날의 펀치를 도저히 잊을 수 없었다. 그때만 해도 그녀를 링으로 복귀시키는 것밖에 생각하지 못했지만, 지금은 천재 복서를 링에서 영원히 퇴장시키는 길을 선택했다. 태영의 입가에 쓴맛이 돌았다.

"링 위에 서는 게 세상에서 제일 끔찍하다잖아."

이는 태영이 되뇌는 주문이기도 했다. 은퇴를 원하는 것은 자신이 아니라 권숙이며, 선수의 의사를 최대한 존중할 뿐이라고 스스로를 다독였다. 태영은 자신과 거리를 두려는 권숙을 이해할 수 있을 것 같았다. 승리 대신 조작이라는 더러운 패배를 목적으로 손을 잡았으니까. 하지만 두 사람이 원하는 결과를 손에 넣을 때까지 선수와 에이전트의 관계는 변하지 않을 것이다.

"우리 역할은 이권숙을 돕는 거야. 악몽에서 해방시켜줘야지."

호중이 개운치 않은 표정으로 고개를 끄덕였다.

"고맙다. 미안하고."

"됐어요. 형님이 체육관 컨설팅 안 해주셨으면 저 아직도 헝그리 정신 찾으면서 라면이나 겨우 먹고 있었을 거예요. 이름 바꾸고 인테리어도 다시 하고 프로그램도 새로 짜서 이만큼 먹고사는 건데요. 보답할 기회 주셔서 오히려 감사해요."

"그래, 고맙다. 다행히 권숙이도 여길 싫어하진 않는 것 같다."

태영의 말처럼 권숙은 이곳이 마음에 들었다. 묵은 땀 냄새와 낡아빠진 기구가 전부였던 아빠의 체육관과는 달랐다. 근성, 투지, 열정 따위의 관훈도 없었다. 여기라면 정말로 복싱과 완전히 이별할 수 있을 것 같은 느낌이 들었다.

"이 선수, 서둘러. 기자들 오기 전에 준비할 게 많아."

태영이 소리쳤다. 권숙의 요구에 맞춰 계약조항을 수정했지만 언론 노출만은 고집을 부렸다. 추측성 기사에 시달렸던 권숙은 은퇴 후를 위해 노출을 최대한 줄이고 싶다고 하소연했다.

"운동선수가 실력만 보여주면 되지 왜 얼굴을 보여줘요!"

"이 선수는 관객이 내는 돈을 받고 경기하는 프로야. 그러니까 승부는 기본이고 대중과의 소통도 제대로 해야 해. 대중을 대변하는 게 언론이고."

태영은 언론과 권숙의 불화가 신비주의 때문이라고 지적했다. 대중은 권숙이 자꾸만 숨으려고 하니 더 많은 걸 알고 싶어 했고, 언론은 대중의 호기심을 핑계로 그녀를 쫓아다녔다. 다른 건 몰라도 아빠는 언론만은 철저히 통제했다. 덕분에 훈련에만 집중할 수 있었다.

"줄 건 주고 나머지는 감추자는 거야. 나 믿지?"

하는 수 없이 첫 훈련만 공개하면 복귀전까지 언론과의 접촉을 완벽히 차단하기로 약속했다. 훈련복으로 갈아입은 권숙은 여전히 못마땅하다는 표정으로 기자들 앞에 섰다. 그런데 체육관에 모인 기자들은 자신이 알던 모습이 아니었다. 링을 침범하지 않고 훈련 장면을 찍거나 기사를 작성했다. 태영이 정한 취재 에티켓을 별다른 불만 없이 따르고 있었다. 물론 권숙을 자극하는 짓궂은 질문이 완전히 사라진 건 아니다. 그럴 때마다 태영이 능글맞게 기자를 상대하며 대신 대답했다. 권숙은 어쩌면 아빠의 대처가 틀렸던 것일지도 모르겠다고 생각했다.

"집중!"

호중의 외침에 권숙이 글러브를 맞부딪히며 기합을 넣었다. 기자들이 도착하기 전 태영은 '카메라에 담을 그림'만 보여주면 된다고 했다. 기자들이 원하는 건 지루한 체력단련이 아니라 건재한 천재의 모습이니까. 그래서 매스복싱을 선택했다. 매스복싱은 상대를 상상하고 싸우는 섀도복싱과 직접 치고받는 스파링을 적절히 섞은 훈련이다. 상대를 때리기 직전에 멈추거나 툭치는 정도에 그치는 실전형 섀도복싱이기도 하다. 실제 경기만큼 박진감 넘치지만 선수의 부상 위험은 현저히 낮다. 호중은 한

술 더 떠 액션영화처럼 미리 동작을 맞추자고 했다.

권숙은 계산 대로 호중과 펀치를 주고받았다. 춤추듯 유연하면서도 빠른 몸짓이 링 위를 휘저었다. 시끌벅적하게 취재 경쟁을 벌이던 기자들은 어느새 권숙에게 집중했다. 태영이 마무리 신호를 보내자 권숙은 호중에게 레프트 잽을 날렸다. 약속 대로 호중은 몸을 살짝 틀어 왼쪽으로 비켜났다. 순간 권숙의 라이트 어퍼컷이 호중의 배를 훑으며 턱을 향해 날아갔다. 펀치는 턱에 닿기 전에 멈췄으나 호중은 펀치에 맞은 듯 나자빠졌다. 에스토마타를 쓰러트린 장면을 재연한 것이었다. 기자들은 '전설의 귀환'을 예고하는 장면을 놓치지 않고 카메라에 담았다.

"응원해 주신 국민 여러분의 기대에 부응할 수 있도록 최선을 다하겠습니다."

연습을 마친 권숙이 소감을 밝혔다. 특별할 필요 없다는 태영의 충고에 맞춘 무난한 인사말이었다. 이것으로 권숙의 역할은 끝났다. 마이크를 넘겨받은 태영은 복귀전에 대한 구상을 간결히 설명하고 질의응답으로 넘어갔다.

"이유리로 개명한 특별한 이유라도 있습니까?"

"국민이 원하는 건 복싱선수 이권숙입니다. 링으로 돌아온 이상 이권숙으로 불러주시기 바랍니다."

권숙은 '이유리'를 영리하게 지켜주는 태영의 대처가 만족스러웠다. 하지만 취재는 끝날 줄 몰랐다. 권숙이 발끝으로 태영의 종아리를 툭 걸어찼다. 태영이 손을 살짝 흔들며 속삭였다.

'진정해.'

"계체량은 문제없습니까? 공백기가 꽤 길었는데 예전과 같은 밴텀급(51~54킬로그램)으로 출전하려면 감량이 쉽지 않을 것 같은 데요."

은퇴 후에도 로드워크를 쉬지 않아 체형이 달라지지 않은 것처럼 보였지만, 확실히 살이 찌긴 했다. 체중계에 올라설 때마다 두 번 다시 보고 싶지 않은 숫자가 기록되곤 했다.

"문제없습니다."

태영이 담백하게 답했다. 권숙도 자신감 넘치는 태영의 목소리를 따라 고개를 끄덕였다. 일반적으로 선수들은 자신의 힘을 가장 잘 이용할 수 있는 적정 체중을 파악한 뒤 한 단계나 두 단계 아래의 체급을 선택한다. 급격한 감량으로 계체량을 통과한 다음 남은 24시간 동안 열심히 먹어 예전 체중으로 되돌려 싸움에 나서기 때문이다. 복싱에서 감량이 어드밴티지를 확보하기 위한 전술이자 승부의 시작점으로 평가받는 것도 이러한 이유다. 그러니 기자들 앞에서 감량에 자신 있다는 것만 강조하면 문제 될 게 없다. 그런데……

"현재 이권숙 선수의 체중은 59.64입니다. 밴텀급의 한계치인 53.52까지 6킬로그램만 감량하면 됩니다. 전혀 문제 될 것이 없습니다."

깜짝 놀란 권숙이 빨개진 얼굴로 다급하게 소리쳤다.

"아저씨!"

왜 불러? 태영의 얼굴이 뻔뻔하게 물었다. 씩씩 콧바람을 내뱉는 권숙에게 수십 대의 카메라가 요란한 셔터음을 내며 플래시를 터트렸다. 이런 아저씨를 잠깐이나마 믿으려 했던 자신이 한심해 견딜 수 없는 권숙이었다.

2

태영은 핸드폰으로 기사를 검색하며 황제 다이어트 복싱짐으로 향했다. 권숙의 복귀를 두고 전설의 귀환이라며 호들갑을 떠는 내용이 대부분이었지만, 거만한 천재가 과연 재기에 성공할지 의문이라는 기사도 있었다. 어떤 내용이든 권숙을 향한 관심이 뜨거운 것은 확실했다. 여론도 권숙을 지키자는 방향으로 움직이기 시작했다. 그간 대중의 지나친 관심으로 망가진 천재들을 이야기하며 무관심의 필요성을 주장하는 목소리가 커졌다. S&P의 마케팅팀이 SNS와 커뮤니티를 중심으로 언급하자 금세 공감대가 형성됐고, 눈치 빠른 언론이 힘을 실어주었다. 덕분에 촉박한 복귀전 일정을 이유로 모든 취재를 거부할 수 있었다.

권숙은 링에서 연습 중이었다. 훈련은 체력, 공격, 방어, 회피 메뉴를 각각 2분씩 반복하는 것이 한 세트로, 메뉴마다 1분의 인터벌을 가진다. 실전에 대비한 체력을 기르기 위해 10라운드의 경기에 맞춰 10세트를 반복한다. 오후가 가까워지고 있으니 이미 5세트 이상을 치렀을 것이다. 호중의 펀치를 피하는 권숙은 호흡만 약간 거칠 뿐 지친 기색은 보이지 않았다. 다른 선수였다면 당장 이런 모습을 언론에 공개했겠지만, 완벽한 패배를 위한 연습이기에 철저히 비밀에 부치기로 했다.

인터벌을 알리는 버저가 울렸다. 권숙은 쉬지 않고 몸을 가볍게 움직이며 리듬을 유지했다. 태영과 눈이 마주쳤지만 못 본 척 고개를 돌렸다.

"오셨어요?"

링에서 내려온 호중이 태영에게 다가왔다.

"훈련이 너무 가볍다. 복귀전 신경 쓰지 말고 지는 연습부터 들어가."

"복귀전은 신경 끈 지 오래예요. 이번에 붙을 조아라 선수 분석해 보니까 권숙이한테 1라운드도 못 버티겠더라고요."

권숙은 승리보다 패배가 어려운 선수다. 타고난 근력과 뼈대, 날아오는 공에 적힌 글자도 구분할 만큼 뛰어난 동체시력, 상대의 펀치가 몸에 닿기도 전에 반응하는 반사 신경 등 모두가 탐낼 만한 최고의 신체 조건에 상대에 따라 달라지는 공격과 방어 기술까지 갖춘 완성형 복서다. 에스토마타가 쓰러진 건 우연도, 운이 좋은 것도 아니었다. 조작 경기 상대인 이한아름이 세계 챔피언이라 해도 권숙의 상대는 되지 못할 것이다. 결국 완벽한 패배를 위한 연습과 훈련이 필요하다. 태영과 호중은 가능하면 녹다운으로 지는 쪽을 택했다. 판정 논란도, 누구의 의문도 없는 처참한 패배가 절실했다.

"이한아름 선수 매수하지 않으면 조작 경기는 힘들겠어요."

태영도 생각했던 방법이다. 두 선수가 철저한 계획 아래 약속된 움직임으로 연기하는 게 가장 쉽고 확실하다. 그러나 이한아름이 제안을 거절하면 조작 경기는 시도조차 할 수 없다.

"이한아름 움직임 분석하고 걔 특기에 맞춰 대주는 방향은?"

"그게 말처럼 쉽지 않아요. 권숙이가 본능적으로 맞기 전에 피하고 바로 공격에 들어가서 일부러 맞아야 하는 걸 알아도 몸이 알아서 방어한다니까요. 거기다 상대한테 일부러 내비칠 약점도 없어요. 그래서 지는 연습은 시작도 못 하고 있어요."

그때 링 위를 맴돌던 권숙이 소리쳤다.

"시간 다 됐어."

"오케이." 호중이 대답했다.

태영이 링으로 올라가려는 호중을 붙잡았다.

"니들 왜 이렇게 말이 짧아?"

"우리끼린데 뭐 어때요. 나이 차도 별로 안 나는데. 그러고 보니까 형님은 이름도 못 부르고 깍듯하게 이 선수라고 하던데. 형님답지 않게 왜 그래요?"

"나도 말은 놨어."

"그게 무슨 말을 놓은 거예요. 혼자 반말하는 거지."

"하긴, 미움받을 만도 하네."

"뭔 미움?"

다시 버저가 울렸다. 호중이 대답 없이 링으로 올라갔다. 이번에는 공격 타임이다. 호중이 미트를 찬 손을 내밀자마자 권숙이 사납게 달려들었다. 정신없이 움직이는 미트를 하나도 놓치지 않고 빠르게 쳐냈다. 호중이 틈틈이 손을 흔들어 풀어주는 걸 보니 파워도 꽤 강력한 듯했다.

공개훈련 이후 부쩍 예민해진 권숙 때문에 걱정했던 태영은 안도의 한숨을 쉬었다. 실력을 보니 슬럼프는 확실히 아니었다. 그렇다면 답은 하나, 감량이다. 이럴 줄 알고 다이어트 도시락을 만들어온 참이었다. 무조건 굶는 대신 다이어트 식단으로 철저하게 관리하면 권숙의 예민함도 조금씩 누그러질 것이다. 아이처럼 좋아할 권숙의 모습을 떠올린 태영이 피식 웃었다. 그런데 미움받을 만하다는 호중의 말이 마음에 걸렸다. 아무리 생각해봐도 잘못한 기억이 없는데 대체 왜 미움받고 있는 걸까?

그때 체육관 문을 세게 두드리는 소리가 들렸다. 무시하려던 태영은 문득 박 기자가 생각났다.

"혹시 『스포츠 K』입니까?"

박 기자도 대세에 따라 권숙의 취재에 나서지 않았으나 매일 전화를 걸어와 기삿거리를 요구했다. 태영이 훈련 일정 외에는 줄 수 있는 게 없다고 하면 지난 일을 들먹이며 섭섭함을 감추지 않았다. 이내 문을 두드리는 소리가 다시 들렸다. 태영은 훈련에 방해되지 않도록 조용히 문을 열었다.

체육관을 나서는 태영을 힐끔 바라본 권숙의 펀치가 한층 강하게 호중의 미트에 꽂았다. 호중은 손바닥에 통증을 느낀 듯 잠시 멈칫했으나 재빨리 다음 위치에 표적을 만들어 주었다. 권숙은 이를 악물고 펀치를 뻗었다.

"이번 라운드에 갑자기 힘이 솟네. 태영이 형님 때문이지?"

"어떻게 알았어, 대표님?" 권숙이 놀라 물었다.

"몸무게 공개해서 화난 거잖아. 그래도 기사는 안 났으니까……."

권숙이 빠르게 던진 레프트잽을 거둬들이는 동시에 라이트 스트레이트를 길게 뻗었다.

"오늘 아침 '복싱과 감량'이라는 기사에 나왔어."

평소라면 조회 수가 거의 없었을 칼럼이었다. 하지만 권숙의 훈련을 공개한 다음부터 '이권숙'이라는 키워드로 관련 기사가 계속 올라오는 탓에 조회 수가 높았다. 어느새 '이권숙'을 치면 '몸무게'가 추가된 자동완성 검색어가 추가되었다. 그런데도 태영은 뭐가 문제인지도 모르고 있었다.

"성인 여성 평균 체지방률이 얼만지 알아? 21에서 33퍼센트야. 근데 이 선수는 17퍼센트잖아. 조금 통통해 보이긴 해도 근육이 많아서 그런 건데 뭐. 어차피 감량할 몸무게 좀 일찍 공개한다고 문제 될 거 없어. 걱정 마."

"내가 지금 걱정하는 걸로 보여요? 체지방 17퍼센트가 평균 이하인 줄 아는 사람이 몇이나 된다고. 아저씨 때문에 나는 60킬로그램이나 나가는 뚱뚱한 여자가 됐다고요."

"60킬로그램이면 어떻고, 100킬로그램이면 어때. 그게 다 이 선수 펀치력을 만들어 주는 건데. 언제부터 선수가 몸무게 공개를 창피해했어. 신경 꺼!"

은퇴를 위해서라면 싫어도 꾹 참고 훈련하고 인터뷰도 할 수 있다. 하지만 몸무게는 아니다. 혹시라도 재민이 알게 되고 권숙을 뚱뚱하다고 생각하는 건 정말이지 끔찍했다. 다른 사람들에겐 복싱선수 이권숙이어도 재민에게만은 평범한 여자이고 싶은 마음을 태영은 절대 알 수 없을 것이다. 그런 사람과는 말도 섞고 싶지 않았다. 권숙은 어제 아침 일을 떠올렸다.

"아침은 먹었어?"

"왜요? 내가 뭐 먹고 살쪘는지 궁금해요?"

"그냥 물어본 거야. 뭔 말을 못 하게 하네. 이 선수 삐쳤어?"

권숙은 속으로 제발 닥치라고 외쳤다.

"삐쳤네, 삐쳤어. 대체 뭐 때문에 삐친 거야?"

"뭐라고요?"

"아니, 아침 먹었냐고 물었는데 예민하게 구니까. 아니면 저기, 혹시 그날이야? 그때는 말도 걸지 말라고 하던데……."

"감량하느라 아침은 안 먹었고, 그날이냐고 묻는 건 성희롱이거든요? 제발 좀 닥치시죠."

다시 생각하니 또 화가 폭발한 권숙이 씩씩거렸다. 호중은 웃음을 터트렸다.

"대표님, 이게 웃을 일이야? 난 너무 열 받아서 저 인간 턱을 부숴버릴 뻔했는데."

"니가 이해해. 형님 별명이 고추밭 주인이야. 남자 선수만 관리해서 주변에 시커멓고 냄새나고 무신경한 남자밖에 없어. 그래서 할 말 못할 말 구분을 못 해. 네 몸무게도 별생각 없이 공개했을 거야. 내가 앞으론 그러지 말라고 할게."

호중은 권숙의 분노에 맞장구치는 척하며 태영 편을 들었다.

"됐고요, 그냥 두 사람 다 제 몸무게에 관심 꺼주세요."

입을 삐쭉 내민 권숙이 있는 힘껏 펀치를 날렸다. 호중의 손에 찬 미트가 벗겨져 체육관 천장을 향해 날아올랐다. 마침 인터벌을 알리는 버저가 울렸다. 권숙과 호중의 거친 숨소리만이 체육관을 채웠다.

"어이구, 이 돌주먹. 화나니까 핵주먹으로 변신하네."

호중이 시뻘겋게 부은 손을 흔들며 욕 같은 칭찬을 건넸다.


태영은 배를 감싸 쥐고 바닥에 뒹굴고 있었다. 문을 열자마자 빠른 펀치가 날아왔고, 반사적으로 팔을 올려 얼굴을 감쌌다. 막았다고 생각한 순간 또 다른 펀치가 복부에 꽂혔다. 숨쉬기도 어려울 만큼 강렬한 한 방이었다. 간신히 고개를 들어보니 한쪽 무릎을 굽히고 앉은 남자가 보였다. 권숙의 아버지, 이철용이었다.

태영이 권숙과의 계약서를 보여주자 협회는 철용을 경계하라고 당부했다. 홀로 권숙을 키워냈고 한국 프로복싱의 부활을 이뤄냈지만 권숙의 은퇴 이후 복귀를 요청하는 협회의 부탁을 단

칼에 거절하며 완전히 등을 돌렸기 때문이다. 협회는 아내의 죽음 이후 딸을 향한 철용의 지나친 소유욕이 복싱의 몰락을 가져왔다고 비난했다. 태영은 권숙이 은퇴와 동시에 철용과 연을 끊은 사실을 알고 있었지만 굳이 반론을 제기하지는 않았다.

"뭘로 내 딸을 꼬셨어. 돈은 아닐 테고 약점이라도 잡아서 협박했나?"

철용이 태영의 멱살을 틀어쥔 채 마구 흔들어댔다. 숨이 막힌 태영이 마른기침을 토해내자 철용이 겨우 손아귀를 풀었다. 가쁜 숨을 몰아쉬며 태영이 말했다.

"이 선수가 직접……."

철용이 다시 한번 태영의 복부에 짧은 펀치를 날렸다.

"안에 들리지 않게 조용히 말해."

"이 선수가 직접 결정했습니다. 2년 전 일을 마무리 짓고 싶다고."

진실을 감추긴 했지만 거짓은 아니다. 생각에 잠긴 철용이 자리에서 일어났다. 그러고는 뒤따라 몸을 일으키는 태영의 정강이를 걷어찼다.

"매니저란 놈이 선수랑 왜 이렇게 가까워? 너 이 자식 다른 마음 먹은 거 아냐?"

공개 연습 이후 철용이 두 사람을 미행한 모양이었다.

"핸드폰 내놔."

태영이 주머니를 뒤적이자 철용은 직접 태영의 주머니에 손을 넣어 핸드폰을 빼앗다시피 가져갔다.

"무슨 일 생기면 바로 전화해."

태영의 핸드폰에 자신의 번호를 입력한 철용이 다그쳤다.

"대답은?"

"알겠습니다."

힘차게 대답한 태영은 철용의 시선이 자신의 어깨너머에 걸려 있음을 눈치챘다.

"들어가셔도 되는데요."

잠시 고민하던 철용은 애써 고개를 저었다.

"나 왔었다는 말은 꺼내지도 마."

거침없던 철용의 목소리가 단숨에 시르죽었다.

"권숙이가 내일 죽을 년처럼 갑자기 변하는 날이 있을 거야. 맨날 개기다가 말을 잘 듣는다든지, 징징거리다가 얌전해진다든지. 그거 복싱하기 싫다는 신호니까 잡지 말고 놔줘."

태영은 아무런 대답도 못 했다. 적어도 권숙이 도망치는 일은 없을 테니까. 철용이 매섭게 노려보며 으름장을 놓았다.

"잡으면 내가 가만 안 둬."

태영이 고개를 끄덕이자 철용이 돌아섰다. 순간 태영이 소리쳤다.

"따님의 약점은 무엇입니까?"

철용이 태영을 위아래로 훑어보았다. 매서운 눈은 '뭐가 어째, 이 자식아!'라고 말하고 있었다. 태영은 기어들어 가는 목소리로 웅얼거렸다.

"시합 준비 때문에……."

"나는 이제 그 애하고 복싱으로 엮이지 않겠다고 다짐한 사람이야."

철용은 태영의 코앞까지 바짝 다가섰다. 진짜 이유를 말하라는 무언의 압박이었다.

"이왕 복귀했는데 이겨야 하지 않습니까?"

"권숙이를 이길 선수가 있을 것 같아?"

확신에 찬 철용이 입맛을 다시며 어쩔 수 없다는 듯 이야기를 풀어놓았다.

"시야가 넓어서 웬만한 빤치는 날아오기도 전에 피하지. 반대로 상대한테 빤치를 던질 때는 예비 동작이 없으니 시야에 안 잡히고 들어가지."

"저, 선생님 강점 말고 약점 좀. 맞아 본 적이 별로 없어서 맷집이 약하다든가……."

"맞아 본 적이 없다고? 내 딸이?"

"아마 시절부터 이 선수가 허용한 유효타가 10타도 되지 않습니다."

"나하고 처음으로 스파링했을 때 겨우 여덟 살이었어. 난 어리다고, 딸이라고 봐주는 사람이 아냐. 권숙이는 약점 같은 거 없는 애야. 내 딸은……, 내가 키운 괴물이야."

머뭇거리며 괴물이라 말하는 철용의 목소리가 쓸쓸했다. 그는 이내 괜찮은 척, 덤덤한 척 말했다.

"그래도 방심하면 또 모르지. 권숙이가 카운터빤치를 쓰지 않는다는 조건이 붙지만. 반사 신경이 워낙 좋아. 툭하면 탁하고 발사되게 연습시켰으니까. 그래, 카운터를 연습시켜. 혹시라도 그게 녹슬었으면 질 수도 있지. 특히 턱에 맞으면. 거기에 맞으면 누구라도 쓰러지니까."

화제가 권숙의 약점에서 복싱으로 넘어가자 철용의 목소리에도 힘이 실렸다. 밝아진 표정으로 슬쩍슬쩍 몸을 흔들기도 하는 모습에 복싱에 대한 애정이 듬뿍 묻어났다.

"다운이라는 건 말이지 뇌진탕이 일어날 때 가장 많이 나오거든. 뇌진탕은 뇌가 흔들려서 생기는 거고. 그렇다고 머리를 때리느냐, 그건 또 아니거든. 그러다가는 나처럼 주먹이 아작 나서 선수 생활 쫑나. 머리뼈가 꽤 단단하거든. 그래서 머리를 때리려면 뼈가 제일 얇은 관자놀이를 때려야 해. 근데 거기보다 턱이 효과가 더 좋다는 거지. 턱을 때리면 고개가 이렇게 돌아가면서 뇌가 머릿속에서 흔들리거든. 에스토마타 알지? 그 자식 꼬마들 상대한다고 가드가 내려가 있더라고 그래서 내가……"

철용이 딸 앞에 나서지 못하는 이유는 무엇일까. 태영은 알 것 같으면서도 갈피를 잡을 수 없는 미묘한 마음을 확인하려 그의 말을 되새겼다. 기억을 거슬러 올라가던 생각은 툭 치면 탁 하고 발사된다는 카운터빤치에서 멈췄다. 수다스럽게 복싱에 관해 말하는 철용의 목소리도 더는 들리지 않았다.

사각 링의 맞변에 두 줄의 벨트가 묶였다. 태영이 설명한 규칙은 간단했다. 호중이 분석한 이한아름의 카운터펀치 타이밍에 맞춰 펀치를 날린다. 권숙은 그것을 피하거나 방어할 수는 있지만 맞받아칠 수는 없다. 팔을 앞으로 뻗는 순간 벨트가 팽팽히 당겨져 권숙을 저지한다.

"이걸 하면 뭐가 좋은데요?"

"지는 연습이야. 한아름을 매수할 수는 없으니 네가 알아서 지는 수밖에 없어. 그러려면 무시무시한 네 반사 신경을 죽여야 해. 카운터빤치를 봉인하는 거지. 한아름이 그 틈을 파고들어서 널 쓰러트리도록."

"뭐가 뭔지 잘 모르겠어요."

태영이 답답하다는 듯 직접 링으로 올라갔다. 잠시 호중과 동작을 맞추더니 권숙에게 잘 보라는 눈짓을 보냈다. 가볍게 잽을 날리던 호중이 온 힘을 다해 스트레이트 펀치를 뻗었다. 이미 알고 있다는 듯 태영이 위빙으로 호중의 공격을 흘리며 카운터펀치를 날렸다. 하지만 펀치는 호중에게 도달하지 못했다. 벨트가 팽팽히 당겨지며 중간에서 멈춰 선 것이다. 태영이 이제 알겠냐는 표정으로 권숙을 돌아보았다.

"어때, 완벽하지?"

권숙은 여전히 못마땅하다는 표정으로 링에 올랐다. 글러브를 낀 양손에 벨트를 하나씩 쥔 채 호중과 마주 섰다. 링 밖에서 태영이 손뼉을 치며 땡 하고 소리를 질렀다. 두 사람은 평소처럼 펀치를 주고받는 매스복싱을 이어갔다. 하지만 호중이 잽과 스트레이트 펀치를 번갈아 던지려 하자 권숙은 자신도 모르게 주먹을 날렸다. 호중의 펀치와 교차하는 크로스 카운터펀치였다. 뒤늦게 펀치를 멈추려 팔에 힘을 주자 주먹은 어정쩡한 모습으로 허공을 배회했다.

"누가 너보고 빤치 참으래. 평소대로 하란 말야!"

태영이 소리쳤다.

"이번에도 예고 없이 들어갈 거야."

호중이 풋워크를 시작했다. 권숙은 호중의 움직임을 주시했다. 다시 잽과 스트레이트 펀치가 권숙의 얼굴 앞까지 날아왔다. 권숙은 위빙과 스웨잉을 적절히 섞으며 펀치를 피했다. 그때 호중이 권숙이 피할 위치를 가늠한 듯 어깨를 뒤로 크게 잡아당겼다. 이번에도 권숙의 신경세포가 먼저 반응했다. 자신도 의식하지 못한 사이에 호중을 향해 펀치가 날아가는 걸 깨달은 권숙이 팔에 힘을 줬고, 펀치는 끝까지 내지르지 못했다.

"왜 자꾸 의식을 해! 실전이라고 생각하고 빤치를 뻗으라고!"

태영이 위빙을 하며 권숙을 약 올렸다.

"천재라면서 이게 안 되냐? 봐봐, 이렇게 주먹을 날려야 빤치가……"

"그놈의 빤치, 빤치! 봉인하랄 땐 언제고 이젠 뻗으라고 난리에요."

짜증이 치솟은 권숙이 빽 하고 소리를 질렀다. 생각대로 따라

주지 않는 몸과 훈련에 대한 의심, 그리고 불길한 기운이 감도는 '빤치'라는 단어 때문이었다.

"그래, 빤치 말고 펀치. 펀치를 일부러 쓰지 말라는 게 아니야. 본능에 따라. 어차피 벨트가 저지할 테니까. 너는 몸이 시키는 대로 카운터펀치를 날리고, 벨트는 그걸 계속 방해하는 훈련을 하자는 거야. 그래야 네 몸이 펀치를 날리는 완벽한 타이밍을 부술 수 있어. 의식적으로 때리지 말아야지 하는 생각만으론 완벽하게 질 수 없으니까."

태영이 차분하게 훈련의 목적을 설명하는 사이 권숙은 아빠를 떠올렸다. 지금 그녀 앞에는 질문도, 투정도 허용하지 않고 무조건 자신이 시키는 대로 하라고 강요하는 아빠 같은 사람은 없다. 그러니 두려워할 필요도 없다.

"고작 이런 걸로 질 수 있다는 건가요?"

"가장 큰 문제부터 해결하자는 거야. 무시무시한 네 반사 신경. 한아름이 너보다 언더독(우승이나 이길 확률이 적은 선수)이긴 해도 세계 챔피언이야. 걔 공격에 네 반사 신경이 멋대로 반응하면 은퇴고 뭐고 다 끝이야."

권숙이 다시 자세를 잡았다. 아무 생각 없이 무의식에 몸을 맡겼다. 호중의 펀치가 쉴 새 없이 날아왔다. 권숙은 그보다 반 박자 빠르게 움직여 펀치를 모두 피했다. 그리고 호중의 강한 한 방을 예감한 듯 반격의 펀치를 날렸다. 그 순간 권숙은 의식보다 빨리 나간 자신의 카운터펀치를 똑똑히 지켜보았다. 순식간에 날아가던 펀치는 팽팽하게 당겨진 벨트에 묶여 허우적거렸다.
어느새 호중의 펀치가 권숙의 관자놀이 앞에 멈췄다. 실전이라
면 다운됐을지도 모를 위협적인 공격이었다.

"그렇지, 바로 그거야!"

태영이 함성을 내지르며 방방 뛰었다. 호중이 권숙의 관자놀
이를 툭 건드리며 말했다.

"미워하는 건 미워하는 거고. 한 번만 믿어 봐. 믿고 따라가 볼
만한 사람이야."


3


"대체 술을 얼마나 마신 거예요?"

로드워크 시간에 늦은 것도 화가 나는데 술이 덜 깬 채 비틀비
틀 자전거를 끌고 온 태영을 보며 권숙은 기가 찬다는 표정을 지
었다. 덥수룩한 수염에 군데군데 지저분하게 얼룩지고 구겨진
점퍼, 사방에 진동하는 술 냄새까지 모든 게 마음에 안 들었다.

"먼저 가. 금방 따라갈 테니……. 읍, 우웩!"

힘겹게 따라오던 태영이 자전거에서 내려 구역질을 하기 시
작했다. 권숙은 더는 못 참겠다는 표정으로 태영의 등을 세게 두
드렸다.

"아, 아파. 그만 때려. 등이 찢어질 거 같…… 우웩!"

"이럴 땐 등을 시원하게 때려야 속에 있는 거 다 게워낼 수 있어요. 내가 다시는 술 마시고 싶은 생각 안 들게 해줄게요."

권숙은 태영의 속을 달래주는 척하며 등을 마구 때렸다. 몸무게 때문에 얄미웠던 감정이 좀 풀리는 것 같았다.

"난 먼저 갈 테니까 이따 체육관에서 봐요."

길바닥에 주저앉은 태영을 내버려 두고 다시 달리기 시작했다. 주변을 맴돌던 술 냄새가 사라지자 상쾌한 공기가 권숙을 감쌌다. 리듬을 유지하며 앞으로 힘껏 달려갈 일만 남아 있었다. 그런데 로드워크 내내 리듬이 깨진 탓인지 속력이 나지 않았다.

"안녕하세요."

권숙이 곁을 지나는 노부부에게 인사를 건넸다. 오늘도 아내를 부축하며 걷던 할아버지가 문득 멈춰 서서 권숙을 쳐다봤다. 처음 있는 일에 권숙도 달리기를 멈추고 다시 한번 꾸벅 고개 숙여 인사했다. 하지만 할아버지는 할머니의 재촉에 인사를 받는 둥 마는 둥 다시 돌아섰다.

권숙은 스트레칭으로 몸을 풀며 노부부의 뒷모습을 물끄러미 바라보았다. 문득 태영의 술 냄새 때문이 아니라, 태영이 옆에 없어서 리듬이 깨진 것일지도 모른다고 생각했다. 태영은 자전거를 타고 권숙의 양옆을 오가며 보폭이나 팔의 각도, 호흡법 등에 대해 쉴 새 없이 잔소리를 늘어놓았다. 대부분 권숙이 이미 알고 있거나 태영이 잘못 알고 있는 내용이었다. 그럴 때마다 짜증을 내며 태영을 앞질러 가곤 했지만 완전히 따돌리지는 않았다. 태영 덕분에 로드워크가 외롭지 않았으니까.

"기다리지 말라니까."

태영이 비틀거리는 자전거를 끌고 산책로에 도착했다. 벌겋게 죽어 있던 눈빛이 조금 살아난 듯 보였다.

"기다린 거 아니에요. 아저씨 등 두드리다가 몸이 식어서 오늘은 더 못 뛰어요."

"미안하다. 어제 호중이가…… 아니다, 미안."

태영은 이상할 정도로 고분고분했다. 뭔가에 주눅이 들기라도 한 듯 큰 덩치가 오늘따라 유난히 작아 보였다. 어쩌면 호중의 말대로 여자를 몰라서 무신경한 말들을 늘어놓은 것인지도 모르겠다. 묘한 웃음으로 빈정거릴 때도 조롱은 없었고 진지함은 잃지 않았던 그였다. 그러고 보니 오늘 아침에는 술이 덜 깬 상태에서도 약속은 지켜야 한다며 도시락을 꼭 끌어안고 나타났다. 어쩌면 태영은 말뿐인 사람이 아닐지도 모른다는 생각이 들었다. 여전히 얄밉고 재수 없는 인간이었지만 일할 때만큼은 프로라는 사실을 인정하기로 했다.

권숙이 몸을 틀어 비스듬하게 섰다. 양발을 어깨너비만큼 벌리고 발꿈치를 살짝 들었다. 양손을 올려 커버링을 만들며 턱을 잡아당겼고, 매서운 눈으로 정면을 응시했다. 흠잡을 곳 없는 기본자세였다.

"아저씨, 복싱에서 제일 중요한 게 뭔지 알아요?"

"뭔데?" 태영이 권숙을 따라 자세를 잡으며 물었다.

"서는 거예요. 복싱은 링에 끝까지 서 있는 사람이 이기는 게임이니까."

권숙이 가볍게 몸을 움직이며 태영을 바라보았다.

"아빠는 복싱이 끝없이 싸워야 하는 인생을 닮았다고 했어요. 그래서 나는 복싱이 싫어요. 힘들어도 앉거나 누워서 쉴 수 없는 인생은 끔찍하지 않아요?"

"승부잖아."

"사는 건 승부가 아니잖아요."

사뭇 진지하게 말하던 권숙은 우두커니 서 있는 태영의 무릎 뒤를 살짝 눌렀다. 휘청이며 몸이 꺾인 태영은 그대로 바닥에 널브러졌다. 놀란 얼굴을 한 태영을 보며 권숙이 웃었다.

"그냥 고맙다는 말 한 번도 안 한 거 같아서요. 서 있지 않아도 되는 방법 알려줘서 고마워요."

갑작스러운 감사가 쑥스러운 듯 태영이 헛기침을 했다.

"저기, 그럼 나도. 지난번 몸무게 말인데 미안했어."

태영이 진지한 얼굴로 말을 이었다.

"그런데 요즘엔 삐쩍 마른 여자들은 별로 매력 없지 않아? 그 누구더라, 요즘 엄청 인기 많은 개그우먼 있잖아. 그런 여자들이 대세인 것 같던데."

"지금 나보고 뚱뚱하다는 거예요?"

창백하게 굳어지는 권숙의 표정에 태영이 손사래를 쳤다.

"네가 뚱뚱하다는 게 아니라. 빠싹 마른 여자들보다는 적당히 살집 있는 여자들이 대세라는 뭐 그런 말이지. 너무 기죽지 말라고. 60킬로그램이면 건강미 넘치는 몸무게야."

"이 변태 아저씨가 진짜!"

매번 이런 식이다. 조금 마음이 움직이면 다시 무신경한 말로 마음을 닫게 만든다. 어제만 해도 그랬다. 목소리도 듣기 싫어 전화를 안 받았더니 굳이 가던 길을 돌아와 메모를 남겼다. 고시텔 총무가 문틈으로 전해준 메모지에는 '굶으면 변비 생긴다. 만성 변비는 답도 없는 거 알지? 도시락 꼭 챙겨 먹어라!'라고 쓰여 있었다. 권숙은 입술을 실룩거리며 웃음을 참던 총무의 얼굴을 잊으려 고시텔을 향해 달렸다. 여전히 분위기 파악을 못 한 태영이 냉큼 뒤따라왔다.

"에이 왜 그래, 권숙아. 칭찬한 건데. 또 화났어?"

"왜 자꾸 반말해요? 그리고 누가 이름 부르래요. 우리 그렇게 친한 사이 아니잖아요!"

"호중이는 되는데, 왜 나는 안 돼?"

"우리는 선수랑 에이전트잖아요. 공과 사는 구분해 주세요."

재민이라면 권숙의 몸무게를 알아도 특유의 무심함으로 모른 척했을 것이다. 태영처럼 무신경한 아저씨는 절대 모를 재민의 매너와 배려가 오늘따라 그리웠다. 재민이 보고 싶었다.

"내가 살집 있다고 해서 삐진 거야? 미안해. 죽을죄를 졌어. 지금부터 내 머릿속에서 60킬로그램이라는 단어를 완전히 지울게."

에이전트만 아니면, 아니 은퇴를 도와주는 것만 아니면 벌써 턱주가리를 날리고도 남았을 것이다. 좀처럼 가라앉지 않는 분노를 누르려 태영의 뒤통수를 향해 섀도복싱을 하던 권숙은 팔을 뻗어 태영까지의 거리를 가늠해 보더니 씩 웃었다.

체육관으로 들어온 권숙이 웃는 얼굴로 인사를 하는 둥 마는 둥 건네며 탈의실로 갔다. 호중은 뒤따라 들어오는 태영에게 다가가 슬쩍 물었다.

"제 말이 맞죠?"

"지랄한다. 얌마, 앞으로 술 땡기면 그냥 사달라고 해. 쓸데없는 말로 사람 병신 만들지 말고."

지난밤 호중은 태영을 불러내 여자에게 몸무게가 얼마나 예민한 주제인지 설명했다. 가능하면 입 밖에 꺼내지 말고 꼭 말해야 할 때는 비밀스럽게 다뤄야 한다고. 특히 60이라는 숫자는 아무렇지 않게 얘기할 수 있는 몸무게가 아니라고 강조했다. 또 그날이냐고 묻는 남자를 좋아하는 여자는 없다며 한 대 얻어맞지 않은 걸 다행으로 생각하라고도 말했다. 그동안 여성 회원들을 상대하면서 익혔다는 호중의 조언은 끝이 없었다.

"어제 시킨 대로 사과도 하고 다정하게 말도 걸었는데 소용없어. 앞으론 말도 놓지 말란다. 쟤 좀 이상해."

"형님 삐치셨네."

"삐쳤긴 누가 삐쳤다고 그래!"

"이거 봐. 형님도 삐쳤다는 말 싫죠? 이러니까 연애할 때마다 차이지."

"이 새끼가 진짜. 내가 찬 거야!"

"네, 뭐 그런 걸로 할게요."

더 말해 봐야 제 살 깎기밖에 안 된다는 생각에 태영은 입을 다물었다.

"근데 권숙이 기분 좋아 보이던데요?"

"그러니까 이상하다는 거야. 화낼 땐 언제고. 쟤 조울증이냐?"

"수상한데……."

"수상하긴, 정신줄 놓은 애는 내버려 두고 글러브나 줘봐."

로드워크를 끝낸 권숙은 태영에게 어제 했던 카운터펀치 방해 훈련을 도와달라고 했다. 커다란 덩치의 태영은 권숙의 체급에 적합한 상대가 아니었다. 하지만 권숙은 긴장감을 최대한 키운 상태에서 훈련하고 싶다고 했다. 양손에 벨트를 쥔 권숙이 링으로 들어오라며 태영에게 고갯짓했다. 호중의 권유를 무시하고 호구와 헤드기어도 착용하지 않은 태영이 링에 올랐다.

"나 라이트헤비급은 돼요. 맞으면 시합이고 뭐고 없으니 잘 피하십시오. 이권숙 선수님."

"걱정 마요. 그런데 아저씨는 아침 식사로 죽이 좋아요, 빵이 좋아요?"

"뭔 소립니까, 이권숙 선수. 우리 집중합시다."

버저가 울렸다. 긴장한 태영은 선수가 다치지 않도록 조심하라는 호중의 말을 기억하며 조심히 펀치를 휘둘렀다. 권숙은 슬쩍 몸을 틀어 가볍게 피했다.

"이런 건 눈 감고도 피해요."

태영이 펀치 속도를 조금 높였지만 권숙은 그마저도 가볍게 피했다. 주먹을 뻗는 횟수가 늘수록 오기가 생겼다. 권숙을 맞추기는커녕 머리카락 끝도 건들지 못하고 있었다. 어느새 호중의 경고는 까맣게 잊고 마구잡이로 펀치를 휘둘렀다.

"아저씨는 어깨가 너무 크게 들려서 어디로 어떻게 올지 다 보여요."

권숙이 깐족거리며 약을 올렸다.

"근데 죽하고 빵 중에 뭐가 좋냐니까요."

태영은 거친 숨을 참으며 펀치를 던졌다.

"대체 뭔 말이야!"

"말 놓지 마요!"

펀치가 아슬아슬하게 권숙을 비켜 갔다. 어쩌면 명중시킬 수도 있겠다는 희망이 생겼다. 태영이 한 발 크게 내디디며 권숙 앞으로 다가갔다. 호중이 다급히 태영을 불렀지만 무시했다.

"글쎄요, 아침으로는 다 좋습니다. 이권숙 선수님!"

온 힘을 실은 태영의 펀치가 권숙에게 날아가던 그때였다. 호중의 목소리가 또렷이 들렸다.

"권숙이 오른손 풀렸어요!"

크게 휘두른 펀치가 허공을 가르는 순간 태영은 똑똑히 보았다. 벨트에서 풀려난 권숙의 오른손을, 고개를 살짝 숙여 펀치를 피한 권숙의 반짝이는 눈을.

"그래서 둘 다 준비했어요." 권숙이 어깨를 휘두르며 외쳤다.

"죽빵!"

권숙의 펀치는 태영의 팔을 가로질러 날아왔다. 태영이 목격한 건 여기까지였다. 곧바로 턱에 내리꽂힌 강렬한 충격과 함께 세상이 팽그르르 돌았다. 중심을 잡아보려 했지만 다리에 힘이 들어가지 않았다. 휘청이던 태영은 결국 커다란 소리를 내며 쓰러졌다. 숨이 턱 막히면서 정신이 아득해졌다. 다급히 링에 오르는 호중이 보였다. 멀어지는 의식 너머로 자지러지는 권숙의 웃음소리가 들려왔다.


"형님도 나름대로 노력하셨어."

기절한 태영을 똑바로 눕힌 호중이 안타깝다는 듯 혀를 찼다.

"어제 술 마시면서 너한테 그러지 말라고 했단 말이야. 형님이 여자를 대하는 게 서툴러서 진심을 제대로 전달 못 하는 거지 나쁜 사람은 아니야."

호중이 나무라지 않아도 권숙은 이미 후회하고 있었다. 고꾸라져 정신을 잃는 태영의 모습에서 예전의 악몽이 떠올랐다. 권숙을 중립 코너로 밀어내는 레퍼리, 링으로 급히 올라온 링닥터와 코칭 스태프, 그리고 모여 있는 사람들 사이로 보았던 꿈틀거리는 다리……

"그만하라고 해도 아저씨가 자꾸만……"

호중은 기어들어가는 목소리로 겨우 대꾸하는 권숙을 보며 한숨을 내쉬었다.

"형님!"

잠시 후, 겨우 정신을 차린 태영이 벌떡 일어나 권숙에게 성큼 다가갔다. 거침없는 기세에 권숙은 자기도 모르게 가드를 올렸다. 한참을 말없이 서 있던 태영이 이내 화를 가라앉히듯 숨을 골랐다.

"훈련 중에 일어난 일이니까 마음 쓰지 맙시다."

졌다. 태영을 쓰러트렸지만 결국 지고 말았다. 권숙은 가드를 올린 자신이 부끄러웠다.

"미안해요."

고시텔로 돌아가는 자동차 안에서 사과를 건넸다.

"오늘은 내가 너무 심했어요."

태영이 낮은 신음을 토하며 입을 열었다.

"됐으니까 들어가서 쉽시다. 나 입안이 터져서 말할 때마다 비려." 태영이 잠시 사이를 두고 덧붙였다.

"……요. 됐죠?"

"말 편하게 하세요. 아저씨가 나보다 훨씬 나이도 많은데."

"그럴까?"

망설임 없이 말을 놓은 태영은 한 번 더 확인하듯 물었다.

"그래도 되지?"

권숙은 고개를 끄덕였다. 아무 일 없었다는 듯 끝까지 훈련을 지켜봐 준 태영에게 일종의 합의금으로 선물하겠다고 마음먹고 있었다.

"저기, 그럼 아저씨라는 말 대신 오빠는 어떨까?"

"그건 싫어요."

단호한 대답에 태영이 입맛을 다셨다.

"참, 그리고 나 여자 선수 맡은 거 처음 아니야."

"원래 여자한테 서툰 데다가 여자 선수는 처음이라던데."

"호중이 이 자식을……."

권숙에게 얻어맞고 쓰러졌을 때도 참았던 태영이 울컥했다.

"그 새끼 말 믿지 마. 내가 여자 다루는 게 서툴러서 안 맡은 게 아니야. 반할까 봐 그래. 재능에 반한 걸 사랑으로 착각할까 봐."

"그런 적 있나 봐요?"

태영의 얼굴에 당혹감이 스쳤다. 권숙은 속으로 쾌재를 불렀다. 그간 당해온 수모를 갚아줄 기회가 온 것이다. 죄의식만 남긴 '죽빵' 대신 진짜 복수를 할 차례다. 태영이 했던 그대로 최대한 얄밉게.

"오호라, 나한테 반할까 봐 그런 거였어요? 아이고 진작 말을 하지. 그럼 아저씨 내 스타일 아니라고 바로 말해줬을 텐데."

태영이 갑자기 자동차를 세웠다. 그러더니 권숙을 향해 빠르게 팔을 뻗었다. 놀란 권숙이 반사적으로 몸을 피하려 했다.

"고개 숙여."

커다란 손이 권숙의 머리를 지그시 눌렀다.

"그 자식이 있어."

권숙이 고개를 빠끔 들었다. 얼마 전 소개팅에서 만났던 남자가 고시텔 앞을 서성이고 있었다.

"그리고 저기는 삼류 찌라시 선생들. 얼씨구, 박 기자도 있네. 너 여기 사는 거 누구한테 말한 적 있어?"

"아뇨, 없어요."

"너 이 사람 알아?"

태영이 권숙에게 핸드폰 화면을 보여줬다. 어제저녁 태영의 메모를 전해주던 고시텔 총무의 얼굴이었다.

"이 사람이 인스타에 고시텔 주소를 공개했어. 이제 여긴 안 되겠다."

두 사람을 태운 자동차가 재빨리 고시텔 앞을 벗어났다.

"미쳤어요?"

자동차가 멈춘 곳은 태영의 오피스텔이었다. 입주민 간 마주침을 최소화한 동선으로 설계되어 있어 사생활을 보호해준다는 태영의 설명이 시작됐다.

"그래도 어떻게 같이 살아요. 아저씨 혹시 나 진짜 좋아해요?"

권숙이 빽 소리를 지르자, 태영이 크게 소리 내 웃었다.

"난 재능 있는 사람들을 좋아한다니까. 천재 아니라며?"

태영은 이번에도 얄밉게 권숙을 한 방 먹였다.

"걱정 마라. 은퇴할 선수한테 빠질 일은 없으니까."

"그래도 남자랑 한집에서 못 살아요."

"누가 같이 살재? 여기 니가 써. 난 다른 데서 지낼 테니까."

"어디요?"

"갈 데 많습니다."

태영의 집은 난장판이었다. 시큼한 냄새는 창문을 열어도 가시질 않았고, 꼬질꼬질한 빨랫거리로 탑을 쌓았다. 쓰레기가 굴러다니는 거실은 걸을 때마다 끈적거렸다. 주인을 닮은 집을 본 권숙의 얼굴이 썩어갔다. 태영이 머리를 긁적이며 말했다.

"내일 훈련 시간에 치워놓을게. 그래도 네 도시락 싸는 주방하고 손님방은 깨끗하니까 당장 지내는 데 문제는 없을 거야."

태영이 냉장고를 열었다. 너저분한 거실과 달리 채소와 밑반찬이 깔끔히 정리되어 있었다. 태영은 감량에 도움이 안 되는 음식과 재료들을 봉지에 쓸어 담았다. 그러고는 다이어트 식단을 구성하는 샐러드 재료를 알려주었다. 조리가 필요한 것은 때맞춰 채워놓을 테니 담아서 먹기만 하면 된다고도 했다.

"굶지 마, 절대! 현관문 체인은 꼭 채우고."

태영이 마지막 당부를 남기고 떠났다. 권숙은 언제 걸레질했는지도 모를 더러운 바닥에 최대한 발이 닿지 않도록 까치발로 걸었다. 손님방에는 흰 침대보를 씌운 침대가 전부였다. 거실과 달리 생활감이 전혀 없어 이질감마저 느껴졌다. 권숙은 침대에 드러누웠다. 좁고 답답한 고시텔과 달리 너른 공간이 낯설었다. 그때 핸드폰이 울렸다. 보나 마나 태영의 잔소리일 것이다.

핸드폰 메시지를 확인한 권숙은 미동도 하지 않았다. 한참을 뚫어지게 화면만 바라보더니 가만히 볼을 꼬집었다. 아무런 느낌도 나지 않았다. 한 번 더 세게 꼬집었다. 마침내 피부 깊숙이 통증이 느껴지자 권숙의 얼굴이 환하게 밝아졌다.


4


"이게 뭐야?"

태영은 권숙이 불쑥 내민 봉투를 물끄러미 바라보며 물었다. 사실 태영은 권숙이 내민 봉투보다 잠시 외출 좀 하겠다며 갈아입은 꽃무늬 원피스에 더 눈길이 갔다.

"월세요. 연금 나올 때까지 기다리느라 좀 늦었어요."

"그러니까 이걸 왜 주냐고."

"왜긴요. 집주인한테 월세 주는 게 당연한 거지. 금메달 포상금은 엄마 병원비로 써버려서 목돈이 없어요. 보증금 못 주는 대신 아저씨가 내는 월세에 10만 원 더 넣었어요."

"그동안 보증금 때문에 고시텔에서 살았어?"

"그런 것도 있고, 복귀 기사 나서 떠날 때마다 번거롭지 않아서 좋고······."

"하나만 물을게. 연금을 왜 이렇게 써? 회사에서 숙소비 지원해 주겠단 거 거절한 이유는 알겠는데, 연금은 의미 있는 돈이잖

아. 더 가치 있는 일에 써야지."

"가치 없는 일에 써야 제 몫을 하는 돈도 있는 거예요."

권숙은 연금을 최대한 무의미한 곳에 써왔다. 입지도 않을 옷을 잔뜩 사거나, 쓸모없는 물건을 닥치는 대로 모으면서도 아깝다고 느낀 적이 한 번도 없었다. 연금을 받을 때마다 링에서 살았던 가장 끔찍했던 지난 15년의 기억도 함께 입금되었기 때문이었다. 흥청망청 돈을 쓸 때면 잠시 악몽에서 해방된 것 같기도 했지만, 막상 통장 잔고가 0이 되면 후련함 대신 끝없는 공허가 몰려왔다. 그래도 다음 연금이 들어오면 같은 일을 되풀이했다. 악몽으로부터 도망칠 다른 방법을 찾지 못했기에.

"이해 못 하는 게 당연해요." 권숙이 태연한 척 말했다.

"나한테는 월세로 없어져도 괜찮은 돈이란 뜻이에요. 유치원이나 다른 데서 번 돈은 저금도 했으니까 걱정 마요."

권숙이 탈의실로 들어가자 근처를 맴돌던 호중이 봉투를 빼앗았다.

"이쪽도 월세 받아갑니다. 얼마를 받아야 하나."

"너 다 가져. 대신 오늘부터 침대는 내가 쓴다."

태영이 고갯짓으로 탈의실을 가리켰다.

"수상하지 않냐?"

"과민 반응하지 마요. 권숙이가 복싱만큼 싫어하는 게 신세 지는 거예요."

"그게 아니라, 요 며칠 이상할 정도로 말 잘 듣지 않았어? 짜증도 안 내고."

"지는 연습이니까 말 잘 듣는 거고, 형님하고 오해도 풀었으니 짜증 안 내는 거 아니에요?"

"꽃도 가져왔다고! 권숙이하고 꽃이 어울리기나 해?"

태영이 창가에 놓인 꽃병을 가리켰다. 며칠 전 권숙이 가져온 루드베키아가 햇살을 받아 화사하게 빛나고 있었다.

"옷도 그래. 갑자기 웬 원피스야. 집에 가는 차에선 화장도 한 다니까. 너는 지금 이게 안 이상하냐?"

"여자들 그런 날이 있대요. 집 앞 슈퍼에 갈 때도 꾸미고 싶은 날이요. 형님, 쟤가 우리보다 주먹은 세도 여자예요. 꽃도 저녁 반 회원들이 좋아해서 전 좋은데요."

탈의실에서 나온 권숙이 링 사이드에 핸드폰을 올려놓았다. 훈련 시작 전 가볍게 몸을 푸는가 싶더니 금세 핸드폰을 들여다 보며 피식피식 웃었다.

"핸드폰이 손에서 떨어지질 않네. 저거 봐, 쟤 실실거린다."

"저도 핸드폰 보면서 웃고 그래요."

"나도 본 게 있어서 그래."

며칠 전 권숙을 데려다주고 돌아가던 태영은 미처 챙기지 못 한 물건이 생각나 자동차를 돌렸다. 그런데 권숙은 오피스텔에 없었다. 전화도 받지 않았다. 문득 조금 전 건물 앞에서 어떤 여 자가 택시에 올라타던 게 생각났다. 권숙인 것 같아 불러볼까 하 다가 잘못 봤다 싶어 그냥 올라온 참이었다.

"뭔가 꾸미고 있는 것 같은데, 물어도 안 알려줄 거란 말이지."

"그만 해요, 권숙이도 사생활이 있는데. 형님 지금 의처증 환자 같아요."

"새끼가 사태의 심각성을 모르네. 쟤가 갑자기 말을 잘 듣거나 징징거리다 얌전해지는 건 복싱하기 싫다는 신호라고 했단 말이야."

"누가 그런 얘길 했는데요?"

"누구긴 권숙이 아버지지."

"그럼 이철용 선생님께 가서 물어보시던가요."

"야, 그 사람은 웬만해선 안 만나는 게 좋아. 그 양반 성깔이 말도 못 해. 거기다 말실수라도 해서 조작 경기 걸리면 너랑 나는······."

호중은 태영의 말이 듣기 싫다는 듯 자리를 피하며 권숙에게 외쳤다.

"연습하자."

"딱 5분만, 응? 5분만 더 쉬고."

핸드폰을 만지작거리던 권숙이 몸을 비비 꼬며 콧소리를 냈다. 그 모습을 보며 태영은 상황이 심각하다고 확신했다.


설렁탕집 한가운데 서 있던 태영이 엉거주춤 자리에 앉으며 두리번거렸다. 식당은 철용의 사진과 동양 챔피언벨트, 복싱용품으로 가득했다. 설렁탕집인지 이철용 박물관인지 구별이 되지 않을 정도였다. 식당 위층에는 철용의 집이, 지하에는 권숙이 운동했던 체육관이 있다고 했다.

"권숙이가 도망치기 전이랑 똑같구먼."

철용은 태영의 이야기를 끝까지 듣지도 않고 결론을 내렸다.

"밥?"

"아뇨. 먹었습니다."

"우리 설렁탕 꽤 유명해." 철용이 주방을 향해 손짓했다.

"이 선수 사진은 안 보이네요."

"밥장사까지 딸년 팔아 돈 번다는 소릴 들어야 하나? 여긴 내 성지야. 권숙이랑은 상관없어."

철용은 동양 챔피언벨트 옆을 가리켰다.

"저기 위에 세계 참피온 벨트만 있었으면 장사가 더 잘되긴 했을 거야."

뽀얀 설렁탕이 태영 앞에 놓였다. 빨리 먹어보라는 철용의 눈빛에 태영이 숟가락을 들었다. 고소하고 진한 국물에 육즙이 살아 있는 고기는 놀랄 만큼 맛있었다. 밥을 먹고 왔다는 말이 무색하게 깍두기 국물까지 부어 허겁지겁 먹었다.

"운동하던 놈들이 무식하긴 해도 정직해. 음식도 그렇게 만드는데 맛있을 수밖에. 권숙이도 그렇지? 짜증도 잘 내고 지랄도 잘하고."

태영은 대답 대신 조용히 설렁탕 국물을 들이켰다.

"그래서 뭘 감추려고 하면 저절로 티가 나. 나는 그걸 눈치채지 못해서 도망치는 걸 못 잡았지."

권숙은 어머니의 죽음 이후 복싱에 대해 불평하지 않았다. 철용은 드디어 권숙이가 철이 들었다며 기뻐했다. 하지만 방심한 사이 권숙은 집을 나갔고, 제멋대로 협회에 은퇴선언문을 보냈다. 누구도 예상 못한 행동이었다.

한때 협회는 철용이 권숙을 감추고 있다고 오해하기도 했다. 파이트머니 등의 처우 문제로 갈등이 있었기 때문이다. 하지만 철용은 연락조차 없는 권숙을 찾아 전국을 헤매고 있었다. 혹시 잘못된 것은 아닐까 하는 불길한 생각도 들었지만 경찰에 신고하지는 않았다. 권숙이 복귀할 때를 생각해 구설수는 만들고 싶지 않아서였다. 철용은 아직도 권숙이 사라진 3개월 동안 어디서 무엇을 했는지 모른다고 했다.

"나는 딸보다 복싱이 중요한 머저리였어."

권숙이 다시 모습을 드러내고 세상이 시끌벅적해졌을 때도 철용은 권숙을 찾아가는 대신 먼지 쌓인 체육관을 정비했다.

"등신 같은 짓이었지. 돌아올 줄 알았거든."

철용이 잠시 사이를 두고 말을 이었다.

"하긴, 권숙이 마음을 일찍 알았어도 나는 그 애가 원하는 대로 해주지 않았을 거야."

쓸쓸함과 자책이 섞인 목소리였다.

"요즘 내가 시간 날 때마다 꼬맹이들을 가르치거든. 걔들 보면서 내가 뭘 잘못했는지 배우는 중이야. 늦었다는 거 알지만 이제라도 권숙이가 원하는 대로 해주고 싶어. 그러니 부탁이야. 권숙이 좀 놔줘. 위약금이 얼마야? 이 집을 팔아서라도 줄 테니까."

태영은 철용의 부탁을 들어줄 수 없었다. 은퇴를 목표로 하는 조작 경기라는 은밀한 약속을 모르고 있으므로.

훈련이 끝난 권숙을 바래다준 태영이 대형 트럭 뒤에 차를 세웠다. 잠시 후 선글라스를 쓴 권숙이 주위를 살피며 오피스텔 건물에서 나왔다. 태영은 그녀가 탄 택시를 쫓았다. 며칠 전 물건을 가지러 오피스텔에 들렀던 때가 떠올랐다. 깨끗이 정리한 집은 어딘지 허전했고 방 한쪽에는 가방이 가지런히 놓여 있었다. 권숙은 가방을 풀지도 않은 채 지내고 있었다. 게다가 언제든 떠날 수 있도록 최대한 짐을 만들지 않는 듯했다. 어느덧 택시는 골목길로 들어섰다. 초조하게 뒤를 따르던 태영은 익숙한 느낌에 주변을 살폈다. 편의점 다음엔 카페, 그리고 도시락 전문점까지. 태영이 생각에 잠겨 있는 사이, 땅거미가 내린 골목 끝에 택시가 멈췄다. 권숙의 걸음을 따라 시선을 옮긴 곳에 호동 유치원이 보였다.

권숙이 유치원으로 들어서자 기다리고 있던 재민이 활짝 웃었다.

"식사부터 할까요?"

책상을 한데 모아 식탁보를 깔고 장미로 장식한 테이블 위에 권숙과 재민이 각자 준비한 샐러드를 올려놓았다. 유치원은 시합을 앞두고 감량 중인 권숙만을 위한 레스토랑이었다. 권숙은 재민의 배려로 매일 이곳에서 특별한 저녁을 먹었다.

'자요?'

뜬금없이 권숙을 두드린 문자메시지는 간결했다. 권숙은 짧은 문장에서 재민의 오랜 망설임을 읽었다. 몇 번이나 핸드폰을 들여다보면서 고민 끝에 메시지를 보냈을 재민을 떠올렸다.

'이런 말 조금 우스운데 유치원 일을 좀 도와줄 수 있을까요?'

재민은 확장한 체육시설을 담당할 교사를 채용했다며 프로그램 감수를 부탁했다. 하지만 권숙은 사흘째 감수다운 일은 하지도 못했다. 프로그램에 관한 짧은 감상이 전부였다. 정작 재민은 감수에는 별 관심이 없는 듯 권숙의 근황만 궁금해했다. 하지만 매일 반복되는 훈련 외에는 할 말이 없었다. 권숙은 재민이 따분해할까 걱정했지만 그는 언제나 흥미롭다는 듯 이야기에 귀 기울였다. 때때로 훈련의 세부 내용을 물어보기도 하면서.

시간이 흐를수록 권숙은 재민의 제안이 프로그램 감수가 아닌 만남을 위한 핑계일지도 모른다고 생각했다. 아니면 굳이 저녁에 만날 필요도, 이렇게 마주 앉아 식사할 일도 없을 테니까. 재민의 진심은 무엇일까.

"제가 이론은 잘 몰라서요. 도움이 될지 모르겠네요."

권숙이 수줍게 말하자 재민이 부드럽게 미소 지었다.

"유리씨 얘기 듣는 것만으로도 충분히 도움이 돼요. 그리고 같이 있는 것도요."

예상치 못한 대답에 권숙의 얼굴이 달아올랐다. 있는 힘껏 억눌렀던 기대가 다시 가슴 속에서 활개 치기 시작했다. 권숙은 슬그머니 재민을 쳐다봤다. 그도 부드러운 눈빛으로 자신을 지긋이 바라보고 있었다. 그간의 의심과 경계, 불안이 녹아내리는 것을 느꼈다. 쿵쾅대는 가슴을 진정시키려 몰래 심호흡을 했다. 자꾸 기대하면 안 된다는 다짐도 함께.

"부원장님은 요즘 어떻게 지내세요?"

애써 화제를 돌리며 재민의 안부를 물었다.

"나도 유리씨처럼 새로운 세계로 나갈 준비를 하고 있어요."

"어디 가세요?"

"어머니 밑에서 독립할까 해요. 그러니까 이제부터 부원장이라고 부르지 마요."

"그럼 뭐라고……"

"음……." 잠시 생각에 잠긴 재민이 웃으며 말했다.

"오빠 어때요? 재민 오빠."

"네?"

한 번도 불러본 적 없는 호칭에 권숙이 머뭇거리자 재민이 나긋나긋한 목소리로 재촉했다.

"어서요."

권숙의 입술은 바싹 마르고 숨 막힐 듯한 어색함에 진땀이 배어났다. 잠시 심호흡을 하고 한 글자씩 발음해 보았다.

"재, 민, 오……오, 빠."

"그래. 유리야."

권숙이 부르기 무섭게 재민이 반말로 성큼 다가왔다. 권숙이 흠칫 놀라며 바라보자 재민의 입꼬리가 올라갔다.

"이렇게 된 거 말도 놓자. 유리도 편하게 해."

거침없이 경계를 허물고 다가오는 재민이 낯설었다.

"저는 천천히 할게요."

오빠만으로도 충분했다. 그 이상 다가갈 용기는 아직 없었다. 부끄러워하는 권숙을 흐뭇하게 바라보던 재민이 손가락으로 권숙을 가리켰다. 영문을 모르겠다는 듯 눈을 동그랗게 뜬 권숙의 곁으로 재민이 다가왔다. 그리고 가만히 손을 뻗어 입술 옆에 묻은 양상추 조각을 떼어주었다. 왠지 모를 아쉬움에 권숙은 어색하게 웃었다.

"고맙습니다."

자신의 자리로 돌아가지 않고 권숙을 바라보는 재민의 눈빛이 촉촉하게 가라앉아 있었다. 언제부터였을까. 유치원 안의 모든 것이 달라지고 있었다. 조명의 불빛이 흐려지고 공기의 습도가 높아졌다. 권숙은 숨이 가빠지는 걸 느끼며 자신도 모르게 침을 삼켰다. 머릿속에서는 혹시, 어쩌면, 만약으로 시작하는 가정들이 각자의 결론을 찾아 마구 질주하기 시작했다. 권숙은 모든 불행한 상상을 동원해 기대를 눌렀다. 홍보 사진을 찍자고 할 거야. 스파링을 하자고 할지도 몰라. 안간힘을 쓰며 눈을 질끈 감은 권숙의 귀에 재민의 나지막한 목소리가 내려앉았다.

"보고 싶었어."

깜짝 놀란 권숙이 재민을 바라보았다. 흔들림 없는 깊은 눈빛이었다. 재민의 섬세한 손가락이 권숙의 목덜미를 천천히 감쌌다. 권숙의 심장이 터져나갈 듯 요동쳤다. 지금 무슨 일이 일어나고 있는 걸까. 재민이 고개를 살짝 기울이며 가까이 다가왔다.

"엄마!"

권숙이 내지른 비명이 절정으로 치닫던 분위기를 단숨에 흐트러뜨렸다. 놀란 재민이 미안하다며 사과를 건넸다. 권숙은 고개를 세차게 저으며 창문을 가리켰다. 커다랗고 검은 그림자가 꿈틀대고 있었다. 재민이 달려가 창문을 열어젖혔다.

"어이쿠, 미안합니다. 내가 주책이라."

태영이 능글맞은 표정으로 두 사람을 바라보며 의미심장한 눈빛을 주고받았다.


"아저씨 진짜 미쳤어요?"

권숙은 자동차에 올라타기 무섭게 소리를 질렀다.

"방방 뛰지 마라."

태영이 룸미러를 움직이며 말했다.

"그 남자 너 배웅한다고 아직 서 있으니까."

권숙이 룸미러를 흘끔 쳐다봤다. 아쉬움을 가득 담아 손을 흔들고 있는 재민이 보였다. 하는 수 없이 다소곳이 고개를 숙였다. 자동차가 유치원 골목을 벗어나자마자 태영이 껄껄껄 소리

내 웃기 시작했다.

"그렇게 흐물흐물해져서 복귀전 이길 수 있겠어? 아닌가, 위대한 사랑의 힘으로 승리하는 건가?"

"그냥 변태가 아니라 변태 스토커였어. 왜 거기 서 있었어요?"

"난 네가 도망치려는 줄 알고 놀라서 쫓아와 봤지. 남자 만나는 줄 알았으면 내가 연애 코치라도 해줬을 텐데."

"연애 코치는 무슨. 맨날 차이기만 하는 주제에."

"호중이가 그런 말까지 했어? 그 새끼 말 믿지 말라니까!"

"딱 봐도 알아요. 얼굴에 '나 여자한테 인기 없음'이라고 써 있는 거 몰라요? 그 언니도 그래서 떠난 거죠?"

"그 언니?"

"골프선수 정수경이요. 거실에 있는 사진에서 봤어요."

태영의 오피스텔에는 그가 담당했던 선수들과 찍은 사진들이 벽면 가득 걸려 있었다. 선수들과 어깨동무를 한 사진 속 태영은 뭐가 그렇게도 좋은지 사진마다 활짝 웃고 있었다. 하지만 유일한 여자 선수인 정수경과 찍은 사진은 달랐다. 긴장한 듯 차렷 자세로 어색한 미소를 짓고 있는 붉은 얼굴에는 애타는 마음이 그대로 드러났다.

"그 언니 아저씨가 관리할 때 성적 별로였죠? 근데 지금은 LPGA 대회에서 날아다니던데. 아저씨 잘나가는 에이전트라는 거 뻥 아니에요?"

당황한 태영을 보며 기세등등해진 권숙이 정수경의 최근 성적을 읊어대려던 찰나 태영이 말을 막았다.

"내가 고백하는 바람에 컨디션이 엉망이 됐어. 나는 까였고, 됐지?"

여기서 그만하자는 듯 태영이 순순히 과거를 실토했다. 예상 못 한 반응에 되레 당황한 권숙이 흥 하고 코웃음을 쳤다.

"잔소리 때문에 까였을 거야. 아저씨 가끔 아줌마 같은 거 알아요? 잔소리쟁이 아줌마!"

"그래, 그렇다 치자."

피식 웃으며 받아주는 태영을 보자 권숙은 금세 흥미를 잃었다. 태영은 부루퉁한 얼굴로 등 돌린 권숙을 귀엽다는 듯 바라보았다.

"그건 그렇고 언제부터야? 유치원에 있을 때부터 그렇고 그런 사이였어? 원장 아들이랑 연애하면서 잘도 안 잘리고 다녔네. 우리 권숙이 이제 보니까 아주 능력자야."

"그런 거 아니에요."

발끈한 권숙은 처음 연락이 온 날부터 오늘까지 일을 이야기했다. 시종일관 웃고 있던 태영의 미간에 주름이 생겼다.

"수상한데."

태영이 고개를 갸웃하며 손가락으로 운전대를 톡톡 두드렸다.

"내가 네 말대로 여자 마음은 몰라도 남자 마음은 확실히 알거든. 저 자식 수상해. 하필이면 복귀전 앞둔 중요한 시기에 널 불러냈지? 그건 네 커리어를 신경 쓰지 않는다는 건데……. 다른 목적이 있는 거 아냐?"

이런 치졸한 트집 따위 듣고 싶지 않았다.

"아저씨가 무슨 셜록 홈스라도 되는 줄 알아요. 수상하긴 뭐가 수상해요. 그냥 좋아하고, 보고 싶고 그런 거예요. 사람들한테 시달릴까 봐 유치원에서 만나고, 감량 도와준다고 샐러드 먹고. 나 챙겨주는 건 안 보여요?"

"갑자기 연락이 왔다며. 오늘은 키스도 할 뻔했고. 챙겨준다면서 무슨 진도가 이렇게 빨라. 명심해, 너 이권숙이야. 지금 널이용해 먹으려는 놈들이 널리고 깔렸다고. 의심해서 나쁠 건 없어."

"그럼 아저씨는 내 은퇴를 왜 도와주는 건데요?"

날카로운 질문에 태영의 말문이 막혔다.

"난 그게 더 수상해요. 그렇지만 안 물어볼 거예요. 왜인지 알아요? 이유가 아니라 결과만 필요한 일도 있으니까. 나는요, 아저씨를 믿는 만큼 재민 오빠도 믿어요. 오빤 그런 사람 아니에요. 그러니까 걱정하지 마요."


벨트 훈련은 확실히 효과가 있었다. 벨트를 풀고 실전에 나서자 카운터펀치를 내지르는 타이밍이 열에 아홉 번은 무너졌다. 하지만 오늘따라 권숙은 훈련에 집중하지 못했다. 무의식중에 카운터펀치를 내질렀고 핵주먹이 호중의 얼굴에 명중했다.

"집중 안 해!" 또다시 권숙에게 얻어맞은 호중이 소리쳤다.

"미안." 권숙이 허겁지겁 다시 눈을 부릅떴다.

훈련을 지켜보던 태영은 권숙의 천부적 재능에 감탄했다. 애써 의식하지 않을 때면 완벽한 타이밍에 어마어마한 힘이 실린 카운터펀치가 상대의 빈틈을 정확하게 공격했다. 권숙의 뛰어난 반사 신경이 후천적으로 학습한 것이 아니라 타고난 본능이라는 증거였다. 하지만 오늘은 계속해서 삐걱대고 있었다. 무엇이 권숙을 불안하게 만드는지 태영은 짐작하지 못했다.

"나한테 이제야 연락한 건 복귀전이 끝나면 내가 더 유명해질 거 같아서 그런 거래요. 그때 연락하면 유명해져서 연락했다고 오해할까 봐."

한 라운드가 끝나기 무섭게 링에서 내려온 권숙이 태영에게 핸드폰을 내밀어 보였다. 재민과 주고받은 대화 내용이었다. 태영은 비로소 불안의 정체를 파악했다. 아무래도 의심하라는 태영의 말 때문에 마음고생을 한 모양이었다. 지난 며칠 말 붙이기 미안할 정도로 심각했던 표정이 마침내 풀어졌다. 태영은 "너 지금도 충분히 유명하거든"이라며 놀리고 싶었지만 꾹 참았다. 오랜만에 들뜬 권숙의 기분을 망치고 싶지 않았다.

"컨디션 조절해야 할 중요한 시기에 연락해서 미안하다고도 했어요. 복싱을 잘 몰라서 그랬다고. 내 말이 맞죠? 재민 오빠 그런 사람 아니라니까."

일말의 의심조차 없애려는 듯 계속해서 재민의 편을 들었다.

"내 의심이 과했어. 미안해."

태영의 사과에 우쭐할 줄 알았던 권숙은 아무 말이 없었다. 장난으로 받아들였을까 싶어 다시 한번 진지하게 사과했으나 권숙은 얼굴로 태영을 바라보았다.

"아저씨 나 물어보고 싶은 게 있는데, 심술 안 부리고 상담해 줄 수 있어요?"

"여자 마음도 모르고, 연애도 못 하는 내가 자격이 있나?"

"그래도 나보다는 잘 알 거 아니에요."

권숙과 재민은 매일 저녁 유치원에서 함께 샐러드를 먹었다. 그다음에는 영화를 보거나 차를 마시며 이야기를 나누었다. 권숙은 재민이 궁금해할 때마다 복싱 이야기를 했고, 재민은 마치 세상에서 가장 재미있는 장난감을 바라보는 아이처럼 즐거워했다. 이 모든 장소가 유치원이라는 것 외에는 평범한 연인들의 데이트와 크게 다르지 않은 나날이었다.

"매일 꿈꿔왔던 상황인데 이상해요. 생각했던 거랑 달라요."

"뭐가?"

"어딘지 모르게 불편하다고 해야 하나. 어색하고 자연스럽지 않아요. 이거 내가 긴장해서 그런 거예요?"

"뭐, 처음이면 그럴 수도 있지. 특히 너처럼 연애를 글로 배운 애들이 실망도 많이 해. 현실에서의 연애라는 게 네 생각만큼 낭만적이기만 한 건 아니니까."

"그런가……."

심술궂게 찌른 말에 금방 시무룩해지는 권숙을 보니 괜히 미안한 마음이 들었다.

"시간이 지나면 자연스러워져. 아직 충분히 친하지 않아서 그래. 연인 사이에도 친해지는 시간이 필요하거든."

"우리가 지금 연애를 하긴 하는 건가요? 좋아한다는 말도 안 하고. 솔직히 잘 모르겠어요."

태영이 피식 웃었다. 아무리 센 척해도 이제 갓 스무 살을 넘긴 어린애였다.

"좋아하지도 않는 여자한테 그러는 남자가 어디 있냐."

"좋아하면 좋아한다고 고백해야 하는 거 아니에요?"

"그런 어설픈 고백은 평생 운동만 하고 살다가 처음으로 여자한테 빠진 풋내기들이나 하는 거야. 야, 그러고 보니까 이거 딱 네 이야기다. 네가 좋아한다고 고백하는 건 언제?"

심각한 권숙의 마음을 풀어주려 태영이 일부러 장난스럽게 말했다.

"나 지금 심각해요!"

"알았어, 나도 그럼 심각하게 말해줄게. 원래 남자들은 나이 들수록 좋아한다, 사랑한다, 그러니까 사귀자 그런 얘기 잘 못 해. 남자라는 족속이 어릴 때는 무대포로 막 좋아한다고 고백하고 그러거든. 근데 그러다가 뻥 차이는 경우가 꽤 많아. 그런 경험이 있는 남자라면 뜨거운 마음 하나만 가지고 고백하는 실수를 두 번 저지르진 않지. 그래서 연애 경험이 많은 남자일수록 상대의 마음을 충분히 확인할 때까지 고백을 미루거나 건너뛰는 거야. 걔 보니까 얼굴도 잘생기고 몸도 좋던데. 분명 여자 많이 사귀어봤을 거야. 그러니까 쓸데없는 걱정하지 마. 지금 이 방식이 그 사람 스타일인 거야."

"그렇긴 하지만."

권숙의 기분을 풀어주겠다고 시작한 이야기였는데, 오히려 기분을 더 가라앉게 한 것 같았다. 이대로라면 오늘 훈련은 여기서 접어야 할지도 모른다. 좋은 수를 찾던 태영이 소리쳤다.

"그래, 도장을 찍는 확실한 방법이 있다."

권숙이 쫑긋 귀를 세우며 태영을 바라보았다.

"딴 놈을 이용하는 거야."

"딴 놈이요?"

"수컷의 유전자에는 암컷 한 마리를 두고 여럿이 경쟁해 온 역사가 새겨져 있단 말이지. 그래서 완전히 내 거라고 안심하고 있던 여자한테 다른 놈이 접근하면 고추 달린 놈은 무조건 눈 돌아가게 돼 있어."

권숙이 미심쩍은 눈으로 태영을 바라보았다. '인간이 그렇게 단순하다고요?'라고 눈으로 묻는 것 같았다.

"이건 불변의 진리야. 원래 내 여자 입에서 다른 놈 이름만 나와도 눈 돌아가는 게 남자라고."

"아, 그러고 보니……."

권숙이 생각났다는 듯 조심스럽게 말문을 열었다.

"오빠가 자꾸 아저씨에 관해 물어요."

"나를?"

"응. 처음엔 아저씨랑 어떻게 만났냐고 묻더니 점점 계약 내용
도 궁금해하고, 훈련 메뉴도 자세하게 물어보고 그러더라고요.
자꾸 복싱 얘기만 물어봐서 좀 그렇긴 한데 어차피 은퇴할 거니
까 자세히 대답하진 않았는데. 이런 것도 질투예요?"

태영과 권숙이 온종일 붙어 있으니 질투할 수도 있다. 하지만
라이벌로 여긴다면 복싱이 아닌 다른 질문을 했을 것이다. 재민
이 권숙에게 궁금해한 것은 지나치게 공적이고 사무적인 것들
뿐이었다. 아직은 아무것도 알 수 없지만 어쩌면 재민이 사랑이
아닌 다른 목적으로 권숙에게 접근했을지도 모른다는 의구심이
들었다. 그래도 지금은 권숙의 불안함을 없애는 게 우선이었다.

"맞네, 딱 보니까 날 라이벌로 여기는구먼."

"정말요?"

"그래. 그러니까 날 이용해서 흔들어. 고백은 지금 하지 않으
면 다른 남자한테 내 여자를 빼앗길지도 모른다는 불안이 정점
까지 치달아야 나오는 거니까."

"그렇게까지 해야 해요?"

"그럼, 그래야지. 그리고 복귀전 끝날 때까지 만나지도 마."

태영은 복귀전이 끝날 때까지만이라도 재민을 떼어놓기로 했
다. 그의 진의를 파악할 시간이 필요했다. 만일 태영의 예감이
옳다면 더더욱 권숙을 보호해야 하니까.

"왜요!"

"애가 타야 네가 소중하다는 걸 깨닫고 고백하지. 그리고 너자꾸 이렇게 정신 널뛰면 복귀전 망치는 수가 있어."

"그러다 내가 싫어지면요."

"절대 그럴 일 없어. 네가 노는 것도 아니고 훈련에 집중한다는데. 스물일곱이면 충분히 이해할 나이야. 복귀전 얼마 안 남았으니까 조금만 더 집중하자."

재민이 먼저 떠나는 일은 절대 없을 것이다. 태영의 감이 맞다면 감춰둔 음모를 드러낼 때까지는 어떻게든 권숙 곁에 남아 있을 것이다. 권숙이 실망한 듯 입술을 내민 채 핸드폰을 만지작거렸다. 태영은 권숙의 핸드폰을 빼앗았다.

"앞으로는 훈련 시간에 핸드폰 사용 금지야."

"그런 게 어디 있어요. 만나지도 말라면서요."

"야!"

버럭 소리를 지른 태영은 이내 흥분을 가라앉히고 차분히 권숙을 설득했다.

"은퇴가 더 중요하잖아."

그제야 권숙은 순순히 태영에게 핸드폰을 넘겼다. 때마침 다음 라운드의 시작을 알리는 공이 울렸다. 호중이 링 위에서 손짓을 보내왔다. 태영은 링으로 걸어가는 권숙의 축 늘어진 뒷모습을 오래 바라보았다.

## 5

핸드폰이 요란하게 울렸다. 회의실에 있던 사람들이 일제히 태영을 쳐다봤다. 태영은 발신자도 확인하지 않고 수신 거부 버튼을 눌렀다. 대학에서 경영학을 전공한 한재민은 연달아 취업에 실패한 뒤 어머니가 운영하는 유치원에 부원장으로 입사했다. 경영 전반을 담당하는 것으로 알려졌지만 특별히 하는 일은 없었다. 팀에서 조사한 한재민의 프로필은 간단했다. 아직 사회 초년생이기에 깊이 들어갈 항목이 없었다. 권숙의 복귀전 준비 현황을 최종 점검하는 오늘 회의는 권숙의 개인 생활을 공유하며 리스크를 검토하기로 했다. 태영은 화면 속 한재민의 프로필을 꼼꼼히 읽어 내려가던 중 낯익은 이력을 발견했다.

"우리 회사에도 지원했었어? 이쪽 일에 관심이 있는 건가?"

"인사과에 확인해 보니 서류 심사에서 탈락했습니다. 야구 관람이 취미라고는 했지만 스포츠에 특별한 애정이나 관심이 보이지 않아 마구잡이 지원자로 분류된 경우입니다."

"이권숙을 유치원 홍보에 이용하려는 거 아냐?"

팀장이 간단히 총평을 내렸다.

"아마 그건 아닐 거예요."

한재민은 이미 어머니에게 독립을 선언한 상황이었다. 만약 한재민이 권숙을 이용할 생각이라면 홍보보다 독립이 목적일 가능성이 크다. 물론 확실한 건 아무것도 없다. 어쩌면 그가 말한 독립이 20대 중반의 청년들이 말버릇처럼 뱉는 허세에 지나지 않을 확률도 낮지 않다.

"그럼 둘이 사귀나 보네. 좋을 때다." 팀장이 보고서를 덮었다.

"김 피엠이 계속 연애 상담해주면서 스캔들 안 나게 잘 컨트롤하면 되겠네."

"되겠네라뇨. 더 파봐야죠. 우리 쪽 라인으로는 한계가 있으니까 흥신소에 의뢰해서……"

"야, 이런 빤한 스토리를 가지고 왜 이렇게 예민하게 굴어?"

팀장의 말대로 태영이 예민한 것일지도 모른다. 이유리로 알고 있던 여자가 이권숙임을 알게 되면서 연애 감정을 가졌을 수도 있다. 그래도 수상했다. 예민한 촉은 태영이 지금껏 업계에서 살아남을 수 있었던 가장 큰 무기였다. 진실을 확인해야 했다.

"더 캐 봐요. 촉이 안 좋아요."

"이 자식아. 어바웃스포츠에서 이권숙 땡겨 가려고 작전 짠다는 말이 있는데 지금 이딴 거에 매달릴 때야?"

처음 듣는 정보였다. 팀장이 회의에서 공식적으로 언급했다는 것은 경쟁사의 움직임이 어느 정도 확인되었다는 말이다. 그동안 체육관에서 살다시피 하느라 외부 정보를 놓친 걸까. 그보다는 누구도 권숙을 데려갈 수 없다는 믿음 때문에 흘려들었을 가능성이 더 클 것이다.

"권숙이 땡겨 가려면 위약금 규모부터 알아야 하는데, 걔들이 우리 계약 내용을 어떻게 알아요? 박 기자한테도 안 알려줬는데. 아냐, 그 새끼 알고 있는 거 아냐?"

"내가 불안한 건 이권숙하고 딸랑 두 경기만 단발로 계약한 거야. 그래도 요즘엔 너랑 친해진 거 같아서 안심이다만, 추가 계약 안 하면 어쩔 거야?"

"걱정 마세요. 어바웃은 이권숙이랑 절대 계약 못 해요."

세계 챔피언 타이틀매치에서 조작 경기가 성공하면 S&P는 두 경기만 계약한 태영의 선구안을 높게 살 것이고, 어바웃스포츠는 자연스레 영입 카드를 거둬들일 것이다. 그 순간 태영의 머릿속에 어지럽게 펼쳐진 퍼즐 조각이 제자리를 찾기 시작했다.

"한재민이 어바웃의 사주를 받았다면요?"

"소설 쓰고 자빠졌다."

"가능성 충분해요. 어바웃에서 프락치 푼 거 없나 확인 좀 해봐요. 내 촉이 그래요."

"전화나 받아. 회의 끝났으니까."

팀장이 태영을 툭 치고 자리에서 일어났다. 무음으로 돌려놓은 태영의 핸드폰 알림 등이 연신 반짝이고 있었다. 발신자는 철용이었다. 사람들이 모두 나가자 태영이 전화를 받았다.

"복귀전이 사흘 앞으로 다가왔는데 왜 아직도 기권 소식이 안 들려와!"

권숙의 변심을 확신하고 있던 철용이 위약금을 물어주기 위해 전화를 걸어온 것이다.

"선생님 제가 오해를 했던 모양입니다. 이 선수, 도망치려는 게 아니라 다른 문제가 있었습니다."

"문제? 문제가 있으면 보고하라고 했잖아."

"그게 좀 사적인 거라……."

철용이 버럭 소리를 질렀다. 귀가 쩌렁쩌렁하게 울리는 철용의 호통에 태영이 낮게 한숨을 내쉬고 조심스레 말했다.

"좋아하는 남자가 생긴 모양입니다."

"뭣! 남자?"

철용의 고함이 수화기를 찢고 쏟아졌다.


체육관에 들르겠다는 재민의 메시지를 읽는 권숙의 가슴이 오랜만에 두근거렸다. 복귀전까지 절대로 재민을 만나지 말라는 태영 때문에 제대로 연락도 못 하던 차에 재민의 방문이 반가웠다. 사실 권숙은 줄곧 혼란스러웠다. 눈앞에 서 있는 재민은 상상 속에서 그려왔던 사려 깊고, 다정하고, 섬세한 사람이 아니었다. 늘 "오빠가 말야"라는 말로 대화를 시작하는 그는 입만 열면 자랑하는 허세남에, 가볍고 유치한 보통 남자에 불과했다. 그러다 어느 순간 권숙의 반응이 시원찮다 싶으면 그때부터 태영에 관한 질문으로 대화를 이어갔다. 태영이 언제부터 에이전트 활동을 했는지, 사무실에는 언제 들어가는지, 관리하는 선수 중 가장 사이가 안 좋은 사람은 누구인지. 권숙에겐 별 의미도 없는 질문에 대답하다 보면 재민에게 자신은 한없이 보잘것없는 존재라는 생각이 들곤 했다. 이제는 재민의 진심뿐 아니라 자신의 마음에도 확신이 서지 않았다.

이런 상황에서 재민이 만나자는 메시지를 보냈다. 내일부터 복귀전 일정이 시작되니 오늘은 꼭 얼굴을 봐야겠다는 말에 처음으로 그의 간절함을 느꼈다. 지금의 혼란이 재민을 만나고 나면 눈 녹듯 사라질지도 모른다는 기대도 생겼다. 마침 잔소리꾼 태영도 자리를 비운 참이어서 호중에게 한 시간만 쉬자고 졸랐다. 어차피 이틀 뒤 시합을 앞두고 오버워크는 금물이니까.

"몸무게 재보고 땀 더 안 흘려도 되면."

권숙은 내일 아침의 계체량을 위해 어제부터 땀복을 입고 훈련했다. 체내의 수분을 최대한 빼야 계체량이 끝나고 쉽게 체중을 불릴 수 있기 때문이다. 땀복을 벗자 사우나 문이 열린 듯 열기가 쏟아져 나왔다. 권숙의 체중을 확인한 호중이 말했다.

"내일 문제 없겠다. 목마르다고……"

"물 먹지 말고 입에 머금었다가 뱉어라."

권숙이 호중의 말을 가로채며 체중계에서 내려왔다.

"배가 고프면 위장이 음식을 먹는다고 착각하도록 무가당 껌을 씹고. 혹시라도 뭐 먹으면 끝장나는 몸무게잖아, 지금. 딱 한 계치. 나도 다 알거든."

호중의 설교를 듣고 있을 시간이 없었다. 어서 씻고 재민을 만날 준비를 해야 한다.

"너 그래도 감량 잘 견딘다? 별로 예민하지도 않고."

"그러게. 예전엔 아빠한테 지랄하고 난리였는데."

바쁘게 탈의실로 향하던 권숙이 잠시 멈춰 서서 언제나 태영이 앉아 있던 자리를 바라보았다.

"아저씨가 다이어트 도시락 만들어줘서 그렇지 뭐. 완전히 굶은 건 어제오늘뿐인데 그것도 못 참을까."

권숙은 돌아서면서 호중에게 당부했다.

"아저씨한텐 말하지 마. 우쭐거리는 거 꼴 보기 싫어."

권숙은 거울에 비친 얼굴을 바라보았다. 극단적 절식으로 피부가 갈라지고 눈 밑 다크서클이 짙은 과거의 모습이 아니었다. 야윈 얼굴에 남은 감량의 흔적은 화장으로 충분히 가릴 수 있었다. 사실 권숙은 태영이 좀 우쭐해도 괜찮다고 생각했다. 점점 더 필요한 사람, 없어서는 안 될 사람이 되어가고 있었으니까.

"오빠가 혹시 훈련 방해한 거니?"

손가락으로 연신 핸들을 두드리며 불안해하는 재민의 얼굴은 감량 중인 권숙보다 초췌해 보였다. 그 모습이 낯설었다.

"보고 싶어서 왔어. 직접 힘내라는 말도 해주고 싶고."

재민은 그저 보고 싶었다고 말했다. 지금껏 가장 진솔한 모습에 권숙은 조금 감동받았다. 곁눈으로 재민을 바라보니 핸들에 머리를 기댄 채 권숙을 지긋이 바라보고 있었다. 눈이 마주치자 재민은 안전벨트를 풀고 슬며시 조수석으로 몸을 기울였다. 저돌적 행동에 놀란 권숙이 주춤주춤 몸을 뒤로 뺐다. 재민은 더는 물러설 곳이 없어 어찌할 바를 모르는 권숙에게 계속해서 다가갔다. 커다란 손이 권숙의 뺨을 감싸려는 순간.

"고마워요."

재민의 손을 덥석 잡은 권숙이 어색하게 웃으며 말했다.

"저 다시 올라가야 해요."

재민이 실망한 표정으로 한숨을 쉬었다. 권숙은 미안한 마음도 들었지만 어쩔 수 없다고 생각했다. 재민이 싫은 건 아니다. 그와의 키스를 상상해 보기도 했다. 하지만 무작정 입술부터 들이미는 건 싫다. 로맨틱한 분위기에서 서로에게 이끌리듯 자연스럽게 첫 키스를 하고 싶었다. 그런데 재민은 마치 목표를 향해 앞뒤 가리지 않고 돌진하는 운동선수 같았다. 기대했던 마음이 순식간에 가라앉는 느낌이었다.

"경기 전이라 정신이 없어요. 와줘서 고마워요."

"미안해."

자동차에서 내리는 권숙에게 재민이 다급하게 사과했다. 입술을 깨물며 자책하듯 머리를 싸매고 있었다.

"내가 순간 조바심이 났나 봐. 정말 왜 이러는지 모르겠는데……. 김태영이라는 사람만 생각하면 자꾸 질투가 나."

설마 했던 태영의 말이 사실이었다니. 심각한 표정으로 자책하는 재민을 보니 가슴이 두근거렸다.

"솔직히 유리를 못 만나면 나쁜 생각이 들어. 아침부터 밤까지 같이 있는데, 혹시나 그 사람이 너한테 다른 마음을 먹지는 않을까. 이런 내가 한심하다는 거 알아. 그런데 그런 생각을 멈출 수가 없어. 정말이지……."

권숙은 머리를 쓸어 넘기는 재민의 모습을 넋 놓고 바라보았다. 질투하는 남자의 모습만큼 섹시한 건 없다는 말을 알 것 같았다. 재민은 깊은 한숨을 내쉬고는 말을 이었다.

"앞으로도 계속 이런 상황이 계속되면 솔직히 참을 수 있을지 자신이 없어. 내가 생각보다 인내심이 부족한 남자였나 봐."

잠시 말이 없던 재민이 힘없이 웃으며 차 문을 열어 주었다.

"조심히 들어가."

권숙은 모든 걸 내려놓은 듯한 재민의 목소리에 덜컥 겁이 났다. 조금 전 질투심에 휩싸여 초조해하던 남자 대신 모든 걸 내려놓은 듯 낙심한 남자가 서 있었다. 어쩌면 그는 이대로 자신을 포기할지도 모른다. 지금은 복귀전보다 그 사실이 더 두려웠다. 체육관으로 돌아가는 발걸음이 무겁게 늘어졌다. 잠시 후 권숙이 무언가 결심한 듯 발걸음을 돌렸다.

"태영 아저씨하곤 두 경기만 계약했어요."

"그게 무슨……"

"타이틀매치가 끝나면 계약도 끝나요. 아저씨랑 같이 있는 건……."

잠시 망설이던 권숙이 말을 이었다.

"같이 있는 건 그때까지예요. 그게 복귀하는 조건이었어요. 그러니까 걱정 말아요."

권숙은 이 말만 남기고 돌아섰다. 그때였다. 재민이 등 뒤에서 권숙을 와락 끌어안았다. 특유의 서늘한 체취가 권숙을 감싸 안았다.

"좋아해. 유리야. 오빠는, 유리 네가 정말 좋아."

재민의 목소리가 따뜻한 입김에 실려 권숙의 귓가를 간질였다. 무거웠던 발끝이 가벼워지며 둥실 떠오르는 기분이었다. 그동안 상상 속에서만 그려왔던 꿈같은 순간이었다. 심장도 축하해주는 듯 기분 좋은 울림을 내며 뛰었다. 권숙은 어깨를 감싼 재민의 팔에 얼굴을 기대며 눈을 감았다.

태영은 조수석의 권숙을 힐끔 쳐다보았다. 로드워크를 하는 동안에도, 계체량을 측정하기 위해 경기장으로 이동하는 중에도 권숙은 아무 말이 없었다. 이어폰을 꽂았다는 건 말도 걸지 말라는 표시였다. 호중은 권숙이 경기를 앞두고 마인드 컨트롤을 하는 것이니 신경 쓸 필요 없다고 했지만 태영은 자기도 모르게 권숙의 눈치만 살폈다. 이게 다 철용 때문이었다.

지난밤 철용은 태영을 앞장세워 호동 유치원으로 향했다. 마침 재민이 유치원을 나섰고 두 사람은 미행을 시작했다. 재민이 향한 곳은 뜻밖에도 체육관 주차장이었다. 그곳에서 권숙이를 만났다. 자동차 안에 숨어 두 사람을 가만히 지켜보고 있던 철용은 재민이 뒤에서 권숙을 끌어안자 극도로 흥분했다.

"저런 호래자식을 봤나."

태영이 엉덩이를 들썩이는 철용을 붙잡았다.

"권숙이 인생에 개입 안 하신다면서요!"

"놔 이 자식아! 그건 복싱 얘기고. 저런 꼴을 보고도 가만있는 애비가 어디 있어?"

분을 삭이지 못한 철용은 권숙이 체육관으로 돌아가자마자 자동차 밖으로 뛰쳐나갔다.

"야 인마!"

우렁찬 소리와 함께 돌진한 철용이 재민의 복부에 돌주먹을 꽂아 넣었다. 재민의 몸이 붕 뜨더니 바닥에 고꾸라졌다.

"감히 누굴 끌어안아! 누구한테 손을 대!"

재민이 가쁜 숨을 토해내는 사이 뒤따라온 태영이 철용의 허리를 붙잡았다.

"이 선생님, 이러시면 안 돼요."

"놔! 너도 이 새끼가 권숙이 끌어안는 거 봤잖아."

당장이라도 재민을 박살 내려는 철용의 기세에 태영도 눌리고 말았다. 잔뜩 겁먹은 표정의 재민이 다급히 손을 저었다.

"아, 아니에요. 전 그냥 좋아한다고, 좋아한다고 말하려고……."

들리지 않는다는 듯 철용이 다시 재민에게 달려들려 몸부림쳤다. 태영은 사나운 곰 한 마리를 끌어안고 있는 것 같다고 생각하며 필사적으로 소리쳤다.

"권숙이 듣습니다, 선생님. 권숙이 나온다구요."

날뛰던 철용이 그제야 흥분을 조금 가라앉혔다. 태영은 쓰러진 재민을 일으켜 세워 철용 대신 사과를 건넸다. '권숙이가 이 일을 알면 아버지와의 골이 더 깊어지니 이해를 부탁한다'라는 당부도 잊지 않았다. 고개를 끄덕인 재민이 돌아간 뒤에도 철용의 분노는 한참을 가라앉을 줄 몰랐다.

복귀전이 열릴 경기장에 들어서자 권숙이 이어폰을 뺐다. 태영이 조심스레 물었다.

"너 괜찮냐?"

"뭐가요?"

퍼석퍼석한 입술로 되묻는 권숙의 목소리에는 아무런 감정도 없었다. 어제부터 물 한 방울도 마시지 않은 상태였다. 쓸데없는 일로 기력을 뺏고 싶지 않았다.

"아무것도 아니야. 힘들 텐데 조금만 참자."

경기장은 서울 근교에 위치한 500석 규모의 시립체육관이었다. 일찌감치 잡혀 있던 한국 남자 프로복싱 타이틀매치에 권숙의 복귀전이 포함되는 형식이었다. 권숙의 화제성을 생각하면 당연히 복귀전이 메인 이벤트가 되어야 하지만 협회와 S&P는 경기를 앞두고 도망친 전과가 있는 권숙을 아직 온전히 믿지 못했다. 여기에 예전과 같은 기량을 발휘하지 못할 수도 있다는 불안도 한몫했다. 그래서일까. 어느 방송국도 중계권 경쟁에 나서지 않았고, 스폰서 역시 그간의 사정에 비해 크게 좋아지지 않았다. 아이러니하게도 판매 오픈과 함께 매진을 기록한 티켓이 온라인에서 수십 배의 가격으로 거래되고 있었다. 간을 보는 언론과 달리 대중들은 권숙을 향한 관심을 적극적으로 드러냈다.

태영은 이 모든 상황을 긍정적인 신호로 받아들였다. 언론의 무관심은 자본에서 자유롭다는 뜻이기도 하니까. 예정된 타이틀매치에서 쓸데없는 의견을 차단하려면 오히려 지금이 더 좋은 상황인 셈이었다. 태영과 권숙의 첫 번째 목표는 내일 열릴 복귀전에서 승리하는 것이지만, 최종 목표는 완벽히 지는 경기로 은퇴하는 것이다.

"53.37킬로그램, 170파운드. 밴텀급 이권숙 통과." 계측관이 소리쳤다.

사방에서 카메라 플래시가 터졌다. 양호실을 개조한 좁은 계측실은 많은 기자들의 취재 경쟁으로 정신없었다. 태영은 이런 상황이 익숙하지 않은 권숙을 보호하기 위해 재빨리 다가가려 했다. 그런데 권숙이 돌연 두 주먹으로 가드를 올려 보이며 포즈를 취했다. 기자들이 앞다퉈 플래시를 터트리며 질문을 던졌다. 권숙이 체중계에서 내려오면서 외쳤다.

"조아라 선수의 계체량이 남아 있으니 잠시 후 공식 기자회견에서 말씀드리겠습니다."

하루 만에 듣는 권숙의 목소리는 다행히 밝았다. 어제저녁 재민과의 일로 동요하고 있을지도 모른다는 태영의 걱정은 기우인 듯했다. 재민과 철용 사이에 있었던 일도 알아차리지 못한 것 같았다. 권숙의 머릿속은 복귀전 생각으로 가득해 보였다. 태영이 안도의 한숨을 내쉬었다.

"2년 만에 복귀하는 소감은 어떻습니까?"

"무척 떨린다는 말밖에 안 나오네요. 오래 기다리신 만큼 훌륭한 경기로 보답하겠습니다."

기자회견은 순조로웠다. 반드시 대답해야 하는 질문은 충실하게, 곤란한 질문에는 위트로, 쓸모없는 질문에는 하고 싶은 말을 하며 기자들을 리드했다. 덕분에 태영이 나설 필요도 없었다.

"내일 시합할 상대인 조아라 선수와의 대결에 임하는 각오는 어떻습니까?"

"스피드가 빠른 아웃복서인 만큼 그에 대비한 훈련을 했습니다. 그래도 쉽지 않은 시합이 되리라고 생각하기에 의미 있는 경기가 되도록 최선을 다하겠습니다."

태영은 관심 밖으로 밀려난 내일 시합을 화두로 끌어오며 스스로를 숨기는 권숙의 전략에 감탄했다. 인터뷰 전체를 마무리 짓는 인사말 같은 권숙의 대답 덕분에 자연스럽게 마지막 질문으로 넘어갔다. 언제 이런 걸 배웠을까. 자신의 옆에는 철부지 소녀 대신 프로복서 이권숙이 앉아 있었다.

"우리 권숙이 다시 봤어. 인터뷰 체질인가 봐. 말을 잘해도 너무 잘해."

호중은 감탄을 아끼지 않았다. 몇몇 기자가 황제 다이어트 복싱짐에 대해 물었을 때, 권숙이 호중과 체육관을 치켜세워 주었기 때문이었다.

"느낀 대로 정직하게 말한 거야. 대표님 얘기도 그런 거고."

권숙은 기자회견에서 태영에 관한 어떠한 언급도 없이 침묵을 지켰다. S&P에 감사한다는 형식적인 인사가 전부였다. 태영은 권숙이 갑자기 멀어진 것 같아 좀처럼 말을 붙이지 못했다. 선수의 그림자로 살아가야 하는 에이전트에겐 당연한 일이지만 서운한 느낌을 지울 수 없었다.

"아저씨, 나 배고파요."

권숙이 긴 침묵을 깨고 태영에게 말했다. 그것만으로도 움츠려 있던 태영의 마음이 조금씩 풀어졌다.

"체중 회복하려면 뭘 먹어야 하나."

"갈비탕하고 수육."

"잘하는 곳이 있나." 태영이 근처 맛집을 검색했다.

"나 잘 아는 데 있어요."

그렇게 앞장선 권숙이 내비게이션에 입력한 주소는 철용의 식당이었다.

태영은 애써 당황한 기색을 감추며 자동차를 운전했다. 식당에 들어선 태영은 철용과 마주치자 재빠르게 눈빛을 교환했다. 모르는 사람인 척 어색한 연기로 서로의 곁을 스쳐 지나갔다. 먼저 자리 잡은 권숙이 손짓으로 태영을 불러 앉혔다.

"우리 아빠 궁금해하지 않았어요?"

권숙이 철용이 서 있는 주방을 가리켰다.

"저 사람이에요. 대표님은 잘 아네."

어느새 주방 앞으로 달려간 호중은 철용에게 깍듯한 인사를 건넸다. 태영은 쭈뼛쭈뼛 묵례를 보냈다. 애써 이쪽을 모른 척하는 철용도 어색한 기색을 감추지 못했다.

"여긴 메뉴에 갈비탕이 없는데. 다른 데로 갈까?"

잠시 후 호중이 직접 설렁탕 두 그릇과 갈비탕 그리고 수육을 가지고 돌아왔다. 철용이 직접 챙겨줬다고 자랑하는 호중의 표정이 마냥 신났다.

"아빠는 계체량 끝나면 꼭 갈비탕하고 수육을 먹었거든요."

권숙이 커다란 갈빗대를 손에 들고 뜯었다. 생각해 보니 함께 밥 한 끼를 제대로 먹은 적이 없었다. 처음부터 팽팽한 신경전을 벌였고, 간신히 손을 잡자마자 권숙의 감량이 시작되었다. 지난 한 달간 샐러드에 최소한의 탄수화물과 단백질을 섭취해 오면서도 불만 한번 없던 권숙이었다. 먹성 좋은 권숙의 모습에 괜스레 코끝이 찡해왔다.

"족발 안 먹은 지도 오래됐네. 빨리 시합 끝내고 먹고 싶다."

권숙이 입안 가득 고기를 넣고 우물거리면서 말했다.

"복귀전 끝나면 내가 쏠게. 서울에서 제일 잘하는 곳 알거든."

태영이 문자메시지를 확인하며 말했다. 철용의 호출이었다.

"나 화장실 좀 다녀올게."

식당 뒤뜰에 도착하자마자 기다렸다는 듯 철용의 펀치가 날아와 복부에 꽂혔다. 하지만 태영은 꿈쩍도 하지 않았다. 대신 요란한 금속음이 울렸고, 주먹을 감싸 쥔 철용이 고통을 호소했다. 태영이 옷 안에 감춰둔 쟁반을 꺼내 보였다.

"제가 데려온 거 아닙니다. 권숙이가 먼저 오자고 했어요. 저는 선생님이 메뉴에 없는 갈비탕까지 준비해 놓으셨길래 따로 연락하신 줄 알았는데……."

"얌마, 그건……. 그래, 누가 데려왔는지가 중요한 게 아니지. 어제 일 권숙이한테 일렀어?"

"시합 앞둔 선수 흔들리게 그런 얘길 뭣하러 합니까."

"근데 쟤 왜 저래?"

"대체 뭔가요?"

"기자회견 말야. 스포츠 뉴스에서 봤어."

"권숙이가 먼저 하겠다고 나서더라고요. 프로답게 잘해서 저도 놀랐습니다."

철용이 태영의 멱살을 틀어쥐었다.

"야 인마, 저 자식은 아직 애야. 애가 투덜거리지 않고 어른 흉내를 내면 뭔가 잘못된 건 줄 알아야지. 프로답다고 뿌듯해해?"

철용에게도 어른스러운 권숙을 뿌듯하게 바라보던 시절이 있었다. 하지만 권숙을 잃고 난 뒤에야 그것이 반항이었음을 깨달았다. 철용은 권숙이 화가 날수록 차분해진다고 설명했다. 말조차 걸 수 없었던 오늘처럼.

"말했잖아. 뭘 감추려 할 때는 행동에서 티가 난다고."

그 순간 식당에서 나오는 권숙과 태영의 눈이 마주쳤다. 당황한 태영이 멱살을 쥐고 있는 철용의 손을 뜯어내며 위기를 알렸다. 신호를 받지 못한 철용은 계속해서 말을 이어갔다.

"어제 그 자식 때려눕힌 것 때문에 그러는 거 아냐? 그런데 쟤가 그깟 일로……"

"선생님!"

태영이 소리를 지른 뒤에야 철용이 입을 다물었다.

"스파이."

어느새 곁에 선 권숙이 서늘한 눈으로 태영을 노려봤다.

"아빠랑 같이 나타났다는 말, 재민 오빠한테 듣고 아닐 거라고 생각했어요. 아저씨를 믿었으니까. 그런데 진짜였네. 아빠 지시 받고 움직인 거예요?"

"누가 지시를 받아. 선생님이 먼저 찾아오셨어. 네 앞에 나타날 수는 없다고 하셔서 간간이 근황 정도만 전했고. 그렇죠, 이 선생님?"

말없이 고개만 끄덕거리는 철용에게서 괴팍한 중년 아저씨의 모습은 더 이상 찾아볼 수 없었다.

"그럼 왜 재민 오빠를 때렸어요? 아저씨가 깡패예요?"

권숙은 태영이 재민을 때렸다고 오해하고 있었다. 태영이 해명하려는 찰나 철용이 사나운 얼굴로 입에 지퍼를 채우는 시늉을 했다. 태영이 고개를 가로젓자 이번엔 주먹을 들어 겁박했다. 하는 수 없다는 얼굴로 태영이 대답했다.

"미안하다."

"자자, 문제 해결됐으면 들어가서 마저 먹어라."

분위기를 바꾸려는 듯 철용이 헛박수를 쳤다.

"나 아저씨랑 할 말 있어요."

권숙은 찬바람으로 철용을 밀어냈다.

"어……, 그럼 나는 들어가서 저녁에 먹을 수육하고 이것저것 싸놓고 있으마."

도망치듯 가게 안으로 들어가던 철용이 돌아서서 다시 한번 입을 다물라는 신호를 보냈다.

"내가 잘못한 거니까, 대신 나를 한 대 쳐."

권숙이 주먹을 쥐었다. 한껏 힘이 들어갔는지 팔에 핏줄이 솟아났다. 태영은 이를 악물고 배에 힘을 줬다. 권숙이 주먹을 크게 휘두르는 시늉을 하더니 금세 손을 내렸다.

"왜 아빠를 데리고 갔는지 모르겠어요. 그래도 나 도와주려고 그런 거죠?"

"그래. 잘해 보려다 실수했어. 정말 미안해."

"이제 그러지 말아요. 아저씨 도움 안 받을 거니까."

"고백 들은 거야?"

태영이 조심스럽게 물었다. 오늘 내내 묻고 싶었던 한 마디였다. 권숙이 말없이 고개를 끄덕였다.

"혹시 다른 말은 없었어?"

태영은 여전히 재민을 의심하고 있었다.

"아저씨한테 맞았다는 말이요?"

권숙의 두 눈은 이미 마음을 굳힌 듯 단호했다. 이전의 혼란은 찾아볼 수 없었다. 그때 권숙의 주먹이 태영의 복부를 가격했다.

그러나 펀치에는 아무런 힘도 실려 있지 않았다.

"아빠랑 어울린 대가예요. 우리 아빠랑 무슨 짓을 꾸미고 있는지는 모르겠지만, 나 배신하지 말아요."

잠시 사이를 두고 권숙이 말했다.

"이건 부탁이에요."

"그럴 일 없어."

"아저씨는 날 위한 일이었다고 하지만, 오빠를 때린 건 용서가 안 돼요. 아저씨가 정말 미워요. 그런데 아저씨를 버리지 못해서 더 화가 나요. 화 풀릴 때까지 대표님하고 다닐게요."

아픈 말이 주먹처럼 날아와 가슴에 꽂혔다. 태영은 저도 모르게 등을 옹그렸다.

"설렁탕이나 바꿔줘라."

식당으로 돌아온 태영을 똑바로 쳐다보지도 못하는 철용의 목소리였다. 권숙은 이미 호중과 돌아간 듯했다. 테이블에 놓인 지갑과 핸드폰을 챙겨 들었다.

"얌마, 밥집에 왔으면 밥은 먹고 가야지."

"이제 아무것도 안 알려드릴 겁니다. 앞으로 연락하지 마세요."

끝났다. 조작 경기를 진행하는 데 가장 위험한 사내와의 인연을 끊어낸 것만으로도 가치 있는 일이었다. 식당을 나서는 태영의 배가 여전히 욱신거렸다.

　시립체육관 주변으로 자동차가 길게 늘어서 있었다. 개관 후 처음 보는 장면이었다. 공영주차장은 만차가 된 지 오래였다. 태영도 멀찍이 차를 대놓고 체육관으로 들어갔다. 입구 근처에는 티켓을 구하는 사람들과 잡상인들이 뒤섞여 북적거렸다.

　체육관에서는 신인 남자 프로 복서들의 8라운드 경기가 펼쳐지고 있었다. 오프닝 경기가 끝난 뒤 시작된 세미파이널이었다. 빈 좌석이 이제야 하나둘씩 채워지기 시작했다. 대부분 이권숙의 팬이었다. 작은 규모의 경기장이지만 협회 관계자들은 오랜만에 가득 찬 관중석을 바라보며 감격을 감추지 못했다. 1970년, 80년대에 복싱의 전성기를 이끌었던 원로들은 눈물을 보이기도 했다. 협회 관계자의 부탁으로 함께 앉아 있던 태영은 한참이나 권숙을 복귀시킨 공치사를 들어야 했다.

　"우리의 영웅 이권숙 선수 컨디션은 어떤가?"

　"문제없이 이길 겁니다."

　"오늘 한국 복싱이 부활하는 건가?"

　원로들이 기대에 찬 웃음을 터트렸다. 태영은 긍정도 부정도 하지 않고 자리에서 일어섰다. 이번 경기가 끝나면 권숙의 차례였다. 아직 권숙을 만나지 못한 태영은 초조함에 입술을 꽉 깨물었다. 평소 컨디션으로 가장 먼저 체육관에 도착해 몸을 풀었다는 호중의 전화를 받았지만 그래도 만나야 했다. 경기를 앞둔 선수를 만나지 못한다는 것은 상상도 할 수 없는 일이었다.

"원투, 치고 빠지고. 위빙 섞고!"

대기실은 권숙과 호중의 최종 점검이 한창이었다. 호중은 손을 미트 삼아 표적을 만들었고, 권숙은 빠르게 움직이는 호중의 손을 놓치지 않고 펀치를 꽂아 넣었다. 펀치는 점점 빨라졌고, 강해졌다. 결국 통증을 참지 못한 호중이 짧게 비명을 지르며 연습을 중단했다. 권숙은 태영을 지나쳐 대기석으로 향했다. 호중의 말대로 컨디션은 괜찮아 보였다.

심판관이 들어와 권숙의 손을 살폈다. 밴디지 속에 이물질을 넣는 반칙 행위를 방지하기 위한 것이다. 심판관은 권숙의 주먹 위에 사인펜으로 문제없다는 표시를 했다. 심판관이 나가자 권숙이 말했다.

"혼자 있고 싶어요."

양손에 깍지를 끼고 고개를 숙인 모습이었다. 권숙이 링에 등장할 때 입을 가운을 준비하던 호중이 스태프들을 데리고 나갔다. 그 뒤를 따르다 무심코 돌아본 태영은 권숙의 몸이 미세하게 떨리고 있는 것을 발견했다. 태영이 권숙에게 다가갔다.

"너 몸이 왜 그래."

"아저씨도 나가요."

주먹 끝에서 시작된 떨림은 어깨를 타고 올라와 온몸으로 전해졌다.

"보지 마요. 나가라고요!"

신경질적으로 소리친 권숙은 더 세게 주먹을 쥐며 떨림을 멈추려 했다.

"너 지금 아프잖아! 컨디션 조절을 어떻게 한 거야. 최호중 이 개자식, 선수 관리를 이따위로 해?"

"대표님 욕하지 마요."

태영을 나무라는 권숙의 목소리가 일렁였다. 스스로를 진정시키려는 듯 연신 심호흡을 했으나 떨림은 잦아들지 않았다. 꾹 깨문 권숙의 입술이 창백하게 질려 있었다. 태영은 어찌할 바를 몰라 우왕좌왕하더니 핸드폰을 들었다가 내려놓길 반복했다.

"사람들, 아니 링닥터 불러올게."

"나가지 마요." 성급히 태영을 저지한 권숙이 피식 웃었다.

"덩치는 곰만해가지고 호들갑은."

"웃음이 나와? 이 자식아, 웃을 힘이 있으면 어디가 아픈지 말해 봐. 의사 불러올까?"

"손이나 잡아 줘요."

"뭐?"

권숙이 파르르 떨리는 양손을 내밀었다.

"우리 아빠가 말 안 해줬어요? 나 겁쟁이라고. 그래서 시합 들어가기 전에 손잡아 줘야 한다고."

불안하게 떨리는 권숙의 손바닥을 멍하니 바라보던 태영은 주춤주춤 다가가 키를 맞춰 앉았다. 손가락 마디마다 딱딱한 굳은살이 잡힌 파이터의 손이었지만, 이 순간만큼은 평범한 스물한 살 소녀의 손처럼 느껴졌다. 처음 보는 권숙의 나약한 모습이 낯선 태영은 가만히 권숙의 손을 감싸 쥐고 간절한 마음으로 눈을 감았다. 정적이 흘렀다. 온몸으로 번져 있던 권숙의 떨림이 서서히 잦아들었다. 권숙은 천천히 숨을 고르며 평정을 되찾았다. 태영은 그런 권숙이 안쓰러워 손에 더욱 힘을 주었다.

"남자친구는 안 왔어? 왜 안 보여."

"사람 때리는 모습 보여주기 싫어요. 리게인 하느라 어제 내내 먹어서 잔뜩 부은 얼굴도 창피하고요."

태영은 그제야 두 눈이 퉁퉁 부은 권숙의 얼굴을 똑바로 바라보았다. 체중을 늘리겠다며 꾸역꾸역 고기를 먹었을 모습에 피식 웃음이 터졌다.

"뭐가 그렇게 웃겨요?"

따지듯 물었지만 목소리는 따뜻했다.

"미안."

"뭐가 미안한 줄은 알고요?"

가늘게 뜬 눈으로 톡 쏜 권숙이 곧장 말을 이었다.

"됐어요. 이유가 있었겠죠. 대신 앞으론 그러지 말아요."

"그래, 그러자."

지난밤, 잠들지 못하고 밤새 뒤척인 태영은 재민에 대한 의심을 일단 접어두기로 했다. 아무런 물증도 없이 권숙을 자극해서 좋을 건 없었다. 어바웃스포츠가 재민을 심어놓았다고 해도 상관없었다. 어차피 은퇴를 노리고 단 두 경기만 허용한 권숙이었다. 아무리 재민이라도 권숙을 링으로 보낼 수는 없을 것이다.

"나갈 시간이야."

바깥에서 노크와 함께 호중의 목소리가 들려왔다. 권숙은 언제 떨었냐는 듯, 두 주먹을 살며시 맞부딪치며 전의를 다잡았다. 권숙이 빠져나간 손에 묘한 허전함이 느껴졌다.

"자, 이제 겁먹지 말고!"

태영이 권숙의 등을 두드려 격려했다. 하지만 자리에서 일어난 권숙의 얼굴은 여전히 시무룩했다. 대기실을 나서던 권숙이 힘없는 목소리로 혼잣말을 흘렸다.

"아저씨…… 나 복싱이 무서워요."


장내 아나운서의 소개 멘트와 함께 청코너의 입장로에 조명이 비쳤다. 권숙은 호중, 스태프들과 함께 등장했다. 2년 전 랭킹은 이미 소멸했기에 상대적 약자인 도전자의 자리에서 섰다. 가운을 뒤집어쓴 권숙이 고개를 푹 숙인 채 입장했다. 등장 음악이 깔리지 않은 것은 권숙의 요청이었다. 어떤 의미도 링에 남기고 싶지 않다고 했다. 음악 대신 터질 듯한 관중의 함성이 장내를 가득 메웠다. 링에 도착한 권숙은 중립 코너에서 링을 잡고 몸을 풀었다. 그 사이 장내 아나운서는 상대 선수를 호명했다. 영화 〈록키〉의 메인 테마곡이 깔리고 조아라 선수가 등장했다.

"이권숙! 이권숙!"

관중들은 등장 음악에 맞춰 권숙의 이름만 부르짖었다. 조아라 선수의 존재는 순식간에 지워졌다. 곧이어 장내 아나운서가 선수 소개를 시작했다.

"홍코너, 고잔체육관 소속 26세, 160센티미터, 53.49킬로그램. 프로 전적 3전 2승 1패 1KO에 빛나는 한국 여자 페더급 2위, 조아라!"

조아라가 가운을 벗고 전의를 다지듯 손을 높이 들어 올렸다. 관중의 호응은 미미했다.

"청코너, 황제 다이어트 복싱짐 소속, 21세, 166센티미터, 53.37킬로그램. 프로 전적 2전 1승 1무효 1KO에 빛나는 이권숙!"

관중들이 잠시 웅성거렸다. 권숙의 전적에 붙어 있는 무효 때문이었다. 그러나 이내 어머니의 죽음으로 은퇴를 결정했던 당시의 슬픈 기록이라는 것을 깨닫고 어느 때보다 큰 함성과 박수를 쏟아냈다. 권숙이 가운을 벗고 오른손을 높이 들어 올렸다.

권숙은 링 중앙으로 나가 상대 선수와 함께 심판으로부터 머리로 상대편을 들이받는 버팅과 벨트 아래 부위를 가격하는 로블로 등의 금지사항을 전달받았다. 중립 코너로 돌아가며 마우스피스를 힘껏 물었다. 세컨드 아웃과 동시에 공이 울렸다. 두 선수는 파이팅 포즈로 서로를 노려보았다.

권숙은 견고한 커버링을 올린 채 묵직하게 서 있었다. 상대는 쉼 없이 발을 놀리며 주변을 빠르게 오갔다. 짐짓 과감한 척 성큼 다가가 보기도 했으나 곧장 발을 빼는 모습으로 긴장하고 있음을 드러냈다. 상대의 발은 계속해서 엇박자를 두드렸고 그럴 때마다 움직임이 느려졌다. 권숙을 향해 몇 차례 잽을 던져보았으나 권숙이 상체를 앞으로 숙이고 머리와 상체를 좌우로 흔들며 흘려버렸다. 흠잡을 곳 없이 훌륭한 위빙이었다.

권숙이 한 걸음씩 상대에게 다가가기 시작했다. 1라운드가 시작된 지 30초가 막 지난 시점이었다. 권숙은 커버링을 살짝 들어 올렸다. 복부에서 턱으로 향하는 공간이 만들어졌다. 상대는 레프트 잽으로 권숙의 시선을 돌린 뒤, 권숙이 만들어 놓은 공간으로 펀치를 집어넣었다. 마침내 권숙의 커버링이 열렸다. 그때였다. 권숙이 턱을 향해 날아오는 펀치를 슬쩍 피하며 상대에게 돌진했다. 그러고는 앞쪽에 무게중심이 쏠려 있는 상대의 복부에 역습의 펀치를 날렸다. 펀치는 우측 옆구리에 꽂혔다. 상대는 아무런 저항도 하지 못한 채 그대로 얼어붙었다. 숨이 멎은 것이다. 권숙은 상대의 복부 한복판에 다시 한번 펀치를 내질렀다. 상대의 몸이 붕 떠오르더니 바닥으로 떨어졌다. 권숙은 상대의 다운도 확인하지 않은 채 침착하게 중립 코너로 돌아갔다.

체육관에는 침묵이 감돌았다. 멍하니 서 있던 레프리가 뒤늦게 상대 선수에게 달려갔다. 카운트는 없었다. 레프리의 두 팔이 허공을 크게 휘저으며 게임 종료를 선언했다.

링사이드에 앉아 있는 태영의 등 뒤에서 뜨거운 함성이 터져 나왔다. 그동안의 우려를 불식시킨 강렬한 승리였다. 태영은 숨 쉬는 것도 잊은 채 링 위의 권숙을 바라보았다. 권숙은 긴 한숨을 내쉬고 있었다. 링으로 올라간 호중이 권숙을 얼싸안았지만 권숙은 이빨로 단단히 조인 글러브 끈을 풀었다. 권숙에게서 승자의 기쁨이나 환희는 찾아볼 수 없었다. 다만 경기가 끝났다는 안도감만 느껴졌다. 태영은 경기 전 긴 복도를 걸어오는 동안 권숙과 나눈 이야기를 떠올렸다.

"나는 맞는 것도, 때리는 것도 무서워요. 15년 동안 한 번도 극복한 적이 없어요."

권숙은 평생 맞아온 복서들의 최후가 펀치 드렁크로 인한 파킨슨병이라고 말했다. 위대한 복서 무하마드 알리마저 피하지 못한 치명적인 후유증이었다. 그녀에게 상대는 두려움일 뿐이었다. 누구보다 빠르게 달려가 두려움을 부숴버리겠다는 각오로 펀치를 뻗었고, 상대를 쓰러트렸다.

"아빠랑 스파링할 때 머리는 안 때렸고, 아마추어 시절엔 헤드기어가 있었으니까 버틸 수 있었어요. 내가 안 맞으면 된다는 생각으로 싸웠거든요. 그런데 프로는 달랐어요."

프로 무대에 데뷔한 권숙은 헤드기어를 벗은 상대의 맨얼굴에 주먹을 뻗으면서 또 다른 두려움을 마주했다. 자신 역시 누군가에게 두려움일 수 있다는 사실이었다. 그러나 펀치 드렁크의 피해자가 아닌 가해자가 될 수도 있다는 죄의식은 링에 올라서는 순간 사라졌다. 어서 빨리 지금의 두려움에서 벗어나고 싶다는 생존본능에 압도된 것이다. 권숙의 근육에 새겨진 기억 또한 멋대로 상대를 공격했다.

프로복싱 데뷔전에서 만난 상대는 권숙의 펀치에 턱을 맞고 실신했다. 게거품을 물고 온몸을 떨던 모습은 끔찍하게 각인되었다. 링을 떠난 뒤에도 악몽처럼 남아 오랫동안 권숙을 괴롭혔다. 시간이 흐르면서 잠시 잊고 살았던 시절도 있었다. 하지만 태영에게 '죽빵'을 날리는 순간 선명하게 되살아났다. 오늘 권숙이 상대의 보디를 공략하여 무너뜨린 것은 그 때문이었다.

태영은 자신도 모르게 주먹을 꽉 쥐었다. 두려움은 모든 선수가 일류로 거듭나기 위해 반드시 이겨내야 할 관문이다. 신인 시절 겁 없이 날뛸 수 있는 것은 아직 자신이 발을 딛고 서 있는 세계를 정확히 알지 못하기 때문이다. 하지만 선수들은 커리어를 쌓으며 수많은 두려움과 마주한다. 부상과 후유증에 대한 두려움일 수도 있고, 도태될지도 모른다는 미래에 대한 두려움일 수도 있으며, 승부의 냉혹함에 대한 두려움일 수도 있다. 어쩌면 재능을 의심하는 근원에 대한 두려움일 수도 있다. 일류는 그러한 두려움을 극복한 선수만이 누릴 수 있는 특별한 자리였다. 하지만 권숙은 아버지의 강요로 시작한 복싱의 즐거움을 알기 전에 두려움을 먼저 배워버렸다. 여기에 에스토마타를 쓰러트리며 얻은 대중의 관심과 기대는 권숙이 두려움을 극복할 기회마저 빼앗아 갔을 것이다. 만일 권숙이 두려움을 극복한다면, 그리고 그 뒤에 찾아오는 짜릿함을 알게 된다면 어떻게 될까.

한참을 멍하니 권숙을 바라보던 태영이 겨우 숨을 터트렸다. 심장이 온몸을 쿵쿵 울리며 뛰었고, 손끝의 세포까지 살아나는 듯 짜릿한 전율이 퍼졌다. 소름이 돋고 솜털이 바짝 일어선 팔뚝을 내려다보았다. 한동안 잊고 있었던 감각의 회귀에 몸서리쳤다. 조금 전 권숙의 경기가 태영을 살아나게 한 것이다. 권숙은 '진짜 천재'였다.

"시작은 좋네요. 이제부터가 진짜인 거 잊지 않았죠?"

익숙한 목소리였다. 덩치들을 대동한 칼자국이 태영에게 다가오고 있었다. 그는 관중이 꽉 들어찬 체육관이 꽤나 마음에 든 모양이었다. 태영과 약속한 조작 경기에서 얻게 될 수익이 현실성 있게 다가왔을 것이다.

"김 피엠님 걱정 좀 해야겠어요. 저래서 어디 질 수나 있겠어? 너무 세잖아. 저 정도면 반칙이라고."

"오늘은 그냥 가시죠."

태영은 덩치들을 밀쳐내고 링으로 달려갔다. 그에겐 권숙 외에는 아무것도 눈에 들어오지 않았다.


들것이 도착하자 혼절해 있던 상대 선수가 정신을 차렸다. 가운을 챙겨 입던 권숙이 그녀를 바라보았다. 겨우 들것에 옮겨 눕는 그녀에게 권숙이 조심스럽게 물었다.

"저기, 괜찮아요?"

"배려하는 척, 착한 척 그만 좀 하면 안 되겠니?"

상대가 차갑게 말하며 돌아누웠다.

"어제부터 재수 없게 굴더니 넌 끝까지 매너가 없구나. 얼마나 더 많은 사람을 네 편으로 만들고 싶은 거니?"

날이 선 말이었다. 호중이 급히 다가와 권숙을 데리고 돌아섰
다.

"실례야. 조아라 선수를 쓰러트린 건 너야. 승자가 패자에게
건네는 위로는 무례야. 아마 모욕감을 느꼈을 거야."

권숙은 주변을 둘러보았다. 관중들은 광기에 휩싸인 듯 권숙
의 이름을 외치고 있었다. 호중이 권숙의 팔을 번쩍 들어올렸다.

"승자는 승리의 기쁨을 만끽하는 게 매너야."

권숙은 현기증을 느꼈다. 호중에게 이끌려 링을 빙글빙글 돌
아서일까. 눈앞이 어질어질해 정신을 차릴 수 없었다. 주변 풍경
이 서로 뒤엉켜 형체를 알아볼 수 없게 뭉개졌다.

"이제 타이틀매치야. 챔피언 이름을 지명해서 관중을 즐겁게
해줘야지. 어서 이한아름이라고 외쳐."

호중이 마이크를 쥐여주며 속삭였다. 하지만 권숙의 다리는
이미 풀려 있었다. 몸이 휘청이며 옆으로 넘어갔다.

"내려가자."

어느새 링으로 올라온 태영이 권숙의 가운에 달린 후드를 씌
워주더니 넘어지지 않도록 부축해 링을 내려갔다.

"이걸로 갈아입어."

태영에게 이끌려 도착한 곳은 대기실이 아닌 후미진 곳의 화
장실이었다. 태영은 스태프 유니폼과 모자를 내밀었다.

"정말 기자회견 안 해도 돼요? 언론에서 씹어댈 텐데. 벌금도

있고."

"내가 알아서 할게."

"별로 어려운 것도 아닌데요. 기자회견 할게요."

태영이 권숙의 양어깨를 잡았다.

"이제부터 하기 싫은 건 하지 않아도 돼."

"왜요?"

"넌 이권숙이니까."

권숙이 뜻을 모르겠다는 표정으로 올려다보았다. 태영의 눈은 확신에 차 있었다.

"네가 가진 재능이 주는 자유야. 누릴 수 있는 건 다 누려보자."

권숙은 묘한 이질감을 느끼며 화장실로 들어갔다. 30분 전 대기실 복도에서 헤어졌을 때와 지금의 태영은 다른 사람 같았다. 지루할 정도로 꽉 막히고 엄격했던 태영은 어딘지 들뜬 모습이었다.

"여긴 왜 왔어."

태영이 준비해 준 옷을 다 갈아입었을 무렵 냉랭한 태영의 목소리가 들렸다. 권숙이 화장실 밖으로 고개를 빠끔 내밀었다. 태영과 한 남자가 마주 서 있었다. 낯익은 얼굴에 권숙은 잠시 기억을 더듬었다. 생각났다. 태영의 집에 걸린 사진에서 야구 유니폼을 입고 환하게 웃고 있던 선수. 건장한 사진 속 모습과 달리 초췌한 모습이었다. 권숙의 기억이 틀리지 않았다면 그 남자의 이름은 김희원이었다.

"미안하다, 태영아."

차마 가까이 다가오지 못한 희원이 멀찍이 떨어져 말했다.

"여긴 대체 왜 왔냐고."

초라한 희원의 모습을 본 태영은 머리끝까지 화가 치밀어 올랐다. 아직은 희원의 얼굴을 보고 싶지 않았다. 혹시나 옹졸한 마음이 희원을 탓하게 될까 봐 두려웠다. 그리고 희원과 마주 선 지금 두려움은 현실이 되었다.

"그냥 인마, 전화도 안 받고. 얼굴 한번 보려고……. 잘하더라. 역시 넌 선수 보는 눈이 있어. 나 같은 퇴물 관리할 그릇이 아니야."

"그만 좀 해!"

태영의 외침이 복도 여기저기에 부딪히며 메아리쳤다.

"언제부터 김희원이 자기연민에 빠진 병신이 된 거야. 그딴 모습 보여주려고 나타났어? 내가 형 때문에 지금 무슨 짓을 하고 있는지 알아?"

"미안하다."

더는 희원의 초라한 모습을 보고 싶지 않았다. 가슴속에서 정리되지 않은 온갖 감정들이 혼란스럽게 들끓었다. 옷을 갈아입은 권숙이 겁먹은 듯 화장실에서 고개를 빠끔 내밀고 있었다.

"빨리 나와. 기자들 눈치채기 전에."

태영은 권숙의 손목을 잡고 희원의 옆을 성큼성큼 지나쳤다.

애써 태연한 척하려 했지만 긴장 때문에 걸음이 부자연스러웠다. 희원에게서 멀어질수록 온몸의 세포가 거세게 요동쳤다.

"태영아, 그동안 고마웠다."

등 뒤에서 들려온 희원의 목소리는 태영을 붙잡지 않았다. 언제나처럼 담담하고 다정하게 등을 밀어주는 목소리였다. 지금 돌아보면 안 된다. 처참한 희원의 얼굴을 기억 속에 남기고 싶지 않았고 무엇보다 지금 마음이 약해지면 끝장이다. 마음이 무너지는 순간, 둘 다 죽는 거라고 다잡으며 태영은 이를 악물었다.

"연락할 거야. 그러니까 좀 기다려라, 제발……."

태영은 걸음을 빨리하며 혼잣말처럼 중얼거렸다.

묻고 싶은 게 많을 텐데 권숙은 아무 말도 하지 않았다. 태영은 그런 권숙이 고마웠다. 누구라도 툭 건드리면 울음이 터져버렸을 테니까.

"김 피엠님은 어찌 된 게 수법이 변하질 않아."

복도 한쪽에 몸을 감추고 있던 박 기자가 모습을 드러냈다. 그가 반갑게 느껴진 건 처음이었다. 저 사람 앞에서라면 물 묻은 감정 따위는 저 멀리 치워놓을 수 있었다. 태영은 박 기자를 보며 주먹을 말아 쥐는 권숙의 손을 잡아 주었다.

"사람이 쉽게 변하면 되나요."

"우리 약속 잊은 건 아니겠죠? 피엠님이 이러면 나 서운한데."

"복귀에 계약까지, 특종 두 대가리 해줬으면 됐지. 계산이 안 맞잖아요."

"그럼 고작 두 대가리 가지고는 계산이 안 맞지."

박 기자가 권숙을 보며 이죽거렸다.

"못 들은 모양인데 내가 이 선수 전속 기자예요. 우리 합의금 대신."

이를 악문 권숙이 고개를 끄덕여 뒤늦은 인사를 하고 태영에게 말했다.

"어쩔 수 없잖아요. 간단한 인터뷰는 괜찮아요."

"아이고, 우리 이 선수 주먹만 센 줄 알았더니 눈치도 세네. 조용한 곳으로 가죠."

태영은 권숙과 함께 앞서가는 박 기자를 따라 걸었다. 여전히 권숙의 손을 꼭 붙잡은 채였다.

"어쩔 수 없는 건 필요 없어. 하기 싫은 거지?"

잠시 망설이던 권숙이 이내 고개를 끄덕였다.

"다른 기자라면 몰라도 저 사람은 싫어요."

태영이 권숙을 잡은 손에 힘을 주었다. 그리고 외쳤다.

"뛰어!"

두 사람은 나란히 복도를 달렸다. 권숙이 웃음을 터트렸다. 태영도 권숙을 따라 웃었다. 웃음소리가 두 사람의 이름을 번갈아 부르는 박 기자의 목소리를 덮으며 복도 가득 울렸다.

빌어먹을
재능

1

"고심해서 고르긴 했는데……. 어때, 마음에 들어?"

재민은 테이블 맞은편에 앉은 권숙의 냅킨을 챙겨주며 물었다. 복귀전 이후 훈련이 끝나면 매일 재민을 만났다. 하지만 데이트는 자동차 안에서만 이루어졌다. 드라이브 스루 매장에서 햄버거를 먹거나 커피를 마시고, 자동차 극장에서 영화를 보는게 전부였다. 주유소에 들르기라도 할 때면 재민은 황급히 권숙에게 선글라스를 씌우곤 했다. 권숙은 유치원이나 자동차가 아닌 곳에서 평범한 데이트가 하고 싶었다. 하지만 사람들의 과도한 관심이 재민에게 얼마나 부담이 될지를 짐작했기에 아무 말도 하지 않았다. 오늘처럼 사람이 없는 레스토랑을 찾아서 예약

해 준 것만으로도 충분하다고 스스로를 위로했다.

"참, 요즘 에이전트랑은 어때?"

레스토랑 직원이 보이지 않자 재민이 기다렸다는 듯 물었다.

"나 때문에 둘 사이가 틀어진 건 아닐까 걱정돼서."

태연한 척했지만 여전히 태영을 의식하고 있는 것 같았다.

"오빠가 싫어하니까 그 사람 얘긴 안 할래요."

재민을 때린 사람이 아빠라는 것은 이미 알고 있었다. 재민은 오른쪽 옆구리를 맞았다고 했는데 태영은 오른손잡이였다. 그러니 재민을 때린 사람은 왼손잡이인 철용일 것이다. 권숙은 재민의 거짓말이 태영을 향한 질투일 것이라며 혼란스러운 마음을 다독였다. 최근 들어 권숙은 태영과 함께하는 시간이 거의 없었다. 미뤄놓은 업무가 산더미라는 태영은 로드워크가 끝나면 곧장 사무실로 돌아갔다.

"그랬구나. 오늘 그 사람 얘기 물어본 건 질투가 아니라, 유리가 걱정돼서 그런 거야."

"무슨 걱정이요?"

심각한 표정의 재민이 조심스레 말을 꺼냈다.

"그 사람, 소문이 많이 안 좋더라고."

재민은 태영이 재능 있는 선수를 끌어들여 골수까지 빼먹은 뒤 은퇴시키는 냉혈한으로 불린다고 말했다.

"우리 유리도 그렇게 이용당할까 봐 여기저기 알아보고 있는데, 이게 단순히 소문만은 아닌 모양이야."

태영이 재수 없는 인간이긴 해도 냉혈한은 아니다. 적어도 자기 선수에게만은 최선을 다하는 사람이다. 거실 벽에 걸린 사진 속에서 활짝 웃는 선수들의 표정만 봐도 알 수 있다. 그들 중 하나인 호중은 태영을 좋아하는 것을 넘어 존경하는 것처럼 보였다. 어느새 권숙은 마음속으로 태영을 변호하고 있었다.

재민의 멈추지 않는 뒷담화를 들으며 권숙은 복귀전 날 체육관에서 본 김희원을 떠올렸다. 두 사람 사이의 사연이 궁금했지만, 그때의 태영은 아무 말도 걸지 못할 만큼 냉담한 모습이었다. 그날 집에 돌아온 권숙은 인터넷 검색으로 김희원이 메이저리그 진출에 실패한 뒤 은퇴를 기다리고 있다는 사실을 알게 됐다. '재민 오빠의 걱정이 진짜일 수도 있지 않을까.' 권숙은 말도 안 되는 생각을 하는 자기 모습에 소스라치게 놀랐다.

"그만 들을래요."

재민의 얼굴에 실망하는 기색이 역력했다.

"미안해요. 난 아저씨 말고 우리 둘 얘기를 하고 싶어요."

"그래, 음식이나 골라."

재민이 냉랭한 말투로 권숙에게 메뉴판을 내밀었다.

"전 오빠랑 같은 거 먹을게요."

권숙은 생각에 잠긴 재민의 얼굴을 바라보았다. 그때 메뉴판을 던지듯 내려놓은 재민이 쏘아붙였다.

"하나만 확실히 하자. 나야, 그 새끼야?"

처음 보는 재민의 날카로운 모습에 말문이 막혔다. 조금 전까지 다정하게 '우리 유리'를 불러대던 사람은 없었다. 남자란 질투 앞에서 눈이 돌아가는 법이라던 태영의 말이 떠올랐다.

"당연히 오빠죠."

태영은 함께 은퇴 작전을 꾸리는 에이전트일 뿐이다. 권숙의 대답에 표정이 풀린 재민이 깊은 한숨을 내쉬며 말했다.

"솔직히 지금도 질투 나. 나도 김태영처럼 유리 너랑 떳떳하게 사람들 앞에 서고 싶어."

"타이틀매치 끝나면 그렇게 해요."

재민이 권숙의 옆자리로 옮겨와 앉았다.

"오빠는 항상 유리랑 같이하고 싶어서 자꾸 욕심이 나."

"나도 늘 오빠랑 같이 있고 싶어요."

권숙의 수줍은 대답에 재민이 기다렸다는 듯 반색했다.

"그럼 같이할래?"

"네?"

"로드워크도 같이하고, 내가 훈련하는 것도 지켜봐 주고."

불길한 예감이 뱀처럼 몸을 감고 기어 올라왔다.

"사실 유리가 좀 더 편하게 운동할 곳을 알아보고 있었어."

"전 지금이 좋아요. 회사랑 아저씨, 관장님도 다 잘해주고."

"아니야, 업계 쪽 사람들한테 알아보니까 두 경기 단발 계약이면 계약금도 제대로 못 받았을 거라고 하더라. 대신 그쪽은 경기로 돈을 긁어모으고 있을 거래."

"단발 계약은 제가 요구한 거예요. 이번 경기 돈 때문에 하는 거 아니니까."

"정당한 대가를 받아야지. 내가 제대로 된 회사 소개해 줄게. 실은 나……"

재민은 잠시 생각을 정리하려는 듯 침묵했다. 권숙은 재민의 입을 막고, 예정대로 조용히 밥을 먹은 뒤 집으로 돌아가고 싶었다. 하지만 언제나처럼 바람은 이루어지지 않았다.

"나 유리랑 같이 일하고 싶어서 어바웃스포츠라는 회사에 지원했어. 거기서 우리 유리 도와주겠대. 나랑 같이 그곳으로 가자, 가서……."

"오빠랑은 복싱하고 싶지 않아요."

서늘하게 가라앉은 권숙의 표정에 재민은 당황한 기색을 감추지 못했다. 지금 당장 자리를 박차고 나갈 수도 있지만 혹시나 하는 기대가 권숙을 붙잡았다.

"저 복싱 그만둘 거예요."

크게 한숨을 내쉰 권숙이 진실을 털어놓았다.

"어……, 언제?"

권숙의 손을 꼭 잡고 있던 재민의 손이 스르르 풀렸다. 씁쓸한 예감을 느낀 권숙이 눈을 지그시 감았다.

"타이틀매치 끝나고요."

"왜?"

더는 말하고 싶지 않았고 할 말도 없었다. 조바심을 감추지 못하던 재민이 다급한 목소리로 물었다.

"혹시 어머니 때문이니? 나도 유리 어머니 일은 마음 아프지만 과거에 붙잡혀 있을 순 없잖아. 돌아가신 어머니 생각해서라도 더 열심히 해야지."

청춘드라마에서나 나올 법한 대사들이다.

"오빠, 난 복싱이 싫어요."

권숙이 재민을 똑바로 바라보며 말했다.

"아빠의 강요로 어쩔 수 없이 한 거지 한 번도 좋있던 적이 없어요."

모든 걸 말할 수는 없었지만, 복싱 때문에 불행하다는 사실만은 분명하게 이야기했다. 재민도 태영처럼 복싱을 그만둬도 된다고, 애쓰지 않아도 괜찮다고 말해 줄지도 모른다는 알량한 기대를 붙잡고서.

"나는 네가 복싱을 계속했으면 해. 날 위해서, 나의 이권숙이 링에서 멋지게 싸웠으면 좋겠어."

처음으로 재민의 입에서 이권숙이라는 이름이 나왔다. 순간 끊임없이 권숙을 괴롭히던 의심들이 맞물리며 큰 그림을 그리기 시작했다. 권숙은 끔찍한 잔상들을 털어내려는 듯 가만히 고개를 들어 재민을 바라보았다. 그의 입술이 다시 움직였다.

"마지막으로 말할게. 오빠는 정말 너와 함께하고 싶어."


자이언트 체육관에 들어선 태영은 송 관장과 마주 앉았다. 타이틀매치까지 한 달 반가량 남은 상황에 세계 챔피언 이한아름이 시합을 거부했다. 송 관장과의 구두계약만 믿고 있던 협회는 S&P에 도움을 요청했다.

"한아름 선수를 들러리로 세우려는 게 아닙니다. 한아름 선수에게 기회를 주려는 거죠."

타이틀매치는 전례 없는 빅 매치가 될 예정이었다. 복싱의 성지 장충체육관을 대관했고, 나이키가 메인 스폰서를 자청했으며, 공중파 중계까지 준비를 마쳤다.

"회사와 협회, 스폰서의 만류에도 불구하고 이권숙과 이한아름 선수의 조건을 동일하게 맞췄습니다."

태영이 주변을 둘러보았다. 곰팡내가 진동하는 반지하 체육관은 자이언트라는 이름이 무색할 정도로 초라했다. 태영이 송 관장에게 말했다.

"많은 것이 달라질 겁니다."

"말했잖아. 한아름이가 거부한다니까."

송 관장은 연신 줄담배를 피우며 말을 아꼈다.

"혹시 한아름 선수, 이기지 못할 거 같아서 그러는 겁니까?"

"백 번 싸워도, 백 번 이길 수 있어요. 이권숙 따위는."

트레이닝복 차림의 이한아름이 체육관에 들어서며 말했다.

"이권숙이 뭐라도 되는 줄 알아요? 아, 걔는 지가 뭐라도 되는 줄 아는 애였지."

"이권숙 선수 그런 사람 아닙니다."

태영은 이기죽거리며 권숙을 씹어대는 한아름이 불편했다. 복싱 때문에 불행했던 권숙의 삶을 변호하려는 말이 턱 끝까지 차올랐다.

"사정도 모르면서 함부로 말하진 말죠. 이한아름 선수보다 이권숙 선수가 복싱으론 선배이기도 한데."

"다른 사람은 몰라도 복싱인들은 이권숙에게 무례해도 돼요."

한아름이 억지로 태영을 일으켜 사무실에서 끌어냈다.

"대한민국 복싱, 이권숙이 다 망쳐놓은 거 몰라요? 난 배신자랑 싸울 마음 없으니까 가세요."

태영은 한아름에게 떠밀려 쫓기듯 나왔다. 보고받은 팀장이 태영을 회사로 불러들였다.

"그게 뭐 큰 문제라고."

팀장은 대수롭지 않다는 반응이었다. 태영의 보고서를 읽지도 않은 채 책상 구석에 던져놓았다.

"이번 매치 거절하면 기한 내 의무 방어전 실패로 세계 챔피언 타이틀 박탈될 거 아냐. 그러면 세계 2위 선수랑 이권숙이 챔피언 결정전 하면 되잖아."

태영도 알고 있다. 문제는 칼자국과 약속한 3개월이었다. 팀장에게는 말할 수 없는 사실이기도 하다.

"석 달 안에 챔피언 만들어준다는 약속이 깨지잖아요. 권숙이 성격 아시면서. 다음 계약 안 하면요?"

권숙을 핑계로 내세우니 그제야 팀장이 자세를 고쳐 앉았다.

"송 관장한테 조건은 얘기해준 거야?"

"했죠. 씨알도 안 먹혀요."

팀장이 골치 아프다는 듯 혀를 찼다.

"니가 이 선수 좀 달래 봐. 미뤄져야 한두 달이고, 그동안 돈 더 준다고 하면서 꼬셔야지 별수 있냐?"

불가능한 일은 아니었다. 길길이 날뛰긴 해도 지금의 권숙이라면 결국 태영의 부탁을 들어줄 것이다. 적어도 그만큼은 가까워졌으니까. 그러나 어떻게든 칼자국과 약속한 기간 내에 타이틀매치를 성사시켜야 했다. 태영은 지끈거리는 이마를 짚었다.

"그러게 왜 계약을 그따위로 했어! 계약 같지도 않은 계약 때문에 이 사달이 난 거잖아!"

팀장도 머리칼을 쥐어뜯었다.

"그리고 니 촉이 맞았어. 한재민이란 자식, 프락치야."

지난 브리핑 이후, 태영의 의심을 끝내 외면하지 못한 팀장은 한재민의 미행을 지시했다. 어바웃스포츠 사람과 은밀하게 접선하는 재민을 찍은 사진을 탁자에 뿌리며 말했다.

"더 알아보니까 이 선수를 영입하는 조건으로 자리를 제안했다더라. 오픈하려면 빨리해. 타이틀매치에 지장 있으면 안 되니까. 차라리 타이틀매치가 미뤄지는 게 나을 수도 있겠다. 이 선수도 회복할 시간이 필요할 테니까."

"덮을 거예요."

"미친 새끼야! 그러다 어바웃에 이 선수 뺏기면."

"이권숙 어바웃에 절대 안 가요. 억만금을 들고 가도 눈 하나

깜박 안 할 애예요. 그리고 권숙이 데리고 갈 시간도 없어요. 타이틀매치 끝나면 바로 미국 갈 거예요."

"머리 떼고 말하지 말고 처음부터 말해. 갑자기 웬 미국이야?"

"권숙이 한국에서 복싱할 애 아니에요. 스폰서도 없고 경기장도 그렇고. 한국에서 그냥저냥 활동하느니 미국에 가서 좋은 환경에서 제대로 배우면서 복싱하는 게 맞아요."

권숙의 천부적인 재능은 그녀가 복싱을 계속해야만 하는 절대적인 이유였다. 하지만 복싱이 아닌 오직 권숙만을 원하는 한국에서는 복싱을 계속할 수 없다. 결국 현실의 벽에 부딪혀 빛나는 재능마저 꺾이고 말 테니까. 그에 반해 미국은 세계 프로복싱이 사양길로 접어든 지금도 유일하게 빅 매치가 성사되는 나라였다. 시설이 훌륭하고 흥행도 보장되니 든든한 스폰서가 줄을 섰다. 싸울 상대도 충분하다.

"한국에 있어봤자 복싱 영웅으로 좀 뛰다가 끝나는 게 다예요. 자기만큼 실력 있는 선수들 사이에서 다시 시작해야죠. 강요 없이 재능을 즐기면서 복싱할 수 있게 만들어주고 싶어요."

"우리야 좋지만, 이 선수가 가겠대?"

"타이틀매치 끝나면 얘기해 보려고요."

예정대로 은퇴하고 나면 한동안 한국은 시끄러울 것이다. 세간의 호들갑에 지친 권숙에게 미국행을 제안하면 받아들일지도 모른다. 그녀에게 복싱을 강요할 생각은 없다. 우선은 복싱에서 멀어져 스스로를 돌아볼 시간을 줄 생각이다. 그때 권숙의 재능이 권숙을 다시 복싱으로 인도할 것이라고 믿었다. 태영에게 주어진 숙제는 권숙이 자신의 재능을 원하는 대로 펼칠 수 있는 새로운 시작을 만들어주는 것이다.

"그때 한재민의 정체를 공개할 거예요. 이별하고 나면 어디든 떠나고 싶잖아요."

"넌 여전히 나쁜 놈이구나."

"선수 위한 일에 좋고 나쁘고가 어디 있어요?"

"됐고, 도장부터 받아와. 아메리카든 아프리카든 가려면 회삿돈 써야 할 거 아냐. 근거가 있어야지."

"저 좀 믿어보세요. 언제 제 계획대로 안 되는 거 봤어요?"

"그 전에 어바웃한테 뺏길까 봐 그렇지!"

그때 핸드폰이 울렸다. 권숙이었다.

"다 늦은 시간에 무슨 족발이야."

태영이 문자메시지를 확인하며 중얼거렸다.

"얀마, 기어도 모자랄 판에. 얼른 족발 대령해. 돈 줘?"

급히 지갑을 꺼낸 팀장이 호기롭게 카드를 건넸다. 태영은 무시하고 자리에서 일어났다.

"족발 얼마나 한다고."

문으로 걸어가던 태영은 이내 돌아와 팀장의 카드를 낚아챘다. 칼자국에게 이자를 낼 날이 다가오고 있었다.

"족발도 쏘시고, 동생 용돈 좀 준다고 생각하세요. 저 요즘 많이 궁해요."

"계약서에 도장만 찍어와. 1년 동안 그 카드 너 줄 테니까."


태영이 요란하게 초인종을 눌렀다. 권숙이 투덜거리며 현관문을 열었다.

"비밀번호 안 바꿨다고 했잖아요."

"지금은 네 집이잖아. 여자들 그런 거 싫어한다고 호중이가 조심하라고 했어."

"대표님도 부를걸."

"됐어. 지금 회원들하고 술 먹고 있대."

권숙은 아직 신발도 벗지 않은 태영의 손에서 족발을 빼앗아 집 안으로 들어갔다.

"맛있다!" 살코기를 한 점 집어 먹은 권숙이 외쳤다.

"시청까지 가서 줄 서서 사 온 거야. 동네에서 시켜 먹는 거랑은 차원이……"

권숙이 커다란 쌈을 냉큼 태영의 입에 넣어주었다.

"그냥 혀로 느낍시다, 김 피엠님." 그러고는 다리뼈를 들고 뜯기 시작했다.

"넌 진짜 아저씨 입맛이구나. 갈비탕에 수육에 족발에. 여자들은 파스타 이런 거 좋아하지 않나?"

"이게 콜라겐 덩어리에요. 피부 관리에 얼마나 좋은데."

"피부를 얻고, 몸매를 잃겠다는 거야? 데이트하면서 밥 안 먹었어?"

먹었다고 짤막하게 대답한 권숙이 다시 다리뼈를 뜯었다.

"내숭 떠느라 남겼구나."

"그냥, 파스타가 입에 안 맞아서 그래요."

태영은 권숙의 얼굴을 빤히 들여다보며 혀를 쯧쯧 찼다.

"넌 뭐가 그렇게 무서워서 꽁꽁 숨기고 사냐."

"다요. 쉽게 발끈하는 것도, 아저씨 같은 식성도, 큰 목소리도…… 아빠한테 물려받은 건 다 보여주기 싫어요. 이런 날 좋아해 줄 사람이 어디 있어요. 여자답지도 않고."

"누가 너보고 여자답지 않대. 딱 봐도 여자구만."

"내가요? 어디가요?"

갑작스러운 질문에 태영은 무언가 떠오를 듯 말 듯 입술만 달싹거렸다. 그러면 그렇지. 권숙이 실망한 얼굴로 고개를 돌렸다.

"아부를 하려면 준비라도 좀 하든가. 괜히 기대했네."

당황한 태영이 황급히 집안을 둘러보면서 백일홍 드라이플라워를 가리켰다.

"아냐, 너 꽃도 잘 알잖아. 꽃 좋아하는 게 얼마나 여성스럽냐."

"꽃은 엄마 때문에 좋아하는 거예요."

권숙이 깨끗하게 발라먹은 족발 뼈를 내려놓고 입술을 문질러 닦았다.

"나 다섯 살 때부터 복싱 시작했잖아요. 그런데 초등학교에 입학하고 보니까 뭔가 이상한 거예요. 다른 애들은 새벽에 달리지도 않고, 하루에 수천 번씩 줄넘기를 하지도 않더라고요. 제일 충격이었던 건 아빠를 관장님이라고 부르지 않는 거였어요."

철용의 트레이닝은 체계적이었으나 혹독했다. 어릴 때부터 성인의 훈련량을 소화해야 격투 기술이 본능처럼 몸에 각인된다는 권투 철학 때문이었다. 폐가 터질 정도로 강노 높은 인터벌 러닝을 한 직후에 샌드백과 운동기구를 넘나드는 서킷 훈련이 이어질 때면 체육관 구석에서 몇 번이고 구역질을 했다. 한 세트가 끝나기 전에는 무슨 일이 있어도 훈련을 멈추지 않았다. 멈춰 쉬기라도 하면 죽도를 휘두르는 철용의 목소리가 체육관을 쩌렁쩌렁하게 울렸다. 가장 두려웠던 건 미트 치기였다. 자칫 동작이 어긋나면 어김없이 스파링으로 이어졌다. 권숙은 자신보다 몸집이 다섯 배는 큰 철용의 펀치에 나가떨어질 때마다 죽음의 공포를 느꼈다. 아빠에게 맞지 않으려 피멍이 들도록 샌드백을 쳤다는 권숙의 손은 마디마다 굵은 옹이가 박혀 있었다.

"6학년 때 손 모양이 이런 걸 발견하고 얼마나 울었는데요."

사춘기가 시작되면서 훈련은 더욱 혹독해졌다. 탄탄한 기본기와 체력을 갖췄으니 본격적으로 격투 기술과 전술을 익혀야 했다. 철용은 자세가 틀어지면 죽도를 휘둘렀고 스파링 도중 조금이라도 틈을 보이면 거침없이 때려눕혔다. 권숙의 온몸에는 멍이 가실 때가 없었다. 그때부터 권숙은 학교와 학원을 오가며 공부하고, 연애하고, 아르바이트도 하는 또래의 평범한 삶을 동경했다. 몇 번인가 도망친 적도 있지만 그때마다 철용에게 잡혀 왔다. 복싱 외에 다른 선택지는 없었다.

"열 살 때였나? 엄마가 옥상에 화원을 만들어줬어요. 꽃은 누구도 해치지 않는다고, 홀로 피어 있어도 얼마나 부드럽고 향기로운지 보라면서요. 그리고 내가 그 꽃을 닮았다면서⋯⋯."

아빠의 뜻을 거스르지 않았던 엄마였지만 화원만은 달랐다. 펀치 한 번이라도 더 날릴 방법을 찾아야 할 판에 마음 약해지게 무슨 꽃이냐며 방방 뛰던 철용도 결국 엄마의 의지를 꺾지 못했다. 화원은 권숙의 유일한 안식처였다. 아무것도 해치지 않고 그저 바람에 가만히 흔들리는 꽃들을 바라보고 있으면 고통스럽기만 한 훈련도, 스파링의 공포도 잠시 잊을 수 있었다.

"엄마는 몸이 약했고, 나는 훈련 때문에 늘 바빴어요. 같이 목욕탕에 가본 적도 없고, 여행도 못 가봤어요. 화원을 만들기 전까지는 엄마를 생각하면 약봉지가 제일 먼저 떠올랐으니까요. 그런데 지금은 봄여름은 옥상의 꽃 냄새로, 가을겨울은 마른 꽃 냄새로 엄마를 기억해요."

집 안의 공기가 무겁게 내려앉았다. 태영은 눈으로 천장을 더듬으며 할 말을 찾았다. 권숙이 손뼉을 치며 분위기를 바꿨다.

"위로의 말은 사절입니다. 난 안 슬프니까. 언제든 꽃향기로 엄마를 기억할 수 있다는 게 얼마나 멋진 일인데요."

"지금 네 모습, 이제까지 본 것 중에서 제일 여성스럽다."

권숙이 믿지 못하겠다는 듯 피식 웃었다.

"아저씨 되게 착한 거 알아요?"

"뭔 소리야. 재수 없다고 죽빵 날린 게 누군데."

"착한데 속은 좁나 보네. 그걸 아직도 기억하는 걸 보니까. 나 챙겨줘서 고마워요. 이 집도 그렇고……."

"자식아, 그건 에이전트니까 당연한 거지."

"다른 선수들한테도 이렇게 해주는 거예요? 나한테만 그러는 줄 알고 괜히 좋아했네."

다시 족발을 먹던 권숙이 거실에 걸려 있는 희원의 사진을 가리켰다.

"그럼 저 사람은요? 왜 그렇게 못되게 굴었어요?"

오랜만에 보는 사진, 태영과 희원이 가장 행복했던 시절의 모습이었다.

"그냥 좀 싸웠어."

태영이 더는 말하고 싶지 않은 듯 짧게 대답했기에 권숙도 그 이상 묻지 않았다.

"그래서 오늘은 무슨 일인데? 족발은 핑계고 할 말 있는 거 아니야?"

태영은 할 말이 많은데도 일부러 태연한 척하는 권숙을 그냥 지나치지 않았다. 대답 없이 다시 족발을 뜯는 권숙에게 조심스럽게 물었다.

"한재민하고 무슨 일 있었어?"

"그 사람 얘기는 하지 마요."

애써 담담하게 말하는 권숙의 목소리가 떨렸다. 불길한 예감에 휩싸인 태영이 권숙의 손목을 잡자 필사적으로 태영의 시선을 피했다.

"한재민이……, 너한테 무슨 짓 했어?"

"그런 거 아니에요. 그냥 수다 떨 사람이 필요해서 그래요."

철용의 말대로 권숙은 거짓말이 서툴렀다. 태영은 자리에서 일어났다. 한재민을 만나면 모든 걸 알 수 있겠지. 현관을 향해 걸어가던 태영을 붙잡은 권숙이 말했다.

"헤어졌어요. 서로 생각이 안 맞아서. 그러니까 제발 좀……."

다음 날 태영이 오피스텔에 도착했을 때, 권숙은 평소처럼 몸을 풀고 있었다. 어젯밤 수다나 떨자던 권숙은 헤어졌다는 고백 이후 아무 말도 하지 않았다. 태영은 한참을 앉아만 있다 조용히 오피스텔을 나왔다.

"쓸데없는 짓 안 했죠?"

스트레칭을 마친 권숙이 자전거를 정비하고 있는 태영에게 다가왔다. 평소와 다름없는 밝은 모습이었다.

"내가 애냐?"

권숙이 피식 웃었다.

"가요. 늦겠어요."

태영은 자전거로 권숙의 주변을 오가며 상태를 살폈다. 달리기에 집중한 표정에서는 어떠한 변화도 느낄 수 없었다.

"섀도!"

태영은 일부러 순서가 틀린 메뉴를 주문해 보았다.

"전력 질주 앞두고 새도는 무슨. 장난칠 거면 그냥 가요, 리듬 깨지잖아요."

권숙이 빠르게 앞으로 나아갔다. 달라진 건 아무것도 없어 보였다. 권숙의 말대로 생각이 맞지 않아 깔끔하게 헤어졌을 수도 있었다. 재민의 실체가 드러나야만 이별하는 것은 아닐 테니까. 태영이 페달을 힘껏 밟으며 권숙의 뒤를 따랐다. 하지만 반환점을 돌자마자 재민과 마주 선 권숙을 발견했다. 태영은 급히 브레이크를 밟으며 몸을 숨겼다. 좋지 않은 상황이 벌어졌을 때 개입할 수 있는 최소한의 거리를 유지하며 귀를 기울였다.

"정말 헤어질 거야? 그렇게 예의 없이 나가버리고, 그걸로 끝이야?"

"나는 오빠가 원하는 걸 들어줄 수 없어요. 미안해요."

"난 너랑 함께하고 싶어서 유치원도 그만두고 진로까지 바꿨어. 네 옆에서 널 돕고 싶어서. 그런데 너는!"

절박하게 부르짖는 재민과 달리 권숙의 표정에는 감정이 없었다. 억울하다는 듯 허탈한 숨을 토해내는 재민을 보며 가만히 있던 권숙이 입을 열었다.

"그럼 내가 복싱을 그만둬도 오빠 곁에 있을 수 있어요?"

돌아오는 대답은 없었다. 태영은 이걸로 끝이라고 생각했다. 재민은 권숙을 너무 쉽게 보았고, 성급히 자신의 패를 꺼내 들었다. 그 패가 이제껏 쌓아온 모든 것을 무너트릴 수 있는 치명타라는 사실은 몰랐을 것이다. 차라리 잘된 일이라며 태영이 조용히 자전거를 돌리는 순간 둔탁한 소리가 들렸다. 황급히 돌아보니 사방으로 흩어진 쓰레기 더미 사이에 권숙이 서 있었다. 그 앞에는 울분을 토해내는 재민이 있었다.

"사람 가지고 놀아? 내가 그동안 비위 맞춘다고 개지랄한 건 어떻게 보상할 건데!"

자전거 핸들을 쥔 태영의 손에 힘이 들어갔다. 선수의 사생활이고, 태영이 개입할 일이 아니었다. 권숙이 다시 달릴 때를 기다렸다가 자연스럽게 합류해야 한다. 하지만 가면을 벗어던진 재민이 권숙에게 얼굴을 들이밀고 있었다.

"착각 좀 작작 해라. 아주 혼자 꿈속에서 살지? 이유리는 무슨, 여자 같지도 않은 거랑 놀아줬더니 기고만장해서는. 네 주제를 알라고. 집에 가서 거울이나……"

그때 커다란 손이 마구 지껄이는 재민의 입을 덮었다. 태영이었다. 참아야 한다고 생각했지만, 몸이 멋대로 튀어 나갔다.

"아저씨!"

재민의 얼굴을 덮은 태영의 손에 힘줄이 돋아났다. 재민의 고통스러운 비명이 태영의 손바닥 안에서 메아리쳤다. 손을 떼어내려는 재민의 몸부림은 태영을 밀어내기엔 역부족이었다. 보다 못한 권숙이 태영을 붙잡았다.

"그만 해요!"

"너 바보야? 왜 저딴 헛소리를 듣고만 있어. 말 같잖은 말을 하는 놈을 왜 내버려 둬. 주먹 뒀다 뭐 해!"

"여기가 링이에요? 사람을 왜 때려요."

"링이든 아니든 저런 쓰레기는 패도 돼. 주먹이 아까우면 머리로라도 받아야 할 거 아냐. 다시는 저딴 거지 같은 말 못 하게 이빨을 부러트렸어야지!"

흥분한 태영이 침을 튀겨가며 소리 질렀다. 흥분으로 힘이 더해지는지 태영이 움켜잡고 있는 재민의 얼굴이 시뻘겋게 달아올랐다. 권숙이 태영의 팔을 뜯어내려 매달렸다.

"다 끝난 일이잖아요. 나는 괜찮으니까 놔줘요, 좀."

"너는 아직도 이 새끼를 감싸냐? 이딴 쓰레기를 뭣 하러……"

"이제 나랑 상관없는 사람이에요."

아무런 감정도 없는 텅 빈 목소리에 태영의 흥분이 가라앉았다. 태영의 손에서 조금씩 힘이 빠져나가는 걸 확인한 권숙이 차갑게 돌아섰다. 그리고 남은 로드워크를 끝내려는 듯 다시 달리기 시작했다. 덩그러니 남겨진 태영은 재민을 쓰레기 더미 사이로 던져 버렸다. 힘없이 나동그라지는 재민에게 침을 뱉은 다음 자전거에 올라 권숙의 뒤를 따랐다. 권숙은 앞만 보고 묵묵히 달렸다. 일정한 속도로, 아무렇지도 않은 얼굴로.

"한 번 더 좌측 크로스 들어간다."

호중의 기합 소리가 체육관에 울렸다. 이제 권숙은 벨트를 채우지 않고서도 반사 신경을 제어했다. 훈련 내내 날아온 호중의 펀치를 그대로 받아줬을 뿐 카운터펀치는 한 번도 날리지 않았다. 오랜만에 훈련을 지켜보던 태영은 감탄을 금치 못했다. 어제

194

의 이별과 오전의 사건에도 한 치의 흐트러짐 없는 모습이었다. 그런데 마우스피스를 물고 있는 권숙의 입이 유난히 도드라져 보였다. 평소보다 이를 꽉 문 권숙은 온 힘을 다해 고통을 참고 있다고 말하고 있었다. 그제야 태영은 권숙이 고통으로부터 도망쳐 내면으로 숨어버린 것을 깨달았다.

버저가 울리고 인터벌이 시작됐다. 호중이 몸풀기 구호를 붙였지만 링을 내려온 권숙은 아무 말 없이 화장실로 향했다. 눈물이 터질 것 같아 얼굴을 씻고 또 씻었다. 울렁거리던 마음이 조금씩 가라앉자 거울을 봤다. 울상이 된 못난 얼굴이 있었다. '이 등신……' 권숙이 거울에 물을 뿌렸다. 그렇게 당해 놓고도 바보처럼 또 기대하는 스스로가 한심해서 견딜 수 없었다. 얼마나 더 실망하고 절망해야 헛된 기대에서 풀려날 수 있을까. 물기에 뭉개졌던 얼굴이 거울 속에서 다시 드러났다. 권숙은 다시 물을 뿌렸다. 입술이 터졌는지 비릿한 맛이 감돌았다.

"권숙아, 이권숙!"

문밖에서 태영의 목소리가 들렸다. 권숙은 한 번 더 세수한 뒤 얼굴을 한껏 구겼다 폈다. 흐트러진 얼굴을 재빨리 정리하고 머금고 있던 피를 뱉어낸 다음 화장실 문을 열었다. 태영과 눈을 마주치지 않으려 고개를 틀었다. 지금 눈이 마주치면 못나게 일그러진 마음을 다 들켜버릴 것 같았다.

"왜 이렇게 호들갑이에요. 정신없어."

"괜찮냐?"

"뭐가요."

권숙은 태영의 앞을 지나쳐 가며 호중에게 외쳤다.

"대표님, 아저씨 좀 가라고 해. 연습 방해되잖아. 아저씨 때문에 자꾸 집중력 흐트러져."

권숙이 링으로 올라가기 위해 몸을 굽히려던 찰나 뒤따라온 태영이 권숙을 돌려세우더니 양손으로 얼굴을 잡고 끌어당겼다. 동그랗게 치켜뜬 권숙의 눈을 뚫어지게 바라보던 태영이 이내 끌끌 혀를 찼다. 그러더니 허리를 굽혀 권숙을 둘러메고 일어섰다. 뜬금없이 태영의 어깨에 걸쳐진 권숙이 비명을 질렀다.

"내려놔요. 창피하게 뭐 하는 짓이에요."

태영은 들리지 않는다는 듯 어깨에 걸친 권숙의 허리를 단단히 잡고 돌아섰다. 당황한 호중이 다급히 따라왔다.

"어디 가세요?"

"서울에서 멀리 떨어진 곳. 주소 찍어줄 테니까 장비하고 권숙이 옷 같은 거 챙겨서 와. 전지훈련 가자."

"전지훈련은 무슨. 타이틀매치가 얼마나 남았다고. 진짜 창피해서 그러니까 내려놓고 얘기해요."

권숙이 있는 힘껏 버둥거렸지만 태영은 아무 말도 못 들은 척 체육관을 나섰다. 발버둥 치며 휘젓던 권숙의 팔꿈치가 태영의 뒤통수를 가격했고 휘청거린 태영은 간신히 균형을 잡고 나서 소리쳤다.

"얀마, 가만히 좀 있어라. 이러다 나까지 펀치 드렁크 오겠다.

내가 아무리 미워도 니 펀치는 좀 아낄 필요가 있어. 얼마나 아픈데."

다시 팔꿈치를 휘두르던 권숙이 움찔하여 멈췄다. 태영이 껄껄껄 웃었다. 재수 없는 웃음소리가 복도 가득 퍼졌다.

"진짜, 왕재수야!"


2


"일어나. 다 왔어."

태영의 목소리에 뒷좌석에서 웅크리고 잠들어 있던 권숙이 눈을 떴다. 부스스 일어나 창밖을 내다보니 푸른 바다와 백사장이 어우러진 마을이 보였다. 바람결에 바다 냄새가 실려 왔다.

"이 꼴로 어딜 나가요!"

훈련 도중 끌려온 권숙은 트렁크 팬츠와 브라톱 차림이었다.

"뭐, 어때. 사람도 없는데."

여름이 지나간 바다는 한산했다. 한철 장사를 끝낸 상점들은 문을 닫았고 바람과 파도 소리만이 두 사람을 반겼다. 여기에 간혹 해안도로를 지나가는 자동차가 전부였다.

"바다니까 비키니 입었다고 생각하면 되겠네. 왜, 자신 없어?"

"어휴, 저 변태. 정말 왜 그래요!"

권숙의 정색에 껄껄 웃던 태영은 권숙의 발목을 힘껏 끌어당기고는 양팔로 번쩍 안아 올렸다. 권숙이 새빨갛게 달아오른 얼굴로 소리쳤다.

"왜, 왜 이래요!"

"바다잖아. 계속 자동차 안에만 있을 거야?"

태영이 고갯짓하는 곳을 바라보자 소금기 섞인 서늘한 바람이 머리칼을 간질였다. 푸른 수평선 위로 단층처럼 드리운 구름이 결결이 갈라졌고, 태영이 백사장을 밟는 소리가 사각사각 들려왔다. 그 위로 파도가 부서지는 소리가 내려앉았다. 권숙은 단단하게 굳어 있던 마음이 차분히 가라앉는 것을 느꼈다.

"머리 좀 식히자고."

장난기 어린 태영의 목소리와 함께 권숙의 몸이 붕 떠오르더니 이내 차가운 바닷물이 집어삼켰다. 여름이 지난 바다는 정신이 번쩍 들 만큼 차가웠다. 허우적거리는 동안 바닷물은 입으로, 코로, 귀로 들어왔다. 숨넘어갈 듯한 태영의 우렁찬 웃음소리를 들으며 권숙이 몸을 일으켰다. 태영에게 한 방 먹이려던 권숙이 갑자기 몸을 더듬거렸다. 손에 쥐고 있던 핸드폰이 사라진 것이다. 우왕좌왕하던 권숙은 발밑에서 핸드폰을 찾았다. 완전히 침수된 핸드폰 화면은 텅 비어 있었다.

"으이구, 맨날 핸드폰만 끼고 사니까 이런 일이 생기잖아."

태영은 본인이 원인 제공자임을 까맣게 잊은 듯 도리어 목소리를 높였다. 권숙은 태영에게 눈을 흘겨 입을 다물게 한 뒤 핸드폰 전원 버튼을 눌렀지만 켜지지 않았다. 애타는 얼굴로 핸드폰을 놓지 못하고 있는 권숙을 보니 그제야 좀 미안한 마음이 든 태영이 눈치를 살피며 물었다.

"비싼 거야?"

"여기 다 들어 있었단 말이에요. 문자도, 사진도."

"한재민 때문이야? 그럼 잘됐네. 어차피 정리할 놈이었는데 이참에 깔끔하게 버려."

"버려도 내가 버려야죠!"

태영을 노려보는 권숙의 눈에 눈물이 차올랐다. 금방이라도 울음이 터질 듯 입을 악 물고 있는 얼굴을 보니 죄책감이 파도처럼 밀려왔다.

"그, 그럼 멀리 던져버려! 내가 이거보다 비싼 최신형으로 사 줄 테니까."

"됐거든요!"

억누른 감정이 폭발한 듯 권숙이 울음을 터트렸다. 태영은 어쩔 줄 몰라 하며 권숙의 어깨를 감쌌다. 태영의 가슴에 쏟아낸 권숙의 울음은 파도가 칠 때마다 점점 커졌다.

얼마 후 태영은 근처 슈퍼에서 빌린 드라이기로 조심스레 핸드폰을 말렸다. 쪼그려 앉아 바다를 보고 있는 권숙을 힐끔힐끔 살피며 다시 전원을 켜봤지만 여전히 먹통이었다.

"최신형으로 사줘요."

"지금 사올까? 조금만 나가면 주문진 읍내야."

"됐어요. 이제 연락 올 데도 없어요. 그래도 서울 가면 제일 비싼 걸로 사주는 거예요."

한바탕 눈물을 쏟아냈기 때문일까, 바다를 보는 권숙의 옆얼굴이 한결 편해 보였다.

"나 이제 후련해졌어요. 그러니까 그런 눈으로 안 봐도 돼요."

"그럼 됐어. 여기서 며칠 쉬면서 훈련하자. 사람도 없고 운동하기 딱 좋네."

권숙이 아무 말 없이 무릎 사이에 얼굴을 묻었다.

"생각해 보면 처음부터 이상한 게 한두 개가 아니었어. 사랑하고 싶다는 마음에 들떠서 여기저기서 보내는 경고음을 못 들은 척한 건 나였어요. 그 새끼 말처럼 내 주제도 모르고."

태영은 아무런 대꾸도 할 수 없었다. 잠시 생각에 잠겼던 권숙은 씁쓸한 얼굴로 웃었다.

"그래도 허무하네요. 아무리 첫사랑은 이루어지지 않는다지만 이렇게까지 최악으로 끝날 줄은 몰랐어요."

"바보 같은 소리 하고 앉아 있다."

태영이 한심하다는 듯 혀를 찼다.

"넌 사랑을 한 게 아니라 사고를 당한 거야. 애초에 널 이용해 먹겠다고 덤벼든 놈이랑 사랑이 되겠냐? 첫사랑은 개뿔. 그건 그냥 똥 밟은 거야!"

"이거 위로예요?"

"팩트다, 요 녀석아. 넌 아무 잘못 없으니까 너 좀 그만 구박해."

태영이 바다를 향해 있는 힘껏 돌멩이를 집어 던졌다.

"네 첫사랑은 아직 오지도 않았어. 저 멀리서 멋지게 빼입고 천천히 오고 있다고. 네가 생각하는 것보다 훨씬 아름답고 로맨틱한 첫사랑이 올 테니까 네가 못났다는 쓸데없는 생각은 버려."

권숙은 말없이 모래를 퍼서 손가락 사이로 흘려보내고 있을 뿐이다. 그러다 무언가 결심한 듯 모래를 움켜쥐더니 망가진 핸드폰을 집어 들고 바다를 향해 던졌다. 핸드폰을 집어삼킨 파도가 시원하게 부서졌다. 그 자리에 우두커니 서서 수평선을 바라보던 권숙은 눈을 감고 바닷바람을 크게 들이마셨다. 가슴이 부풀어 올랐다가 가라앉았다.

"고마워요, 아저씨."

부드러운 바닷바람이 불어와 권숙의 머리칼을 쓸어 넘겼다. 태영은 희미하게 미소 짓는 권숙의 얼굴이 다른 사람 같아 멍하니 바라보았다. 그때 권숙이 갑자기 태영을 거칠게 잡아끌었다.

"아저씨도 빠져 봐요. 얼마나 추운지!"

다리가 잠시 휘청거렸으나 이내 중심을 잡은 태영의 눈에 기대 가득한 권숙의 표정이 들어왔다. 태영이 못 이긴 척 몸을 무너트리자, 권숙의 웃음소리가 햇빛과 함께 물속에서 간지럽게 부서졌다. 얕은 바다에 누워 있던 태영이 몸을 일으켰다. 물에 젖은 머리칼을 뒤로 넘기니 여전히 까르르 웃고 있는 권숙이 보였다. 이곳에 오길 정말 잘했다는 생각이 들었다.

담요를 덮고 조수석에 앉은 권숙은 옆에 앉은 태영을 힐끗 보았다. 역시 착각이었던 모양이다. 물속에서 나와 머리를 쓸어 넘긴 태영의 얼굴이 잠깐 빛나 보였던 것은 햇빛 때문이었다고 생각했다. 옆자리의 태영은 평소와 다름없는 수더분한 아저씨였다. 힐끗대며 태영을 훔쳐보던 권숙은 괜스레 그의 수염이 거슬렸다. 문득 태영의 맨얼굴이 궁금해졌다.

"아저씨 왜 면도 안 해요?"

"뭐?"

젖은 머리를 털며 시동을 걸던 태영이 권숙을 쳐다봤다.

"네가 몰라서 그러는데 면도 그거 생각보다 귀찮다. 크림 발라야지, 칼질해야지. 털이 억세서 전기면도기는 잘 들지도 않고."

"생각해 보니까 아저씨 수염 없는 얼굴을 본 적이 없네."

"있을걸? 처음 만난 날, 복귀전 계체량 하던 날, 복귀전 치렀던 날. 미팅이나 공식 행사 있으면 면도하니까."

"왜 기억이 안 나지?"

"처음 만났을 때는 소개팅하던 남자 때문이고, 그다음에는 한재민한테 홀려서?"

권숙이 뜨악한 얼굴로 태영을 바라보았다. 그가 얼마나 무신경한 남자였는지 잊고 있었다. 뒤늦게 실수를 깨달은 태영이 큰 목소리로 약속했다.

"오케이, 그까짓 면도 해보자. 펜션에서 할게."

그러나 주문진 읍내에 들러 장을 보고 펜션에 도착한 뒤에도 태영은 면도를 하지 않았다. 권숙이 씻는 동안 태영은 테라스로 나가 숯불에 고기를 구웠다. 여름이 끝난 평일의 펜션은 한산했다. 관리인이 퇴근하고 나니 이 층짜리 목조건물에는 권숙과 태영만 남았다. 권숙이 테이블에 앉으며 투덜거렸다.

"수염 좀 잘라 보라니까."

"놀러 왔는데 편하게 좀 있자. 우리 둘뿐이잖냐."

"놀러 왔으니까 다른 모습도 보여주면 좋잖아요."

태영이 구운 고기를 접시에 담아와 자리에 앉았다.

"오늘은 색다르게 먹는 숯불 닭가슴살."

권숙은 삼겹살을 먹고 싶다고 했지만, 오늘도 닭가슴살이었다. 곧 시작될 감량 때문이었다. 복귀전을 치르며 회복한 체중을 다시 체급에 맞춰 조절해 나가는 중이었다. 그래도 오늘만은 다른 걸 먹고 싶었다. 권숙이 깊은 한숨을 내쉬었다.

"나 꿈에서도 닭이 나와요."

"그래도 경기 며칠 앞두고 빡세게 하는 것보다는 이게 낫지 않아?"

할 말을 찾지 못한 권숙이 다 죽어가는 얼굴로 닭가슴살을 입에 넣었다. 태영은 눈을 동그랗게 뜬 권숙을 보며 예상했다는 듯 웃었다.

"맛있지? 맛있을 거야. 숯불에 굽는 건 다 맛있거든."

권숙은 대답 대신 열심히 젓가락을 움직였다. 권숙이 먹는 모습을 뿌듯하게 지켜보던 태영이 슬쩍 일어나 펜션 안으로 들어갔다. 권숙은 오늘따라 태영이 낯설었다. 시장에서 사 입은 트레이닝복이 약간 작은지 군살 없는 태영의 탄탄한 몸이 드러났다. 덩치가 좋다고는 생각했지만 평소 늘어진 트레이닝복이나 펑퍼짐한 정장에 가려져 있던 낯선 몸이었다. 특히 엉덩이에서 허벅지로 이어지는 굵은 곡선에 권숙의 시선이 자꾸 머물렀다. 펜션 문이 닫히는 소리에 권숙은 화들짝 놀라 정신을 차렸다.

얼굴에 열이 오른 권숙은 고개를 숙이고 젓가락을 만지작거렸다. 테이블로 돌아온 태영이 다시 자리에 앉은 뒤에도 고개를 들지 못했다. 태영이 손을 뻗어와 권숙의 얼굴을 들어 올렸다. 반사적으로 얼굴을 빼내려던 권숙의 시선이 흔들렸다. 말끔히 면도하고 머리도 단정히 빗어 넘긴 태영이 자신을 지긋이 바라보고 있었다. 낯설지만 익숙한 얼굴이었다. 끔찍했던 소개팅 자리에서 손을 내밀어 주었던 얼굴이었다. 복귀전이 시작되기 전 떨리는 손을 잡아 주었던 그 얼굴이었다. 권숙의 손에 땀이 차올랐다. 단단하지만 부드럽고, 따뜻하지만 끈적이진 않던 태영의 손이 불현듯 떠올라버렸다.

"면도하라며. 근데 반응이 뭐 이렇게 시시해?"

심장이 제멋대로 뛰는 게, 아무래도 기분이 이상했다.

"덜 지저분해 보이고 좋네."

식사를 마친 권숙과 태영이 숯불을 사이에 두고 앉았다. 태영의 핸드폰에서 흐르는 음악이 깊어진 밤을 따라 두 사람을 감쌌다. 잠자리에 들 시간은 이미 지났지만 두 사람 모두 테라스를 떠나지 않았다. 아무런 말도 하지 않았지만 청명한 밤바람이, 그 위로 흐르는 선율이 두 사람을 자리에 붙들어 놓고 있었다. 짙은 밤의 장막 때문에 아무것도 보이지 않았지만 파도 소리로 바다가 거기에 있다는 걸 알 수 있었다. 가만히 눈을 감고 파도 소리와 음악에 귀를 기울이던 권숙이 물었다.

"아저씨는 지금 하는 일이 재미있어요?"

"재미있지. 내가 잘할 수 있는 일이니까. 인정받고 보람도 느낄 수 있고. 안 되는 일 붙잡고 있는 것만큼 괴로운 건 없거든."

태영은 언제나 그렇듯 오만해 보일 정도로 자신만만했다. 하지만 그 자신감의 근원을 알고 있기에 싫지 않았다. 다만 태영이 부러울 뿐이었다. 스스로를 의심하지 않는, 그리고 지금 하고 있는 일이 즐겁다고 망설임 없이 말할 수 있는 용기가.

"부럽네요. 아저씨는 살면서 한 번도 실패해 본 적 없는 사람 같아요."

"내가?"

"당당하잖아요. 두려움도 없고. 난 모든 게 불안한 겁쟁인데."

"내가 운동을 왜 그만뒀는지 모르지?"

"에이전트 하려고 그만둔 거 아니에요?"

"내가 다닌 고등학교, 야구 명문이야. 그런데 난 한 번도 레귤러 포수를 못 해봤어. 이류 선수였거든."

신입생에게도 밀려난 태영은 진로에 대해 진지하게 고민해야 했다. 프로 구단의 지명도, 대학 진학도 불투명했다. 감독은 태영과의 상담에서 기다리기라도 한 듯 퇴부 신청서를 내밀었다. 더 늦기 전에 살길을 찾으라는 조언 뒤로 조금 더 우수한 선수들로 벤치를 두텁게 만들고 싶다는 욕심을 드러냈다.

"그래서 야구부를 나왔어. 비참해지긴 싫었거든."

감독은 물론 동기나 후배들도 태영의 퇴부를 아쉬워하지 않았다. 오히려 앓던 이를 빼낸 듯 후련해하는 눈치였다. 태영은 비참해지고 싶지 않아 끝까지 웃었다. 그해, 학교는 전국대회에서 우승했다.

"재능 없는 일에 매달리는 건 이런 거야."

"그래도 아저씨는 금방 잘할 수 있는 일을 찾았잖아요. 나는 솔직히 복싱 그만두면, 뭘 할 수 있을지……."

권숙은 유치원을 그만두던 날을 떠올렸다. 도피처가 필요한 게 아니라면 남으라고 했던 원장의 제안이 당시에는 가슴 벅차게 고마웠다. 하지만 시간이 지날수록 원장의 말이 거대한 질문이 되어 자신에게 돌아오는 걸 느꼈다. 자신이 정말 유치원을 도피처로 생각한 것은 아닐까, 다시 돌아가고 싶을 만큼 그 일을 사랑하는지 아무리 물어도 대답할 수 없었다.

"처음엔 당당하게 은퇴하고 유치원으로 돌아가면 다 잘될 것 같았어요. 복싱 대신 평범한 일을 하면서 남들처럼 살고 싶다고 생각했으니까. 그런데 지금은 아무것도 모르겠어요. 나한테서 복싱을 빼면 남는 게 있을까요?"

"다 똑같아. 자기가 뭘 하고 살아야 할지 명확하게 아는 사람들이 몇이나 될 것 같아? 나도 그랬어. 뭔가를 해야 한다는 건 알 겠는데 그게 뭔지 몰랐거든. 평생 해온 거라고는 운동밖에 없는 데. 막상 그만두고 나니 세상에 덩그러니 내던져진 기분이었지."

태영도 권숙처럼 철들기 전부터 그라운드에서 살아왔다. 그라 운드는 태영에게 세상 그 자체였고 그곳에서 벗어난다는 것은 상상조차 해본 적이 없었다. 세상 밖으로 던져진 태영은 삶의 갈 피를 잡지 못했다. 각자 정신없이 살아가는 사람들 속에서 해야 할 일이 무언지도 모르고, 할 수 없는 일도 없다는 것을 깨닫자 쓸모없는 사람이 되어 버린 기분이었다. 연습 없는 하루가 멍하 니 지나갔다. 오늘과 똑같이 의미 없을 내일이 두려웠다. 어쩌지 못하고 미련 가득한 눈으로 그라운드를 바라보기만 했다.

"평생을 고민해도 끝내 찾지 못하는 사람도 많아. 결국 자기한 테 안 맞는 옷을 억지로 껴입고 마지못해 버티며 살아가는 거지. 나도 그때 도움을 못 받았으면 그렇게 살고 있을 거야."

"혹시 김희원?"

"이 녀석아, 김희원이 뭐냐. 김희원 선수라고 해야지."

희원은 태영의 신입 시절의 에이스 투수였다. 3학년이었던 희 원과 잠깐이지만 투수와 포수로 배터리를 이루었던 것이 인연 의 전부였다. 그는 태영의 퇴부 소식을 듣고 찾아와 울어준 유일 한 사람이었다. 희원은 아무도 알지 못했던 태영의 재능을 알려 준 사람이기도 했다.

"포수는 그라운드의 감독이야. 홈 플레이트 뒤에 앉아서 전체적인 게임을 조율하거든. 투수의 구질이나 전략은 물론이고 수비의 위치 등을 지시해. 내가 그걸 잘했대. 레귤러가 못 된 건 몸이 다른 선수들에 비해 둔하고 타자로 나갔을 때 공을 못 쳐서 그렇다고. 그런 걸 할 수 있는 일을 찾아보라고 하더라. 에이전트랑 닮았지?"

권숙이 고개를 끄덕였다.

"그런 은인한테 그렇게 대해요? 아저씨 이제 보니까 못됐네."

"그러게……."

태영이 쓸쓸하게 웃었다.

"못됐지. 속도 좁고."

"싸웠으면 먼저 화해해요. 나는 싸울 친구도 없어서, 어떻게 할지 알려주지는 못하지만."

태영이 웃으며 권숙을 귀엽다는 듯 바라보더니 가만히 손을 잡았다. 여전히 따뜻하고 커다란 손이었다. 권숙은 얼굴이 또 달아오를 것 같아 고개를 틀었다. 이전에도 몇 번이나 손을 잡았는데 오늘따라 긴장됐다.

"희원이 형이 그랬던 것처럼 내가 도와줄게. 네가 할 수 있는 일이 뭔지, 네가 해야 할 일이 뭔지 같이 찾아보자."

권숙은 태영이 말하는 일이 무엇일지 생각해 보았다. 아무것도 떠오르지 않았다. 복싱을 빼면 어떤 일이든 실패밖에 남지 않았다. 하지만 태영이라면 그 일을 찾아줄 수 있을 것도 같았다.

"이 노래는 뭐에요?"

커피를 가지러 펜션으로 들어갔던 권숙이 테라스에 흐르는 팝송에 관해 물었다. 지친 듯한 남자가 비장한 목소리로 외치며 부르는 독특한 노래였다. 두 다리를 테이블에 올리고 발끝을 까딱거리던 태영이 커피를 받았다.

"이룰 수 없는 꿈."

"노래 제목이 뭐 그래요. 꿈은 이루라고 있는 건데."

"내용은 꽤 좋아. 이길 수 없는 적과 싸우는, 이룰 수 없는 꿈이라고 해도 반드시 이루겠다는 내용이야. 뮤지컬 〈돈키호테〉 주제곡이더라고."

"뮤지컬도 봐요? 운동 말고는 아무 관심 없어 보이더니. 의외로 고상하네요."

태영이 고개를 저었다.

"〈업 클로즈 앤 퍼스널〉이라는 영화에서 미셸 파이퍼가 불러서 알게 됐어. 〈제리 맥과이어〉만큼 내가 좋아하는 영화야. 앵커가 되고 싶은 여자가 유능한 멘토를 만나서 성장하면서 사랑도 키워나가는 얘기야."

"에이전트 같은 거네?"

"그러니까 좋아했지."

졸음이 묻어나는 목소리로 띄엄띄엄 영화의 내용을 설명해주던 태영의 고개가 옆으로 꺾였다. 그리고 이내 숨을 새근거리며 잠이 들었다.

"들어가서 자요."

권숙이 태영을 살짝 흔들어 깨웠다. 태영은 고개를 끄덕였을
뿐 움직이지 않았다. 고단했는지 이미 깊은 잠에 빠져든 듯했다.
그대로 두고 싶었지만 밖에서 자기엔 바닷바람이 찼다. 권숙이
태영을 부축해 일으켜 세웠다. 태영도 권숙의 어깨에 의지한 채
로 조금씩 걸음을 옮겨 함께 펜션 안으로 들어갔다. 권숙이 현관
에서 태영의 신발을 벗겨주려 낑낑대는 동안 중심을 잃은 태영
의 몸이 권숙을 덮치며 쓰러졌다.

 "꺅!"

 번뜩 정신을 차린 태영이 재빨리 손으로 바닥을 짚었다. 깔리
겠다고 생각하며 질끈 감았던 눈을 조심스레 떠보니 태영의 얼
굴이 바로 앞에 다가와 있었다. 권숙은 숨결이 느껴질 정도로 가
까이에 있는 태영의 얼굴을 피할 생각도 못 하고 멍하니 바라보
았다. 까무잡잡한 피부와 짙은 눈썹 아래 자리한 깊은 눈매가,
거칠게 뻗은 콧날이, 입꼬리가 올라간 도톰한 입술이 권숙의 머
릿속에 새겨졌다. 권숙은 자신도 모르게 침을 꿀꺽 삼켰다.

 "미, 미안"

 몸을 일으킨 태영이 어색하게 기침을 하며 권숙에게 손을 내
밀었다. 권숙은 멍하니 고개를 끄덕이며 태영의 손을 잡았다. 태
영은 권숙을 일으켜 주자마자 잘 자라는 짧은 인사를 남기고 방
으로 들어갔다. 방문이 닫히자마자 권숙의 다리가 휘청 풀렸다.
권숙은 벽에 등을 대고 숨을 골랐다. 가만히 가슴에 손을 대 보
니 두근거리는 떨림이 느껴졌다.

"벌써 나가려고?"

현관에 앉아 운동화 끈을 조이던 권숙이 깜짝 놀라 뒤를 돌아보았다. 부스스한 모습의 태영이 방에서 나오고 있었다. 지난밤의 떨림이 좀처럼 가시지 않았던 권숙은 밤새 뒤척였다. 아무래도 재민에게 받은 충격 때문에 잠시 정신줄을 놓은 게 분명했다. 심호흡을 하고 누웠다가도 금세 벌떡 일어나고, 이불을 걷어차다 다시 뒤집어쓰기를 반복하던 권숙은 땀이라도 흘리면 좀 나아질까 싶어 평소보다 이른 시간이지만 로드워크에 나섰다.

"하루라도 쉬면 다리 아프니까. 오늘은 혼자 뛰고 올게요."

어둠에 묻혀 있는 태영의 모습이 잘 보이지 않았지만 지난밤 아로새긴 얼굴이 또렷하게 떠올랐다. 권숙은 재빨리 고개를 돌리며 자리에서 일어났다. 하지만 어느새 점퍼를 걸쳐 입은 태영이 신발을 신고 있었다.

"같이 가. 여기 서울처럼 밝지 않아. 가로등도 별로 없고."

머뭇대는 권숙을 데리고 밖으로 나온 태영은 아직 잠에서 완전히 깨지 못한 듯 연신 하품을 쏟아냈다.

"더 자도 되는데……."

"아직 이렇게 어두운데 어떻게 여자 혼자 뛰게 둬."

해안도로는 태영의 말대로 띄엄띄엄 놓인 가로등 때문에 앞이 잘 보이지 않을 정도로 어두웠다. 혼자 나왔다면 얼마 뛰지 못하고 발길을 돌렸을지도 몰랐다. 권숙은 긴장되는 마음을 털어내려 어둠 속으로 발을 내디뎠다. 태영도 권숙이 편히 달릴 수 있도록 적당한 거리를 유지하며 함께 달렸다. 새벽의 적막을 가르고 해안에서부터 밀려온 파도 소리와 두 사람의 발소리, 그리고 중간중간 터지는 태영의 하품 소리가 조용한 리듬을 만들었다. 권숙은 태영이 따라올 수 있도록 평소보다 천천히 달렸다. 차가운 새벽공기가 얼굴에 닿으니 간밤 권숙을 괴롭혔던 이상한 열병이 조금 가라앉는 것 같았다. 재민 때문에 내가 조금 이상해진 것이라고, 그러지 않고서는 저런 아저씨 때문에 그렇게 심장이 뛸 리 없다고 중얼중얼 암시를 걸며 달렸다. 그런 권숙을 이상하게 바라보던 태영은 시계를 확인하더니 주변을 두리번거렸다. 그러고는 권숙의 팔을 덥석 잡았다.

"이쪽으로 가자."

태영이 데려간 곳은 방파제였다. 핸드폰 조명으로 앞을 비춰주는 태영의 손짓을 따라 조심히 방파제 위로 올라갔다. 바다 가까이 오니 차가운 새벽바람이 불어와 저절로 몸이 떨렸다.

"여기 뭐가 있는데요?"

"일출, 오늘 안개도 없고 보이지 않을까 싶어서."

"일출이요?"

태영이 고개를 끄덕이며 옆자리를 툭툭 쳤다. 얼떨결에 앉은 권숙은 어깨를 움츠리며 후드를 눌러 썼다. 그 모습을 본 태영이 외투를 벗어 어깨에 걸치더니 품을 열어 보이며 손짓했다.

"춥지? 이리로 와."

"돼, 됐어요!"

"벗어주고 싶은데, 나도 나이가 많아서 벗어주진 못하겠다. 원래 해 뜨기 직전이 제일 추워. 내숭 떨지 말고 빨리 들어와."

태영이 권숙의 어깨를 끌어당겨 외투로 감쌌다. 권숙은 해맑은 얼굴로 따뜻하지 않냐고 묻는 태영에 아무 대답도 하지 못했다. 자신을 조금이라도 여자로 생각한다면 이럴 순 없을 것 같았다. 태영이 무심한 사람이었다는 걸 잠시 잊고 있었다. 권숙은 어젯밤 일을 신경 쓰고 있던 자신이 바보처럼 느껴졌다. 태영은 권숙의 마음도 모른 채 마냥 들떠 있었다.

"여행할 때마다 운이 없어서 한 번도 못 봤어. 그냥 오늘 밤이 지나면 내일이 시작된다고만 생각했는데 하루가 시작되는 장면을 눈앞에서 보면 진짜 새로운 오늘이 기다리고 있었다는 걸 실감할 것 같아."

계속해서 웃고 있는 태영은 소년처럼 들떠 보였다. 그가 어떤 생각으로 이곳에 데려왔을지 생각하니 서운했던 마음이 조금 누그러졌다. 아마도 어제와 다른 오늘을 보여주고 싶었던 것 같았다. 행여 권숙이 춥지는 않을까 어깨를 꼭 감싼 단단한 팔이 오늘따라 더 믿음직스러웠다.

"오, 보인다."

권숙은 태영의 손가락이 가리키는 곳으로 시선을 옮겼다. 광활한 수평선 아래에서 환한 빛이 쏟아져 나와 어두운 하늘을 밝게 물들이고 있었다. 잠시 후 붉게 타오르는 태양이 머리를 내밀며 조금씩 솟아올랐다. 순식간에 어둠을 걷어내며 솟아오르는 태양의 장엄함 아래로 아침이 깨어났다. 권숙은 서울에서는 꿈도 꾸지 못했던 장관이 펼쳐지는 모습을 넋 놓고 바라보았다.

"이야, 멋지다! 추워도 참고 기다리길 잘했지? 너 진짜 운 좋은 거다. 나 아니었음 이 장관을 못 봤을 테니까."

우쭐대며 환하게 웃는 태영의 얼굴 위로 붉은 아침햇살이 드리웠다. 잠시 잠잠했던 심장이 다시 동요했다. 태영은 아침 햇살보다 더 눈부시게 빛났다. 권숙은 어깨를 덮고 있는 태영의 외투를 꼭 잡았다.

"그래요, 아저씨 덕분이에요."

면박을 생각했던 태영은 권숙이 순순히 수긍하자 오히려 당황한 표정이었다. 하지만 권숙은 진심이었다. 태영이 아니었다면 여전히 서울에 있었을 테고, 태영이 아니었다면 여전히 감상에 빠져 혼자 괴로워했을 테고, 태영이 아니었다면 수평선 밖으로 몸을 내민 태양을 바라보며 가슴이 뛸 일도 없었을 것이다. 권숙은 자신도 생각지 못한 것을 먼저 알아주고 위로해 주며, 길을 열어 준 태영이 고마웠다.

아침 해는 어느새 높이 떠올랐고 주변은 밝은 빛으로 물들었다. 햇빛을 받은 바다는 잔잔한 파도가 일렁일 때마다 반짝반짝 빛났다. 새로운 날의 시작이었다. 따뜻해진 아침 공기에 몸이 풀어지면서 졸음이 밀려왔다. 졸린 눈을 비비며 잠을 깨려는데 스르륵 태영의 머리가 권숙의 어깨로 떨어졌다. 그새 잠들었는지 새근새근 숨소리가 들렸다. 권숙은 태영의 고개를 기울여 편안하게 기댈 수 있도록 했다. 희미하게 퍼져온 태영의 향기가 권숙의 코를 간질였다. 불안하고 초조한 마음이 차분히 가라앉았다. 권숙도 태영을 따라 눈을 감았다. 파도 소리와 바람 소리가 귓불을 간질였다. 권숙은 태영의 어깨에 머리를 살짝 기대보았다. 오랜만에 느껴보는 포근함이었다.


"좋은 시간들 보내고 계시는구만!"

펜션으로 돌아오니 우렁찬 호중의 목소리가 둘을 반겼다.

"나 없으니까 아무것도 안 되지? 그니까 나 좀 잘 모셔요."

"당연하지. 우리 대표님인데!"

태영이 호중을 끌어안고 큰 소리로 웃었다. 권숙은 호중에게 인사를 하는 둥 마는 둥 욕실로 들어갔다. 온몸에 태영의 향이 배어 있는 것 같았다.

"오늘부터 지는 연습의 방향을 바꿀 거야."

샤워를 마친 권숙이 거실로 나오니 호중과 태영이 식탁에 마주 앉아 있었다. 권숙이 호중의 옆에 앉자, 태영이 새로운 계획을 알렸다.

"형님! 이제 타이틀전 한 달 남았어요. 전 여기서 지옥훈련이라도 할 줄 알고 끌고 달릴 타이어도 가져왔는데."

호중이 볼멘소리로 투덜거렸다.

"그러니까 네가 필요한 거야. 우린 너만 믿고 있어."

호중을 추켜세운 태영이 권숙의 반응을 살폈다. 멍하니 태영

215

을 바라보고 있던 권숙이 깜짝 놀라 시선을 피했다.

"들었어?"

"아뇨."

"자, 정신 똑바로 차리고. 이제 마지막이잖아."

"어떻게 하실 건데요" 호중이 물었다.

"판정패로 갈 거야."

"네? 조작 경기에서요?"

권숙과 호중이 놀란 눈으로 태영을 쳐다봤다. 태영이 태블릿 PC를 꺼냈다.

"이것 좀 봐봐. 이한아름 경기 패턴 분석한 거야. 완벽하진 않을 테니 호중이가 다시 한번 정리하고 거기에 맞춰서 권숙이 리액션을 짜보자. 호중이가 이한아름 역할을 맡아서 권숙이랑 합을 맞춰보는 거야. 권숙이한테 주어질 어드밴티지 감안해서 최소 2점 차로 질 수 있게 경기 내용을 구성하고 점수를 계산해 보자고. 권숙이는 아마추어 시절이 길었으니까 점수 계산 잘할 수 있지?"

"리스크가 너무 커요. KO가 제일 깔끔하게 지는 방법인데……. 판정 시비라도 나오면요? 그럼 권숙이 은퇴 못 해요."

호중의 반발에 권숙이 태영을 의심스레 바라보았다.

"다운 두어 번 섞으면 판정 못 뒤집잖아."

권숙의 전적에 1패가 기록되어도, 챔피언벨트가 없어도 미국 진출에는 아무런 문제가 없었다. 권숙에겐 에스토마타를 쓰러트린 여자라는 최고의 명함이 있으니까. 하지만 녹다운으로 패배를 기록한다면 그 명함은 빛이 바랠 것이다. 지는 건 상관없지만 쓰러지는 건 허용할 수 없었다. 미국에서의 재기 가능성을 열어두어야 했다.

"이한아름을 설득할 방법이기도 해."

태영은 미국 진출에 관해 알지 못하는 호중과 권숙에겐 경기를 거부하고 있는 이한아름을 이유로 내세웠다. 패배를 두려워하는 것 같은 이한아름에게 이쪽의 전술을 은밀히 유출한다면 경기를 수락할 것이라고 설명했다.

"은퇴 경기에서 KO는 너무 비참해. 이제 천재는 없고, 천재보다 더 뛰어난 사람이 탄생했다는 사실 정도만 알려주면 돼. 그걸로도 권숙이 놔줄 거야."

"까짓것, 한번 해보죠!"

호중이 기합을 넣었고 권숙도 고개를 끄덕였다. 두 사람은 바로 분석에 들어갔다. 호중이 이한아름의 움직임과 태영이 분석해 온 자료를 비교했고, 권숙도 조금씩 의견을 내며 태영의 분석을 수정해 나갔다. 두 사람이 몸을 조금씩 움직여 보기도 하며 자료를 보완하는 모습을 만족스럽게 지켜보던 태영이 자리에서 일어났다.

"난 장 좀 보고 올게."

"아저씨!" 권숙이 태영을 불렀다.

"어제 먹었던 숯불 닭가슴살 넣은 샐러드요."

"형님, 저는 회덮밥이요."

"대표님, 나 감량하는데 혼자만 그러기야?"

"난 안 하잖아."

투닥거리는 두 사람을 뒤로하고 태영이 펜션을 나섰다. 그런데 저 멀리 주차한 태영의 자동차 주변이 심상치 않았다. 칼자국의 부하들이다. 태영은 피가 차갑게 식는 걸 느끼며 멈춰 섰다. 덩치 하나가 이쪽으로 오라는 신호를 보냈다. 잠시 주변을 살핀 태영이 조용히 조수석에 탔다. 운전석에 앉아 있던 덩치가 태영에게 키를 내놓으라며 손을 내밀었다. 키를 넘겨받은 덩치가 시동을 걸고 자동차를 출발시켰다.

"갑자기 사라져서 놀랐어요."

칼자국의 목소리가 들렸다. 바짝 긴장한 태영은 그제야 뒷좌석에 앉아 있는 칼자국을 발견했다. 그 순간 뒷좌석에서 수건을 든 커다란 손이 튀어나오더니 태영의 목을 강하게 졸랐다. 숨이 막힌 태영이 수건을 벗어내려 발버둥 치자 운전석의 덩치가 팔꿈치로 태영의 복부를 후려쳤다. 태영의 몸이 반으로 접히면서 축 늘어졌다. 수건을 틀어쥔 손이 태영의 몸을 일으켜 세웠다. 태영의 입에서 고통스러운 쇳소리가 힘겹게 새어 나왔다. 가물거리는 의식 너머로 혀를 차는 칼자국의 목소리가 들려왔다.

"이자 납부일도 넘기고 사라져 버리면 어쩌라는 겁니까."

창문 너머로 태영의 뒷모습을 힐끔거리던 권숙은 태영이 시야에서 완전히 사라지자 자리에 털썩 주저앉았다. 지난밤부터

218

태영을 의식하느라 내내 긴장 상태였던 온몸의 힘이 빠져나간 것 같았다. 호중이 권숙의 다리를 툭 치며 재촉했다.

"집중하자. 시간 없어."

"잠깐만 쉬어요. 나 어제 잠도 설쳤는데."

"형님 오시기 전에 분석은 마무리해야지. 빨리 일어나."

권숙이 호중을 빤히 올려다보았다.

"대표님은 왜 아저씨 말이라면 끔뻑 죽어?"

"뭐가?"

"지금까지 훈련해 왔던 거 다 버리고 처음부터 다시 하자는데, 화도 안 나?"

"형님이 하자고 하니까."

"그러니까 대체 왜? 아저씨한테 빚진 거라도 있어?"

"갚을 수 없는 빚을 졌지. 내 인생."

"뭐?"

"네가 어려서 뭘 모르니까 형님을 우습게 생각하는데, 형님 대단한 사람이야."

호중은 태영이 선수들의 능력을 누구보다 정확하게 판단한다고 했다. 될 놈은 더 높은 곳으로 보내주고 안 될 놈은 현상 유지나 냉정한 은퇴를 권했기 때문이다. 그 판단은 지금껏 한 번도 틀린 적이 없었다.

"잘 모르는 사람들은 형님보고 냉혈한이라고 하지만 그건 냉정한 게 아니라 현실을 알려주는 거야."

운동선수의 정년은 일반인보다 훨씬 빠르다. 스타 선수들은 은퇴 후에도 먹고사는 데 큰 문제가 없지만 대부분의 선수들은 스타가 아니다. 교수, 강사, 심판 등 운동과 관련한 일을 계속할 수 있는 행운은 소수에게만 돌아갔다. 나머지는 운동과 관련 없는 일을 시작하거나 무직으로 생활고를 겪는 것이 현실이었다.

"적어도 형님이 관리한 선수들은 굶진 않아. 은퇴를 시키더라도 먹고살 길은 열어주거든. 은퇴 이후의 삶까지 관리해 주는 거지. 그래서 다들 형님 눈에 들고 싶어서 난리야."

"그럼 대표님도 아저씨가 은퇴시킨 거야?"

"너야 잘 모르겠지만 챔피언이 아닌 이상 한국에선 복싱선수로 먹고살기 힘들어."

"돈이 인생의 전부는 아니잖아."

"그런데 많은 문제가 돈 때문에 일어나고, 돈 때문에 해결되기도 해."

쓸쓸하게 웃은 호중이 서둘러 말을 마무리 짓고 다시 이한아름의 경기를 분석해 나갔다. 권숙은 문득 호중이 낯설게 느껴졌다. 그동안 친구처럼 같이 웃고 떠들었던 호중이 새삼 어른처럼 느껴졌기 때문이다. 첫 번째 은퇴 이후 인생에서 더 알아야 할 건 없다고 생각했다. 그만큼 링 위의 삶은 치열했고, 링을 떠난 이후의 시간도 고통스러웠다. 하지만 지난밤 태영과의 이야기를 통해서, 그리고 지금 호중의 이야기를 들으며 아직 자신의 진짜 인생은 시작되지도 않았다는 사실을 깨달았다. 어른으로 살아간다는 건 얼마나 외롭고 고단한 일인 걸까. 권숙은 문득 은퇴 이후의 삶이 무섭다는 생각이 들었다.

그러나 호중의 말대로라면 괜찮을지도 모르겠다. 자신의 곁에는 모두가 눈에 들고 싶어 한다는 유능한 태영이 있었다. 권숙은 태영이 사라진 창문을 한 번 더 바라보았다.

태영은 익숙한 벨 소리에 눈을 떴다. 얼마나 시간이 흘렀을까. 정신이 아뜩해 황망히 주변을 두리번거렸다. 가슴이 아파 숨을 제대로 쉬지 못해 발은기침이 터져 나왔다. 자동차는 여전히 칼자국의 부하들에게 둘러싸여 있었다. 지금 이곳이 어디인지도 알 수 없었다. 언제부터였는지 태영은 운전석에 앉아 있었고 옆자리에서는 칼자국이 그런 태영을 지켜보고 있었다. 칼자국이 태영에게 핸드폰을 내밀었다.

"피엠님을 애타게 찾네요. 어서 전화 받으세요."

호중의 전화였다. 아직 정신이 온전히 돌아오지 않은 태영이 멍한 상태로 전화를 받았다.

"아저씨 왜 이렇게 전화를 안 받아요. 금방 온다더니 오지도 않고. 우리 배고파요."

쩌렁쩌렁한 권숙의 목소리가 핸드폰을 비집고 나왔다. 태영이 대꾸할 말을 찾지 못하자 칼자국이 입 모양으로 통화를 이어가라는 지시를 내렸다.

"지, 지금 업무 중이야. 갑자기 급한 일이 생겨서 서울로 올라왔어. 미안.”

“아……, 일이 있구나. 그럼 오늘 밤엔 내려와요?”

“어……. 아니 모르겠어. 일 좀 정리해 보고 연락할게.”

“알겠어요.”

권숙이 전화를 끊은 뒤에도 태영은 핸드폰을 귀에 대고 있었다. 아직 충격에서 완전히 벗어나지 못한 탓이었다. 칼자국이 핸드폰을 들고 있는 태영의 손을 내려주었다.

“나는 화가 나요. 김 피엠님과 정말 좋은 친구가 될 수 있다고 생각했는데. 왜 우리가 채무 관계에서 벗어나지 못할까요?”

태영은 대답하려 했지만 입술이 움직이지 않았다. 칼자국이 태영의 뺨을 세게 쳤다. 그제야 정신이 조금 돌아온 태영이 소매로 입술을 훔쳤다. 터진 입안에서 피가 새어 나왔다.

“뭐 하는 겁니까?”

“김 피엠님, 이자가 늦었어요.”

“전화를 걸면 되지 않습니까! 요즘 정신이 없어 잊고 있었습니다. 날 겁주려는 모양인데 실수한 겁니다.”

“아니, 잊어선 안 되지. 피엠님이 이러면 돈이란 게 앉아서 빌려주고 서서 받는 게 되잖아. 나는 그게 마음에 안 들어.”

“내가 돈을 빌린 건 아니죠.”

“나 차용증 꺼내서 흔들고 싶지 않아요. 척하면 척합시다.”

반박하려던 태영이 한숨을 쉬며 입을 다물었다. 핸들을 쥔 손이 가늘게 떨렸다.

"그래, 내가 빌렸다고 칩시다. 돌아가서 바로 드리죠."

"채무자의 이런 태도 좋아요. 다음에도 잊지 마세요. 서울 올라가기 전에 좋은 풍경도 구경하시고. 일도 열심히 합시다. 이한아름이 경기를 거부한다는 소문이 있던데……. 여기 또 올 수는 없잖아."

칼자국이 부어오른 태영의 볼을 툭툭 치더니 차에서 내렸다. 차를 둘러싸고 있던 부하들이 비켜나자 비로소 바깥 풍경이 드러났다. 하늘과 맞닿은 산봉우리들이 보였다. 칼자국은 잊은 것이 있다는 듯 돌아서며 말했다.

"아, 후진으로 차 빼야 해요. 무턱대고 앞으로 나가면 큰일 납니다. 전진은 우리 작전 다 실패하면 그때 해야 하니까."

태영은 그제야 보닛 앞쪽으로 길이 보이지 않는다는 것을 알아챘다. 내려서 확인하지 않아도 알 수 있었다. 태영은 지금 낭떠러지 앞에 아슬아슬하게 세운 자동차에 앉아 있는 것이다. 핸들을 잡은 태영의 팔이 소름으로 뒤덮였다.

3

"말했다시피, 한아름이는 이권숙하고는 싸우지 않아."

송 관장은 확신에 차 있었다. 담배만 뻑뻑 피워대던 며칠 전과는 사뭇 달라진 모습이었다. 태영이 집까지 찾아온 것을 두고 상당히 궁지에 몰려 있다고 해석한 모양이었다.

"이번 매치 거부하시면 이한아름 선수 의무 방어 기한도 끝나지 않습니까? 타이틀 박탈당할 텐데요."

"내가 다시 그 꼴을 볼 것 같나? 죽어도 우리 한아름이 피눈물 흘리는 꼴은 못 보지. 지금 동남아 쪽에서 선수 알아보고 있으니까 자네는 신경 꺼."

짐작대로였다. 송 관장이 알아보고 있다는 동남아시아의 선수들과 이한아름의 경기를 주선하는 프로모터는 이미 태영의 영향력 아래 들어와 있었다. 태영의 지시에 따라 프로모터는 적당한 선수를 찾고 있다는 말로 주어진 시간을 모두 보내는 중이었다. 하지만 의도치 않은 상대가 갑자기 나타날 수도 있었다. 이를 막으려 태영은 이한아름의 스폰서에 접근해 권숙의 후원을 유도했고 한아름의 경기가 열릴 수 없게 만들었다. 의무 방어를 하지 못한 이한아름의 챔피언 타이틀이 박탈되면 곧바로 다른 선수와 챔피언 결정전을 치를 생각이었다. 만일 태영의 계획대로 일이 진행된다면 이한아름은 선수로서의 삶을 완전히 잃을 가능성이 크다. 하지만 권숙이 예정된 날짜에 경기를 치르고 은퇴할 수만 있다면 이한아름이 어떻게 되든 상관없었다. 칼자국의 경고는 태영이 수단과 방법을 가리지 않도록 만들었다. 이미 폭탄은 설치되었고, 태영이 버튼을 누르면 터질 예정이었다. 그때 권숙에게서 전화가 걸려 오지 않았다면 말이다.

"아저씨 오늘은 내려와요? 우리 완전 대박이에요, 완벽해! 아저씨 보면 놀랄걸요?"

권숙의 들뜬 목소리가 수화기 너머에서 들려온 순간 태영의 계획은 단숨에 무너졌다. 어쩌면 처음부터 실현될 수 없는 계획이었는지도 몰랐다. 권숙이 한아름이 아닌 상대와 맞붙는다면 처음 계획했던 처참한 KO패 말고는 선택할 카드가 없었다. 그럼 권숙의 미국행도 물거품이 될 터였다. 그러니 이한아름이어야만 했다.

"이권숙 선수에게 집중된 시선이 불편하지 않으십니까? 이권숙이 없으면 복싱도 없는 것처럼 여기는 이 현실 말입니다."

"그러니까 한아름이가 안 싸우겠다는 거 아니야!"

"그럴수록 더 싸워야 합니다. 복싱의 문제가 뭡니까? 재미없다는 거 아닙니까. 이권숙 선수와 이한아름 선수가 치열하게 싸우는 모습을 보여준다면 이권숙의 팬이 아니라, 복싱 팬이 늘어나는 겁니다."

송 관장은 아무 말도 하지 못했다. 이한아름의 패배를 염려하는 것이 분명했다. 태영은 송 관장에게 권숙의 전략과 전술을 세세하게 기록한 문서를 건넸다. 이로써 마지막 카드까지 던졌다. 송 관장이 문서를 읽는 동안 태영의 가슴은 두방망이질 쳤다.

"이걸 왜 주는 거야? 자네 이권숙 선수 에이전트잖아."

송 관장은 문서를 찢지도, 화를 내지도 않았다. 속으로 쾌재를 부른 태영이 준비한 말을 꺼냈다.

"우리 쪽은 이한아름 선수 데이터가 차고 넘치는데 이쪽은 다르잖습니까. 일종의 핸디캡입니다."

"그만큼 자신 있다는 거야? 우리 한아름이 그렇게 우스워?"

"이권숙 선수가 져도 상관없습니다. 제가 바라는 건 명승부입니다. 복싱의 완벽한 부활을 가져올 명승부요. 이권숙만 살아남는 복싱이 아니라, 새로운 스타가 탄생하고 사람들의 관심을 끌어낼 복싱 시장을 키우고 싶습니다."

진심이었다. 명승부는 팬을 만드는 법이다. 태영이 설계한 경기라면 권숙뿐 아니라 한아름에게도 뜨거운 찬사가 쏟아질 터였다. 권숙이 짊어지고 있던 기대 역시 어느 정도 한아름이 가져갈 것이다. 그렇게만 되면 권숙이 은퇴를 하고 미국으로 떠나도 복싱을 향한 관심을 계속 유지할 수 있다. 여기까지가 태영의 역할이다. 승부 조작이라는 자신의 치졸함에 대한 죄의식을 이렇게라도 덜어내고 싶었다.

송 관장의 침묵이 길게 이어졌다. 그는 흔들리고 있었다. 복싱을 위한다는 명분이 자존심을 지켜주었을 것이다. 태영은 고개를 숙이며 정중히 말했다.

"대한민국 복싱을 살려주십시오. 부탁드립니다."

송 관장의 집을 나선 태영의 발걸음이 가벼웠다. 이제 권숙과 호중에게 돌아갈 수 있다. 그러고 보니 하루에도 몇 번이나 전화를 걸어오던 권숙이 오늘은 조용했다. 통화기록을 뒤적이던 태영이 자동차에 시동을 걸며 호중에게 전화를 걸었다.

"훈련은 잘돼 가냐?"

"형님, 저희 서울 거의 다 도착했어요."

"뭐? 나 지금 내려가려는데."

"권숙이가 체육관에서 연습하자고 해서요. 마음이 좀 진정이 된 모양이에요. 투지가 넘쳐흘러요. 저도 저녁반 회원들 때문에 더 있을 수도……."

"권숙이 좀 바꿔봐."

직접 권숙의 목소리를 듣고 상태를 확인하고 싶었다.

"싫다는데요."

"핸드폰 사준다고 해."

호중이 권숙에게 전화를 받으라고 말하는 소리와 권숙이 싫다며 실랑이를 벌이는 소리가 한참 들려온 뒤에야 마지못한 권숙이 시큰둥하게 전화를 받았다.

"왜요. 약속도 안 지키면서 전화는 왜 했어요. 핸드폰은 그냥 아저씨가 알아서 사요."

"집 앞에서 기다릴게, 나와. 너 핸드폰 없으니까 불편해서 안 되겠어."


집으로 돌아온 권숙은 현관문을 두드리는 태영의 목소리에 대꾸도 하지 않았다. 단순히 태영이 돌아오지 않았기 때문에 화가 난 게 아니다. 일 때문이라고 했으니까, 충분히 이해할 수 있었다. 하지만 태영은 매번 돌아온다는 약속을 남겼다. 이번에는 꼭 약속을 지킬 거라는 믿음은 시간이 지날수록 권숙을 지치게 했다. 며칠이 지나도록 돌아오지 않았으면서 사과 한마디 없이 이제 와 현관을 두드리는 태영이 얄미웠다. 자신이 느꼈던 불안과 초조를 태영도 느껴볼 필요가 있었다.

"그래 그럼 나는 혼자 핸드폰 사러 간다."

연신 현관문을 두드리던 태영이 지쳤다는 듯 선언했다. 거짓말처럼 조용해졌다. 설마 하며 귀 기울여 보니 현관 밖 복도에는 적막만이 맴돌았다. 인터폰 카메라로 복도를 확인했다. 태영이 서 있어야 할 자리는 텅 비어 있었다. 기다리게 해서 미안하다는 말이 그렇게 어려운 걸까. 자신은 언제 돌아올지 모르는 태영을 며칠이나 기다렸는데 잠깐도 기다려주지 않은 태영이 야속했다. 권숙은 자기도 모르게 긴 한숨을 내쉬었다. 그때 다시 태영의 목소리가 들려왔다.

"지금 인터폰 들었어. 말 안 한다고 모를 줄 알았지? 지금 복도에 니 숨소리 울리고 있거든?"

놀란 권숙이 뒷걸음질 쳤다. 인터폰 카메라에 얼굴을 들이민 태영은 다 알고 있다는 듯 권숙을 향해 손가락질했다. 권숙이 재빨리 인터폰을 껐다. 다시 거칠게 문을 두드리는 소리와 함께 빨리 준비하고 나오라는 재촉이 이어졌다. 권숙은 알겠다고 빽 소리치고는 모자를 눌러 썼다.

"나 없는 동안 훈련 잘했어?"

운전대를 잡은 태영이 부루퉁한 권숙을 살피며 물었다.

"무슨 상관이에요."

"야, 서운하게 그런 말이 어딨냐. 에이전트가 선수 훈련 상황 체크 안 하면 누가 해."

권숙은 창밖으로 고개를 돌리며 대꾸하지 않았다. 무척 화가 났으니 사과하라는 침묵의 시위였다. 태영은 정말 구제 불능일 정도로 무심하고 제멋대로인 남자였다.

"너 근데 살이 조금 탔다?"

태영은 사과는커녕 권숙의 까만 피부를 지적했다. 선크림을 미처 챙겨가지 못해 타버린 피부는 평소보다 밝게 화장해도 완전히 가려지지 않았다. 울컥한 권숙이 날카롭게 쏘았다.

"나도 알거든요."

"나쁘지 않은데? 건강해 보이고, 예뻐."

예상 못한 칭찬에 권숙이 의심 가득한 눈초리로 태영을 노려봤다.

"거울 봐봐. 여름 내내 집에 있던 애처럼 허연 것보다 훨씬 낫지."

태영이 조수석 선바이저를 열어 주었다. 화장 아래 감춘 까무잡잡한 피부는 예쁘지 않았다. 그러나 태영이 아부나 빈말을 던질 사람이 아니라는 것쯤은 알고 있다. 권숙은 입술을 삐죽이며 선바이저를 닫았다. 홍조를 띤 얼굴은 보고 싶지 않았다.


"그냥 아저씨랑 같은 거 할게요."

"왜 최신형으로 하지?"

"됐어요. 내 것도 약정 다 끝나가던 거라 양심이 허락 안 해요."

권숙은 태영과 점원이 권한 최신형 핸드폰을 모두 거절하고 굳이 태영이 쓰는 모델을 선택했다.

"너 쌩얼이랑 화장한 거랑 무지 다른 거 알아?"

휴대폰 매장을 나서며 태영이 이죽거렸다. 아마도 점원이 권숙을 알아보지 못했기 때문인 듯했다.

"모자에 선글라스까지 꼈으니까 당연히 못 알아보죠."

퉁명스럽게 대꾸한 권숙은 새 핸드폰을 만지작거리며 자동차로 걸어갔다. 그때 태영이 등 뒤에서 소리쳤다.

"홍대 가봤어?"

자리에 멈춰 선 권숙의 가슴이 두근거렸다. 꼭 가보고 싶었지만 갈 수 없었던 곳이었다. 혼자서 사람 많은 곳에 가본 적이 없었던데다, 도망치듯 은퇴한 뒤에는 모두가 자신만 쳐다보는 것 같아 고개도 들지 못한 채 걷곤 했다. 그런데 홍대라니.

"여기서 가까워. 가볼래?"

"싫어요. 사람도 많고."

"내가 가고 싶어서 그래. 거기가 그렇게 재미있다며."

태영이 권숙의 손목을 잡아끌었다.

"사람들이 알아볼까 봐 그래? 걱정 마. 화장하고 모자에 선글라스까지. 누가 널 이권숙으로 보겠어."

"그래도 알아보면……."

"네가 유명하긴 해도 아이돌이나 배우는 아니잖아. 그냥 복싱 잘하는 애, 딱 거기까지야. 널 알아본다고 사람들이 구름떼처럼 몰려들 거 같아? 그냥 쑥덕거리고 사진 좀 찍는 정도야."

"알지도 못하는 사람들이 내 사진 찍는 거 싫어요."

인터넷에서 '이권숙'을 검색하면 언제 찍었는지도 모를 사진이 주르륵 올라왔다. 여기에는 기다렸다는 듯 외모에 대한 악플이 줄줄이 달렸다.

"왜? 오늘 예쁜데."

권숙이 망설이는 사이 태영이 팔을 잡아당겼다.

"내가 옆에 있잖아. 에이전트는 이럴 때 써먹는 거야."

평일 오후였지만 홍대 거리는 사람들로 북적였다. 권숙은 성큼성큼 걸음을 내딛는 태영의 등 뒤에 찰싹 붙었다. 고개를 숙인 채 태영의 발걸음을 그대로 따라 한 발씩 조심히 움직였다.

"쫄지 마. 죄졌어? 넌 그냥 운동 잘하는 사람일 뿐이야. 숨을 필요 없으니까 고개 들어."

태영이 권숙을 끌어당겨 옆에 세웠다. 그리고 잔뜩 움츠린 권숙의 어깨를 살며시 감싸 안았다. 태영의 손이 닿은 부분이 화끈거리는 것 같았다. 수많은 사람이 권숙과 태영을 스치며 오갔다. 태영의 말대로 아무도 권숙을 알아보지 못했다. 모두 각자의 즐거움에 집중하고 있었다. 권숙도 조금씩 경계를 풀고 거리의 상점들과 길을 걷는 사람들을 구경했다. 인스타에서만 본 예쁜 카페며 재미있는 콘셉트의 가게를 실제로 보니 신세계를 걷는 것 같았다. 요 며칠 태영에게 느꼈던 서운함과 우울했던 마음도 조금씩 사그라졌다. 손을 꼭 맞잡고 거리를 걷는 연인들을 바라보고 있던 권숙은 불쑥 다가온 태영의 얼굴에 화들짝 놀랐다.

"왜, 왜요?"

"이리 와, 핸드폰 케이스 사자."

태영이 눈앞에 보이는 핸드폰 케이스 상점으로 들어갔다. 얼떨결에 태영을 따라 들어온 권숙은 신기한 듯 가게 안을 두리번거렸다. 자신의 기종에 맞는 케이스를 이리저리 대보며 신중하게 고민하는 얼굴이 들떠 보였다. 태영은 별것도 아닌 것에 아이처럼 신난 권숙이 귀엽다고 생각했다. 사실 오늘 외출은 계획한 일정은 아니다. 하지만 무덤덤하게 새 핸드폰을 사고 당연하다는 듯 집으로 돌아가려는 권숙에게 세상을 보여주고 싶었다. 바다를 보면서 아이처럼 좋아하던 그 모습을 다시 보고 싶었다.

"이거요!"

권숙이 신중하게 고른 케이스에는 꽃무늬가 가득했다.

"이게 뭔데?"

"코스모스요."

"이게? 해바라기 아니고?"

꽃무늬는 해바라기라고 하기에도 애매했고 또렷한 윤곽이 있는 것도 아니었다. 태영의 눈에는 그저 해바라기 비슷한 꽃처럼 보일 뿐이었다. 그러나 권숙은 눈을 가늘게 뜨고 패턴 하나하나를 가리키며 이유를 설명했다.

"코스모스예요. 패턴 색이 빨강, 흰색이죠? 다양한 색이 있지만 코스모스의 대표색은 빨간색, 하얀색이에요. 그리고 꽃잎 끝이 톱니 모양으로 갈라졌잖아요."

멀찍이서 권숙의 이야기를 듣고 있던 가게 주인이 다가왔다. 한쪽 귀에는 피어싱을 했고 반팔 셔츠 바깥으로는 문신을 잔뜩 새겨 넣었다.

"이야, 안 그래도 무슨 꽃인지 궁금했는데 코스모스였구나. 이권숙 선수 덕분에 확실히 알게 됐네요."

남자가 조심스럽게 손을 내밀었다.

"팬입니다."

문신이 가득한 남자의 팔이 미세하게 떨리고 있었다. 권숙이 잠시 머뭇거리더니 그의 손을 맞잡았다. 얼굴이 환하게 밝아진 남자가 이번엔 사진을 부탁했다. 권숙이 태영을 돌아보았다. 네 마음대로 해. 태영은 그렇게 눈짓을 보냈다.

"네, 같이 찍어요."

예상치 못했던 대답이었다. 남자는 뛸 듯이 기뻐하며 권숙 옆에 서더니 태영에게 사진을 찍어달라고 부탁했다. 촬영 버튼을 누르려는 순간 남자가 권숙의 어깨에 팔을 둘렀다. 태영의 미간이 움찔 찌푸려졌다. 못마땅한 듯 서 있던 태영이 두 사람에게 다가가더니 권숙의 어깨에 둘러진 남자의 팔을 내렸다.

"이왕 이권숙 선수하고 찍는 건데 턱을 맞는 포즈는 어때요?"

"그래 주시면 영광이죠."

권숙은 잠시 태영을 째려보고는 어쩔 수 없다는 표정으로 남자의 턱을 향해 주먹을 뻗었다. 남자는 신기하다는 듯 몇 번이고 사진을 확인했다.

"이거 같은 걸로 하나 더 주세요."

권숙이 같은 케이스를 추가로 주문했다. 주인은 서비스라며 돈을 받지 않겠다고 했지만 끝까지 태영을 계산대로 밀어 넣었다. 권숙이 계산을 마친 태영에게 핸드폰 케이스를 건넸다.

"하나는 아저씨 거예요. 우리 같은 핸드폰이니까."

"꽃무늬를 하라고?"

"플라워 패턴. 팝송도 듣는 사람이 촌스럽게."

권숙은 태영의 핸드폰을 빼앗아 케이스를 씌웠다. 그러고는 쑥스러운 듯 앞서 걸어갔다. 태영이 자신의 핸드폰을 보며 피식 웃었다. 아무렴 어때.

"재미있는 곳 갈래?"

둘은 사람들로 가득한 홍대 놀이터로 들어섰다. 기타를 비끄러매고 버스킹을 하는 남자, 친구들과 캔맥주를 마시는 여자들, 스케이트보드를 타는 학생들, 손을 잡고 앉을 자리를 찾는 커플, 그리고 누군가를 둘러싼 채 무리 지어 모여 있는 사람들…… 그들 사이로 한 남자가 크게 소리쳤다.

"이권숙이 와도 못 때리는 전설의 회피왕이 왔습니다! 회피왕을 때리는 사람에겐 10만 원을 드립니다. 자, 도전해 보세요."

자신에게 덤벼보라며 사람들을 자극하는 남자는 이제 막 아마추어를 벗어난 얼치기 프로 정도의 실력이었다. 하지만 사람들은 복서의 풋워크와 위빙을 당해낼 재간이 없었고, 그는 한 대도 맞지 않으면서도 까불까불 영업을 이어갔다.

"거기 언니! 언니도 날 때리면 이권숙보다 강한 여자가 되는 거야!"

사람들이 그의 말에 웃음을 터트렸다. 권숙은 자신의 이름이 언급될 때마다 불만이라는 듯 입을 삐쭉거렸다.

"왜 그래?"

"은근히 화가 나서요."

"널 무시하는 거 같아서?"

"아뇨, 커버링도 얼굴만 겨우 감싼 주제에 너무 까부는 것 같아서요. 보디블로 제대로 칠 줄 아는 사람 나타나면 게거품 물고 쓰러질걸요?"

"해봐. 한번."

태영이 장난처럼 돈을 건넸다.

"이 아저씨가, 지금 내가 왜 모자에 선글라스까지 쓰고 있는지 몰라서 그래요?"

남자는 새로운 손님을 상대로 스파링을 시작했다. 그는 여유롭게 손님의 주먹을 피하면서 이권숙도 자신은 못 이긴다며 깐족거렸다. 그때마다 권숙은 태영 손에 들린 만 원짜리를 보며 고민하는 모습을 보였다.

"아까 그냥 확 나가서 때리는 건데."

집으로 돌아가는 자동차 안에서 오늘 찍은 사진을 살펴보던 권숙이 인간 샌드백 사진이 나오자 다시금 분노했다.

"그래도 그 사람들 한 대도 못 때렸지만 즐거워 보였지?"

"그러게요. 복싱하면서 웃는 사람들을 보니까 신기했어요. 뭐, 그 사람이 웃기기도 했지만. 나는 경기하면서 관중들 얼굴을 본 적이 없거든요. 링 위에 서면 언제 상대의 주먹이 날아올지 두려워서 아무것도 안 보여요. 아저씨, 내 경기를 보던 사람들도 오늘 그 사람들처럼 웃었을까요?"

"웃었겠지. 널 보러 온 사람들인데."

"그런가……."

권숙은 잠시 아무 말이 없었다. 입술을 달싹이며 눈치를 보던 권숙이 나지막하게 말했다.

"나도 아저씨 덕분에 오늘 많이 웃었어요. 고마워요."

태영이 조수석을 쳐다보니 쑥스러운 듯 얼굴이 상기된 권숙이 고개를 숙이고 있었다. 그런 권숙이 귀여워 태영이 웃었다.

"다음에 또 놀러 나오자. 그땐 네가 가고 싶은 곳으로."

"진짜요?"

아이 같이 웃는 권숙의 모습에 태영도 절로 웃음이 나왔다.

"그럼. 오늘 나와 보니까 어때? 숨어 살지 않아도 될 것 같지? 앞으로 가고 싶은 곳도 가고, 하고 싶은 것도 하면서 살자. 그런 의미에서 어디가 제일 가고 싶어? 놀이공원? 아니면 백화점?"

잠시 행복한 얼굴로 고민하던 권숙이 말했다.

"식물원이요."

"식물원? 더 재미있는 곳도 많은데 나무를 보러 가겠다고?"

"그냥 나무 말고, 바오바브나무가 있거든요."

"그게 무슨 나무인데?"

"《어린 왕자》에 나오잖아요. 하루라도 관리를 안 해주면 행성을 잡아먹어 버리는 나무. 근데 난 이거 말고 신화가 더 좋아요. 바오바브나무는 신이 가장 먼저 심은 나무였는데 못생겼던 거죠. 그런데 신이 다음으로 심은 나무들은 너무 예뻤던 거예요. 바오바브나무는 다른 나무들을 질투했고, 그걸 알게 된 신이 화가 나서 바오바브나무를 뽑아서 거꾸로 심어 놓았대요. 그래서 가지가 꼭 뿌리 같아요"

신이 나서 설명하는 권숙의 표정만으로도 얼마나 바오바브나무를 보고 싶어 하는지 알 수 있었다. 태영은 그곳이 어디든 꼭 데려가야겠다고 생각했다.

"가지, 뭐."

"진짜요? 언제요? 은퇴하고 나면 시끄러워지니까 그 전에 가야 하는데. 괜찮아요?"

"연습하는 거 봐서."

"내가 전지훈련 가서 얼마나 잘했는지 아저씨가 못 봐서 그래요. 나랑 대표님이랑 완전 액션 영화 저리가라예요. 걱정 말고 날짜 잡아요."

핸드폰 달력을 보던 권숙이 10월에서 머뭇거렸다. 그 이유를 알고 있는 태영은 권숙 대신 날짜를 결정했다.

"경기 전에 갈 거면 15일로 하자."

권숙이 놀란 듯 손을 멈추었다.

"계체량 전날인데요?"

"네 생일이잖아."

권숙이 눈을 동그랗게 뜨고 태영을 바라보았다. 태영이 알고 있을 거라고는 전혀 기대도 하지 않았었다. 눈빛이 흔들리던 권숙이 핸드폰을 만지작거리며 배시시 웃었다. 평소엔 구제 불능의 무심한 아저씨지만 가끔 뜻밖의 세심함으로 상대를 감동시켰다. 권숙이 상기된 얼굴로 핸드폰에 일정을 입력했다. 그리고 태영의 핸드폰을 집어 들었다. 똑같은 케이스를 씌운 두 사람의 핸드폰에는 '10월 15일 식물원'이라는 일정이 새겨졌다.


커다란 눈동자가 화면을 가득 채우면서 영화가 시작됐다. 점점 줌아웃 된 화면은 눈동자의 주인인 여자의 얼굴과 그녀가 출연 중인 방송국 스튜디오 내부를 비췄다. 동시에 영화 타이틀이 떠올랐다.

'업 클로즈 앤 퍼스널'

집으로 돌아온 권숙은 DVD 장식장에서 태영이 좋아한다는 두 편의 영화를 찾았다. 〈제리 맥과이어〉와 〈업 클로즈 앤 퍼스널〉. 권숙은 그중 태영과 함께 들었던 노래 '이룰 수 없는 꿈'이 삽입된 〈업 클로즈 앤 퍼스널〉을 보기로 했다. 영화는 방송국 앵커의 꿈을 품은 샐리의 이야기였다. 수십 곳에 데모 테이프를 보낸 끝에 마이애미의 한 방송국에 자리를 얻은 샐리는 뉴스의 데스크인 워런과 운명적으로 만난다. 샐리는 워런에게서 방송에 대해 배워가며 점차 성장해 나가고, 두 사람은 서로에게 조금씩 사랑을 느끼게 된다.

권숙은 영화에 푹 빠져들었다. 워런이 첫 방송에 잔뜩 겁먹은 샐리에게 '그럼 하지 말라고, 할 필요가 없다'고 말하는 순간 두 주인공의 모습이 마치 자신과 태영처럼 보였기 때문이다. 복싱을 하지 말라고 말하던 태영의 모습이 화면 속에서 어른거렸다. 워런이 샐리의 꿈을 지켜보며 응원해 주듯 태영이 자신을 도와주는 것 같아 가슴 한켠이 시큰해졌다.

샐리는 유능한 워런이 한 번의 실수로 좌천된 것이며, 그 실수가 여전히 워런을 괴롭히고 있다는 사실을 알게 된다. 그런 워런을 위로하기 위해 샐리가 부르는 노래가 태영이 말한 '이룰 수 없는 꿈'이었다. 비록 삐뚤빼뚤한 음정에 아름다운 목소리는 아니었지만 샐리를 바라보는 워런의 눈에 위안이 내려앉았다. 권숙은 익숙한 멜로디를 나지막이 흥얼거렸다.

그렇게 워런과 사랑을 키우며 성장한 샐리는 마이애미보다 규모가 큰 필라델피아의 한 방송국으로부터 스카우트 제의를 받는다. 워런은 사랑하는 여자의 성공을 위해 샐리를 보내주지만 두 사람에게 서로가 없는 삶은 무의미하게 흘러간다. 결국 절절한 그리움 끝에 재회한 두 사람은 격정적으로 사랑을 나눈다.

권숙은 잠시 영화를 멈췄다. 항상 부끄럽게만 생각했던 남녀의 섹스가 너무도 아름다웠기 때문이었다. 두 사람은 바다가 보이는 집에서 서로에게 온몸을 맡긴 채 간절하게 서로를 갈구하며 사랑을 나누었다. 그 순간 태영이 떠올랐다. 함께 달렸던 새벽길과 난생처음 보았던 일출, 그리고 해변에 앉아 태영에게 기대어 잠들었던 시간이 생생히 되살아났다. 정지된 화면 속에 서로를 끌어안고 있는 샐리와 워런을 멍하니 바라보고 있던 권숙은 코앞까지 다가왔던 태영의 얼굴을 무심코 떠올리다 얼굴이 달아올랐다. 아무래도 재민에게 받은 충격에서 아직 완전히 벗어나지 못한 게 분명했다. 그때 핸드폰이 울렸다.

권숙은 나쁜 짓을 하다 들킨 아이처럼 재빨리 TV를 껐다. 더운 숨을 내뱉으며 핸드폰을 찾았다. 아마 태영일 것이다. 바뀐 핸드폰 번호를 아는 사람은 아직 태영뿐이었다. 그런데 핸드폰 액정에는 낯선 영어 이름이 적혀 있었다. 그제야 태영의 핸드폰을 잘못 가져왔다는 것을 깨달았다. 식물원 일정을 입력하면서 바뀐 모양이었다. 함부로 전화를 받으면 안 될 것 같아 저절로 끊어지기를 기다렸지만, 혹시나 태영에게 중요한 전화일지도 모른다는 생각이 들었다. 긴장한 듯 침을 한번 삼키고는 전화를 받았다.

"여, 여보세요."

"Hello, Isn't this Mr. Kim?"

권숙은 수화기 너머에서 들려오는 남자의 음성을 듣자마자 자신이 영어도 못하면서 무턱대고 전화를 받았다는 것을 깨달았다. 남자가 찾는 미스터 킴은 분명 태영일 것이다.

"엄······, 미스터 킴, 나우 노. 나우, 노."

"Hello. Isn't this Mr. Kim's cellphone?"

"아이엠 쏘리······. 아이엠 노 잉글리쉬, 어, 엄······ 미스터 킴, 나우 노. 노 히어."

"Are you ever Kwon-Sook Lee?"

권숙은 남자가 부른 자신의 이름을 똑똑하게 들었다. 자신 있게 '예스'라고 대답했다. 남자는 무척 반가워하며 속사포처럼 말을 쏟아냈다. 그의 말을 알아들을 수는 없었지만 듣는 순간 귀에 박히는 단어들이 있었다. 권숙의 얼굴이 조금씩 굳어갔다. 손에서 힘이 빠져나가면서 태영의 핸드폰이 바닥으로 떨어졌다.

태영은 자정이 넘어서야 권숙의 미국 진출을 위한 서류 작업을 마쳤다. 권숙의 비자 발급 문제로 전화를 준다던 미국의 프로모터에게선 아직도 연락이 없었다. 핸드폰을 확인하던 태영은 그제야 자신이 권숙의 핸드폰을 가지고 있다는 것을 알았다. 태영이 급히 전화를 걸었지만 자신의 핸드폰은 전원이 꺼져 있었다. 이상했다. 종일 핸드폰을 쥐고 사는 권숙이라면 둘의 핸드폰이 바뀐 사실을 일찌감치 알았을 것이다. 왠지 모를 불안감에 오피스텔로 가보려 했으나 너무 늦은 시간이었다. 전지훈련의 피로가 누적된 권숙이 일찍 잠들었을 거라 생각하기로 했다.

다음 날 아침, 태영은 평소보다 일찍 오피스텔로 향했지만 권숙은 로드워크에도 나오지 않았다. 복싱을 시작한 뒤 하루도 거르지 않고 기상 시간을 지켜온 권숙이기에 지난밤의 불안이 되살아났다. 오피스텔로 올라가려는데 호중이 전화를 걸어왔다.

"형님, 권숙이 벌써 체육관에 나와 있어요."

황제 체육관의 복도까지 샌드백을 치는 소리가 새어나왔다.

오늘의 권숙은 평소와 달랐다. 인터벌도 없이 쉬지 않고 펀치를 꽂아 넣었다. 샌드백의 둔탁한 비명 앞에 숙연해진 태영과 호중은 권숙의 뒷모습만 바라보았다. 펀치를 뻗을 때마다 마치 화난 표정을 짓듯 구겨지는 등 근육이 다가오지 말라고 어깃장을 놓는 것 같았다. 얼마나 많은 펀치를 쏟아낸 것일까. 권숙의 훈련복은 젖은 지 오래였고 발을 디디고 선 바닥에도 떨어진 땀방울이 여럿이었다.

'댕, 댕, 댕, 댕, 댕, 댕, 댕, 댕.'

보다 못한 태영이 신경질적으로 공을 울리자 조건반사적으로 멈칫한 권숙의 몸이 리듬을 잃었다. 그제야 멈춰 선 권숙은 평소와 달리 거친 숨을 뱉어냈다. 태영이 권숙에게 다가갔다.

"얌마, 로드워크를 쉬려면 미리 얘길 해줘야지. 아침부터 늙은 이 똥개 훈련시키냐."

"핸드폰 링 위에 있어요."

무언가에 화가 난 것 같다는 예상과 달리 권숙의 목소리는 차분했다. 태영이 급히 핸드폰의 전원을 켜는 사이에 권숙이 말을 이었다.

"마이크라는 사람한테 전화 왔었어요. 내가 이권숙이라고 하니까 반갑게 떠들던 대요. 그런데 알아들을 수 있는 말이 별로 없더라고요."

권숙은 페이크를 쓰지 않았다. 상대의 복부에 찔러 넣듯 스트레이트 펀치를 날렸다. 놀란 듯 잠시 입을 다물었던 태영이 담담하게 대답했다.

"아직은 몰라도 돼. 타이틀매치에 집중하자."

"아저씨!"

권숙의 목소리가 쩌렁쩌렁하게 울렸다. 권숙이 태영을 서늘하게 노려보고 있었다.

"그래, 타이틀매치 끝나면 널 미국으로 데려가려고 했어."

"내가 왜 미국엘 가요. 난 그냥 조용히 지내고 싶다고 했잖아요."

"이권숙이 시합에서 져. 그리고 은퇴하겠대. 사람들이 널 가만히 내버려둘 것 같아? 얼마나 시끄러울지 모르겠어?"

"지면……, 지고 나면 아무도 날 천재로 생각하지 않을 거라고. 그래서 날 놔줄 거라고 한 건 아저씨였어요."

"잠시 시끄럽겠지만 예전처럼은 아닐 거야. 결국 사람들도 네 은퇴를 받아들이겠지. 아니, 널 잊는다는 게 맞는 말일 거야. 패배한 천재는 더 이상 천재가 아니니까. 그동안 미국으로 몸을 피하자는 말이야."

태영을 노려보던 권숙의 눈에서 힘이 빠져나갔다. 밤새 고민으로 뒤척인 듯 붉게 충혈된 눈에 짙은 실망이 드리워졌다.

"거짓말하지 마요. 나한테 진실을 알려줘요."

"넌 타이틀매치에서 지고 은퇴를 해. 그리고 시끄러운 한국을 떠나 미국으로 갈 거야. 이게 팩트야."

많은 것을 감추고 있지만 거짓은 아니었다. 그러나 권숙은 그조차도 믿지 않았다.

"내가 아무리 영어를 몰라도 내 이름하고 복싱, USA 데뷔 같은 말 정도는 알아들어요."

"모든 준비가 끝날 때까지만, 내가 얘기할 수 있게 되는 날까지만 기다려주면 안 돼? 이제까지 날 믿어준 것처럼 믿어주면 안 되겠니?"

"이런 상황에서 어떻게 믿어달란 말을 해요. 아저씨가 날 미국에서 데뷔시키려고 그동안 속여왔다는 생각밖에 안 드는데!"

태영은 자신에게 등 돌린 권숙의 곁으로 다가갔다. 혼란스러운 듯 얼굴을 감싼 권숙은 거친 숨을 몰아쉬고 있었다. 믿을 수 없다는 그녀의 외침은 역설적이게도 믿게 만들어 달라는 애원으로 들렸다. 태영은 깊은 한숨을 내쉬었다. 더는 피할 수 없었다. 타이틀매치 이후로 생각했던 그때가 조금 당겨졌을 뿐이다.

"복싱을 하라고 강요할 생각은 없어. 미국에 가면 네가 스스로 복싱을 원할 거라 생각했을 뿐이야."

권숙이 천천히 고개를 들었다. 알아서는 안 되는 진실을 들은 사람처럼 창백하게 질린 얼굴이었다. 믿기지 않는다는 듯 떨리는 입술을 질끈 깨물었다.

"내가 얼마나 복싱을 두려워하는지 아저씨는 알잖아요."

"두려움을 느끼지 않는 선수는 없어. 그건 누구나 한번은 넘어야 할 허들 같은 거야. 넌 재능이 너무 뛰어나서 지금껏 허들 따위는 넘지 않고 달려왔어. 그래서 두려움이 남아 있는 거야. 두려워하지 마. 펀치 드렁크? 충분히 막을 수 있어. 상대 선수들? 네가 가해자가 되는 두려움? 그건 그들의 몫이야. 그 정도 각오도 없이 프로 무대에 오르는 선수는 없어."

"결국 나한테 복싱을 시키겠다는 말이잖아요!"

권숙의 비명 같은 외침에 체육관에는 싸늘한 정적이 감돌았다. 태영은 흥분한 권숙을 진정시키려 목소리를 낮췄다.

"권숙아, 네가 무엇을 가졌는지 봐. 넌 네가 가진 게 얼마나 빛나는지 모르고 있어."

"난 내가 가진 걸 누구보다 잘 알아요. 그 무엇보다 버리고 싶은 거니까. 이 재능이 얼마나 끔찍한지 누구보다 잘 안다구요."

"남들은 평생을 죽을 만큼 노력해도 얻을 수 없는 걸 왜 버리고 싶은데! 대체 왜!"

"내 인생을 불행하게 만들었잖아요, 빌어먹을 재능이."

권숙의 목젖이 크게 꿈틀거렸다. 입 밖으로 쏟아지려는 울음을 필사적으로 참는 것이다.

"나는 지금 스물한 살인데 복싱 말곤 아무것도 해본 게 없어요. 걱정거리가 생겨도 의논할 친구 하나 없어요. 학교생활도 제대로 못 했어요. 출석만 하고 바로 연습장으로 갔으니까. 아르바이트요? 사회생활이요? 그게 뭔데요? 하고 싶어도 날 이용해 먹으려는 사람들이 들러붙어서 날 쫓아내요. 왜 나는 죽을 만큼 끔찍한 복싱을 계속해야 하는 거죠? 이런 내 삶이 불행하지 않다구요? 그럼 지금 내가 행복한 건가요? 이런 삶을 축복으로 받아들여야 하는 건가요? 왜요!"

"네 재능의 문제가 아니야. 그걸 이용하려는 사람들 때문에 네가 아팠던 거야. 자식한테 못 이룬 꿈을 넘긴 아버지가 문제였고, 복싱 따위 좋아해 본 적 없으면서 천재라는 사실에만 열광하고 그래서 너에게 복싱을 강요한 대중이 문제였어."

"그리고 날 이용해서 돈벌이를 하려는 아저씨가 문제죠."

"그래……, 그렇게 생각해도 좋아. 대신 한 번만 순수하게 복싱을 바라봐."

태영은 머리가 아픈 듯 이마를 짚었다.

"네가 가진 그 재능이 없어 평생을 패배감과 절망 속에서 살아야 하는 사람들이 얼마나 많은 줄 알아? 나도 그랬어. 만약 나한테 네 재능의 일부분이라도 있었다면 그렇게 패배자처럼 야구에서 도망칠 필요도 없었을 거야. 난 피가 터지는 노력으로도 끝내 한 뼘의 재능을 따라잡지 못해서 절망하고 무너진 아이들을 너무나 많이 봐왔어. 그 아이들에게 네가 빚을 지고 있다는 생각이 들지 않아? 넌 너에게 주어진 재능에 책임을 다해야 해."

"지금 책임이라고 했어요? 그럼 나는 원하지도 않는 재능 때문에 평생을 링에서 싸워야 하나요? 죽기 싫다는 두려움에 다른 사람을 때리는 고통에 몸부림치면서 살아야 하는 거냐구요!"

"즐겁게 살 수 있어. 링은 네가 가장 빛나는 자리야. 그래서 미국에 가자는 거야. 아무도 네게 복싱을 강요하지 않는 곳이니까. 강요 없이 한번 해봐. 그러고도 아니면 그때 그만두란 말이야."

"아뇨, 안 가요. 내 인생에 복싱 따위는 필요 없어요."

권숙이 충혈된 눈으로 태영을 노려보았다. 원망이 가득 담겨 있었다.

"결국 아저씨도 똑같은 사람이었어."

순간 태영의 이성이 끊어졌다. 권숙에 대한 서운함과 분노, 답답함이 뒤섞이며 울분이 되어 폭발했다.

"복싱 말고 네가 뭘 할 수 있는데! 할 줄 아는 것도 없는 주제에 한국에 남아서 뭘 할 거냐고! 그냥 살아지는 대로 하루하루 의미 없이 살아가는 루저 새끼들처럼 인생 썩히면서 살 거야?"

태영의 거친 기세에 권숙이 주춤 뒤로 물러섰다. 권숙의 눈빛이 두려움으로 흔들렸다. 태영이 치밀어 오르는 분노를 힘겹게 억눌렀다.

"그래, 네 말대로 복싱을 완전히 버린다고 치자. 그럼 복싱 말고 뭘 할 건데? 하고 싶은 일이 있어? 뭐, 지금 당장은 없어도 복싱 그만두고 찾다 보면 운 좋게 하나 정도 건질지도 모르지. 그런데 평생 해온 거라고는 복싱밖에 없는 네가 복싱 말고 제대로 할 수 있는 일이 있을까? 재능 없는 일에 매달리는 것만큼 비참한 일이 없다는 거, 타고난 재능으로 늘 인정받으며 살아온 너는 몰라. 좋아하면 된다고? 못해도 그냥 즐거우니까 됐다고? 그건 낭만 따위 먹고 사는 아마추어들이나 하는 소리야. 사회에서 그딴 정신이 먹힐 것 같아? 프로가 되지 않으면 도태되고 낙오되는 게 사회의 논리야. 살아남으려면 프로가 되어야 하고, 프로는 결국 잘하는 일을 하는 사람이야. 그래서 재능이 중요한 거고."

"아저씨, 나는 누구도 다치게 하고 싶지 않아요. 이따위 재능은 줄 수 있다면 누구한테든 줘버리고 싶어요. 이건 내가 원한 삶이 아니에요."

권숙이 애원하듯 말했다. 금방이라도 울음을 터트릴 것 같은 권숙의 모습이 태영에겐 어린아이의 투정으로밖에 보이지 않았다. 안타까움과 답답함에 태영이 다시 소리쳤다.

"사람은 자기만의 길이 있는 거야. 어떤 사람들은 그 길을 찾는 데 평생을 허비해. 그런데 넌 가야 할 길이 보이는데 왜 스스로 길을 잃어버리려고 하는 건데. 넌 결국 후회할 거야. 다 실패하고 망가진 뒤에야 네가 가진 게 복싱이었다고 깨닫겠지. 농구 잘하다가 야구 한번 해보고 싶다며 그라운드에 진출했던 마이클 조던이 어떻게 됐는지 알아? 결국 실패만 인정하고 다시 농구로 돌아왔어. 너도 그렇게 되고 싶어? 몇 년이 지난 다음에야 복싱할 걸 그랬다고 후회하면서 돌아오려고? 그땐 늦어. 아무리 너라도 그땐 팔팔한 애들한테 밀려서 이미 잃어버린 길을 찾을 수 없어. 넌 그럼 그냥 인생 패배자가 되는 거야. 네 인생을 위한 거야. 한 번만 믿고 따라오면 너도 내가 하는 말이 뭔지 알게 될 거라고. 날 그렇게 못 믿겠어?"

아무런 대꾸도 없이 자리에 붙은 듯 서 있던 권숙이 가만히 돌아섰다. 태영이 다가가 권숙의 팔을 잡았지만 뿌리쳤다. 태영에게 완전히 등 돌린 권숙은 뒤돌아보지 않았다. 태영이 거칠게 욕을 뱉으며 샌드백에 주먹을 날렸다.

아무것도 변하지 않았다. 태영은 매일 아침 권숙과 로드워크를 했고 권숙의 출근을 도왔으며, 훈련을 참관한 뒤 권숙을 데려다주었다. 권숙도 마찬가지였다. 로드워크를 했고 체육관에서 이한아름의 움직임에 맞춰서 지는 연습을 했으며, 집으로 돌아가 아무것도 하지 않고 잠이 들었다. 두 사람이 다툰 지 사흘이 지났지만 서로에게 한마디도 하지 않았다. 그저 정해진 일정을 따를 뿐이었다.

그리고 오늘, 이한아름이 공식적으로 타이틀매치를 수락했다. 태영이 소식을 전했지만 권숙은 아무것도 듣지 못했다는 표정으로 말없이 집으로 들어가버렸다. 태영이 초인종을 눌렀지만 아무 대답도 없었다. 거칠게 문을 두드려도 마찬가지였다. 도어록의 비밀번호를 누르고 문을 열자 거실 바닥에 가만히 앉아 있는 권숙이 눈에 들어왔다.

"스물이 넘었으면 철 좀 들어! 인생이 그렇게 호락호락한 줄 알아? 복싱 때문에 불행하다고? 그럼 복싱 때려친 동안 행복했어?"

권숙은 대답하지 않은 채 TV 볼륨을 높였다. 뉴스를 진행하는 앵커의 목소리가 태영의 목소리를 덮었고 기자의 목소리가 태영을 밀어냈다. 태영은 TV 볼륨에 맞춰 목소리를 높였다.

"인생 우습게 보지 마. 지금 당장은 복싱에서 도망치고 나면 행복한 인생이 펼쳐질 것 같지? 그런데 복싱에서 도망치고 난 이후의 인생은 훨씬 더 끔찍해. 알아? 그러니까 어린애 투정도 이제 적당히 좀 해!"

권숙의 마침내 돌아보았다. 진심을 전하고 싶은 태영은 숨을 고르고 차분하게 말했다. 널 이용할 생각은 없다고, 모든 건 널 위한 거라고, 미국으로 가서 강요받기만 하느라 버리고 싶던 재능을 똑바로 다시 바라봐 달라고. 권숙이 멍하니 고개를 젓더니 손가락으로 TV 화면을 가리켰다.

희원의 얼굴이 보였다.

"어떡해요, 아저씨……."

권숙의 말이 태영에겐 들리지 않았다. 은퇴식이 있던 모양이었다. 조작 경기를 수락하면 성대한 은퇴식을 치러주겠다던 감독에게 태영이 속은 것이다. 비록 메이저리그 진출은 좌절됐지만 희원은 정상급 투수였다. 구단은 그런 희원의 은퇴를 모른 척할 수 없었을 것이다.

곧바로 희원에게 전화를 걸었다. 지난번엔 미안했다고, 내가 잘 삐치는 거 잘 알지 않느냐고 사과하고 싶었다. 아니, 굳이 사과하지 않아도 괜찮으리라. 어제 만난 사이처럼 밥 먹었느냐는 짧은 인사만으로도 앙금은 녹아내릴 테니까. 희원의 핸드폰은 꺼져 있었다. 형수와 좋은 시간을 보내고 있을지도 몰랐다. 태영은 결심했다. 내일 당장 백화점으로 가서 은퇴 선물을 보내리라. 늦은 벌로 형수와 조카 것도 준비해야겠다고 다짐했다. 자동차에 넣어둔 최고급 샴페인도 터트려야겠다고 생각했다. 마지막으로 그동안 고생 많았다고 말해야 했다. 희원을 만나서……

뉴스가 끝났다.

태영이 집 밖으로 달려 나갔다.

희원이 죽었다.

후들거리는 다리로 간신히 지하 주차장까지 내려온 태영은 아무것도 할 수 없었다. 자동차에 올라탔지만 핸들을 잡는 방법이 떠오르지 않았다. 사이드브레이크를 내리는 법도 잊었다. 액셀을 찾지 못한 발은 자동차 바닥만 더듬거렸다. 우왕좌왕하던 태영이 핸들을 힘껏 내리쳤다. 클랙슨 소리가 지하 주차장을 가득 울렸다. 태영은 운전을 할 수 없는 상태라는 것을 인정하고 택시를 잡아탔다. 장례식장에 도착했지만 택시에서 내리지 못했다. 앞을 점령한 기자들 때문이었다. 그들은 장례식장으로 출입하는 사람들을 붙잡고 방문 목적을 물었다.

"하지 마시라니까요."

뒤늦게 장례식장 관계자들이 달려 나와 문상객들을 보호하며 기자들과 실랑이를 벌였다. 그들은 완력을 사용해 출입구 양쪽으로 기자들을 밀어내고 프레스 라인을 만들었다. 기자들은 언론의 자유를 운운하며 목소리를 높였지만 관계자들은 강경했다. 마침내 장례식장으로 향하는 길이 열렸다. 태영은 주차장을 뱅글뱅글 돌던 택시를 세웠다. 전속력으로 달린다면 기자들에게 잡히지 않을 수 있으리라. 그러나 택시에서 내린 태영은 곧장 달리지 못했다. 오피스텔에서 신발도 신지 않고 뛰어나온 것이다. 땅에 발을 디딘 순간 발바닥에서 통증이 올라왔다.

"여기 있을 줄 알았다."

태영이 머뭇거리는 사이 팀장이 나타났다. 그는 재빨리 태영을 잡아끌고서는 세워둔 자동차 안으로 밀어 넣었다. 태영은 영문도 모른 채 뒷좌석에 구겨지듯 던져졌다.

"전화는 왜 안 받아?"

태영이 재킷 안주머니에서 핸드폰을 꺼냈다. 부재중 전화 기록과 확인하지 않은 메시지가 화면을 가득 채우고 있었다.

"미친 자식, 여기가 어디라고 와!"

"희원이 형이 죽었대요."

"그러니까 여길 오면 어떡하냐고!"

정신이 황망한 태영이 머뭇거리며 물었다.

"혹시 오보에요? 내가 잘못 들은 거죠? 그렇죠?"

태영은 명치끝에서부터 웃음이 터져 올라왔다. 하하하. 부러 큰 소리를 냈다. 즐겁지 않았지만 웃음을 멈추지 않았다. 울음 같은 웃음을 계속 뱉어냈다.

"그만해, 인마."

팀장이 태영을 꼭 끌어안아 주었다.

"뭘 그만해요." 태영의 목소리에 시퍼런 날이 섰다.

"뭘 그만하냐고!"

"김희원 선수 죽었어."

팀장이 건조한 어조로 말했다. 희원은 교외의 한적한 도로에 자동차를 세우고 번개탄을 피워 자살했다. 사인은 일산화탄소 중독이었다. 팀장을 밀어낸 태영이 고개를 세차게 휘저었다.

"내 눈으로 보기 전까지 안 믿어요. 형이 왜 죽어요? 죽을 이유가 하나도 없는데!"

"그동안 승부 조작을 해왔다는 유서를 남겼어. 그래서 기자들도 와 있는 거고."

희원의 유서에는 한국 프로야구에 뿌리 깊게 남아 있는 승부 조작을 척결해 달라고 적혀 있었다. 하지만 희원은 가담자들의 이름을 일일이 담지는 않았다. 대신 유서에 자신이 며칠 전 경기까지 조작에 참여했다는 자백만을 기록해 놓았다.

"말도 안 돼요! 며칠 전 경기에서 조작을 했다구요? 희원이 형이? 말도 안 돼!"

"유서에 그렇게 적혀 있어. 아는 경찰한테 들은 거야. 기자들이 김 선수 죽은 거 때문에 와 있는 줄 알아? 관련자들이 누굴까 꼬투리 잡으려고 카메라 들이대는 거라고."

팀장은 희원의 친인척을 제외하고는 문상객을 찾아볼 수 없는 빈소의 상황을 알렸다.

"사람이 죽었다면서요! 그런데 문상도 못 한다는 게 말이 돼요?"

"인마, 네가 김희원이랑 엮여서 승부 조작 의혹이라도 받으면 어쩔 건데?"

승부 조작의 가담 여부가 중요한 것이 아니다. 의혹은 불거지는 순간 진실로 여겨지는 법이었다. 하지만 태영은 희원에게 가야 했다. 태영이 차에서 내리려는 순간 팀장이 태영을 붙잡았다.

"김희원 마음 좀 생각해, 자식아! 유서에 니 이름 한 자도 없어. 그렇게 친한 너한테 유언도 안 남겼다고……. 왜겠어? 너 의심받을까 봐 그런 거잖아. 이권숙 선수 타이틀매치 앞둔 거 알고 의심 못 하게 지킨 거잖아! 몇 년 전처럼!"

"그게 무슨 말이에요? 날 지키려고 했다는 게……."

팀장은 곤혹스러운 듯 한숨을 쉬며 차에 시동을 걸었다.

"2년 전 미국에서 막 돌아왔을 때 김희원이 찾아왔었어."

장례식장을 빠져나가며 팀장이 말을 이었다.

"그때 넌 김희원 부상이 스케줄 관리를 제대로 못 한 네 탓이라고 생각했잖아. 그래서 김희원이 재기하기 전까지는 에이전트 업무를 맡지 않으려 했고. 그런데 김희원은 이미 재기하기 어렵다는 거 알고 있었어. 그래서 자기한테서 너를 떨어트려 달라고 부탁하더라."

태영은 뒤통수를 세게 얻어맞은 것처럼 정신이 혼곤했다. 팀장은 지금의 논란에서 숨는 것이 희원의 뜻이라고 덧붙였지만 태영에겐 들리지 않았다.

"세워 주세요."

서늘한 태영의 음성에 팀장이 룸미러로 태영을 살폈다. 시체처럼 창백하고 텅 빈 얼굴이 보였다.

"가봐야 할 곳이 있어요. 빈소에는 안 갈 테니까 세워요."

단호하면서도 절박한 목소리였다. 지금의 태영을 말릴 수 있는 사람은 아무도 없을 것 같았다. 한참을 고민하던 팀장이 차를 세웠다. 멈추자마자 내린 태영은 그대로 택시를 잡아탔다.

'한편, 김희원 선수가 남긴 유서에는 전국 관중 800만 명을 돌파한 한국 프로야구의 비인기 팀을 중심으로 암암리에 승부 조작이 행해지고 있었다는 고백이 있었지만, 자세한 관련자들에 대한 언급이 없어 경찰은 고백의 진위를 확인하는 데……'

태영은 택시 기사에게 희원의 소식이 흘러나오는 라디오를 꺼달라고 부탁하고 차창에 머리를 기댔다. 밤의 풍경이 빠르게 지나가는 창밖을 멍하니 바라보는 동안 2년 전의 기억이 물안개처럼 피어올랐다.

당시 태영은 한국 프로야구 관중 동원 파트로 보직 이동을 신청했다. 하지만 팀장은 당장 급한 업무들을 처리해야 한다며 신청을 반려했다. 유망주 한 명을 세우고 FA 시장에 나온 스타 한 명만 잡아오면 놓아주겠다고 했다. 어느 순간 정신을 차려보니 태영은 10명이 넘는 선수들을 관리하고 있었다. 눈코 뜰 새 없이 바쁜 날들이 이어졌다. 그러나 태영은 단 한순간도 희원을 잊지 않았다. 희원의 재기를 위해서라면 뭐든 해온 시간이었다.

태영은 눈을 감고 희원의 얼굴을 떠올려 보았다. 가장 빛나던 시절의 희원을, 누구보다도 당당하고 확신에 차 있던 시절의 희원을 떠올리고 싶었다. 하지만 아무리 노력해도 희원의 얼굴이 생각나지 않았다. 떠오르는 건 권숙의 복귀전 날 복도에서 만났던 희원의 마지막 목소리뿐이었다. 그동안 고마웠다고 쓸쓸하게 말하던 그 목소리가 귓가에 계속 맴돌았다. 그리고 매몰차게 다그치며 희원을 몰아붙이고는 옹졸하게 돌아선 자신의 모습이 머릿속을 할퀴고 지나갔다. 태영이 도착한 곳은 칼자국의 사무실이었다. 희원이 왜 계속 승부 조작에 가담했는지, 그것이 진실인지 알아야 했다. 그러나 칼자국의 사무실은 텅 비어 있었다. 급하게 사라진 흔적들이 곳곳에 남아 있었다.

칼자국이 사라졌다. 태영은 마침내 칼자국의 속박에서 벗어난 것이다. 희원이 태영을 구했다. 태영은 다리에 힘이 풀려 자리에 주저앉았다. 고통스럽게 양팔로 머리를 부여잡았다. 태영의 입술 사이로 짐승의 소리와도 같은 비명이 터져 나왔다.

하지만 희원은 죽었다.

끝났다. 모든 것이.


권숙은 졸음이 쏟아졌지만 방으로 들어갈 수 없었다. 희원의 승부 조작 고백과 함께 희원의 빈소가 텅 비어 있다는 소식이 올라왔다. 여기에 희원을 비난하는 댓글이 끝을 모르고 이어졌다. 승부 조작을 고발한 희원 역시 승부 조작의 가담자였고, 승부 조작이라는 화두를 던져놓은 채 공범들의 신상은 감추었기 때문이었다. 권숙은 문득 다가올 타이틀매치를 떠올렸다. 희원의 죽음에 태영이 연루되어 있을지도 모른다는 생각이 언뜻 스쳤다. 하지만 권숙은 주먹으로 머리를 쥐어박으며 생각을 털어냈다. 지금 상황에서 태영을 의심하는 건 아무 의미가 없었다. 세상이 무너진 것 같은 얼굴로 허겁지겁 뛰쳐나간 태영의 얼굴이 떠올랐다. 새벽 2시가 넘은 시간, 권숙은 태영에게 전화를 걸어볼까 고민하다 핸드폰을 내려놓았다. 대신 빈소의 풍경을 전하는 기사들을 뒤적이며 태영을 찾았지만 그의 모습은 보이지 않았다. 불안과 초조함에 심장이 차갑게 식는 기분이었다.

태영이 돌아온 건 몇 시간이 흐른 뒤였다. 권숙은 도어록이 해제되는 소리에 잠든 척 숨을 죽였다. 놓고 간 신발을 집어 드는 태영의 어깨가 오늘따라 작아 보였다. 몰래 태영을 살피고 있던 권숙이 슬그머니 몸을 일으켰다.

"아저씨."

현관을 나서려던 태영이 멍하니 돌아보았다. 텅 빈 눈동자만 존재했다.

"미안하다. 신발만 조용히 가져가려고 했는데……. 갈게. 방에 들어가서 자."

이대로 태영을 보내면 안 될 것 같아 태영을 꽉 붙잡았다.

"가지 마요. 지금 상태로는 운전도 제대로 못 하잖아요."

태영의 시선이 힘없이 흩어졌다. 권숙은 태영을 붙잡은 손에 더욱 힘을 주었다.

"가야지. 여자 혼자 사는 집에……"

"아저씨 방 있잖아요. 오늘은 거기서 자요. 네?"

권숙은 밖으로 나가려는 태영을 집안으로 끌어당겼다. 태영의 발이 닿은 자리에 붉은 핏물이 남았다. 검붉게 물든 태영의 양말이 눈에 들어왔다.

"발 다쳤잖아요. 아픈 것도 몰랐어요?"

태영은 자리에 멈춰 선 채 벽에 붙어 있는 선수들과의 사진을 응시했다. 그의 몸이 떨리고 있었다. 꽉 말아 쥔 주먹에서 시작된 떨림이었다. 권숙은 금방이라도 무너질 것 같은 감정을 필사적으로 참아내고 있는 태영의 팔을 잡아 끌었다.

"일단 씻어요. 약 발라야 할 것 같아요."

하지만 태영은 꼼짝하지 않았다. 얼마 후 사진이 걸려 있는 벽으로 성큼성큼 걸어간 태영이 가장 커다란 희원의 사진을 떼어내며 벽면을 거칠게 쓸었다. 액자가 부서지고 파편이 사방으로 튀었지만 쉴 새 없이 벽을 쓸어내렸다. 벽에 걸린 사진이 모두 떨어진 뒤에야 태영이 어깨를 크게 들썩이며 숨을 몰아쉬었다. 너덜너덜해진 액자가 태영의 손에서 툭 하고 떨어졌다.

"아저씨……."

"오지 마."

태영의 갈라진 목소리가 권숙을 저지했다.

"내 옆에 오지 마. 제발……."

태영이 괴로운 듯 손바닥으로 얼굴을 감쌌다. 권숙은 더 이상 다가갈 수 없어 한 발 뒤로 물러섰다.

"알았어요. 방에 있을 테니까 필요한 거 있으면 말해요."

권숙은 밤새 잠을 이루지 못했다. 적막이 흐르는 거실에서는 이따금 무언가 깨지는 소리만이 드문드문 들려왔다. 고통스러운 듯한 태영의 신음을 들은 것도 같았다. 몇 번이나 나가보려

했지만 문을 열 수 없었다. 지금 태영에게 해줄 수 있는 게 아무것도 없었으니까. 태영에게 권숙은 살아온 시간과 경험 모두 턱없이 부족한 어린애에 불과했다. 권숙은 차오르는 불안을 애써 누르며 눈을 감았다. 태영은 강한 사람이었다. 아침이면 마음을 추스르고 평소와 다름없는 덤덤한 모습으로 나타날 거라고 생각했다. 하지만 아침이 밝고 권숙이 태영의 방문 앞에 섰을 때 굳게 닫힌 방문 사이로 독한 술 냄새만 새어나오고 있었다. 방문 앞에 한참을 서 있었던 권숙은 로드워크를 거른 채 홀로 체육관으로 향했다.

"형님 혹시 오늘 로드워크 나오셨어?"

뒤늦게 출근한 호중이 몸을 풀고 있는 권숙에게 물었다.

"아저씨 집에 있어."

"그래? 다행이다. 어젯밤에 얼마나 걱정했는데."

호중도 태영을 걱정하느라 밤잠을 설친 모양이었다. 긴장이 풀어진 듯 의자에 털썩 주저앉은 호중이 한숨을 내쉬었다.

"김희원 선수가 죽었다는데, 형님은 전화도 안 받으시고. 혹시 모르시는 건 아니지? 김희원 선수 일……."

"알아. 그런데 아저씨 위험한 것 같아. 어젯밤에 선수들 사진 다 부셨어."

"김희원 선수하곤 각별했으니까."

호중이 머리가 아픈 듯 손으로 이마를 짚었다.

"운동 끝나고 내가 데려갈게."

"아냐, 그냥 둬. 그래도 자기 집이 편할 거 아냐."

"너 불편하잖아."

"원래 아저씨 집인데 그런 게 어딨어. 다른 방 쓰니까 괜찮아."

호중이 걱정스런 얼굴로 권숙을 보았다. 며칠 전 태영과 권숙의 격렬했던 싸움이 떠올랐기 때문이다. 하지만 권숙은 태영과의 다툼을 까맣게 잊고 있었다. 사실 권숙은 싸움 이후 이제 태영을 볼 일은 없을 거라 생각했다. 타이틀매치만 끝나면 태영과의 인연을 끝낼 작정이었다. 예전처럼 웃는 얼굴로 마주할 일도 없을 터였다. 그만큼 태영에게 크게 실망했다. 하지만 지금은 태영에 대한 걱정뿐이었다. 지난밤 태영이 무너지는 모습을 보면서 그에 대한 원망과 분노는 저 멀리 밀려났다. 그렇게 날을 세우고 대립했던 시간도 까마득하게만 느껴졌다. 권숙은 태영이 늘 앉아 있던 자리를 가만히 바라보았다.

훈련은 엉망이었다. 전지훈련에서 눈을 감고도 맞추던 합은 계속 어긋났고, 권숙도 호중도 여러 번 의도치 않은 펀치를 서로에게 꽂아 넣었다. 평소보다 고된 훈련이 끝나자 권숙이 무겁게 늘어지는 몸을 이끌고 링에서 내려왔다. 태영에게선 연락이 없었다. 권숙은 아무런 알림도 오지 않는 핸드폰을 거듭 확인하며 서둘러 체육관을 나섰다. 그리고 식당으로 가 해장국 한 그릇을 포장했다. 밤새 마신 술로 지금쯤 숙취에 시달리고 있을 테니까. 언제나처럼 뻔뻔하게 능청을 떠는 태영이 보고 싶었다.

태영의 방은 여전히 굳게 닫혀 있었다. 방문을 여니 늘어진 술

병만 굴러다닐 뿐 태영은 없었다. 심장이 철렁 내려앉은 권숙은 무작정 밖으로 뛰쳐나왔다. 태영은 전화를 받지 않았고, 자동차도 주차장에 그대로 있었다. 어디로 가야 할지 몰라 오피스텔 주변을 맴돌며 호중에게 전화를 걸었다. 권숙의 연락을 받은 호중도 태영을 찾아 헤맸지만 태영은 어디에도 없었다. 순간순간 떠오른 불길한 생각이 최악의 상황으로 치달으며 권숙을 괴롭혔다. 입이 바싹 타들어 간 권숙이 발을 동동 구르고 있을 때 길 건너에서 검은 봉지를 든 채 터덜터덜 걷고 있는 태영이 보였다.

"아저씨!"

태영은 듣지 못한 듯 멍하니 걷고 있었다. 인도 끝까지 달려간 권숙이 거듭 외쳤지만 들리지 않는 듯했다. 그때 태영이 갑자기 자동차가 달리고 있는 8차선 도로를 가로질러 걷기 시작했고, 귀가 찢어질 듯한 경적이 산발적으로 터져 나왔다. 하지만 태영은 여전히 멍한 표정으로 발걸음을 옮겼다. 자동차들은 급제동하거나 방향을 틀어 아슬아슬하게 태영을 비켜갔다. 차창을 연 운전자들이 태영을 향해 욕을 내뱉었다. 권숙은 온몸의 피가 싸늘하게 식는 걸 느끼며 필사적으로 태영을 향해 달려갔다. 손으로 자동차들을 막아가며 다가가 태영을 붙잡은 권숙은 중앙선 안전지대로 태영을 끌고 갔다.

"미쳤어요? 이런 대로에서 무단횡단을 하면 어떻게 해요! 죽으려고 그래요?"

권숙은 빈껍데기 같은 태영을 잡고 필사적으로 흔들었다. 태영은 그제야 정신이 돌아오는 듯 권숙을 바라보았다. 아무런 감정도 느껴지지 않는 공허한 눈이었다. 입술을 깨문 권숙은 보행자 신호로 바뀌자마자 태영을 잡아끌어 길을 건넜다.

"아저씨, 정신 차려요. 나 권숙이예요."

권숙의 간절한 외침에도 태영은 힘없이 고개를 끄덕거리고는 터덜터덜 오피스텔 방향으로 걸어갔다. 손에 든 검은 봉지 속에서 술병들이 부딪치는 소리가 났다. 집에 도착한 태영은 그대로 방으로 들어가 문을 닫았다.

그날 이후 태영은 한 번도 방에서 나오지 않았다. 호중이 몇 차례 태영을 데려가겠다고 했지만 권숙은 거절했다. 비록 닫힌 문 너머에 있다고 해도 사라지면 불안해서 견딜 수 없을 것 같았다. 권숙은 며칠째 운동도 나가지 않고 태영의 곁을 지켰다.

태영은 아무것도 하지 않았다. 밥을 먹지도, 말을 하지도, 술을 마시지도 않고 가만히 있었다. 심지어는 울지도 않았다. 그저 텅 비어버린 모습으로 방 안에 스스로를 가뒀다. 권숙은 차라리 태영이 술을 마시고 난동이라도 부리는 게 나을 것 같다고 생각했다. 울고불고 난리를 치고 집안의 모든 가구를 때려 부수더라도 살아 있다고 보여주길 바랐다.

태영이 아무것도 하지 않는 나날이 반복되면서 권숙은 점점 한계를 느끼고 있었다. 아무리 간절하게 문을 두드려도 태영은 응답하지 않았다. 그런 태영을 보면서 권숙도 제대로 먹지 못하고 잠들지 못하는 며칠을 보냈다. 언제부턴가 권숙 역시 화도, 짜증도 나지 않았다. 태영과 함께하는 매 순간이 그저 괴로울 뿐이었다. 태영을 호중에게 보내버릴까, 아니면 이 집에서 도망쳐버릴까 하고 생각했지만 이내 마음을 접었다. 태영이 잠시라도 눈에 보이지 않으면 불안해서 더 괴로울 게 뻔했다. 이러지도 저러지도 못하는 매일이 이어졌다.

거실에서 소리가 들려온 것은 권숙이 막 침대에 누우려던 때였다. 반가움에 권숙이 거실로 나갔다. 그곳에 거짓말처럼 태영이 있었다. 미안하다고 말을 할까, 아니면 아무 일도 없었던 것처럼 능청스럽게 밥이라도 먹자고 할까. 어떤 모습이라도 좋았다. 예전의 태영으로 돌아오기만 한다면. 하지만 태영은 TV 앞에 구부정하게 앉아 빈 화면을 멍하니 바라보고 있었다. 권숙이 태영의 곁으로 조심스레 다가갔다.

"아저씨……."

며칠 사이 못 알아볼 정도로 야위고 피폐해진 태영은 여전히 대답이 없었다.

"대체 왜 이래요! 정말 죽으려고 이러는 거예요?"

권숙이 울먹이며 애원했지만 태영은 그대로 자리에서 일어나 다시 방으로 들어갔다. 쿵. 집을 울리는 요란한 소리가 들렸다. 놀란 권숙이 태영의 방으로 가니 널브러진 술병을 밟고 넘어진 듯 바닥에 쓰러진 태영이 보였다. 권숙이 서둘러 달려가 태영의 어깨를 흔들었다. 희미한 숨결이 손에 닿았다. 그러자 온몸에서 힘이 빠져나간 권숙이 눈물을 쏟았다.

"제발 정신 좀 차려요. 나도 죽을 것 같단 말이에요."

태영은 권숙을 밀어내려는 듯 팔을 휘저었지만 그마저도 힘이 없어 제대로 밀지 못했다. 권숙은 태영의 방문을 열어놓고 그저 지켜보기만 했다. 날이 밝아오자 태영이 추위를 느꼈는지 몸을 옹송그렸다. 이번엔 정말 잠이 든 모양이었다. 이불을 덮어준 권숙이 방에서 나왔다. 묵직한 피로가 몰려왔지만 잠은 오지 않았다. 머리가 지끈거려 바람이라도 쐬어야 할 것 같았다.

오랜만에 뛰는 로드워크는 유난히 무거운 다리 때문에 좀처럼 쉽지 않았다. 기대했던 공기도 차갑기만 했다. 몸에 힘을 주며 기합도 넣어 봤지만 소용없었다. 저만치에서 이 시간이면 늘 만나던 노부부의 모습이 보였다.

"안녕하세요."

인사를 건네며 노부부의 곁을 스쳐 지나려던 찰나 할아버지가 말을 걸어왔다.

"짝꿍은 어디 갔나?"

깜짝 놀란 권숙은 걸음이 엉켜 휘청거렸다.

"네?" 간신히 균형을 잡은 권숙이 이어폰을 빼고 되물었다.

"그 있잖아. 학생하고 몇 달 전부터 같이 뛰던 애인 말이야."

권숙은 당혹감에 저도 모르게 손사래를 쳤다.

"아니에요, 할아버지. 애인은……"

할아버지는 싱긋이 웃으며 옆 벤치에 아내를 앉히고는 다리를 주물러주며 담담하게 말을 이었다.

"학생을 본 지 두 계절은 지난 것 같구만. 늘 입을 꾹 다물고 하기 싫은 숙제를 하는 것 같더니 그 친구 나타난 뒤부터는 신이 난 것처럼 좋아 보였어. 잘됐다고 생각했는데 또 이렇게 사라지니까 영 기운이 없어 보이는구만. 싸웠나?"

"아뇨, 싸운 건 아닌데……."

난감해하며 대답을 망설이던 권숙이 조심스럽게 입을 열었다.

"그 사람이 요즘 저를 힘들게 해서요."

"바람을 피웠나?"

"아뇨, 그런 사이 아니에요. 그냥 그 사람 때문에 너무 힘들어서요."

계속 말해보라는 듯 지긋이 바라보는 할아버지의 시선에 권숙은 한참을 망설였다. 매일 아침 마주치긴 했지만 제대로 대화를 나누는 건 처음이었다. 그런 사람에게 시시콜콜한 이야기를 꺼내도 될지 고민이 됐다. 그런 권숙의 마음을 안다는 듯 할아버지는 재촉 없이 권숙을 바라보며 말없이 위로를 건넸다. 이내 짧은 한숨을 내쉰 권숙이 이야기를 털어놓았다.

"그 사람이 요즘 너무 힘들어하는데 그게 괴로워요. 밥도 안 먹고, 말도 안 해요. 꼭 죽은 사람처럼 지내는데 기운을 내게 하려고 아무리 노력해도 나아지질 않아요. 저도 그 사람 때문에 잠도 못 자고, 밥도 잘 못 먹고. 제 생활도 엉망이 되니까 너무 힘들어서 그냥 도망치고 싶어요. 그런데 그럴 수가 없어요."

권숙이 말끝을 흐렸다. 그동안 아무에게도 말하지 못해 응어리진 답답함과 서운함이 한꺼번에 터져 나왔다. 가만히 권숙의 말을 듣던 할아버지가 잔잔하게 미소 지었다. 권숙은 낯선 사람에게 어린애처럼 투정을 부린 것이 민망해 얼굴을 붉혔다.

"죄송해요. 할아버지께 이런 말까지 하다니."

"좋아하는 모양이구만."

"그, 그런 거 아니에요."

"그 친굴 좋아하니까 괴로운 거야. 나랑 상관없는 타인 때문에 화가 날 수는 있지만, 아무런 애정이 없는 상대의 고통 때문에 괴로워하는 사람은 없거든. 오직 사랑하는 사람의 고통만이 나에게 전염된다네. 지금 학생은 상대의 고통을 자신의 것처럼 느끼고 있어. 그래서 괴로운 거야."

권숙은 머리를 한대 얻어맞은 사람처럼 멍하니 할아버지를 바라보았다. 자신이 태영을 좋아한다니. 생각지 못한 결론에 인정할 수 없다는 듯 고개를 저었다.

"하지만 누군가를 좋아하면 즐겁고 설레고 행복해야 하잖아요. 사랑은 달콤하다고 하는데 지금 저는 조금도 행복하지 않은걸요. 그 사람을 생각하면 가슴 아프고, 눈물 나고, 화나고, 고통스럽기만 해요."

권숙이 시무룩한 얼굴로 고개를 떨궜다.

"사랑이 행복하고 달콤한 거라고 누가 그러던가. 사랑만큼 사람을 나락으로 떨어트리는 감정도 없지. 하루에도 몇 번씩 천국과 지옥을 오가게 하는 게 사랑이지."

서늘한 새벽바람이 불어왔다. 권숙은 혼란스러웠다.

"그렇다고 해도 돌아오지도 않는 마음에 무슨 의미가 있겠어요. 그 사람한테 저는 그냥 어린애일 뿐인걸요. 제가 아무리 노력하고 주변을 맴돌아도 그 사람은 반응조차 없어요."

할아버지는 빙긋이 웃으며 무표정하게 앉아 있는 아내의 손을 꼭 잡았다.

"이 사람은 매일 기억을 잃어가고 있어. 허무했지. 아무리 노력해도 아내는 나를 알아보지도 못하니까. 지난 기억들과 함께 내 존재마저 지우고 있는 상대 앞에서 마음을 지켜낸다는 건 정말 쉽지 않은 일이야. 허나 그렇다고 해서 내가 이 사람을 떠날 수 있는지, 버릴 수 있는지 물어보면 그건 또 아니더란 말이지……. 그래서 그냥 함께하는 거라네. 좋은 것도, 싫은 것도, 아픈 것도."

권숙은 아무 말도 할 수 없었다. 꼭 맞잡은 노부부의 손을 가만히 바라보고 서 있을 뿐이었다. 권숙의 심장이 조금씩 뛰기 시작했다. 권숙이 조심스럽게 할아버지에게 물었다.

"제가 할 수 있는 게 있을까요. 아직 어리고, 할 줄 아는 것도 없는데……."

"나는 이렇게 매일 아침저녁으로 아내와 산책을 하지. 이 사람이 걷는 걸 좋아했거든. 이게 정말 아내가 원하는 일인지는 모르겠어. 하지만 그건 주는 사람이 판단할 문제가 아니야. 우리는 우리가 줄 수 있는 걸 최선을 다해서 주는 수밖에 없지."

할머니가 할아버지의 손을 잡아끌었다. 할아버지는 할머니를 일으킨 뒤 권숙에게 눈인사를 건넸다. 그러고는 다시 아내와 걸어갈 길을 한 발 한 발 차근히 짚어줬다. 권숙은 할아버지에게서 태영을 본 듯한 느낌을 받았다. 언제나 불만으로 가득했던 자신의 옆에 묵묵히 선 채로 가야 할 길을 짚어주고 매 순간 같이 걸어주었던 태영이었다. 멀리서 아침 햇살을 담은 바람이 불어왔다. 권숙이 바람이 부는 방향으로 고개를 돌렸다. 태영과 함께 달렸던 길 위로 눈 부신 햇살이 내렸다. 태영에게로 향하는 길이 보였다. 권숙은 가만히 왼쪽 가슴에 손을 얹었다. 심장이 힘차게 요동치고 있었다.

"감사합니다."

크게 소리쳐 인사한 권숙은 돌아서 힘껏 달렸다. 허벅지에 힘이 들어갔고 종아리가 팽팽히 당겨졌다. 젖은 솜처럼 무거웠던 몸은 거짓말처럼 가벼워져 있었다. 권숙은 땅을 박차고 힘차게 앞으로 나아갔다. 조금 전까지 흐리게 뒤엉켜 있던 모든 것이 시야에 들어왔다. 가슴의 벅찬 고동이 몸 전체로 번지며 전신을 흔들었다. 권숙은 빠르게 오피스텔을 향해 달렸다.

"일어나요!"

권숙은 방문을 힘차게 열고 태영을 깨웠다. 태영은 눈을 떴지만 권숙을 보지 않았다. 권숙은 억지로 태영을 일으키려 겨드랑이 아래로 팔을 집어넣었다. 권숙이 태영을 들어 올리려 안간힘을 쓰자 태영이 나지막하게 말했다.

"그냥 내버려 둬."

마침내 태영이 입을 열었다. 권숙은 태영을 어깨에 들쳐업기라도 하겠다는 듯 집요하게 그의 품으로 파고들었다. 저항하는 태영을 억지로 끌고 나온 권숙은 다짜고짜 그를 택시에 밀어 넣었다. 택시가 도착한 곳은 체육관이었다. 아직 호중이 출근하지 않은 체육관은 텅 비어 있었다.

"껴요."

권숙이 태영에게 글러브를 던져 주었다.

"나는 레프트 잽만 허용, 아저씨는 진짜 복싱 오케이?"

태영이 기가 막힌다는 표정으로 글러브를 쳐다봤다.

"뭐하자는 거야."

"땀 좀 흘리자고요. 우리 그동안 너무 시체 같았어."

태영의 손에서 글러브가 툭 떨어졌다. 권숙은 포기하지 않았다. 태영을 밀고 당기며 억지로 링으로 끌고 올라갔다. 태영의 손에 글러브를 씌운 뒤 말했다.

"인터벌 없이 두 라운드만 뛰어요. 아저씨 때문에 내 인생 망하게 생겼으니까 이 정도는 해줄 수 있죠? 자, 땡!"

입으로 공 소리를 낸 권숙이 파이팅 포즈를 취하며 들어오라 손짓했다. 하지만 태영은 팔을 축 늘어트리고 서 있기만 했다. 권숙이 태영의 주변을 맴돌며 레프트 잽을 던졌다. 잽은 태영의 안면을 툭 치고 빠졌다. 태영은 여전히 내키지 않는 듯 꿈쩍하지 않았다. 권숙은 태영을 내버려 두지 않았다. 빠른 풋워크로 태영의 주변을 돌며 네 스텝에 한 번씩 레프트 잽을 날렸다. 펀치에는 큰 힘을 싣지 않았으나, 툭툭 건드는 횟수가 누적될수록 태영도 조금씩 고통을 느끼기 시작했다. 마침내 태영이 양팔을 모아 커버링을 만들었다. 권숙은 틈을 찾아 레프트 잽을 꽂아 넣었다. 그리고 재빠르게 뒤로 빠졌다.

권숙이 괴로웠던 건 고통스러워하는 태영을 보고 있을 수밖에 없는 자신의 모습이었다. 엄마가 아플 때도 그랬다. 의사도 손을 쓸 수 없는 상황에서 엄마를 위해 할 수 있는 일이 없어 절망하고 좌절했다. 매일 밤 고통에 신음하는 엄마의 낮은 울음에 권숙은 잠을 이룰 수 없었다. 하지만 엄마가 호스피스 병동으로 옮긴 뒤에는 달랐다. 마지막을 받아들인 엄마가 남은 시간을 조금이라도 더 소중하게 보낼 수 있도록 자신이 할 수 있는 일을 찾았다. 더 많은 추억을 이야기했고, 화원의 꽃을 돌보며 사진을 찍었고, 매일 엄마를 얼마나 사랑하는지 말해 주었다. 엄마를 위해 할 수 있는 일들을 하나씩 늘려가며 그 시간을 버텨 냈다.

링으로 태영을 데려온 것도 그 때문이었다. 지금 권숙이 할 수 있는 건 복싱밖에 없으니까. 태영은 점차 분노가 치밀어 오르는 듯 권숙을 뒤쫓기 시작했다. 권숙은 스피드를 올렸다. 레프트 잽을 던지는 횟수를 두 스텝에 한 번으로 늘렸다. 태영이 마침내 주먹을 휘둘렀다. 체중이 실린 펀치가 바람 소리를 내며 힘 있게 허공을 갈랐다. 그리고 본격적으로 권숙을 겨냥하기 시작했다.

하지만 복싱 천재 이권숙은 태영의 펀치를 막지 않은 채 상체를 앞뒤로 움직이는 더킹과 풋워크를 이용해 요리조리 피해 다녔다. 더욱 흥분한 태영이 자세가 무너지는 것도 모르고 마구잡이로 펀치를 휘둘렀다. 동작이 큰 만큼 체력은 금방 바닥을 보였다. 태영은 이제 막 링에 오른 것 같은 권숙과 달리 마지막 라운드에 오른 선수처럼 기진맥진해 있었다.

그럼에도 태영은 계속해서 펀치를 뻗었다. 어느 순간 태영의 펀치는 권숙을 향하지 않았다. 그는 허공부터 링의 코너, 로프, 그리고 링 위의 모든 곳에 펀치를 휘둘렀다. 몸 안을 가득 채운 분노를 뿜어내듯 기합을 내지르기도 했다. 태영이 이를 악물었다. 온 힘을 다한 펀치를 휘두르고는 제힘을 이기지 못한 채 앞으로 고꾸라졌다. 권숙은 그제야 태영에게 다가가며 말했다.

"은퇴 선언하고 딱 한 번, 복싱을 했어요. 울고 싶어서."

권숙은 엄마의 죽음에도 복싱에서 도망치기 위해 슬픔을 나중으로 미뤘다. 하지만 엄마를 잃은 슬픔을 다시 찾기까지 꽤 오랜 시간이 걸렸다. 세상과 아빠를 향한 분노가 슬픔을 막았기 때문이었다.

"어렸을 때부터 울지 않도록 훈련받았지만 엄마가 죽었는데도 울지 못했더니 우는 법을 완전히 잊어버리고 말았어요. 엄마가 보고 싶다고 소리 내 우는 것도 안 되더라구요. 그래서 링을 빌려서 미친 듯이 복싱을 했어요."

권숙은 주체할 수 없을 정도로 차오른 당시의 분노를 가상의 대전 상대에게 쏟아냈다. 팔을 휘두를 때마다, 가상의 상대에게 펀치를 맞을 때마다 분노가 터져 나왔고 이내 사라졌다. 마지막까지 남아 있던 분노의 찌꺼기는 바닥을 흥건히 적신 땀과 함께 완전히 사라졌다.

"엄마를 잃었다는 게 그제야 실감 나면서 단단히 굳어있던 눈물이 터져 나왔어요."

권숙이 태영에게 다가가 무릎을 꿇고 앉았다. 그리고 그의 어깨에 조심스럽게 손을 올렸다.

"소중한 사람이 죽었잖아요. 그렇게 참기만 하면 아무것도 할 수 없어요."

태영의 입에서 거친 숨소리가 새어 나왔다. 한참을 메마른 숨을 토해내던 태영의 입에서 조금씩 소리가 섞여 나왔다. 낮은 신음에 점차 힘이 실렸고, 조금씩 갈라지던 목소리가 이내 물기를 머금고 떨리기 시작했다. 감정 없던 태영의 텅 빈 눈에 눈물이 왈칵 차오르며 하염없이 쏟아졌다. 바닥에 엎드린 태영은 한참을 서럽게 오열했다. 너무도 많은 후회와 분노, 슬픔, 미망이 뒤엉킨 오열이었다. 바닥을 가늠할 수 없을 정도로 깊은 곳에서 터져 나오는 울음이었다. 링 한가운데 길 잃은 어린아이처럼 하염없이 울부짖는 태영이 있었다.

얼마나 시간이 지났을까. 태영의 오열이 조금씩 잦아들면서 체육관 안에는 다시금 정적이 스며들었다. 아무 말 없이 태영을 지켜보던 권숙이 나지막하게 말했다.

"아저씨랑 있으면 가슴이 뛰어요."

태영이 젖은 얼굴을 들어 권숙을 보았다. 권숙의 따뜻한 눈빛이 태영을 향해 있었다. 어떤 망설임이나 두려움 없는 편안한 눈빛이었다. 권숙이 가만히 손을 들어 눈물에 젖은 태영의 얼굴을 만졌다.

"아저씨가 괴로워하니까 여기가 자꾸 아팠어요. 보고 있지 않으면 불안하고, 곁에 있어 주고 싶었어요. 늘 받는 게 익숙했었는데. 처음으로 누군가에게 뭐든지 해주고 싶다고 생각했어요. 아저씨 곁에서 힘이 되고 싶어요. 그리고 그 마음을 이젠 알 것 같아요."

조곤조곤 읊조리던 권숙이 가만히 태영의 목을 감싸 안았다.

"좋아해요, 아저씨."

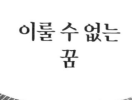

이룰 수 없는
꿈

# 1

또다시 노크 소리가 들려왔다. 로드워크에 나갈 시간이었다. 눈을 뜬 태영은 물끄러미 방문을 바라보았다. 굳이 반응하지 않아도 멋대로 문이 열리고 권숙이 들어올 것이다. 그리고 태영을 잡아끌 것이다. 태영은 한숨을 쉬었다.

느닷없었던 고백 이후 권숙은 완전히 다른 사람이 되었다. '내가 이제 아저씨를 지켜주겠다'라고 하더니 매일 아침 로드워크에 끌고 나가고, 억지로 밥을 먹이고는 체육관까지 데려가 훈련을 참관하게 했다. 집에 돌아와도 혼자 있을 틈을 주지 않고 쉴 새 없이 곁을 맴돌았다. 드라마를 틀어놓고 관심도 없는 줄거리를 설명하거나 예능프로그램을 보며 혼자 깔깔깔 웃어가며 태영의 등을 두드리곤 했다. 고요했던 삶이 권숙으로 인해 소란스러워지고 있었다.

무엇보다 곤혹스러운 것은 권숙의 거침없는 애정 표현이었다. 이제 권숙은 자신의 마음을 표현하는 데 조금의 망설임도 없었다. 태영의 뒤를 졸졸 따라다니다가 느닷없이 껴안는가 하면 온종일 태영에게서 눈을 떼지 않았다. 감정에 서툴고 쑥스러움도 많았던 권숙은 없어지고 온몸으로 사랑한다고 말하는 사람만 남았다. 태영은 그녀가 자신에 대한 연민을 애정으로 착각한 거라 생각했다. 사실 권숙은 무작정 사랑이 하고 싶은 듯했고, 그 대상이 누구인지는 별로 중요하게 여기지 않는 것 같았다. 태영에겐 이런 사랑놀이에 장단 맞춰줄 여유가 없었다. 더는 안 되겠다 싶은 어느 날 태영은 거절의 뜻을 전했다. 토라지거나 시무룩해질 거라는 태영의 걱정과 달리 권숙은 태연했다.

"아저씨가 날 좋아하지 않아도 괜찮아요. 그냥 나는 아저씨가 좋아요. 좋아하니까 옆에 있고 싶어요. 아저씨한테 힘이 되어주고 싶고, 아저씨가 기운을 냈으면 좋겠어요. 그러니까 내가 하고 싶은 대로 할래요."

권숙의 당당함에 태영은 아무 대꾸도 할 수 없었다.

"나 들어간다고 말했어요!"

어제처럼 문을 열고 들어온 권숙이 태영을 뒤흔들었다. 몸을 축 늘어뜨린 채 꼼짝도 안 하는 태영을 간질이고 손가락으로 눈을 크게 떠주거나 입을 벌려 보면서 달라붙었다. 태영이 며칠째

입고 있는 트레이닝복을 갈아입히려다 실패한 권숙은 양말이라도 갈아 신기겠다며 찌든 양말을 벗기고 알록달록한 동물무늬가 그려진 수면양말을 신겼다.

"야!"

권숙의 장난에 결국 몸을 일으킨 태영이 아무렇게나 던져놓은 양말을 주워 신었다.

"빨리 나가요. 더 늦으면 출근하는 사람들 때문에 운동하기 힘들어요."

"안 나가. 나 에이전트 그만둘 거야. 그러니까 내버려 둬."

진심이었다. 이제 태영에겐 선수를 관리할 자격도, 의지도 없었다. 희원을 죽음으로 내몬 주제에 숨을 쉬고 살아가고 있는 것조차 부끄러웠다. 그런 태영에게 권숙은 자신의 잘못된 판단으로 일어난 비극의 연장선과 같았다. 희원만 아니었다면 조작 경기는 생각도 하지 않았을 것이다. 이렇게 된 이상 권숙의 삶을 놓아주어야 했다. 그녀는 태영이 없어도 충분히 해나갈 수 있을 터였다. 이제 태영에게 권숙과 함께할 이유는 남아 있지 않았다.

"그럼 이제 미국 가자고도 안 하겠네요? 아저씨가 더 좋아지겠는데요. 솔직히 그 얘긴 정말 싫었거든요."

권숙은 태영의 모진 말도 의연하게 맞받아쳤다. 태영은 생글생글 웃으며 점퍼를 입히는 권숙을 뿌리쳤다.

"난 너 안 좋아해. 그러니까 그냥 좀 놔둬."

"상관없다니까요. 대신 아저씨를 좋아하는 건 내 마음이니까 간섭하지 마요.”

태영이 아무런 대꾸도 하지 못하는 사이 점퍼를 다 입힌 권숙이 태영을 현관으로 끌고 갔다. 신발까지 직접 신겨주겠다며 털썩 주저앉은 권숙이 신발에서 무언가를 꺼냈다.

“뭐야, 그건?”

“핫팩이요. 아저씨 손발이 찬 것 같아서 넣어 뒀어요.”

씩 웃으며 올려다보는 권숙을 잠시 멍하니 바라보던 태영은 이내 권숙을 밀어내고 직접 신발을 신었다. 따뜻한 온기가 태영의 발을 감쌌다.

“앞에 봐. 다쳐.”

설렁설렁 달리던 태영이 소리쳤다. 혹시나 태영이 몰래 집으로 돌아가진 않을까 싶은 권숙이 툭하면 뒤를 돌아보느라 던진 말이었다. 태영이 자전거를 타지 않아서 5킬로미터밖에 달리지 못했지만 권숙은 짜증 내지 않았다. 함께 달리는 것만으로도 열심히 운동한 것처럼 두 발이 가볍다고 말했다.

태영은 이제야 자신이 권숙을 완전히 밀어내지 못하는 이유를 깨달았다. 눈빛 때문이었다. 태영밖에 없다는 듯 빛나는 두 눈이 태영을 무력하게 만들었다. 머릿속에 위험경보가 울렸다. 태영은 눈을 질끈 감고 고개를 저었다. 그러다 다시 눈을 뜨고 앞을 바라본 태영이 놀라 소리쳤다.

“다친다니까!”

어느새 또 태영을 돌아보며 달리던 권숙은 나무와 부딪히기 직전이었다. 태영이 달려가 권숙을 잡아당겼다. 태영의 품에 안긴 권숙은 천진난만하게 태영을 바라보며 웃었다. 태영은 정신이 아찔해지는 걸 느끼며 머리를 짚었다. 정말이지 위험했다.

권숙과 더 거리를 둬야겠다고 생각하며 방으로 돌아온 태영은 주방에서 들려온 비명에 달려나갔다.

"브로콜리를 줄기째 삶는 놈이 어디 있어?"

로드워크에서 돌아와 샐러드 도시락을 싸겠다며 브로콜리를 삶던 권숙이 끓는 물에 팔을 덴 것이다. 다행히 화상이 크지 않아 찬물에 씻으면 금방 가라앉을 것 같았다. 문제는 엉망이 된 주방이었다. 한숨을 쉰 태영은 권숙이 든 칼부터 뺏었다.

"브로콜리는 꼭지만 따야 해. 그리고 데친다는 생각으로 잠깐만 물에 넣었다 빼. 잘 보고 배워. 이번이 마지막이니까."

권숙은 해맑게 고개를 끄덕였고 태영은 채소들을 씻고 다듬었다. 그러는 동안에도 권숙은 싱크대에 턱을 괴고서 태영을 빤히 바라보았다. 태영이 도시락을 쥐여주며 빨리 체육관으로 가라고 했지만 권숙은 혼자서는 가지 않겠다며 매달렸다.

"오늘만요. 아저씨 때문에 로드워크 늦어져서 출근 시간이랑 겹쳤잖아요. 그러니까 오늘만 같이 가요. 사람들이 알아보고 그러면 어떡해요."

"걱정 말고 혼자 가."

"아니에요, 큰일 날 거예요. 오늘은 쌩얼에 아무것도 안 쓰고 나갈 거거든요."

결국 태영은 오늘도 체육관까지 따라갔다. 체육관에 도착한 태영은 의자에 앉아만 있었다. 훈련을 시작한 권숙과 호중이 실수를 반복해도 참견하지 않았다. 그런데 합이 한 번도 맞지 않았다. 참아야 한다고 속으로 수없이 다짐했지만 둘은 실수를 반복했다. 급기야 한아름 역을 맡은 호중이 다운당하자 태영이 자리를 박차고 일어났다. 두 사람 모두 실수를 저지르고도 깔깔거리며 웃어댔기 때문이다.

"야! 니들 훈련이 장난인 줄 알아? 이 새끼들이 빠져가지고. 맨날 쩐다느니 완벽하다느니 입만 살았지? 이따위로 할 거면 다 때려쳐 이 새끼들아."

권숙과 호중이 훈련을 멈추고 태영을 바라보았다. 어느새 링에 바짝 붙은 태영이 훈계를 이어가자 권숙이 씨익 웃었다.

"봐봐, 이거 봐! 훈련에 참견했어. 에이전트 아니라면서."

태영은 아차 싶어 입을 다물었다. 권숙과 호중이 부러 자극한 것을 깨달았을 때는 이미 늦었다.

"차, 참견이 아니라 니들 하는 꼴이 하도 한심해서……."

아이 같은 표정으로 웃던 권숙이 링에서 내려와 태영의 가슴에 안겼다. 호중은 권숙의 고백을 몰랐는지 놀란 얼굴로 굳었다. 당황한 태영이 권숙을 떼어놓으려 했지만 떨어지지 않았다.

"아저씨가 소리 지르니까 진짜 좋다. 예전 아저씨로 돌아온 거 같아요."

태영의 가슴에 얼굴을 부비던 권숙이 고개를 들어 태영의 눈을 지그시 바라보았다.

"나 아저씨 없으면 안 돼요. 그러니까 도망칠 생각하지 말고 곁에 있어줘요."

순간 황폐했던 태영의 가슴에 서늘한 바람이 스쳤다. 한참을 우두커니 서 있던 태영이 천천히 권숙의 팔을 떼어냈다.

"훈련 계속해. 난 먼저 들어간다."

집으로 돌아온 태영은 희원이 죽고 난 뒤 처음으로 컴퓨터를 켰다. 그리고 직면할 엄두조차 내지 못하고 머릿속에서 봉인해 버렸던 그 사건을 조심스럽게 열었다. 숨죽여 희원의 이름을 검색하자 희원과 관련한 수많은 기사가 펼쳐졌다. 태영은 마른침을 삼키고는 차분하게 기사와 뉴스 영상들을 하나씩 클릭했다. 태영의 얼굴이 점차 어두워졌다.


다음 날 아침, 권숙이 다급히 오피스텔 밖으로 달려 나왔다. 놀란 얼굴로 주변을 두리번거리던 권숙은 자전거를 점검하고 있는 태영을 발견했다.

"아저씨!"

힐끗 권숙을 바라본 태영은 자리에서 일어나 자전거 안장을 마저 점검했다.

"아무 말도 없이 나가버리면 어떡해요! 도망간 줄 알았잖아요."

"내가 왜 도망을 가. 로드워크 시간 다 됐으니까 내려온 거지.

자전거도 점검할 겸."

"진짜 뛸 거예요?"

"그럼 가짜로 뛰어?"

권숙이 의심스럽다는 표정으로 태영을 바라봤다. 어젯밤 희원의 기사를 읽으면서 태영은 희원의 죽음을 정리하기로 했다. 그러기 위해서는 에이전트로서의 마지막 임무인 권숙의 은퇴를 마무리 지어야 했다.

오랜만에 살펴본 뉴스는 이상하게 흘러가고 있었다. 프로야구가 한국시리즈만을 남기고 있는 가운데 승부 조작의 가담자로 밝혀진 사람은 희원이 유일했다. 죽은 자는 말이 없기 때문이었다. 그래서일까. 여론은 유독 희원에게만 가혹했다. 희원을 향한 비난과 조롱을 확인한 태영은 무슨 수를 써서라도 희원의 오명을 벗기겠다고 마음먹었다. 우선 친분이 있던 기자들에게 반론 보도를 부탁하는 정중한 이메일을 보냈다.

"진짜 괜찮아요?"

"뭐가."

권숙은 달리면서도 의심을 놓지 않았다. 태영에게 정신이 팔려서인지 페이스 조절도 엉망이었다.

"너 출발부터 그렇게 오버 페이스로 달리면 20킬로미터 완주 못 한다."

태영의 예상대로 얼마 지나지 않아 체력에 한계가 온 듯 권숙의 숨이 가빠졌다. 제대로 걷지도 못할 정도로 헐떡대는 권숙을 본 태영이 자전거를 세웠다.

"괜찮아?"

"나 좀 태워주면 안 돼요?"

권숙이 자전거 뒷좌석을 가리켰다. 짐이나 싣자고 설치한 것으로 사람이 앉기에는 불편한 자리였다. 태영이 방법을 찾는 사이 권숙이 막무가내로 자전거에 올라탔다. 그리고 태영의 허리를 살며시 끌어안았다. 태영의 등에 닿은 권숙의 가슴은 고르게 숨을 쉬고 있었다. 속았다. 처음부터 이 자리를 노린 것이다. 태영은 하는 수 없다는 듯 한숨을 쉬고 자전거 페달을 밟았다. 자전거는 시원한 새벽공기를 가르며 달렸다. 권숙은 눈을 감고 바람을 느끼며 크게 숨을 들이마셨다. 기분 좋은 듯 배시시 웃던 권숙이 태영의 등에 얼굴을 부볐다.

"아저씨가 너무 좋아요."

또다시 거침없는 고백이 터져 나왔다. 움찔했던 태영은 이내 생각에 잠긴 듯 말이 없었다. 잠시 후 태영이 낮은 목소리로 말을 꺼냈다.

"그건 좋아하는 게 아니야. 너는 그냥 네 감정을 쏟을 대상이 필요한 것뿐이야. 누군가를 사랑하고 싶고 연애도 하고 싶은 마음이 나를 좋아한다고 착각하는 거야. 네 나이 때는 많이 하는 착각이지. 어쩌다 그 대상이 내가 되긴 했지만 금세 내가 저런 아저씨를 왜 좋아한다고 했나 하는 생각이 들 거야. 네가 정말 좋아하는 사람이 나타나면. 그러니까……"

"그렇다 해도 지금 내 마음은 아저씨한테 있는 거잖아요."

"······"

"아저씨 말이 맞을지도 몰라요. 나도 처음엔 이 마음이 뭔지 몰랐으니까. 그런데 아저씨를 좋아하는 내 마음을 인정하고 나니까 매일이 거짓말처럼 즐겁고 힘이 나요. 누군가를 챙겨주고 좋아한다고 말할 수 있다는 게 이렇게 행복할 줄 몰랐어요. 예전엔 늘 받고만 싶었고, 나만 좋아하는 게 자존심 상하고 조바심 났었는데 지금은 그렇지 않아요. 이렇게 하루하루가 기대되고 같이 있는 것만으로 힘이 나는 건 처음이에요."

권숙이 태영의 등을 가만히 끌어안았다.

"난 그거면 돼요. 그러니까 나 밀어내지 마요."

태영은 입을 다물었다. 앞에서 맑은 바람이 불어왔고, 흩날리는 권숙의 머리칼이 목덜미에 닿았다. 권숙의 머리칼에서 은은한 들꽃 향기가 났다. 태영은 마치 꽃길을 달리는 것 같다고 생각했다.

그때 저 멀리서 햇빛에 반사된 빛이 보였다. 분명 카메라 렌즈였다. 태영이 빛을 따라 자전거를 몰자 나무 뒤에 숨어 있던 사람이 걸음을 재촉하더니 사라졌다. 얼굴을 보지 못했지만 누구인지 알 것 같았다. 박 기자였다.


"솔직히 김 피엠님한테 감탄했어요."

박 기자가 사진 뭉치를 테이블 위에 던지듯 올려놓았다. 로드워크부터 함께 오피스텔로 들어가는 모습까지, 며칠 동안 태영과 권숙의 일상을 찍은 사진들이었다. 박 기자는 이미 오래전부터 태영과 권숙의 관계를 캐내고 있었다.

"에이전트만 잘하는 줄 알았는데 사랑도 일등이시던데요. 예전에도 여자 선수한테 찝쩍거려서 놓친 적이 있으시더라."

박 기자의 추적은 태영의 예상보다 집요했다. 하지만 태영은 당황하지 않았다.

"보도하세요."

어차피 박 기자는 추측뿐이었다. 또한 사진 속 태영과 권숙의 모습은 오해의 여지가 있긴 해도 친한 사이에 흔히 주고받는 장난으로 넘길 만한 수준이었다. 스캔들이라고 할 만한 결정적인 장면이 없었다. 박 기자가 태영을 돌아보며 씩 웃었다.

"나도 하려고 했지. 그런데 데스크가 킬하더라고. 시합 전에 이권숙 흔들어서 타이틀매치에 영향이라도 주면 우리 회사 문 닫을 수 있다고. 사람들이 이권숙에 좀 미쳐 있어야지."

박 기자의 말 대로였다. 대한민국은 열흘 앞으로 다가온 권숙의 타이틀매치에 대한 기대로 뜨겁게 달아올라 있었다. 권숙의 승리를 의심하는 사람은 아무도 없었기에 결과는 중요하지 않았다. 권숙이 얼마나 화끈한 KO로 챔피언벨트를 손에 넣을 것인지에만 모든 관심이 집중되어 있었다.

"이권숙 인정! 내가 뭐 손을 댈 수가 있어야지. 나쁜 기사 한 줄이라도 나가면 난리 나겠더라고."

박 기자는 자신의 의중을 드러내기 전에 우선 태영의 심기를 건드리는 데 필사적이었다. 하지만 쓸모없는 카드를 내미는 박 기자를 보며 태영은 다른 꿍꿍이가 무엇인지 유추하느라 그의 이죽거림이 눈에 들어오지 않았다.

"김 피엠님은 이권숙 선수가 예뻐 죽겠나 봐."

"예쁘죠. 그만한 재능이 있으니까."

"빤한 얘기 말고. 이권숙 때문에 김희원 사건이 관심 밖으로 밀려났잖아. 프로야구협회에서 상이라도 줘야 할 판이라니까."

"간 보지 맙시다."

희원의 이름이 나오는 순간 태영의 피가 뜨겁게 끓어올랐다. 태영에게서 희원의 사건에 대한 보도 요청 이메일을 받은 기자들은 모두 거절의 뜻을 보내왔다. 대세에 반기를 들 결정적인 증거가 없었고, 그동안 권숙을 독선적으로 관리하며 취재를 거부해 온 태영에 대한 반감도 존재했기 때문이었다.

"내가 써줄까 하는데. 김희원이랑 친했던 김 피엠님이 도와주기만 하면 익명의 제보자로부터 알게 된 사건의 진실이라고 하면서 소설 한 번 써보려고 하는데. 어때? 땡기면 손잡고."

"왜죠?"

"특종은 모두가 예스라고 할 때, 노라고 해야 잡는 거잖아요."

"결론을 말해요. 원하는 게 뭡니까. 돈입니까?"

박 기자가 웃음을 터트렸다.

"우리 김 피엠 눈치는 당할 수가 없네. 근데 날 너무 돈벌레로 본다. 지금 같은 상황에 함부로 돈 먹고 그러면 큰일 나는 거 잘 알면서. 우선 이권숙 선수하고 단독 인터뷰부터 시켜줘요."

"고작 그것뿐이라는 걸 믿으라는 겁니까?"

"고작이라뇨. 복귀전에서 기자회견도 안 하고 도망쳤고 인터 뷰도 한 적 없는데? 다들 이권숙 시합만 기다리는데 단독 인터 뷰만 한 특종이 어디 있다고."

박 기자에겐 분명 다른 목적이 있을 것이다. 하지만 태영은 그가 던진 더러운 미끼를 물 수밖에 없었다. 현재로선 그게 최선이었다. 망설이던 태영이 권숙에게 전화를 걸었다.


"전화로 말했던 박 기자님."

일찌감치 훈련을 끝낸 권숙은 인터뷰 준비를 마친 상태였다. 박 기자가 너스레를 떨며 권숙에게 악수를 청했다.

"이권숙 선수하고 나는 참 인연이 깊은 거 같아요."

인터뷰가 시작되기 전, 태영이 권숙에게 속삭였다.

"미안하다. 한 번만 부탁할게."

"괜찮아요. 내가 억지 부려서 사진 찍힌 건데."

인터뷰는 무리 없이 진행됐다. 권숙은 박 기자에 대한 앙금 따위는 잊은 듯 질문에 성실히 대답했다. 이제 곧 열릴 타이틀매치에 임하는 자세를 말할 땐 태영조차 패배와 은퇴가 예정되어 있다는 것을 잊을 정도로 승리에 대해 굳은 결의를 보였다.

"연애 같은 건 안 하세요?"

태영과의 일을 암시하듯 짓궂게 던진 질문에도 여유를 잃지 않았다.

"글쎄요, 일단은 타이틀매치에 집중해야겠죠?"

"한창 연애할 나이에 복싱만 하고 있으니 제가 다 안타깝네요. 만약에 타이틀매치 끝나고 좋은 소식 있으면 저한테 제일 먼저 알려주시는 걸로 하죠."

태영은 인터뷰 내내 불안을 느꼈다. 박 기자 특유의 도발이나 자극적인 질문 없는 밋밋한 인터뷰였기 때문이다. 그때였다. 인터뷰를 마무리하던 박 기자가 문득 생각났다는 듯 물었다.

"참, 김 피엠님하곤 어떻게 화해했어요?"

권숙이 아무것도 모르겠다는 표정을 짓자, 박 기자가 곧장 말을 이었다.

"어이구, 김 피엠님 이거 말하면 안 되는 거였나요? 저랑 짜고 기사 터트려서 이 선수 복귀시킨 거, 아직도 비밀인가요?"

태영이 박 기자에게 달려들며 멱살을 쥐었다.

"이 개새끼야!"

태영은 실망했을 권숙의 표정을 차마 확인할 수 없었다. 어떤 변명으로도 용서받을 수 없는 일을 저질렀으니.

"그러니까 사람 우습게 보는 게 아니지." 박 기자가 태영의 손을 털어냈다.

"이제 난 빠지고 두 사람이 얘기 나눌 차롄가?"

박 기자가 권숙에게 이리 오라는 고갯짓을 건넸다.

"김 피엠님이랑 박 기자님 관계 알고 있었어요." 권숙이 두 사람에게 다가서며 말했다.

"박 기자님이 뭔가 착각하신 것 같은데, 전 그 덕분에 도망치기만 하던 삶에서 벗어날 수 있게 됐어요. 그래서 이미 용서한 지 오래예요. 이게 제 대답이에요."

권숙이 덤덤한 얼굴로 태영을 바라보았다.

"김 피엠님 아니었으면 지금도 벌벌 떨면서 앞이 보이지 않는 현실을 원망했을 거예요. 그런데 김 피엠님 덕분에 이제야 옳은 방향을 찾았고, 망설임 없이 나아가게 됐어요. 그렇죠, 우리?"

권숙이 태영을 무력하게 만드는 눈빛으로 물었다. 깊어진 눈동자에는 태영을 향한 믿음이 담겨 있었다. 태영도 권숙의 말을 믿어야 했다.

"어."

태영의 대답에 권숙이 부드럽게 웃었다. 아무 일도 없었다는 듯 가벼운 발걸음으로 체육관을 맴도는 권숙을 바라보는 태영의 가슴 아래에서 묵직한 통증이 올라왔다.

"김 피엠님이 이 정도로 능력자인 줄은 몰랐네."

박 기자가 어이없다는 듯 너털웃음을 터트렸다.

"꺼져."

"그럼요, 꺼져야죠. 볼일 다 봤는데."

태영에게 떠밀려 나가던 박 기자가 말했다.

"아, 나도 약속 지킬 거예요. 김희원 선수 기사 말예요."

그의 목소리는 패배와 거리가 멀었다. 태영을 찍어 누를 카드가 남아 있다는 듯 당당했다. 박 기자는 뜸 들이지 않았다.

"김희원 사건이 지금 왜 이 모양인 줄 알아요? 너무 많은 걸 감췄거든. 그게 난 이상하더라. 죽는 마당에 왜 감췄을까? 다치면 안 되는 사람이 있다는 건데……. 난 그게 꼭 김 피엠님 같단 말이지. 그렇게 각별했는데 유서에 이름 하나 없는 것도 수상하고. 그걸 좀 써볼까 하는데 아직 제자리긴 하지만."

박 기자가 태영의 어깨를 툭툭 두드렸다.

"기우겠죠? 기우이길 바랄게요."

박 기자가 기분 나쁜 웃음을 흘리며 체육관을 나섰다. 휘파람 소리가 복도를 타고 울려와 태영의 신경을 긁어댔다. 틀린 말이 아니다. 태영은 지금껏 희원의 보호 아래 있었다. 목숨과 맞바꾼 자신의 고백이 이렇게 하찮게 여겨질 것을 희원이 모를 리 없었다. 그래도 희원은 마지막까지 태영을 위해 모든 걸 감췄다.

태영은 가만히 주먹을 쥐었다. 이제 자신이 희원을 지켜줄 차례였다. 모든 것을 잃더라도. 그때 눈빛이 마주친 권숙이 희미하게 웃어 보였다. 태영은 함께 웃어줄 수 없었다.


"나는 정말 괜찮다니까요? 너무 신경 쓰지 마요."

권숙은 태영이 사과하면 대답할 말을 연습했다. 박 기자의 폭로에 당황하긴 했지만 화가 나지도 않았다. 언젠가 태영의 말처럼 태영이 아니었어도 다시 세상으로 끌려 나왔을 것이고, 다시

294

도망치기 위해 모든 걸 버려야 했을 것이다. 태영을 만났기 때문에 다시 도망칠 필요 없이 세상 앞에 떳떳이 서는 법을 배울 수 있었다. 그러니 이제는 권숙이 태영을 믿을 차례였다.

하지만 태영은 그날 이후 권숙과 노골적으로 거리를 두며 멀리했다. 호중에게 로드워크를 맡기고 훈련도 참관하지 않았다. 새벽에 나가 권숙이 잠들 무렵에나 돌아왔다. 전화를 걸어도, 메시지를 보내도 답은 없었다. 권숙은 미안한 마음이 너무 커 사과조차 못 하고 얼굴도 마주치지 못하는 것이라 생각했다. 아니, 그렇게 믿고 싶었다.

'오늘은 꼭 할 말이 있으니까 아저씨가 데리러 와요. 올 때까지 아무 데도 안 갈 거예요.'

권숙은 고집스러운 메시지를 보내놓고 태영을 기다렸다. 그가 사과하기 전에 먼저 괜찮다고 말할 생각이었다. 이제는 당연하다는 듯 답장은 오지 않았다. 시계를 쳐다본 권숙은 뚱한 표정으로 죄 없는 발끝을 툭툭 쳐댔다. 그때 평소보다 늦은 시간이긴 했지만 태영이 체육관에 나타났다.

"나는 정말 괜찮아요. 그러니까 아저씨가 너무 신경 쓰지 않았으면 좋겠어요."

자동차가 출발하자 권숙이 오래 간직했던 말을 꺼냈다.

"그래."

무덤덤한 태영의 대답에 권숙의 말문이 막혔다. 전혀 기대했던 반응이 아니었다. 어색한 침묵 속에서 자동차는 오피스텔이 아닌 곳으로 향했다. 차창 밖을 보는 권숙의 표정이 조금씩 일그러졌다. 불길하고도 익숙한 풍경이었다. 저 길 끝에 무엇이 있는지 이미 알고 있었다.

"어디 가는 거예요?"

태영은 대답 없이 자동차를 몰았다. 불길한 예상이 맞았다. 자동차가 선 곳은 철용의 설렁탕 가게, 그러니까 권숙의 집이었다.

"뭐예요? 갑자기 여길 왜 왔어요?"

"너 나랑 미국 갈 거야, 안 갈 거야?"

나지막한 태영의 목소리에서는 무서우리만치 서늘했다. 설득할 마음도, 화를 내거나 애원할 마음도 없는 목소리였다.

"갑자기 무슨 소리예요."

"아직 대답 안 했잖아."

"안 가면, 어떻게 되는데요?"

"갈 거야, 안 갈 거야? 그것만 말해."

권숙은 입을 꾹 다물었다. 생각은 달라지지 않았지만 자신이 대답하는 순간 태영이 어떤 선택을 할지 알 것 같았다.

"좋아."

태영이 글러브박스를 열어 서류봉투를 꺼냈다. 그러고는 가차 없이 찢어버렸다.

"미국행은 이걸로 끝이야. 우리 소꿉놀이도 끝났으니까 이제 집으로 돌아가. 내려."

권숙의 얼굴이 창백하게 식었다. 흔들리는 눈으로 태영을 올려다보았다.

"아저씨, 왜 그래요."

"내리라는 말 안 들려?"

권숙을 바라보는 태영의 눈에는 아무 감정도 담겨 있지 않았다. 차가운 눈을 마주한 권숙의 몸이 파르르 떨렸다.

"나 은퇴시켜주기로 했잖아요. 아직 타이틀……"

"은퇴해. 경기 잡아주고 연습시켜줬잖아. 내 역할은 끝났어. 너랑 있을 이유가 없어."

태영의 단호함에 권숙은 온몸에서 힘이 빠져나가는 것 같았다. 저절로 어깨가 움츠러들었다.

"찾아준다면서요. 내가 해야 할 일이 뭔지 같이 찾자고 했잖아요. 나도 즐겁게 살 수 있게 해준다고 했잖아요."

파도 소리와 음악이 흐르던 밤이, 잊고 싶지 않은 기억이 금방이라도 깨질 듯 흔들렸다. 애원하듯 묻는 권숙의 목소리도 연약하게 흔들렸다.

"찾아줬잖아. 거부한 건 너야. 공들여 준비한 미국행이 무산되는 바람에 내 커리어에 흠집이 생겼어. 이거 회복할 새 선수부터 찾아야 해. 너랑 장난 칠 시간 없으니까 내려."

권숙은 하루아침에 다른 사람이 된 것처럼 차가운 태영이 낯설었다.

"이러지 마요 아저씨. 내가 잘할게요. 이제 투정도 안 부리고, 귀찮게 안 하고, 말도 잘 들을게요."

애원하는 목소리가 떨렸다. 태영은 권숙의 말을 듣지 않고 자동차에서 내렸다. 트렁크를 여닫는 소리가 들리더니 금세 태영이 조수석 문을 열었다. 손에는 권숙의 캐리어가 들려 있었다. 태영은 내리지 않겠다고 발버둥 치는 권숙을 힘으로 끌어냈다.

"갈게요, 미국 가면 되잖아요!" 이대로 끝낼 수는 없었다.

"안 간다며."

"갈 거예요. 아저씨를 좋아하니까. 아저씨가 하자는 건 뭐든지 할 수 있어요. 복싱이든 뭐든 다 할 테니까. 제발 이러지 마요."

자존심 따위를 챙길 여유는 없었다. 태영의 손을 놓치는 순간 영영 이별일 것만 같았다. 무슨 수를 써서라도 태영을 잡아야 했다. 그런 권숙을 보는 태영의 얼굴이 한심하다는 듯 일그러졌다.

"사랑 타령 좀 그만해! 그깟 게 뭐라고 죽어도 하기 싫은 일까지 하겠다는 거야? 그렇게 줏대 없이 사니까 널 이용해 먹으려는 새끼들이 끊이질 않는 거야. 모르겠어?"

냉정하던 태영이 분노에 차올라 소리쳤다.

"남들처럼 평범하게? 언제까지 다른 사람 인생만 훔쳐보며 살 거야? 니 인생을 찾아. 복싱 그만하고 싶으면 남들 인생 흉내 내지 말고 니 인생이나 살라고! 뭘 하고 살아야 할지도 모르면서 사랑 타령이나 하는 널 누가 좋아하고 사랑해 줘?"

태영이 권숙을 식당 안으로 던지듯 밀어 넣었다. 이제 막 저녁 시간을 맞이한 식당의 손님과 종업원들의 시선이 두 사람에게 쏠렸다. 철용 역시 놀란 표정으로 권숙을 바라보았다. 그 시선에도 아랑곳하지 않고 권숙이 태영에게 매달렸다.

"아저씨, 제발!"

"이거 놔. 그리고 철 좀 들어!"

큰 소리로 권숙을 밀어내는 태영의 눈동자가 흔들렸다. 그의 두 눈이 지금 하는 말은 모두 진심이 아니라고 말하고 있었다.

"이제 니 투정 받아주는 것도 지긋지긋해. 그러니까……, 이제 제발 내 인생에서 꺼져."

마지막 말을 남긴 태영이 돌아서서 나갔다. 태영이 떠났다.

"들어가서 씻어라."

철용은 아무것도 보지 못한 척, 잠시 외출했다 돌아온 딸을 맞이하듯 말했다. 멍하니 서 있던 권숙이 식당 밖으로 달려나갔다. 태영의 자동차는 벌써 저만큼 멀어져 있었다. 권숙은 그대로 달려 태영의 뒤를 쫓았다.

"아저씨, 문 좀 열어줘요! 나와서 다시 얘기해요. 아깐 당황해서 하고 싶은 말 하나도 못 했어요. 그러니까 문 좀 열어요, 네?"

오피스텔에 도착한 권숙이 열리지 않는 현관을 두드리며 소리쳤다. 어느새 도어록의 비밀번호까지 바뀌어 있었다. 안에선 아무런 말도 들리지 않았다. 소란에 놀란 이웃들이 문을 열고 권숙을 힐끔거리기도 했지만 금세 문을 닫고 돌아섰다. 권숙은 다시 문을 두드렸다.

"문 열라고요! 아저씨 거짓말한 거 다 알아! 내가 싫어서 이러는 거 아니잖아!"

현관문을 두드릴 때마다 가슴이 울렸다. 터져 나온 눈물이 시야를 가렸다. 어둠 속에서 권숙은 계속해서 태영을 불렀다.

"나와서 말 좀 해봐요. 제발, 난 못 믿겠으니까……."

태영은 이렇게 한순간에 권숙을 포기하고 돌아설 사람이 아니었다.

더는 문을 두드릴 힘도 없는 권숙이 현관 앞에 쪼그려 앉았다. 태영에게 전화를 걸었었지만 받지 않았다. 이번엔 메시지를 보냈다. 답장은 없었다. 권숙은 무릎 사이에 얼굴을 묻고 울었다. 그때 엘리베이터 문이 열리는 소리가 들렸다. 센서 등이 하나씩 켜지며 복도가 점차 밝아졌다. 엘리베이터에서 내린 남자는 권숙을 향해 걸어왔다. 빛에 뭉개진 남자의 얼굴을 확인하려 눈을 가늘게 떴다. 아빠였다. 밀려오는 실망에 권숙이 고개를 떨궜다. 철용이 힘없이 말했다.

"집에 가자."

지친 권숙은 다 끝났다는 표정으로 차에 올랐다. 모든 상황이 혼란스러워 아무것도 생각할 수 없었다. 두 사람은 집으로 돌아오는 내내 한마디도 하지 않았다.

"자거라."

철용은 이 한마디를 남기고 방문을 닫았다. 권숙은 침대 위에 멍하니 앉아 있었다. 오늘 자신에게 일어난 일들이 모두 꿈처럼 느껴졌다. 눈이 어둠에 적응하자 한때 익숙했던 방 안 풍경이 보였다. 처참하게 흐트러졌던 마음이 조금씩 가라앉으면서 태영을 향한 생각이 다시금 살아났다. 그렇게 모진 말을 듣고도, 그렇게 거칠게 버려지고도 아직은 태영을 미워할 수 없었다. 그는 지금 어디에 있을까. 또 무슨 일이 생긴 건 아닐까. 이런 상황에서도 태영만 걱정하고 있는 자신이 한심했다. 터져 나오는 눈물을 베개에 묻었다. 사실은 태영이 너무도 보고 싶었다.

뜬눈으로 밤을 지새운 권숙은 해가 뜰 무렵 캐리어를 들고 방을 나섰다. 계단을 내려가려던 권숙은 문득 엄마와 함께 지냈던 옥상이 궁금했다. 지치고 외로울 때마다 올라가 한참을 앉아 있던 엄마의 공간. 이제는 엄마도 없고 화원도 없지만 마지막으로 옥상에 올라가 보고 싶었다. 오늘 이곳을 나가면 다시는 돌아오지 않을 생각이었다. 조용히 옥상으로 오르는 계단을 밟았다. 그런데 열린 옥상 문틈으로 은은한 꽃향기가 풍겼다. 계단을 뛰어 올라가 문을 열어젖혔다.

화원은 그대로였다. 가을꽃과 나무가 분분하게 피어 있었다. 놀란 눈으로 살피던 권숙은 이내 이곳이 엄마의 화원이 아니라는 걸 알았다. 꽃들은 색과 향을 고려하지 않은 채 삐뚤빼뚤 제멋대로 심어져 있었고, 잎은 제때 가지를 치지 못해 산발한 머리칼처럼 부풀어 있었다. 꽃을 살피던 권숙은 인기척에 뒤를 돌아보았다. 잠옷 차림의 철용이 서 있었다. 그랬다, 옥상은 이제 철용의 화원이었다. 두꺼운 마디마다 옹이가 진, 권숙과 닮은 손으로 직접 흙을 파고 꽃을 다듬으며 화원을 지켜온 것이다. 대치하듯 선 두 사람은 한참을 말없이 서로만 바라보았다. 차가운 새벽

바람이 불어왔고 철용이 조심스레 권숙에게 다가오려 했다.

"오지 마요."

권숙은 냉정하게 철용을 막았다. 순간 치밀어 올랐던 감정을 다잡으며 주먹을 쥐었다. 화원은 철용이 자신을 붙잡기 위한 함정이었다.

"가지 마라."

어두운 얼굴의 철용이 고개를 숙이며 말했다. 철용의 손에는 권숙이 계단에 놓고 온 캐리어가 들려 있었다.

"타이틀전 끝날 때까지만이라도 여기서 지내라."

권숙은 드디어 철용이 본색을 드러냈다고 생각했다. 이 집에 남는 순간부터 철용은 복싱을 강요할 것이고 훈련으로 제대로 숨도 쉬지 못할 시간이 반복될 것이 분명했다.

"왜요, 또 복싱시키고 싶어서요? 이제부터 다시 매일 아침저녁으로 죽도록 훈련하자구요?"

"복싱 따위 안 해도 되니까!" 소리를 지른 철용이 차분하게 애원했다.

"여기 있어라. 부탁이다. 아무것도 참견하지 않을 테니까."

참혹한 얼굴로 서 있던 철용이 캐리어를 문 앞에 놓고 돌아섰다. 그리고 옥상을 내려가기 직전에 말했다.

"네 인생, 힘들게 만들어서 미안하다."

꿋꿋이 버티고 서 있던 권숙이 맥없이 주저앉았다. 고개 숙인 권숙의 어깨가 유난히 좁아져 있었다.

"안녕하십니까."

방으로 돌아와 눈을 붙이고 있던 권숙은 아래층에서 들려온 호중의 목소리에 식당으로 내려갔다. 철용에게 굽실거리며 식당 일을 돕는 호중이 보였다. 혹시나 하는 마음에 주변을 살폈지만, 태영은 없었다. 권숙을 발견한 호중이 반갑게 다가왔다.

"얼마나 놀랐다고. 태영 형님이 그래서."

"아저씨가 뭘?"

"우리 뒤통수를 쳤잖아."

"우리?"

"말도 마. S&P에서 갑자기 돈을 끊었어. 우리 체육관 그거 하나 바라보면서 저녁 회원만 받고 근근이 살아온 거 너도 알지? 회원들 모일 때까지 체육관 닫아야지 별수 있냐? 여기에도 체육관 있다며? 거기 좀 빌리자."

한숨을 섞어가며 비통한 듯 말하는 호중의 연기는 너무 어설 펐다. 권숙은 그 의도를 알 것 같았다.

"아저씨가 보내서 왔지?"

"형님이 날 보냈다고? 왜?"

뻔뻔한 척 애를 쓰는 호중의 모습에 확신이 들었다.

"회사에서 내 연습비 미리 지급한 거 알고 있거든? 그리고 그 돈 없어서 문 닫을 정도로 체육관 상황이 나쁜 것도 아니잖아. 아저씨 어디 있어?"

"모, 몰라 나는. 야, 그리고 내가 빚이 얼마나 많은데. 차도 할

부고, 이 신발도 할부고. 또 뭐냐…….”

말도 안 되는 호중의 변명이 길어질수록 모든 것이 태영이 계
획한 것이란 게 드러났다. 이유야 어찌 되었든 태영이 여전히 권
숙을 생각하고 있다는 것만은 분명했다. 밤새 권숙을 지치게 했
던 긴장이 조금은 풀어지는 것 같았다.

“나 조금만 더 잘게. 그리고 체육관 쓰려면 청소부터 해. 오래
안 써서 훈련 못 할 거야.”

잠시 눈을 붙인 권숙이 지하 체육관으로 내려갔을 때, 그곳은
신나게 날뛰는 아이들로 시끌벅적했다. 그동안 매일 이용한 듯
깨끗하게 정비되어 있었다. 철용은 천둥벌거숭이 같은 아이들
을 하나하나 잡아 지도하고 있었고 호중이 옆에서 보조를 자처
하며 동분서주하는 중이었다.

“아빠 하나도 안 변했어!”

권숙이 철용에게서 미트를 빼앗으며 소리쳤다.

“왜요? 이번엔 이 애들을 아빠가 못 이룬 세계 챔피언으로 만
들려고요? 나 같은 괴물을 또 만들고 싶어요?”

권숙의 히스테릭한 반응에 아이들이 겁을 먹은 듯 철용 뒤로
숨었다. 철용이 괜찮다며 아이들을 어르고는 말했다.

“이제 싫다는 놈들은 안 시킨다. 저 좋다는 놈들만 시켜.”

“거짓말!”

철용은 더는 권숙의 싸움을 받아줄 생각이 없다는 듯 다시 아
이들과 연습을 시작했다. 호중이 권숙을 체육관 한쪽으로 데리

고 갔다.

"신경 쓰지 말자. 이 선생님하고는 서로 참견 안 하기로 했으니까."

연습이 시작되었지만 권숙은 철용에 대한 의심을 지우지 못했다. 자꾸만 아이들에게 눈이 갔다. 아빠의 말은 진실일까. 아이들의 연습에서는 어떤 강요도 찾아볼 수 없었다. 철용은 아이들이 못하면 못하는 대로, 하고 싶어 하는 만큼만 지도하며 놀이하듯 시간을 보냈다. 죽도를 휘두르며 더 빠르게 움직이고, 더 강하게 치라고 위협적인 목소리를 높이던 사람은 보이지 않았다.

"회오리 펀치!"

아이가 만화에서나 볼 법한 기술을 외치며 우스꽝스러운 펀치를 날렸다. 그래도 철용은 묵묵히 미트를 대주었다.

"손날로 치면 파워가 약하니까 정권으로 해보자. 다시 회오리 펀치!"

장난스런 연습에 권숙은 조바심이 났다.

"야, 꼬맹이. 발을 그렇게 넓게 벌리면 공수 전환할 때 자세 무너져."

한 라운드의 훈련이 끝난 뒤 권숙이 링을 내려가 철용의 눈을 피해 슬쩍슬쩍 아이들의 자세를 교정해 주기 시작했다.

"그쪽 코치하고 서로 참견하지 않기로 약속한 걸로 아는데."

철용은 권숙의 간섭을 허용하지 않았다. 다시 아이들을 지도 하는 철용을 바라보던 권숙이 물을 마시는 호중에게 다가갔다.

"아저씨 어디 있어?"

"뜬금없이 왜 이래? 모른다니까."

"우리 아빠가 우리 무슨 연습하는지 모를 것 같아? 근데 암말 안 하는 건 아저씨한테 다 들어서 알고 있는 거잖아. 그래서 나 집에 들어올 때도 기다리고 있던 거였고. 지금 다들 짜고 나 속이고 있는 거잖아. 아저씨 어디 있어."

호중이 철용의 눈치를 살폈다. 철용은 모르쇠로 일관하며 아이들을 지도하고 있었다. 권숙은 호중의 옆구리를 꼬집었다. 짧은 비명을 내지른 호중이 하는 수 없다는 듯 입을 열었다.

"무슨 일이 있다는 건 알겠는데, 자세한 사정은 나도 몰라. 그냥 너 집 밖에 못 나가게 하라는 말만 들었어. 진짜야."

훈련 시간을 알리는 버저가 울렸다. 링에 올라가던 권숙이 로프에 이마를 기대며 혼잣말을 내뱉었다.

"바보 같아."

2

서울의 어느 아파트 단지 앞, 자동차에 앉아 아파트 입구만 바라보던 태영이 내렸다. HH치타스의 감독이 어린 손자를 데리고 외출한 것이다. 프로야구 공식 경기가 모두 끝난 직후 경질된 감독은 태영의 생각과 달리 편안한 얼굴이었다. 그네에 앉은 아이의 등을 밀어주거나 함께 시소를 타는 모습은 즐거워 보이기까지 했다. 아이가 또래 친구들과 어울리기 시작하자 감독은 벤치에 앉아 그 모습을 바라보았다.

"희원이 형 아들 이제 일곱 살이에요. 감독님 손자보다 고작 두어 살 많아요."

숨죽이고 지켜보던 태영은 감독 앞에 나타났다. 마치 기다리고 있었다는 듯 감독은 놀라지 않았다.

"그러게 말일세. 어쩌자고 어린 아들을 두고 그런 선택을 했는지……."

"말씀 한번 잘하셨네요. 누가 희원이 형을 죽게 만들었는데."

감독의 뻔뻔함에 태영이 울컥거렸다.

"우리 모두지."

"우리 모두라고요?"

태영이 감독의 멱살을 잡았다. 그때 친구들과 놀던 아이가 이쪽을 바라보았다. 감독은 태영에게 잡힌 멱살을 풀면서 손자에게 괜찮다는 듯 손을 흔들어주었다.

"그럼 자네는 김희원의 죽음에 대해 책임이 없다는 건가?"

"저는 한 경기뿐이었습니다." 태영이 이를 악물고 말했다.

"그 뒤로는 단 한 번도 그런 더러운 짓 하라고 등 떠민 적 없다구요. 젠장!"

"나도 떠민 적 없어. 그따위 정신력밖에 안 되는 녀석이 승부 조작을 할 수 있을 거라 생각했던 게 잘못이지."

"그럼 대체 왜 계속한 겁니까?"

"김희원이 칼자국한테 직접 받은 계약금이 있었어. 아마 그 위약금 때문이었을 거야."

어떠한 이야기를 들어도 놀라지 않겠다고 마음먹은 태영은 충격에 빠졌다. 칼자국이 자신 몰래 희원마저 돈으로 옭아맸다니. 태영은 온몸의 피가 거꾸로 솟는 것 같아 얼굴을 문질렀다. 모두 자신의 잘못이었다. 희원을 외면하지 않았더라면. 그럼 모든 사실을 알았을 것이고, 최소한의 협상이라도 해서 희원의 계속된 승부 조작을 막을 수 있었을 것이다.

"사실 김희원은 첫 번째 승부 조작만으로도 이미 죽은 거나 마찬가지였어."

감독이 말했다.

"그따위 정신력이라고 했지? 정정함세. 김희원은 정직한 프로였어. 그래서 길을 벗어난 순간 죽어 버린 게지. 헛된 욕심에 눈이 돌아가는 인간이었으면 안 죽었을 거야. 우리처럼."

태영은 할 말을 잃었다. 며칠 전 철용과의 만남이 떠올랐다. 제 발로 걸어 들어오지 않은 권숙을 억지로 잡아둘 수 없다던 철용에게 태영은 권숙과의 거래를 털어놓았다. 타이틀매치에서 지기로 했다는 말을 하자마자 철용의 주먹이 날아왔다. 어깃장을 놓던 때와 달리 온 힘을 다한 펀치였다. 철용의 주먹에 몇 번이고 나뒹굴면서도 태영은 은퇴를 원하는 권숙이를 위해 해줄 수 있는 일은 이것뿐이라고 외쳤다.

"틀렸어, 이 자식아! 그건 권숙이를 위한 일이 아니야!"

철용은 자신의 주먹이 부서졌을 때 너무도 쉽게 은퇴를 결정했다. 그동안 한 번 부서진 주먹이 몇 번이고 부서져 가루가 된 선배들을 많이 봐왔기 때문이었다. 그때 아내의 배 속에는 아기가 자라고 있었다. 가족을 먹여 살리려면 더는 몸을 혹사할 수 없었다. 그 순간에는 은퇴가 가장 옳은 선택이라고 생각했다.

"하지만 나는 은퇴하지 못했어. 왜인 줄 아나? 선수로서 마무리도 못 하고 도망쳤기 때문이야."

철용은 자신의 은퇴를 납득하지 못했다. 세계 챔피언 타이틀을 얻지 못해서가 아니었다. 도망치듯 링에서 내려온 자신을 용서할 수 없었다. 은퇴 후 5년이 지났을 즈음 철용은 복귀를 준비했다. 이번에는 제대로 은퇴하고 싶었다. 어느 날 다섯 살 권숙이가 철용의 연습을 지켜봤다. 장난처럼 내지른 아이의 펀치는 철용의 허벅지에 시퍼런 멍을 남겼다.

"그 멍을 보자마자 권숙이가 내 꿈을 이어갈 거라 생각했어. 그래서 그날로 복싱을 접었어. 제대로 된 은퇴는 당연히 못 했지. 그런데……, 사실을 말해 줄까? 난 두려웠어."

철용의 몸은 예전과 달랐다. 세계 챔피언 타이틀전은 고사하고 도전권 획득조차 어려워 보였다. 복귀는 너무 늦은 결심이었고 세계 랭커들은 모두 상대하기 버거운 괴물처럼 느껴졌다. 결국 이번에도 딸에게 책임을 넘기고 도망쳐 버리고 말았다.

"자네가 그랬지? 권숙이가 2년 전의 일을 마무리 짓고 싶어 한 다고. 나는 기뻤어. 나완 다르게 일찍 깨달았으니까. 내 딸이 벌 써 어른이 되었으니까."

철용이 왈칵 쏟아지려는 눈물을 삼키고 말했다.

"자넨 지금 권숙이를 산 채로 죽이려는 거야. 죽는 날까지 후 회하게 만드는 거라고. 자네는 선수들 심정을 몰라!"

태영도 알고 있었다. 퇴부를 제안받고 야구를 떠났던 태영 역 시 비참해지지 않으려 도망쳤으니까. 돌이켜 보면 태영이 그리 워한 것은 그라운드가 아니었다. 그라운드와 이별할 수 있는 마 지막 경기였다. 그걸 알면서도 먹고 살기 위해서라는 명분을 앞 세워 희원을 조작 경기에 떠밀었다. 희원을 죽인 건 그가 마운드 와 이별할 시간을 빼앗은 태영 자신이었다. 그동안 자신이 멋대 로 은퇴시킨 선수들에게도 지난 시간과 작별할 기회를 주지 않 았다. 태영은 자랑스럽게 여겨왔던 에이전트로서의 삶을 부정 당하는 기분이었다.

"김희원을 위해 나도 정말 열심히 기도하고 있네."

감독이 태영의 손을 꼭 잡고 말했다.

"그러니까 이제 그 사건은 들쑤시지 말자고. 잘 정리되고 있지 않은가."

잠시 착각에 빠졌던 태영이 정신을 차렸다. 희원을 죽인 것은 자신이었지만, 혼자는 아니었다. 태영이 이를 악물었다.

"칼자국 어디에 있습니까?"

"좋은 게 좋은 거라고 자네도 야구인이었잖나. 지금 프로야구가 이렇게 사랑받는데 괜히 일 키워서 뭘 하겠나."

"고름은 짜내야 건강해지죠. 칼자국 같은 건달은 몰아내야 합니다."

"그럼 우리는? 우리는 괜찮은 건가?"

감독이 의심을 풀지 못한 채 물었다.

"감독님 말씀대로 프로야구는 지켜야죠. 칼자국이 설사 뭔 짓을 하더라도 아는 형사와 기자들이 도와줄 겁니다."

감독은 한참이나 태영을 바라보았다. 태영은 말 대신 굳게 다문 입으로 믿음을 표현했다.

"나도 모르네. 땅으로 꺼졌는지, 하늘로 솟았는지. 못 받은 미수금도 있는데."

감독이 머뭇머뭇 말을 이었다.

"사실 내가 그쪽에 베팅을 좀 했었거든……. 사이트 정리하고 회원들한테 새 사이트 연다고 메일을 보내왔어. 아마도 단체 메일이겠지. 내가 도울 수 있는 건 이게 전부일세."

감독에게 칼자국의 새로운 불법 도박장의 홈페이지 주소를 넘겨받은 태영이 일어났다. 감독은 태영을 배웅하며 몇 번이나 자신의 안전을 확인했다.

"저라고 죽고 싶겠습니까? 우리는 서로 믿어야죠."

물론 거짓말이었다. 감독이 안심하며 손자에게 돌아간 뒤 태영은 재킷 안주머니에 들어 있는 핸드폰을 꺼내 녹음 종료 버튼을 눌렀다. 이번 사건에 연루된 사람은 누구도 살려두지 않을 생각이었다. 자신조차도.

핸드폰을 안주머니에 넣으려던 태영은 권숙의 메시지를 발견하고는 확인을 망설였다. 다정하게 태영을 부르던 목소리가 귓전에서 맴돌았다. 권숙을 떼어놓겠다고 결심했을 때만 해도 태영은 담담했다. 오히려 감당하기 어려울 만큼 거침없이 다가오는 권숙의 폭주를 제어할 기회라고 생각했다. 하지만 철용의 식당으로 권숙을 끌고 가던 그때 울먹이며 매달리던 권숙의 얼굴이 자꾸 떠올라 태영을 괴롭혔다.

다시 만날 수 있을까. 태영은 고개를 저었다. 이제 권숙을 다시 볼 일은 없을 거라고 굳게 결심했다. 그럼에도 계속해서 뒤를 돌아보는 자신이 혼란스러웠다. 두 번 다시 똑같은 과오를 저지르지 않겠다고 다짐해 놓고 또 흔들리는 자신이 한심했다. 그것도 한참이나 어린 여자에게. 오래전 수경에게 그랬듯 이번에도 권숙이 가진 재능에 매료된 것일 터였다. 권숙이 가야 할 길을 함께 찾아주겠다는 약속을 지키지 못한 게 마음에 걸려서 남은 미련일 것이라고, 다른 이유는 없다고 마음속으로 되뇌었다.

태영의 손가락은 여전히 문자메시지 위에서 맴돌고 있었다. 하지만 태영은 이내 핸드폰을 재킷 속에 집어넣었다. 이제 태영은 권숙에게 아무런 필요가 없었다. 확실한, 그리고 반드시 지켜야 하는 한 가지는 태영은 권숙 곁에 있어서는 안 된다는 것뿐이었다. 싫다는 권숙을 억지로 몰아붙이며 밀어냈던 날 정처 없이 흔들리며 자신을 바라보던 권숙의 눈동자와 울먹이던 목소리가 다시 떠올랐다. 태영은 핸들에 머리를 기댔다. 클랙슨이 눌리며 비명 같은 경적이 태영에게 경고하듯 오래도록 울렸다.

"어깨가 흔들리잖아! 어깨가! 그럼 힘이 나, 안 나?"

철용이 마대자루로 호중의 어깨를 툭툭 건드리자 호중이 크게 대답했다.

"안 납니다!"

벌써 30분째였다. 링 위에 누운 권숙은 체육관 한쪽에서 철용에게 굽실거리며 조언을 구하는 호중을 바라보고 있었다. 아무리 철용의 팬이라지만 이해가 가지 않았다. 이미 은퇴까지 했으면서 잘못된 펀치 습관을 지도받는다고 해서 달라질 게 뭐가 있는지. 게다가 철용도 싫지만은 않은지 잔뜩 거드름을 피우며 꼬치꼬치 잔소리를 이어가고 있었다.

"화장실 다녀와서 다시."

"제가 모시겠습니다."

호중이 깍듯한 몸짓으로 철용을 대했다. 권숙은 다시 핸드폰으로 눈을 돌렸다. 역시 태영에게서 온 연락은 없었다. 다 이해할 테니 이유를 알려달라고 몇 번이나 메시지를 보냈다.

"이모가 이권숙이죠?"

철용이 나가자 아이들이 슬금슬금 링으로 모여들었다.

"이모 아니라 누나거든."

권숙은 핸드폰에서 눈을 떼지 않은 채 대꾸했다.

"가, 누나 바쁘니까."

"샌드백 치는 거 한 번만 보여주면 안 돼요?"

"이모 엄청 세다면서요."

"누나라고, 누나."

아이들은 핸드폰만 쳐다보느라 자신들에겐 눈길조차 주지 않는 권숙에게 실망한 듯 우르르 한쪽으로 몰려가 몸을 풀기 시작했다. 신경 쓰지 않으려던 권숙은 자신도 모르게 아이들에게 시선이 갔다. 올망졸망 모여 하나둘, 하나둘 준비운동 중인 아이들도 권숙을 힐끔힐끔 훔쳐보느라 설렁설렁 움직이고 있었다.

"운동할 때 집중 안 하면 다쳐."

핸드폰을 내려놓은 권숙이 글러브를 착용하며 말했다.

"우리 아빠한텐 말하지 마라. 또 잔소리하니까."

아이들은 기다렸다는 듯 링에서 내려오는 권숙의 주변으로 몰려들었다. 반짝이는 눈망울과 환하게 웃는 커다란 입에는 어느새 기대감이 잔뜩 차올라 있었다. 권숙이 물었다.

"니들은 정말 복싱이 재밌냐?"

"네!" 아이들이 큰 소리로 대답했다.

"너네 엄청 못해. 근데도 재미있어?"

"네!"

"왜? 잘해야 재미있지."

"코치님이 우리는 애들이니까 못 해도 된다고 했어요. 재미있

314

으면 된다고."

"우리 아빠가?"

"네!"

아이들이 다시 큰 소리로 입을 모아 말했다.

"빨리요, 코치님 오기 전에요."

아이들의 재촉에 권숙은 어쩔 수 없다는 듯 샌드백을 쳤다. 주먹이 닿을 때마다 샌드백이 움푹 패였다. 그럴 때마다 아이들의 함성도 함께 터졌다. 한참 샌드백을 치던 권숙은 계단 위에서 들려오는 소란을 눈치채고 주먹을 멈췄다.

"초등학생 복싱 교실이라면서요? 이게 무슨 초등학생이 치는 샌드백 소리예요!"

체육관으로 내려오는 계단을 막고 선 철용과 호중의 맞은편에 트레이닝복 차림의 여자가 서 있었다. 지겹게 돌려봤던 시합 영상 속 얼굴, 이한아름이었다.

"없대도 그러네. 기사 못 봤어? 이 선생님 권숙이랑 의절하고 사는 분이셔."

"트위터에 올라온 거 모르죠? 이권숙이 여기서 밥 먹는 거 봤다는 사람이 몇인데요. 그리고 선배님, 이권숙 코치잖아요!"

한아름의 지적에 철용이 호중을 한심하게 바라보았다. 호중이 무안한 듯 머리를 긁적였다. 그사이 한아름이 철용과 호중 사이를 파고들었다. 그리고 아이들과 함께 있는 권숙을 발견했다. 가까스로 한아름을 잡은 철용이 소리쳤다.

"프로면 프로답게 행동해. 시합 이제 일주일 남았어. 탐색을 하려면 매칭이 되기 전에 왔어야지!"

권숙이 철용과 호중을 밀어내며 말했다.

"내 손님이에요."

아이들을 내보낸 권숙이 한아름을 체육관으로 안내했다. 권숙이 돌아서자마자 한아름이 뺨을 내리쳤다. 순식간에 벌어진 일이었다. 그녀는 뺨을 감싸 쥔 권숙에게 종이 한 장을 던졌다. 권숙을 이길 방법, 정확히는 권숙의 습관과 특징을 자세하게 설명한 메모였다. 누구의 글씨인지 고민할 필요도 없었다.

"너 지금 장난해? 이 정도 핸디캡은 잡아줘야 상대가 될 거 같아? 내가 그렇게 우스워?"

"오해예요, 언니. 제가 설명할게요."

순간 한아름이 다시 손을 휘둘렀다. 권숙도 두 번 당하지는 않았다. 권숙에게 팔목을 잡힌 한아름이 소리쳤다.

"닥치고 맞아! 이건 니가 망쳐놓은 복싱에 대한 몫이니까."

복싱계는 멋대로 퇴장한 권숙 때문에 어느 때보다 비참한 시절을 보냈다. 복싱을 향한 대중들의 작은 관심까지 권숙이 모두 가지고 떠나버린 탓이었다. 대한민국에서 복싱은 곧 이권숙을 상징했다. 상징을 잃어버린 채 남겨진 사람들은 철저한 무관심 속에서 외롭게 싸웠다. 신인왕전부터 챔피언 타이틀매치까지 경기조차 마음대로 열 수 없는 상황이 계속되었다.

"그게 왜 내 잘못이에요? 복싱 때문에 불행했던 건 나도 마찬가지였어요."

권숙도 지지 않고 대들었지만 돌아오는 것은 비웃음뿐이었다.

"불행? 나는 네가 떠나고 의무 방어전 기한을 채우지 못해서 챔피언 타이틀을 박탈당했어. 시합 상대도 없고 스폰서도 없었으니까. 간신히 기어 올라와서 다시 찾은 타이틀이야. 그런데 또 나타났어. 너랑 안 싸우면 또 타이틀을 박탈당할 거라고 협박하면서."

한아름이 이를 악물었다.

"복싱은 내 전부야. 그걸 네 선택 하나로 할 수 있다, 없다로 결정하는 게 화가 나. 싸울 가치도 없는 인간하고 붙어야 하는 것도 열받아 죽겠는데, 네까짓 게 감히 나를 가지고 놀아?"

한아름의 눈가에 눈물이 맺혔다. 권숙은 다문 입을 열지 못했다. 한아름이 다시 권숙의 뺨을 내리쳤다.

"열여섯 살 때부터 복싱을 위해 모든 걸 포기하고 살았어. 저번 시합도 네가 도망치지 않았으면 내가 이겼을 거야. 난 재능 하나 믿고 제멋대로 사는 인간한테 절대 안 져. 그러니까 이번에도 이길 거야. 세상 사람들 앞에서 널 철저하게 밟아줄 거야. 그래서 네가 아무것도 아니라는 걸 증명할 거야."

호중이 달려와 한아름을 끌어냈다.

"그만 가라. 선수라면 링에서 실력으로 말해. 입으로 떠들지 말고."

"오늘 맞은 게 억울하면 도망치지 마. 링에서 실컷 복수해 보든지. 난 자신 있으니까."

호중을 뿌리친 한아름이 당당히 체육관을 나섰다. 속사포처럼
쏟아진 한아름의 공격을 받은 권숙은 혼란스러웠다. 호중이 권
숙의 어깨를 잡고 흔들었다.

"아무것도 듣지 마. 다 개소리니까. 알겠지?"

권숙이 분을 이기지 못하고 글러브를 벗어 바닥에 팽개쳤다.
참을 수 없이 화가 났다. 한아름 때문만은 아니었다. 분명 그보
다 더 억울하고 화가 나는 이유가 있는 것 같았지만 무엇인지 설
명할 수 없었다. 먼발치서 지켜보던 철용이 다가와 글러브를 주
워 들고 먼지를 털어냈다.

"아빠 때문이잖아요!"

표적을 잃고 헤매던 분노는 철용을 향한 해묵은 원망에 명중
했다.

"난 한 번도 나쁜 짓을 한 적이 없는데 왜 사람들한테 미움받
아야 해요. 왜 나만 나쁜 년이라고 욕을 먹어요. 왜 나 때문에 다
른 사람들까지 불행해져야 하냐고요. 왜!"

"미안하다."

철용이 무너지듯 사과했다. 권숙은 할 말을 잃었다.

"차라리 예전처럼 뻔뻔하게 말해요. 그래도 복싱을 해야 한다
고, 그게 네 숙명이라고 강요하라고요!"

"내가 그럴 자격이나 있냐. 네 말마따나 딸 인생 망친 애빈
데……."

철용이 참담한 얼굴로 고개를 숙였다. 권숙은 철용을 노려보았다.

"아빠가 제일 나빠요. 나한테 미안하면 내가 미워할 수 있게라도 해줘야지. 이제 와서 죄인처럼 굴면 나는 어쩌란 말이에요."

언제나 완고하고, 고집스럽고 강인했던 아빠는 이제 없었다. 지금 권숙 앞에 선 철용은 툭 건들면 금방이라도 무너질 것처럼 약하고 위태로워 보였다. 권숙은 고개를 돌렸다. 보고 싶지 않았다. 언제나 강하기만 했던 아빠가 무너지는 걸 보는 순간 권숙의 안에서도 거대한 것이 와르르 무너져버릴 것만 같았다. 권숙은 아빠를 외면하고 계단을 달려 올라갔다.

"괜찮냐?"

화원을 정리하던 권숙이 뒤를 돌아보았다. 호중이었다. 권숙은 돌담을 밀어 흘러내리는 모래를 단단히 지지하도록 만들었다. 이마에 송골송골 맺혀 있던 땀 한 방울이 뺨을 타고 흘러내렸다. 조금은 속이 시원해지는 것 같았다.

"나쁜 년이지, 나?"

권숙이 난간에 몸을 기대며 물었다.

"이 선생님도 잘못하셨지."

호중이 변명처럼 재빨리 덧붙였다.

"지금 말고, 예전에 말이야."

권숙이 힘없이 웃었다.

"대표님, 나 왜 화가 나는지 알 거 같아. 아빠도 아니고, 언니도 아니야. 신에게 화가 나. 왜 내가 원하지도 않는 재능을 줬는지 모르겠어. 한아름 언니처럼 복싱이 간절한 사람한테 줬으면 좋았을 텐데."

"그러게. 필요한 사람한텐 재능을 안 줬네."

호중의 씁쓸한 목소리가 가을바람에 힘없이 흩어졌다. 권숙이 난감한 얼굴로 고개를 떨궜다.

"미안. 그런 뜻은 아니었는데."

"알아. 근데 너만큼은 아니래도 누구나 재능은 있어. 그러니까 나도 세계 4위까지 갔고, 한아름도 챔피언이 됐고."

"대표님은 은퇴 후회해?"

"갑자기 왜?"

"복싱 얘기할 때마다 아쉬워하는 거 같아서. 복싱을 엄청 좋아하는 것도 느껴지고."

잠시 망설였던 권숙이 조심스레 물었다.

"좋아하는 걸 한다는 건 어떤 느낌이야?"

"글쎄." 호중이 잠시 고민하는 듯 말을 골랐다.

"굳이 말하자면 잘하고 싶은 느낌이랄까."

"잘하고 싶은 느낌? 그런 느낌이 뭐야?"

"그냥 내가 좋아하는 거니까 지금보다 잘하고 싶어서 죽어라 연습하고, 조금씩 나아지는 그 기분이 좋아서 계속했지. 처음부터 잘하는 사람은 없으니까. 너 같은 천재가 아니면."

호중이 씁쓸한 듯 입맛을 다셨다.

"대표님도 아저씨가 미웠겠다. 그렇게 좋아하는 일을 못 하게 했으니……."

"그렇진 않아. 그때 은퇴 안 했으면 어머니 전세금이랑 동생 대학 등록금도 마련 못 했을걸. 지금 생각해도 제일 적당한 타이밍에 은퇴한 것 같아. 형님이 내 인생에 레프리 스톱을 해준 거지. 진심으로 감사하고 있어."

권숙은 말없이 고개를 끄덕였다. 앞으로 해야 할 일을 함께 찾아주겠다던 태영의 목소리가 맴돌았다. 무책임하게 떠나 버린 태영이 원망스러웠다. 광활한 사막 한가운데 홀로 남겨져 더는 한 발짝도 나아갈 수 없는 막막하고 황망한 감정이 밀려왔다.

"은퇴하고 난 다음이 걱정돼?"

호중이 권숙의 생각을 읽었다는 듯 물었다. 권숙은 쉽게 대답하지 못했다.

"솔직히 아무것도 모르겠어. 내가 뭘 해야 하는지."

"그럼 은퇴를 미루고 할 수 있는 걸 하는 건 어때? 복싱 말야."

"난 복싱이 싫어. 대표님은 내가 어떻게 살았는지 모르니까 나한테 처음부터 잘했다고 말하는데, 아니야. 매일 죽고 싶을 만큼 힘들게 훈련했어. 그러면서 실력이 늘긴 했지만 한 번도 즐겁지 않았어. 오히려 점점 강해지는 내가 섬뜩했어."

울컥 치밀어 오르는 감정에 권숙이 입을 다물었다. 생각이 엉켜 아무것도 떠오르지 않았다. 헛헛한 얼굴로 난간에 기댄 권숙이 고개를 묻었다.

"아무것도 모르겠어. 지금까지 뭘 하고 산 거지? 그 시간이 무슨 의미가 있고. 아니, 나 정말로 뭘 하고 싶었던 걸까? 대표님."

호중은 그저 말없이 권숙의 어깨를 다독여주고는 조용히 옥상을 내려갔다. 권숙은 동네의 복잡한 골목길을 내려다보았다. 아직 가로등이 켜지지 않아 어둠에 뭉개져 가는 골목 어딘가에 버려진 기분이었다.

그날 밤 권숙은 침대에 누워 한아름이 쏟아 놓고 간 비난을 되새겼다. 무엇을 해야 할지도 모르고 목적 없이 흘러온 삶이라는 태영의 말도 떠올랐다. 불평하고 도망치기만 했던 나날과 갈 길도 모른 채 되는대로 떠돌며 살아온 지난 시간에 숨이 막혔다. 태영의 말처럼 자신이 그저 투정만 늘어놓고 사랑 타령이나 해대는 어린애에 불과해 보였을 거라는 생각이 들자 울고 싶어졌다. 태영만 믿고 지내온 시간이 파도처럼 떠밀려 사라지자 남겨진 못난 자신만 남아 있었다. 혼자서는 아무것도 할 수 없는 사람이 되어버린 기분이었다. 권숙은 한참을 뒤척이다 잠이 들었고 새벽이 밝아올 무렵 깨어났다. 그리고 이제 태영이 나타나기 전의 혼자였던 삶으로 돌아가야 한다는 사실을 받아들였다.

"오늘부터는 나 혼자 할 거야."

식당 앞에서 기다리던 호중을 두고 홀로 로드워크에 나섰다. 스포츠 고글과 모자로 얼굴을 가린 권숙은 갈팡질팡 길을 옮겨가며 달렸다. 발길이 닿을 때마다 철용과 훈련하며 가장 고통스러웠던 시절의 기억들이 유령처럼 떠올랐다. 권숙은 무작정 방향을 틀어 발길 닿는 대로 달렸다.

얼마나 오래 달렸을까. 텅 비었던 거리는 출근 중인 사람들로 채워져 가고 있었다. 권숙은 문득 바쁘게 걸어가는 그들의 목적지가 궁금했다. 홀린 듯 그들의 행렬에 동참했다. 권숙만의 리듬으로 걷던 다리는 사람들의 속도를 따랐다. 그렇게 지하철역에 도착했다. 곳곳에 빈자리가 있던 열차는 역을 지날 때마다 몰려든 출근 인파로 금세 북적거렸다. 모두가 다른 듯 같은 차림인 사람들 속에서 트레이닝복에 고글과 모자를 쓴 권숙은 단연 돋보였다. 누군가 알아볼지도 모른다는 생각에 저도 모르게 움츠러들었다. 하지만 아무도 신경 쓰지 않았다. 하루를 시작하는 그들은 모두 자기 자신에게 집중했다. 책을 읽거나 핸드폰으로 지난밤의 뉴스를 확인했고, 좌석이 비길 기다리거나 꾸벅꾸벅 졸며 모자란 잠을 보충하기도 했다. 통화를 하며 업무를 보는 사람도 있었다. 주변을 의식하고 있는 것은 권숙뿐이었다.

언제 내려야 할지 고민하던 권숙은 많은 사람들이 출입문으로 향하던 때에 맞춰 자리에서 일어났다. 그들에 휩쓸려 열차에서 내렸다. 사람들이 걷는 방향을 따라 밖으로 나오니 새벽이 완전히 걷히고 아침이 찾아와 있었다. 사거리의 도로에는 빽빽이 줄지어 선 자동차가 느릿느릿 움직였고, 사람들은 저마다의 방향으로 어지럽게 흩어졌다. 자동차도 사람도 모두가 분명한 목적지가 있다는 듯 머뭇거리지 않고 움직였다. 권숙은 높은 건물 앞에 앉아 멍하니 그 행렬을 바라보기만 했다. 그들과 달리 권숙에겐 가야 할 목적지가 없었다. 그런데 어느 순간 약속이나 한 듯 도로를 가득 채운 자동차와 분주하게 걸어가던 수많은 사람들의 행렬이 멈췄다. 거짓말 같았다. 시계를 보니 오전 9시가 넘어 있었다. 모두가 직장으로 떠나고 권숙만이 그 자리에 남겨진 듯했다. 외로움이 밀려왔다. 가슴 한구석이 공허했다.

가만히 앉아 이제 어디로 가야 할지 고민하는 사이 버스에서 대학생으로 보이는 무리가 내렸다. 권숙은 자신도 모르게 자리에서 일어나 무작정 그들을 따라갔다. 몇 분을 걷다 보니 대학가가 나타났다. 또래들 사이에 섞여 걷는 사이 묘한 안심과 함께 불안했던 마음이 잠시 가라앉았다. 하지만 대학의 정문을 통과하는 순간 학생들 역시 제각각의 길로 분주하게 흩어졌다.

권숙은 차분히 캠퍼스를 둘러보았다. 창문 너머 강의에 열중하는 학생들의 모습이 보였다. 권숙 앞으로 커다란 전공 서적을 가슴에 안은 학생들이 바쁘게 지나갔고 자판기 앞에 모여 수다를 떠는 학생들도 보였다. 시간이 지날수록 강의실은 물론 캠퍼스 안에 흔하게 놓인 벤치 어디에도 권숙이 있을 자리는 보이지 않았다. 넓은 캠퍼스를 돌아 다시 정문 앞에 도착했다. 어디로 가야 할까. 캠퍼스 밖으로 걸어 나온 권숙은 한산해 보이는 카페를 발견했다. 그곳에 들어가 커피를 주문하고 앉았다.

"나 일요일에 이권숙 경기 보러 가."

커피가 식는 줄도 모르고 멍하니 앉아 있던 권숙이 화들짝 놀라 고개를 돌렸다. 옆 좌석에 이제 막 자리를 잡고 앉은 남녀 학생들이 보였다. 권숙이 들어올 때만 해도 한산했던 카페는 어느새 사람들로 북적이고 있었다. 벌써 점심시간이 훌쩍 지나 있었다. 3시간이 넘도록 앉아 있던 것이다. 옆자리에선 권숙의 타이틀매치에 관한 수다가 한창이었다.

"티켓 구하기 힘들다던데?"

"울 오빠 이권숙 팬이잖아. 티켓 오픈 날 자기 노트북에 내 노트북까지 켜놓고 난리도 아녔어."

"너도 복싱 좋아해?"

"난 사실 별로. 그냥 오빠 따라서 가는 거지. 그리고 세기의 경기니 뭐니 하도 떠들어대니까 안 좋아해도 가야 할 것 같구."

다행히 팬은 아닌 모양이었다. 권숙은 이어폰을 꺼내 귀를 막았다. 하지만 음악은 틀지 않았다. 어느 순간 정신이 멍해져 중단했던 생각을 다시 이어가야 했으니까. 지금껏 권숙의 삶은 오늘 아침의 짧은 여정과 다르지 않았다. 어디에도 섞이지 못하고 어디로 가야 할지도 모른 채 이방인처럼 떠돌며 살아온 시간이었다. 엄마의 죽음을 핑계로 아무런 준비도 없이 세상으로 달려나간 이후 자신의 길도 찾지 못한 채 도망치기만 했다.

처음엔 그저 '남들과 같은' 삶에 섞일 수만 있다면 충분하다고 생각했다. 하지만 '평범한 삶'이라고 뭉뚱그렸던 삶이 사실은 수없이 많은 갈래로 뻗어 있는 길이었음을 알지 못했다. 오늘처럼 그저 다른 사람들의 뒤를 따라 걷는 것만 생각하느라 '하고 싶은 일'을 고민해 본 적도 없었다. 지금껏 도전했던 아르바이트는 '지금 당장 할 수 있는 일'을 선택한 것이 지나지 않았다. 목적 없이 걸어오느라 이미 오래전에 길을 잃어버렸다. 그리고 이제야 자신이 삶이라는 길에서 미아가 됐다는 사실을 깨달았다. 아마도 태영은 그런 자신의 상황을 눈치채고 미국에 데려가 다시 링으로 돌려보내려 했을 것이다. 어차피 '할 수 있는 일'을 해야 한다면 태영의 말처럼 가장 잘하는 것이 최선일 테니까.

여기까지 생각하니 저절로 한숨이 나왔다. 그렇다면 결국 자신이 가야 할 길은 복싱밖에 없는 걸까? 부정하고 싶었지만 더 나은 선택이 떠오르지 않았다. 주변을 둘러보니 조금 전까지 신나게 수다를 떨던 학생들은 어느새 공부해 열중하고 있었다. 저들은 '할 수 있는 일'을 하고 있을까, 아니면 '하고 싶은 일'을 하고 있을까. 알 수 없었다. 하지만 분명한 것은 그들은 자신만의 길을 걷고 있다는 사실이었다. 출근길의 직장인들과 학교로 들어간 학생들이 그러했듯.

카페를 나선 권숙은 정처 없이 걸었다. 더는 누군가를 따라갈 수도 없었다. 누구든 결국엔 권숙이 들어갈 수 없는 각자의 목적지에 도착할 테니까. 거리에 붙어 있는 세계 챔피언 타이틀매치 포스터를 발견하지 못했다면 하염없이 걸음을 옮겼을 것이다. 권숙과 한아름이 나란히 서 있는 포스터는 마치 두 사람이 보내는 초대장 같았다.

생각해 보니 권숙은 복싱이 싫다는 고백을 한 적이 없었다.

1년 전 협회로 보낸 은퇴선언문에는 엄마의 죽음을 이유로 돌렸고, 은퇴를 위해 싸우고 있는 지금도 인터뷰와 기자회견에서는 매번 외워두었던 프로선수의 마음가짐을 읊어댔다. 어쩌면 그래서 세상은 권숙이 있어야 할 자리가 링 위라고 생각하는 것일지도 몰랐다. 결국 권숙은 링에서 떠난 것이 아니라 잠시 도망친 것이었다. 여행지에 도착한 관광객처럼 그 장소에 흡수되지 못하고 그저 구경하며 살아온 것이기도 했다.

권숙이 벽에 붙은 포스터를 떼어냈다. 적어도 그 순간만큼은 답답한 마음이 후련해지는 것 같았다. 구겨진 포스터가 가슴에 한아름 안길 무렵 권숙은 걸음을 멈추고 담장 뒤로 몸을 감췄다. 저만치 앞에서 포스터를 뚫어지게 바라보고 있는 한아름을 발견했기 때문이다. 낡은 간판에 자이언트 복싱 체육관이라는 이름이 새겨져 있었다. 한아름이 이제 막 운동을 끝내고 나온 듯 젖은 머리칼을 흔들며 달려갔다.


편의점으로 들어간 한아름은 푸른색 조끼를 걸쳤다. 그렇게 시작된 아르바이트는 해가 저물도록 끝나지 않았다. 권숙은 골목 모퉁이에 숨어 한아름을 훔쳐보고 있었다. 처음부터 미행을 결심한 건 아니었다. 오히려 그녀가 눈치채기 전에 돌아서려 했다. 하지만 권숙은 경기가 일주일도 남지 않은 한아름이 체육관에서 나와 향하는 곳이 궁금했고 자연스럽게 뒤를 따랐다.

한아름은 힘들어 보였다. 시작한 지 얼마 되지 않아 일이 손에 익지 않은 모양이었다. 상품 진열도 한참 걸렸고, 계산을 실수한 듯 여러 번 손님 앞에서 머리를 조아렸다. 사장으로 보이는 남자는 한아름을 연신 타박했다. 술에 취한 취객이 비틀거리며 편의점으로 들어가다 출입문에 구토를 했을 때도 사장은 잔뜩 화가 난 얼굴로 손짓 발짓까지 동원해 한아름에게 소리를 질렀다.

언젠가 호중이 복싱만 해선 먹고 살 수 없다고 한 말이 생각났다. 남자 복싱보다 열악한 여자 복싱에선 세계 챔피언도 생계를 위해 다른 일을 해야 했다. 하지만 권숙보다 많은 나이에도 아르바이트를 전전하면서까지 복싱을 계속하려는 한아름을 이해할 수 없었다.

"아이, 씨발."

파라솔을 차지하고 있던 고등학생들이 컵라면을 바닥에 쏟았다. 하지만 치우기는커녕 짜증을 부리며 자리에서 일어났고 이제 막 토사물을 치우고 허리를 편 한아름 앞에 구긴 포장지를 흘리고 지나갔다.

"아, 손님. 잠시만요."

한아름이 불러보았지만 들은 척도 하지 않고 멀어졌다. 한아름은 화를 삭이려는 듯 학생들의 뒤통수를 향해 주먹을 두어 번 뻗었다. 쉴 시간도 없이 다시 학생들이 어지른 것들을 정리했다. 그러다 문득 멈춰 섰다. 잠시 생각에 잠겨 있던 한아름은 그림자를 보며 파이팅 포즈를 잡았고 조금씩 몸을 움직였다. 섀도복싱이었다. 움직임은 점차 커졌고 이내 실전에 오른 얼굴로 펀치를 뻗었다. 오가는 행인들이 이상하게 바라보았지만 신경 쓰지 않는다는 듯 계속해서 몸을 움직였다.

권숙은 한아름의 움직임만으로도 그녀가 지금 싸우고 있는 가상의 상대가 자신임을 알 수 있었다. 한아름은 그림자의 펀치를 피하면서도 시종 그림자를 압박했다. 하지만 그건 진짜 권숙이 아니었다. 권숙의 펀치는 그보다 훨씬 빠르고 강했으니까. 한아름은 링에 오른듯 스텝을 밟아나가기 시작했다. 가로등 빛에 길어진 한아름의 그림자가 바짝 권숙에게 다가왔다. 그림자는 금방이라도 권숙을 덮칠 듯 너울거리며 춤췄다. 멀찍이 떨어진 한아름이 바로 앞에 와 있는 것처럼 생생했다.

휴식은 없었다. 3분, 어쩌면 5분이 넘었을지도 몰랐다. 한아름은 여전히 과감한 움직임을 이어갔다. 권숙은 한아름의 섀도를 공격해 보려 했지만 파이팅 포즈조차 할 수 없었다. 한아름에게 최선을 다해서는 안 된다는 것은 권숙에게 채워진 족쇄이자 규칙이었다. 한아름이 움직이거나 펀치를 뻗을 때마다 권숙은 숨이 막히는 것 같았다.

"뭐 하는 거야! 빨리 안 들어와?"

그때 사장이 편의점 문을 열고 소리쳤다.

"죄송합니다."

사장의 호통에 한아름이 편의점 안으로 들어갔다. 권숙은 골목길에 홀로 남겨졌다. 지금 이 순간이 며칠 후의 예고처럼 느껴져 두려웠다. 상대가 떠난 링 위에 여전히 홀로 서 있는 자신의 모습이 그려졌다.

영업이 끝난 식당에서 신음 섞인 기합이 들려오고 있었다. 계단을 올라가려던 권숙이 지하 체육관으로 향했다. 링 위에서 호중과 철용이 지친 듯 느릿느릿한 펀치를 서로에게 뻗고 있었다. 그러다 클린치를 하듯 껴안더니 이내 블루스를 추듯 흐느적거리기 시작했다.

"뭐해요, 둘이서?"

권숙이 묻자 두 사람은 화들짝 놀라며 떨어졌다.

"아, 아니 그냥. 이게 말이지……."

변명하던 호중이 이제야 생각났다는 듯 버럭 화를 냈다.

"로드워크 나간 놈이 연락도 없이 돌아오지도 않고. 우리가 얼마나 걱정했는지 알아? 대체 뭘 하고 다니는 거야?"

권숙이 터덜터덜 체육관으로 내려갔다. 호중과 철용이 서 있는 링을 지나 샌드백 앞에 섰다. 글러브도 끼지 않은 맨손으로 힘껏 샌드백을 쳤다. 놀란 호중이 권숙을 막아섰다.

"부상당하면 어쩌려고 이래. 경기 며칠이나 남았다고!"

"어차피 질 건데 부상 좀 당하면 어때."

권숙은 호중을 뿌리치고 다시 샌드백을 쳤다. 퍽, 퍽, 주먹이 꽂히는 순간만큼은 아무 생각도 나지 않았다. 호중이 다시금 권숙을 말렸다.

"우아하게 져야지." 호중은 권숙의 양 손목을 꽉 붙들었다.

"밖에서 뭔 일이 있던 거야."

호중에게서 벗어나려고 주먹을 비틀던 권숙이 이내 양팔을 늘어트렸다. 그러곤 심란한 듯 머리를 감싼 채 한숨을 내쉬었다.

"나, 도망치는 거 아닐까? 대표님."

호중은 당황한 듯 쉽게 대답하지 못했다. 입술을 깨물고 한참을 고민하던 권숙은 자리에 주저앉았다.

"자꾸 예전이랑 똑같은 끝일지도 모른다는 생각이 들어. 결국 아무것도 마무리하지 못하고 또 도망가는 거라면. 변하는 건 아무것도 없는 게 아닐까."

호중이 대답을 찾지 못하고 머뭇거리자 권숙이 자연스럽게 철용을 향해 시선을 옮겼다. 권숙과 눈이 마주친 철용은 아무것도 듣지 못했다는 듯 서둘러 고개를 돌리며 링에서 내려왔다. 무언가 해줄 말이 있는 듯 잠시 걸음을 머뭇거리기도 했다. 하지만 끝내 돌아보지 않은 채 체육관을 빠져나갔다. '아빠.' 권숙도 목 끝까지 차올랐던 부름을 꿀꺽 삼켰다.


"여기에 차 대면 안 돼요."

차창을 두드리는 관리인의 목소리에 태영이 눈을 떴다. 수염으로 뒤덮인 얼굴을 비벼 정신을 차리고는 죄송하다고 말하며 시동을 걸었다. 벌써 오전 6시였다. 산책로에는 언제나 그렇듯 서로 손을 꼭 잡고 걷는 노부부만이 보였다. 지금쯤이면 초입에 들어서야 할 권숙이 없다는 것만 빼면 달라진 것은 없었다. 태영은 감정이 폭발했던 지난밤을 떠올리며 가슴을 쓸어내렸다.

형사는 홈페이지 주소만으로는 실제 운영자를 잡기 어렵다며 태영의 자수를 잠시 미루자고 했다. 그리고 홈페이지에 제재가 들어가면 운영자가 잠적할 테니 직접 칼자국의 신상이나 은신처를 알아오라고 지시했다. 태영은 신고자에게 모든 것을 미루는 형사의 태도가 미심쩍었지만 희원의 사건을 빨리 종결지으려는 대세 속에서 유일하게 자신을 도와주는 형사를 믿기로 했다. 그렇게 며칠 동안 칼자국의 뒤를 쫓았고 지난밤 마침내 칼자국의 은신처를 찾아 모든 준비를 마쳤다.

반복된 탐문과 미행으로 누적된 긴장이 풀렸다. 몸이 노곤해지고 마음에 틈이 생기자 자연스레 권숙이 생각났다. 이제는 정말 마지막이었다. 곧 승부 조작 사건의 전말이 밝혀지면 다신 볼 수 없을 테니까. 멀찍이서 얼굴만이라도 보고 싶다는 마음이 간절했다. 그리고 정신을 차렸을 때는 자신도 모르게 철용의 식당으로 자동차를 몰고 있었다.

텅 빈 도로를 정신없이 달리던 태영은 간신히 스스로를 다잡았다. 도로변에 자동차를 세우고 심호흡을 하며 마음을 가다듬을수록 권숙의 모습이 더욱 또렷하게 떠올랐다. "좋아해요"라고 말하던 권숙의 목소리와 환하게 웃으며 안겨오던 체취, 신뢰 가득한 눈빛으로 빤히 올려다보던 눈동자와 대충 묶어 올린 머리카락에서 풍기던 들꽃 향기는 아무리 노력해도 털어낼 수 없었다. 태영이 쓰게 웃으며 운전석에 몸을 묻었다.

"내가 미쳤구나……."

간신히 버티고 있던 마음이 걷잡을 수 없이 터져 나왔다. 어쩌면 태영은 권숙의 잔상에서 도망치기 위해 지난 며칠간 필사적으로 스스로를 몰아붙였는지도 몰랐다. 하지만 권숙을 볼 수 있는 마지막 밤이었기에 달뜬 마음이 쉽게 진정되지 않았다. 결국 태영이 선택한 것은 3개월 동안 권숙과 함께 달렸던 로드워크 코스였다. 권숙과의 추억이 고스란히 남아 있는 길이었다. 자동차 안에서 지난 시간들을 더듬던 태영은 그렇게 잠이 들었다. 눈을 떴지만 권숙은 보이지 않았다. 아련한 눈으로 산책로를 바라보던 태영은 그곳을 떠났다.


태영이 내놓은 자료를 꼼꼼히 살펴본 팀장은 아무 말이 없었다. 믿을 수 없다는 듯 자료들을 거푸 들춰보다 이내 고개를 저었다.

"다 사실이에요." 태영은 말했다.

"그런 사정이 있으면 회사랑 먼저, 아니 나한테 상의했어야지!"

팀장이 참고 있던 울분을 터트렸다. 태영이 차분하게 말했다.

"희원이 형 우리 선수도 아닌데 뾰족한 수가 나와요?"

"그렇다고 네 행동이 정당화되는 건 아니야."

"그땐 그게 답인 줄 알았어요. 멍청하게도. 저 에이전트 자격 없어요."

태영은 팀장에게 사직서를 내밀었다.

"경찰에 자수할 거예요. 회사에서는 제 범죄혐의를 인지하고 며칠 전에 해고한 걸로 발표해 주세요."

팀장이 화가 치민 듯 태영의 사직서를 집어 던졌다.

"방법을 찾아봐야지! 니가 직접 관여한 것도 아니고 동의만 한 거잖아. 근데 무슨 자수야?"

"권숙이는 어쩔 건데요. 제 발이 안 걸리면 희원이 형 혼자 뒤집어써요. 그러면 권숙이한테 피해가 갈 거예요."

팀장도 태영이 안고 있는 딜레마를 풀 방법을 찾지 못한 듯 머리칼을 마구 헝클었다.

"이런 말 조금 웃기겠지만…… 재계약은?"

"죄송해요. 권숙이 이번 경기로 은퇴합니다. 처음부터 그런 조건으로 계약한 거였어요."

애써 참고 있던 팀장이 책상을 내려쳤다.

"이런 미친 새끼야! 이권숙이야! 이권숙이라고! 뭐? 이권숙을 은퇴시켜? 너 제정신이야? 니가 다른 애들, 그래 얼마 전에 김민세 은퇴시킨다고 했을 때도 태클 안 걸었어. 네 판단을 믿으니까. 근데 이번엔 안 돼. 이권숙이 왜 은퇴를 해!"

"저 돈이 안 된다고 선수들 은퇴시킨 적 한 번도 없어요. 걔들이 제일 행복해질 수 있는 선택을 한 거였어요. 물론 그게 전부 틀렸을지도 모른다는 생각이 들지만 그래도 권숙이는 아니에요. 누구보다 은퇴를 원하고 있어요."

힘겹게 말을 잇는 태영의 목소리가 떨렸다.

"링에서는 행복하지 않대요. 근데 우리가 천재라고 부르는 그 빌어먹을 재능 때문에 무섭고 죽을 것 같아도 참았대요. 재능이 선수 인생을 갉아먹고 있는데, 우리 좋자고 계속 링에 세울 수는 없잖아요. 그건 아니잖아요. 팀장님, 도와주세요."

한참이나 입을 다물고 있던 팀장이 무겁게 입을 열었다.

"그래서 언제 자수할 건데?

"권숙이 경기 전에 들어가야 하니까, 오늘 중에는요."

"나는 모르겠다, 자식아. 대신 한 가지는 확실하게 말해 두는데, 난 너 면회 안 간다."

팀장은 녹취를 듣기 위해 테이블 위에 놓아두었던 핸드폰을 던져주었다.

"전화나 받아 병신 같은 자식아. 계속 불 번쩍이잖아."

권숙에게 걸려올 전화를 피하겠다고 핸드폰을 무음으로 맞춰 놓았던 터였다. 보나 마나 권숙일 것이라며 핸드폰을 넣으려던 태영은 한참을 화면만 바라봤다.


3


버스에서 내린 권숙은 터미널에 앉아 시내버스를 기다렸다. 마지막 감량을 위해 수분까지 차단한 얼굴은 푸석했다.

"생일 축하해."

권숙은 오늘 아침 호중의 축하를 받고서야 자신의 생일이라는 걸 알았다. 그리고 잊고 있었던 태영과의 약속이 떠올랐다.

"내일 계체야. 아무리 지는 경기라고 해도 오늘 놀러 가는 건 말이 안 되잖아."

권숙이 식물원에 다녀오겠다고 한 건 태영과의 약속 때문만은 아니었다. 지킬 수 없는 약속임을 알고 있기에 헛된 기대는 하지 않았다. 그저 바람을 쐬며 갈피를 잡지 못하는 마음을 정리할 생각이었다. 하지만 호중이 권숙을 막아섰다.

"다녀오라고 해. 오버워크보다 쉬는 게 나을 수도 있으니까."

체육관을 청소하던 철용이 무심히 끼어들었다.

"이 선생님, 저희 합도 맞춰봐야 해요."

"어차피 정신머리를 다른 데 팔아먹어서 연습도 제대로 못 하잖아."

철용의 말 대로 홀로 거리를 헤매다 돌아온 이후 권숙은 연습에 집중하지 못했다. 동작은 번번이 어긋났고 때로는 호중을 쓰러트릴기까지 했다. 사람 좋은 호중이 정색하며 연습을 주장하는 것도 그래서였다. 결국 호중은 철용의 말을 거역하지 못했고 권숙의 외출을 허락했다.

"후딱 다녀오자. 옷 갈아입고 내려와 시동 걸어놓을게."

"아니, 나 혼자 갔다 올게. 이런저런 생각도 정리하고."

태워다 주겠다는 호중을 뒤로하고 혼자 식물원으로 향했다.

어느새 사람들에 대한 두려움은 극복한 상태였다. 가끔 철용의 식당에서 권숙을 알아본 팬이 다가와도 놀라지 않았다. 버스에 탄 권숙은 모자와 선글라스를 벗고 창문을 활짝 열었다. 쌀쌀한 가을바람이 건조한 얼굴을 쓰다듬었다. 유난히 파란 가을 하늘 아래 솟아난 나무들 때문이었을까. 식물원에 도착하니 답답한 가슴이 잠시나마 뻥 뚫리는 것 같았다.

하지만 식물원에 들어서자마자 후회가 몰려왔다. 늘 머릿속에 그려왔던 풍경 속에 함께 있을 거라 생각했던 태영이 없었기 때문이다. 그와 약속한 날부터 매일 밤 식물원 홈페이지를 보며 오늘을 상상했다. 태영의 팔을 붙잡고 분분하게 핀 꽃과 풀의 이름을 알려주고 싶었다. 그리고 다음 계절에도, 그다음 계절에도 함께 와달라고 말하려 했다. 그렇게 태영에게 할 말과 함께 나눌 시간을 생각했었다. 그 모든 게 의미 없어지자 이제껏 애써 억눌렀던 상실감과 슬픔이 파도처럼 밀려 들어왔다.

돌아가려던 권숙의 발걸음을 막은 것은 바오바브나무였다. 태영과 오늘을 약속하기 훨씬 전부터 보고 싶었던 것이다. 시냇물이 잔잔히 흐르는 식물원 산책로에는 사진으로만 봤던 진귀한 꽃들이 화사하게 피어 있었지만 아무런 감흥도 느껴지지 않았다. 그때였다. 저 멀리 바오바브나무가 보였다. 정말 뿌리가 하늘을 향한 것 같은 모습이었다. 옆에는 어린 왕자 밀랍 인형도 함께였다. 바오바브나무를 한 바퀴 돌아본 권숙은 벤치에 앉았다. 장엄한 모습에 마음이 가라앉았지만 잠시뿐이었다. 바오바브나무 앞에서 즐겁게 사진을 찍는 가족과 연인들의 모습을 보니 자신은 여기서도 이방인인 것 같아 괜스레 어깨가 움츠러들었다.

온실 유리창을 통과한 햇빛이 은은하게 번지고 곳곳에 피어나는 아지랑이에 풍경이 이글거렸다. 감량 때문에 물도 마시지 못해서인지 사막 한가운데 홀로 떨어진 것 같은 기분이 들었다. 숨 막히는 현기증과 갈증에 권숙은 몸을 늘어뜨렸다. 무언가를 해야겠다는 생각이나 의지마저 모두 사라져 하얗게 소진된 기분이었다. 그렇게 방향을 잃고 한참을 멍하니 앉아 있었다. 어느덧 시간은 저녁을 향해 가고 있었다. 관람객이 빠져나가 황량한 온실에 권숙만 덩그러니 남겨졌다. 기대하지 않기로 했지만 어쩌면 태영을 만날지도 모른다는 희망 하나로 생일에 혼자 여기까지 와서 청승을 떠는 자신이 한심했다.

권숙은 금방이라도 울음이 터질 것 같아 바싹 마른 입술을 꾹 다물었다. 주섬주섬 가방을 챙겨 자리에서 일어나 마지막으로 바오바브나무를 올려다본 다음 온실을 나서려는데 누군가 이곳을 향해 걸어오는 기척이 느껴졌다. 구겨진 와이셔츠의 소매를 아무렇게나 걷어 올린 채 재킷을 벗어든 남자. 덥수룩한 수염이 유난히 초췌해 보이는 남자. 태영이었다.

태영은 며칠째 시달린 환청이 다시 시작됐다고 생각했다. 오늘 아침 권숙과의 약속을 알리는 알림을 보는 순간 머릿속이 새

하얘졌다. 신이 나서 일정을 입력하던 권숙의 얼굴이 선명하게 떠올랐다. 그래서였을까. 회사를 그만두고 한동안 거리를 배회하던 태영은 식물원으로 향했다. 이건 일종의 부채감이었다. 다음 날 계체를 앞둔 권숙이 식물원에 올 리는 없으니 그렇게 보고 싶어 했던 나무를 대신 눈에 담아두고 마음으로나마 축하를 건네고 싶었다.

그렇게 들어선 온실에서 권숙의 목소리가 들려왔을 때도 태영은 계속 걸음을 옮겼다. 하지만 저 멀리서 다가오는 권숙을 발견한 순간 심장이 철렁 내려앉았다. 감량으로 부쩍 수척해진 권숙이 금방이라도 울음을 터트릴 것 같은 얼굴로 서 있었다.

"아저씨……."

태영은 필사적으로 억눌렀던 감정들이 참지 못하고 터져 나오는 것을 느꼈다. 심장이 제멋대로 뛰고 정신은 걷잡을 수 없이 혼란스러웠다. 이 상황과 자신의 내일이, 그리고 주체할 수 없는 감정들이 두려웠다. 지금 태영은 권숙을 만나서는 안 되는 사람이었다. 주춤주춤 물러서던 태영이 황급히 등을 돌렸다. 그때 권숙이 등 뒤에서 소리쳤다.

"사람이 어떻게 그래요?"

물기를 가득 머금은 권숙의 목소리가 떨리고 있었다.

"죽어도 하기 싫은 복싱 그만두게 해준다며 내 인생에 끼어들어 놓고 어쩜 그렇게 나 몰라라 하고 가버릴 수 있어요? 어떻게 살아야 할지 알려준다고 했으면서, 내 옆에 있어준다고 했으면서, 또 나 버리고 도망치는 거예요?"

권숙의 목소리가 메아리치며 온실을 가득 채웠다. 감정이 북받친 듯 권숙은 울음을 터뜨렸다.

"난 아저씨가 거짓말했을 때도, 날 속이고 버렸을 때도 믿었어요. 그런데 이게 뭐야. 이럴 거면 그냥 날 내버려 뒀어야지. 멋대로 끄집어내서 뒤흔들어놓더니 이게 뭐냐구요. 이만큼이나 좋아하게 만들어놓고 그렇게 사라지면 난 어떡하라는 거예요."

태영이 뒤를 돌아보았다. 그간의 설움과 서운함이 폭발한 듯 아이처럼 울고 있는 권숙이 눈에 들어왔다. 그 모습이 너무도 작아서 가슴이 저몄다. 머릿속에서 태영을 붙들고 있던 수많은 생각이 힘없이 날아갔다. 태영은 무언가에 이끌린 듯 걸어가 권숙을 품에 안았다. 태영의 얼굴이 고통스럽게 일그러졌다.

"미안해."

낮게 가라앉은 태영의 목소리가 거칠게 갈라졌다. 눈물이 가득 찬 권숙의 눈이 흔들렸다. 태영은 권숙의 머리카락에 얼굴을 묻고 다독이듯 권숙의 머리를 쓸어내렸다.

"정말 미안해. 내가 다 잘못했어. 미안하다, 정말."

그리웠던 태영의 목소리가 귓가에서 아련하게 맴돌자 권숙은 태영의 등을 애타게 끌어안고 더욱 서럽게 울었다. 터져 나온 울음은 멈출 줄 몰랐다.

"제일 싫었던 건 그렇게 심한 말을 듣고 그렇게 버림받았는데도 계속 아저씨가 보고 싶었던 거예요. 걱정되고 매일 죽을 만큼

보고 싶어서…….”

 태영은 권숙의 떨리는 어깨를 가만히 끌어안았다. 그렇게 도
망치고 부정해 왔지만 이제는 인정할 수밖에 없었다. 권숙은 누
구보다 소중한 사람이었다. 태영이 마음속에 세워둔 수많은 금
기가 지금까지 감정을 가리고 덮어왔지만 이제 더는 저항할 방
법이 없었다. 솔직하게 다가온 그녀는 두려움 없이 마음을 열었
고, 무너지고 추락하는 자신에게 손을 내밀었다. 결정적인 순간
에는 자신보다도 더 어른스럽고 강인한 모습으로 곁을 지켜준
하나뿐인 사람이었다. 떨쳐내기에는 이미 너무 깊이 들어와 버
린 가장 소중한 사람. 그리고 끝까지 지켜내야 할 사람이었다.

 “마음 아프게 해서 정말 미안해. 그리고…….”

 눈물로 젖은 권숙의 얼굴을 지긋이 내려다본 태영이 부드러
운 목소리로 나지막이 말했다.

 “생일……, 축하해.”

 권숙은 태영의 품에 안기며 이 순간이 꿈이 아니기를 간절히
빌었다.


 “식물원에서 나오면서 아저씨 차에 기름이 없었으면 좋겠다
고 생각했어요.”

 조수석에 앉은 권숙이 말했다. 서울로 돌아가고 싶지 않았다.
망설이던 태영이 피식 웃었다.

 “기름이 없다…….”

태영이 운전석을 뒤로 젖히며 누웠다. 그리고 가만히 손을 잡으며 권숙을 올려다보았다. 두 볼이 발그레 달아오른 권숙도 의자를 젖혀 누웠다. 왼쪽 가슴에서 온몸을 쿵쿵 울리며 뛰는 심장소리가 꼭 잡은 손을 통해 태영에게 전달될 것만 같았다. 선루프 바깥으로 보이는 하늘이 완전히 어두워지고 별이 하나둘 보일 때까지 한참을 누워 있었다. 권숙은 지금 이대로 시간이 멈춰버렸으면 좋겠다고 생각했다. 가만히 고개를 돌려 태영의 얼굴을 바라보았다. 많이 수척해졌지만 누구보다 좋아한 남자답고 강인한 얼굴이 눈앞에 있다는 사실에 가슴이 벅차올랐다. 태영도 고개를 돌려 따뜻한 눈으로 권숙을 마주 보았다. 그렇게 한동안 눈을 맞추고 있던 권숙이 입을 열었다.

"나 아저씨랑 헤어지고 많은 걸 생각했어요. 아저씨가 그랬잖아요. 남의 인생 흉내 내지 말고 내 인생을 살라고……."

태영의 얼굴이 어두워졌다. 권숙을 밀어내려 맘에 없는 말을 퍼부었던 날 상처받은 권숙의 얼굴이 떠올랐다.

"미안하다. 힘들게 하려던 건 아닌데."

"아니에요. 생각해 보니 아저씨 말이 맞았어요. 난 그냥 남들처럼 살고 싶다고만 생각했지 구체적으로 앞으로의 삶을 고민한 적이 없었어요. 그런데 아무리 찾아봐도 복싱 말고 내가 잘할 수 있는 일이 없더라구요. 사람들 말처럼 좋아하지 않더라도 지금 잘하는 걸 계속하는 게 맞는 걸까. 그럼 복싱을 그만두면 안되나 하는 생각도 들었어요."

"그건 안 돼."

태영이 단호하게 말했다. 권숙의 손을 잡은 태영의 손에 힘이 들어갔다. 지난 과오를 반복할 수는 없었다. 권숙의 삶을 몰아붙여선 안 됐다. 권숙이 안심하라는 듯 웃었다.

"응. 나 아무리 생각해도 복싱은 못 하겠어요. 누굴 때리고, 누군가에게 맞으면서 평생을 사는 건 너무 무서워요. 그건 내가 할 수 있는 일이 아닌 것 같아."

"미안하다, 너무 늦게 알아서. 내 고집 때문에 너도, 호중이도, 그리고 다른 선수들도 다 불행해졌어. 난 에이전트 자격이 없는 사람이야."

태영의 목소리가 가라앉았다. 권숙이 태영의 어깨를 가만히 붙잡았다.

"아무도 아저씨 탓 안 해요. 아저씨가 선수들 위해서 애쓰는 거 다들 알고 있을 거예요. 대표님도 그랬어요. 아저씨가 은퇴시켜준 덕분에 지금만큼 사는 거라고. 그래서 고맙다고."

"……"

"아저씬 여전히 나한테 최고예요. 난 아저씨한테 부끄럽지 않은 더 멋진 사람이 돼서 아저씨 앞에 당당하게 서고 싶어요. 그런데 복싱을 빼고 나면 아무것도 할 줄 모르는 떼쟁이더라구요. 이렇게 아무것도 못 하는 바보 같은 상태로는 아저씨한테 짐만 될 것 같아요. 그게 두려워요."

권숙은 혼란스러웠다. 좋아하는 일은 아무리 찾아도 보이지 않았고, 할 수 있는 일은 복싱뿐이라는 답만 점점 선명해졌다. 운명이 영원히 권숙을 링에서 놓아주지 않을 것 같아 두려웠다. 잠시 말이 없던 태영이 나지막하게 말했다.

"옛날에 내가 포수를 선택한 이유는 잘해서가 아니라 게임을 관리하는 게 재미있었기 때문이었어. 비록 포수로서는 크게 인정받지 못했지만 결국 좋아서 한 일 덕분에 에이전트까지 오게 된 거라고 생각해."

태영이 권숙을 지긋이 바라보며 미소 지었다.

"그러니까 뭘 해야 할지 모르겠다면 일단 좋아하는 일을 해."

생각지 못한 대답에 말을 잇지 못하던 권숙이 자신 없는 목소리로 말했다.

"그렇지만 내가 뭘 좋아하는지 모르겠는걸요."

"나는 아는데?"

"그게 뭔데요? 말해 줘요."

태영이 웃으며 고개를 저었다. 그리고 권숙의 어깨를 부드럽게 감싸 안았다.

"예전에 너랑 여기에 오기로 약속하고서 바오바브나무에 대해 찾아본 적이 있어. 바오바브나무는 물병처럼 생겼다고 해서 '물병 나무'라고도 한다더라. 건조기가 계속될 때를 대비해서 커다란 둥치에 물을 저장하고 있다고. 그러니까 바오바브나무는 나쁜 나무도, 불쌍한 나무도 아니라 현명한 나무인 거야."

태영은 자신을 빤히 바라보는 권숙의 머리를 가만히 쓸어 넘겼다.

"네가 담고 있는 물은 충분하다는 거야. 이제 찾는 일만 남은 거지. 나도 그랬어. 희원이 형은 내가 가야 할 방향만 알려줬고 길은 내가 찾은 거야. 그래야 진짜 내 것이 될 수 있어."

권숙은 태영의 가슴에 얼굴을 기댔다. 안정적인 심장소리가 들려왔다. 가만히 눈을 감고 그 소리에 귀를 기울이고 있으니 권숙의 마음도 조금씩 가라앉았다.

"나도 찾을 수 있을까요?"

태영이 고개를 끄덕였다. 그리고 확신에 찬 목소리로 말했다.

"일단 이번 경기에서 이겨."

그건 지난 며칠간 권숙의 마음속에서 맴돌던 소리였다. 1년 전처럼 도망치고 싶지 않았다. 떳떳하게 링에서 내려오고 싶다고 생각했다. 하지만 차마 결심할 수 없었던 일이었다.

"이기면 은퇴 못 한다고 했잖아요."

"이기고 솔직하게 말하는 거야. 나는 복싱이 무섭고 싫다고. 화내지 말고 진심을 다해 널 놔달라고 말해. 중요한 건 네가 링 위에 어떠한 미련도 남기지 않아야 한다는 거야. 그래야 네 안에 무엇이 있는지, 다음에 무엇을 해야 할지 보일 거야. 어떤 이유에서든 뒤를 돌아보면 앞으로 나아갈 수 없더라."

잠시 말을 잇지 못하던 태영이 덧붙였다.

"그리고 이제부턴 너 혼자 그걸 찾아야 해."

"아저씨는요?"

권숙이 눈을 동그랗게 뜨고 물었다.

"나는 내일 경찰서에 갈 생각이야. 희원이 형이 뒤집어쓴 죄, 그거 나 때문이야."

불길한 예감이 현실이 되자 권숙은 말을 잇지 못했다. 하지만 태영은 대수롭지 않은 일이라는 듯 권숙의 머리칼을 헝클며 권숙을 꼭 끌어안았다.

"그런 눈 하지 마. 희원이 형 억울하게 혼자 뒤집어썼어. 내가 풀어줘야 해."

"아저씨 진짜 괜찮은 거예요?"

"그냥 조사가 조금 길어질 것 같아서 그래. 너 은퇴해야 하는데 괜히 구설수에 시달릴까 봐 조심하는 거야. 그러니까 혹시라도 누가 나에 관해 물으면 너랑은 오래전에 인연이 끊어진 사람이라고 말해야 돼. 알았지?"

담대한 척 말하는 태영의 목소리가 미세하게 떨렸다.

"나는 아저씨가 어떤 사람이라도 아저씨를 믿어요. 세상 사람들이 다 아저씰 욕해도 난 끝까지 믿을게요. 그리고 아저씨를 위해서 꼭 이길게요."

"그래, 고마워."

"금방 정리하고 돌아올 거죠? 또 멀리 가버리는 거 아니죠?"

권숙이 간절하게 태영의 옷깃을 붙잡으며 물었다. 태영은 말없이 고개를 끄덕이며 다시 한번 권숙을 안았다. 그리고 눈을 감고 권숙의 맑은 목소리를, 바람을 담은 향기를, 사랑스러운 웃음을 잊지 않으려 하나씩 가슴에 새겼다. 꾹 감은 태영의 눈 사이가 조금씩 뜨거워지고 있었다.

새벽을 가르고 서울로 들어선 태영의 자동차는 한강 둔치로 향했다. 멀리 초조하게 발을 구르고 있는 호중이 보였다. 태영의 자동차를 발견한 호중이 달려와 반갑게 창문을 두들겼다. 태영은 검지를 입으로 가져가 조용히 하라는 신호를 보냈다. 권숙이 조수석에서 곤히 잠들어 있었다.

"서운하게 연락도 안 하시고!"

태영이 차에서 내리기 무섭게 호중이 방방 뛰며 소리쳤다.

"명절에도 연락 안 하는 사이잖아, 우리."

초췌한 태영의 얼굴과 남루한 옷차림을 살핀 호중이 물었다.

"어디 계셨어요?"

"그냥 차에서 먹고 자고 하면서 희원이 형 일 좀 해결하고 다녔어. 내 잘못이야. 희원이 형 승부 조작."

태영의 고백에 호중이 한숨을 길게 내쉬었다. 말은 하지 않았지만 대충 짐작하고 있었던 눈치였다.

"해결하셨어요? 그래서 이렇게 나타나신 거죠?"

태영이 힘없이 웃으며 호중의 등을 툭 쳤다.

"권숙이 잘 챙겨줘."

"무슨 소리 하는 거예요. 돌아온 거 아니에요? 멀리 가는 사람처럼 왜 그래요."

"나 아마 구속될 거야. 그러니까 니가 권숙이 지켜줘야 해. 이기겠다고 나랑 약속했으니까 일단은 타이틀매치 잘 끝내게 해주고, 은퇴까지…… 부탁한다."

태영은 허탈한 얼굴로 선 호중의 등짝을 힘껏 후려친 뒤 조수석 문을 열고 권숙을 조심스럽게 안아 들었다. 지난밤부터 태영은 목에서 치밀어 오르는 말을 필사적으로 참았다. 오늘부터 권숙의 삶에 존재하지 않을 사람이기에, 또 앞으로도 영영 보지 못할 수도 있기에 무책임한 고백을 남길 수는 없었다. 태영은 차마 전할 수 없는 마음을 속으로만 되뇌었다. 호중의 자동차에 권숙을 내려놓은 태영이 권숙의 머리를 쓸어 넘기며 나지막하게 속삭였다.

"꼭 이겨줘."

심란한 표정으로 뭔가 말하려던 호중이 깊은 한숨을 내쉬고는 운전석에 올라탔다. 호중의 자동차가 시야에서 완전히 사라지자 태영은 형사에게 전화를 걸었다. 형사는 직접 태영을 만나러 오겠다고 했다. 다른 이에게 공을 빼앗길 수도 있으니 미리 만나서 입을 맞추고 싶다는 것이었다. 석연찮은 기분이 들었지만 더는 미룰 수 없었다. 모레 권숙의 경기가 열리기 전에 태영의 정체를 언론에 뿌려야 깨끗하게 경기를 치를 것이다.

불길한 예감은 대체로 틀리지 않았다. 잠시 자동차에서 눈을 붙였던 태영이 눈을 뜨자 칼자국의 부하들이 주변을 둘러싸고 있었다. 급히 시동을 걸었지만 이미 사방은 다른 자동차로 막힌 상태였다. 차에서 내려 온 힘을 다해 도망쳐 보려고도 했지만 역부족이었다. 태영은 결국 양손을 들고 투항했다. 그대로 덩치들의 차에 실려 어딘가로 이동했다.

태영이 끌려간 곳은 장충체육관에서 멀지 않은 신라호텔의 스위트룸이었다. 고급스러운 인테리어에 어울리지 않게 칼자국의 사무실을 그대로 옮겨 놓은 모양새였다.

"이권숙을 위한 특별 룸인데 마음에 드나요?"

칼자국이 태영을 향해 돌아앉으며 물었다. 서늘한 눈에 살기가 어려 있었다. 태영은 분노를 누르며 입을 다물었다.

"정말 실망이에요."

태영이 경찰에 제출하려 모아두었던 자료를 하나씩 없애며 칼자국이 말했다. 몸을 숨긴 칼자국은 자신이 심어놓은 형사를 태영에게 접근시킨 뒤 계속해서 감시해 왔다고 말했다.

"계약은 끝난 거 아닌가? 그쪽이 희원이 형을 계속 조작 경기로 내몬 순간에."

"아니, 아니. 그건 김희원이 받아간 선금에 대한 위약금이지. 당신 에이전트잖아. 그런 거 몰라? 나 그래도 많이 참았어요. 영업이 망가졌는데도 김희원 가족들은 그대로 뒀잖아. 왜? 당신이 있으니까."

"좆 까는 소리하지 마. 희원이 형 가족들 건드려 봐. 너도 죽여 버릴 거니까."

태영이 칼자국을 사납게 노려보았다. 간신히 참고 있는 듯 칼자국의 눈꼬리가 파르르 떨렸다. 칼자국은 주먹을 꽉 쥐었다 편 손으로 태영의 얼굴을 쓸어내렸다.

"내가 왜 당신을 안 때리는지 알아요? 사고사에 상흔이 있으면 안 되거든."

"그럼 죽여, 씨발놈아."

"당신이 죽는 건 이권숙이 이겼을 경우지. 왜 사람을 함부로 죽이나."

"나 회사에서 잘린 거 모르시나? 이권숙하고도 아무 관계 없으니까 참견할 권리 따위도 없어. 그러니까 그냥 죽여!"

더 이상 말할 가치도 없다는 듯 칼자국이 자리에서 일어나자 그의 부하들이 태영을 묶기 시작했다. 태영은 결박되는 가운데 서도 칼자국의 목소리를 또렷하게 들었다.

"죽는 건 별로 안 무서운가 보네. 근데 죽는 것보다 더 무서운 게 있다는 건 모르나 봐요. 이번 판은 김희원 때하고 규모부터 달라서 죽는 걸로 안 끝날지도 몰라요."

칼자국의 호탕한 웃음소리가 넓은 룸 안에 울려 퍼졌다.


계체량을 끝낸 권숙은 호중과 함께 기자회견장에 들어섰다. 언론의 뜨거운 관심은 권숙에게 쏠려 있었다. 먼저 도착해 자리 잡은 한아름에겐 누구도 관심을 두지 않았다. 그러나 권숙은 쏟아지는 질문에 비협조적인 태도로 일관했다. 호중이 권숙 대신 마이크를 잡았고 사생활에 대한 질문은 노코멘트로, 시합에 관한 질문은 형식적인 대답으로 채워나갔다. 뜨겁게 달아올랐던 기자회견장은 찬물을 끼얹은 듯 싸늘하게 식었다.

"마지막으로 이번 시합에 임하는 각오 한 마디 부탁드립니다."

권숙은 처음으로 마이크 앞으로 입을 바짝 가져갔다. 잠시 마음을 다잡은 권숙이 결의에 찬 목소리로 말했다.

"반드시 이기겠습니다."

기자들은 포토타임을 요청했다. 권숙은 무관심 속에서 퇴장하려는 한아름을 붙잡았다.

"같이 찍어요."

"놔." 한아름이 신경질적으로 권숙을 뿌리쳤다.

"들러리가 필요하니?"

"이기고 싶다면서요. 그럼 독하게 덤벼 봐요. 도망치지 말고."

권숙이 한아름의 얼굴을 향해 주먹을 뻗어 포즈를 취했다. 시들했던 기자들이 반짝이는 눈을 하고 카메라를 들어 한아름의 이름을 크게 불렀다.

"재미없게 굴지 마요. 이렇게 피해 놓고 나중에 또 내 탓만 하려구요?"

기자들이 권숙의 도발에 응하라며 큰소리로 한아름의 이름을 외쳤다.

"언닌 열여섯 살 때부터 복싱했다고 했죠? 나는 다섯 살 때부터였어요. 내가 쉰 건 도망쳤던 2년이 전부예요. 복싱을 좋아하는 걸로 따지는 거면 몰라도 노력으론 안 져요. 그리고 내일 시합에서도 안 져요."

권숙을 노려보던 한아름이 마침내 주먹을 뻗었다. 교차해 뻗어나간 두 사람의 주먹이 서로를 겨눴다. 기자들은 마침내 건질 만한 그림을 발견한 듯 두 사람을 사진에 담았다.


4


시합 날 아침, 권숙은 눈을 뜨자마자 인터넷 뉴스를 검색했다. 희원의 억울함을 풀기 위해서 경찰서로 간다던 태영이었다. 하지만 희원이 연루된 승부 조작과 관련한 새로운 소식은 찾을 수 없었다. 혹시나 하는 기대로 태영의 연락을 기다리며 마음을 졸였다. 그리고 오늘 아침 태영이 웃으며 나타날지도 모른다는 헛된 기대를 가져보기도 했다. 물론 태영은 나타나지 않았다.

"다녀오겠습니다."

태영 대신 나타난 호중이 식당 앞까지 따라 나온 철용에게 깍듯하게 인사를 건넸다.

"같이 가주랴?"

철용이 한 번도 들어본 적 없는 따뜻한 목소리로 물었다. 그제야 핸드폰에서 눈을 뗀 권숙이 고개를 가로저었다.

"아빠는 코치 말고 그냥 아빠였으면 좋겠어요."

"후회 남을 경기만 하지 마라. 고기 삶아 놓으마."

그대로 자동차에 올라타려던 권숙이 돌아서더니 잠시 망설이다 철용을 어색하게 끌어안았다. 철용은 이내 부끄럽다는 듯 권숙을 밀어내고 돌아섰다. 고개를 돌리는 철용의 눈가가 벌겋게 번졌다. 차가 출발하자 권숙은 힐끔 돌아보았다. 철용은 여전히 그 자리에 서서 차가 완전히 사라질 때까지 바라보고 있었다. 검은 정장 차림의 아침 손님들이 도착하기 전까지 계속.

"리게인 잘됐네?"

호중이 권숙의 부은 눈을 가리키며 말했다. 권숙은 고개를 끄덕였다. 사실은 태영을 걱정하느라 울어서 부은 것이라곤 말하지 못했다. 리게인이 제대로 되지 않은 건 권숙이 가장 잘 알고 있었다. 헛된 기대가 무너졌으니 다음은 슬픔 예감이었다. 경찰서로 가던 길에 사고라도 난 것은 아닐까.

"대표님, 혹시 아저씨 못 봤어?"

"응? 나보다 니가 더 잘 알지 않냐?" 호중은 아무것도 모른다는 듯 말했다.

"와, 나랑 그렇게 친했는데 여자 앞에서는 장사 없다. 그치?"

너스레로 대답을 대신한 호중의 표정은 굳어 있었다.


"이권숙 시합의 역배당이 얼마나 되는 줄 알아요? 피엠님 설계보다 높아요. 500배! 역시 우수하다니까. 참 아까워요."

칼자국은 포박당한 태영을 앞에 앉혀 두고 아침식사 중이었다. 태영은 속으로 칼자국의 헛된 기대를 마음껏 조롱했다. 그

353

사실을 아는지 모르는지 칼자국은 먹고 떠드느라 입을 쉬지 않았다. 그때 문이 열리는 소리가 들렸다.

"김칫국부터 마시는 내가 못나 보이죠? 근데 나는 김칫국을 마시겠다고 생각하면 꼭 마시거든."

칼자국이 식사를 마치며 말했다.

"왔어요, 김칫국이."

칼자국의 부하가 어깨에 이고 있던 커다란 포댓자루를 내려놓았다. 칼자국이 다가가 직접 매듭을 풀자 머리에서 피를 흘리는 철용이 모습을 드러냈다. 순간 자리에서 일어나려던 태영이 사지가 포박된 채로 넘어졌다.

"야, 이 개새끼야!"

태영이 바닥을 뒹굴며 고래고래 소리 질렀다. 미간을 찌푸린 칼자국이 태영의 얼굴에 물을 부어 입을 다물게 했다.

"이권숙에게 가서 전해요. 지는 경기를 해야 아버지를 살릴 수 있다고."

태영이 거칠게 헐떡이며 칼자국을 죽일 듯이 노려보았다.

"예전처럼 죄의식 좀 버립시다. 배당이 예상보다 커서 끝나면 빚 다 갚고도 조금 챙겨 줄 수 있을 거 같아요. 우린 불의는 참아도 불이익은 못 참는 사람이잖아. 이익을 생각하면 움직이기 쉬워질 거예요."

칼자국이 부하를 불러 태영의 포박을 풀어주었다. 분노로 거칠어진 숨을 내쉬며 바닥에 엎드려 있던 태영이 철용을 바라보앗다. 정신을 잃은 철용을 보며 잠시 고민하던 태영이 자리에서 일어나며 말했다.

"씻고 갑시다."

장충체육관은 이권숙을 보기 위해 모여든 인파로 몸살을 앓고 있었다. 중계차가 곳곳에 배치되어 있었고 기자들은 시끌벅적한 현장을 분주히 카메라에 담았다. 그때 권숙의 얼굴이 크게 새겨진 걸개그림이 장충체육관 벽면을 덮으며 떨어졌다. 모여 있던 관중들의 함성이 터져 나왔다.

그 시각 권숙은 안절부절못하며 대기실을 빙빙 돌고 있었다. 호중은 물론 태영을 대신해 경기장을 찾은 S&P의 팀장도 태영의 행방을 모르쇠로 일관했기 때문이다. 일부러 권숙에게 감추고 있는 기색이 역력했다. 어쩌면 태영이 말한 것보다 훨씬 심각한 상황일지도 몰랐다.

계속해서 태영에게 전화를 걸었지만 받지 않았다. 마지막이란 생각으로 한 번 더 통화 버튼을 눌렀다. 긴 신호음이 지루하게 늘어지고 전화를 끊으려던 그때 대기실 너머에서 익숙한 벨소리가 들렸다. 그리고 문이 활짝 열렸다. 말끔히 면도한 태영이 서 있었다.

"그만 좀 보채라."

권숙이 달려가 태영에게 안겼다. 호중은 팀장을 비롯한 스태프를 모두 끌고 대기실 밖으로 나갔다. 태영을 강하게 끌어안았

355

던 권숙은 호중이 사람들을 모두 끌고 대기실 밖으로 나가자 태영의 복부에 쇼트 펀치를 꽂아 넣었다. 쓰러지듯 몸을 기울인 태영이 권숙을 다시 한번 끌어안았다.

"기술 좋네. 이렇게 끌어당기고."

"얼마나 걱정했는지 알아요! 대체 어디에 있었어요? 경찰서에는 안 간 거예요?"

다급하게 묻는 권숙을 빤히 바라보던 태영이 말했다.

"나도 대한민국이 미쳐 있는 경기는 보고 가야지."

"그럼 연락을 했어야죠! 내가 얼마나 걱정했는데."

"야, 우리 연락하고 그러면 안 돼. 통화기록 다 나와."

"그럼 걱정을 시키지 말던가요!"

"오늘은 안 떠네? 이제는 안 무서워?"

태영의 말이 떨어지기 무섭게 권숙의 손끝에서 떨림이 시작됐다. 어느새 떨림은 몸 전체로 번졌다.

"아저씨 걱정하느라 몰랐나 봐요."

태영이 권숙의 두 손을 꼭 잡았다. 그래도 떨림은 멈추지 않았다.

"나 지면 어떡해요?"

"네가 왜 져?"

"이번에는 열심히 안 한 거 같아서. 한아름 언니 세거든요. 그리고 나는 얼굴도 못 때리니까."

태영은 권숙의 손을 끌어당겨 등을 감싸 안았다. 익숙한 태영의 냄새에 권숙의 떨림이 서서히 잦아들었다.

"권숙아, 한아름 선수도 프로야. 최악의 상황은 언제나 염두에 두고 있을 거라구. 그 선수의 각오를 모독하지 말고 최선을 다해서 때려. 겁먹지 말고."

목을 타고 내려와 넓은 가슴을 울리는 태영의 목소리가 권숙을 따뜻하게 감싸 안자 떨림이 멈췄다. 질지도 모른다는 불안도 말끔히 사라졌다. 이기지 못할 이유가 없다고 생각했다.

"그래도 지면요?"

태영의 품에서 벗어나고 싶지 않은 권숙이 엄살을 부렸다.

"난 겁쟁이라 질 거 같아요."

"지면 지는 거지."

"그럼 은퇴 선언이 모양 안 나잖아요. 도망치는 거 같고."

"최선을 다한 패자는 도망자가 아니니까 걱정하지 마."

태영이 권숙을 가슴에서 떼어놓으며 말했다.

"진정됐으면 이제 끝."

"아직요. 봐봐, 떨리잖아요."

권숙이 다급히 몸을 부르르 떨었다.

"얼굴 좀 보자, 우리 권숙이."

태영이 키를 낮춰 권숙을 지긋이 바라보았다. 늘 강인했던 태영의 눈빛이 어딘지 위태로워 보였다. 권숙이 태영의 소맷자락을 붙잡았다.

"아저씨 나 왜 이렇게 불안하죠? 아저씨 괜찮다는 거 거짓말 같아."

"넌 언제까지 날 아저씨라고 부를 거냐."

"뭐라고 불렀으면 좋겠는데요?"

"당연히 오빠지."

"그럼 오늘 경기 보고 가요. 은퇴하고 나서 선수 아닐 때 오빠라고 부를게요."

권숙의 목소리가 축축이 젖어 들었다.

"오빠라고 불러줄 테니까 링사이드에서 내 마지막 지켜봐 줘요."

"끝까지 지켜볼게. 무슨 일이 있어도."

"약속했어요. 나 이번엔 등장 음악도 해달라고 했어. 꼭 들어야 해요. 알았죠?"

여전히 가시지 않는 불안 때문인지 권숙은 유난히 수다스러웠다. 안심하라며 권숙의 머리를 쓰다듬던 태영의 두 손이 권숙의 얼굴을 감쌌다. 권숙의 고개가 자연스레 뒤로 젖혀진 순간 태영의 입술이 권숙의 입술 위로 아련하게 포개졌다. 온몸이 녹아버릴 것처럼 따뜻하고 부드러운 입술이었다. 권숙은 가만히 눈을 감고 태영의 목에 매달렸다. 복싱 경기장 대기실에서 첫 키스를 하게 되리라고는 상상도 못했지만 지금껏 꿈꿔온 그 어떤 순간보다 황홀하고 아름답다고 생각했다.

"사랑해요, 아저씨."

잠시 두 입술이 떨어진 순간 권숙이 말했다. 태영은 금방이라도 눈물이 떨어질 것 같은 얼굴로 다시 권숙의 입술을 덮쳤다. 권숙은 이 시간이 영원히 끝나지 않게 해달라고, 이대로 시간이 멈추게 해달라고 몇 번이고 빌었다.


"쓰레기 같은 새끼!"

호텔로 돌아온 태영을 맞이한 것은 정신을 차린 철용이었다. 다행히 평소의 기세를 되찾은 모습이었다. 하지만 칼자국에게 모든 진실을 들은 철용은 끊임없이 욕을 쏟아냈다. 칼자국의 손짓에 부하들이 철용의 입에 재갈을 물렸다. 태영은 철용을 외면하고 칼자국에게 다가갔다.

"어때, 아버지 여기 계신다고 말 해줬나요? 꼭 져야 한다고 말 해줬어요?"

칼자국의 물음에 태영이 고개를 끄덕였다.

"이제 정신을 차리셨나 보네." 칼자국이 옆자리를 내주며 말했다.

"확률 높은 게임이니까 긴장 풀고."

TV에선 권숙과 한아름의 경기에 앞서 작은 경기들이 펼쳐지고 있었다. 칼자국은 오늘 매칭된 모든 경기에 베팅을 만들어놓은 모양이었다. 선수들이 쓰러질 때마다 즐거워했고 부하들은 경기가 끝날 때마다 수익률을 불러주었다.

"나도 어렸을 때 복싱 많이 봤거든. 유명우도 좋아했고. 근데 지금 시대가 어느 땐데 헝그리야. 복서도 먹고살아야지."

칼자국이 철용을 힐끔 본 뒤 조롱하듯 말을 이었다.

"우리 같은 사람이 있어야 부의 재분배도 일어나고, 선수들도 먹고살고, 복싱도 발전할 거 아니야. 그렇죠, 김 피엠님?"

태영이 고개를 끄덕였다. 칼자국이 껄껄 웃으며 태영에게 어깨동무를 했다. 모두가 다음 경기에 정신이 팔린 사이 화장실에 다녀오겠다고 일어난 태영이 철용에게 다가갔다.

"절 때리신 뒤에 돌아보지 말고 달려서 장충체육관으로 가세요. 가서 권숙이한테 힘이 되어 주세요."

그러고는 권숙의 대기실에서 챙겨온 커터 칼로 철용을 결박한 줄을 끊었다.

"형님!"

컴퓨터 앞에 앉아 있던 부하의 외침에 모든 시선이 철용과 태영에게 집중됐다. 덩치들이 다가왔지만 이미 자유의 몸이 된 철용은 다가오는 부하들을 향해 펀치를 날렸다. 철용의 펀치는 한 방에 한 명씩 쓰러트렸다. 태영이 철용에게 매달리며 말했다.

"빨리 가세요, 제발!"

"너도 가. 가서 권숙이한테 사과해!"

멀찍이 앉아 이쪽을 바라보던 칼자국이 외쳤다.

"이것 보세요, 이 선생님. 김 피엠이 무리해 가면서 풀어드렸으면 그냥 가셔야지. 눈치 없이 왜 이래? 가세요. 가서 이권숙한테 전해요. 김 피엠 어머니가 돌아가실지도 모른다고, 그러니까 꼭 지라고."

순간 태영의 눈빛이 흔들렸다. 철용도 놀란 눈으로 태영을 바라보았다. 참담한 심정으로 머리를 숙였던 태영이 고개를 들고 괜찮다는 눈짓을 보냈다. 철용이 태영에게 다가가려 하자 태영이 다시 눈짓으로 철용을 저지했다. 그리고 나직하게 입 모양으로만 말을 전했다.

"절대 안 돼요. 저는 괜찮으니까, 가세요."

철용이 주춤하더니 다시 다가오려는 부하들을 경계하듯 뒷걸음질 치며 방을 빠져나갔다. 부하들이 태영에게 달려들었다.

"그만!" 여전히 평온한 칼자국이 외쳤다. "폭행 흔적이 있으면 사고사 못 한다."

부하들은 태영을 TV 앞으로 끌고 가 무릎 꿇렸다. 태영의 두 주먹이 격하게 떨렸다. 이제 곧 권숙이 등장할 차례였다. 칼자국은 TV에 시선을 고정한 채 말했다.

"당신이 어떤 선택을 했는지 봅시다."


오늘따라 복도가 유난히 짧았다. 권숙은 글러브를 낀 손으로 태영의 입술이 닿았던 입술을 만졌다. 오래도록 꿈꿔온 첫 키스는 녹을 듯이 달콤했지만 쌉싸름한 뒷맛을 남겼다. 그래서일까. 안 좋은 예감이 자꾸만 머릿속에 주저앉으려 하고 있었다.

"싸우러 가는 애 표정이 그게 뭐냐?"

호중의 타박에 권숙은 마음을 다잡았다. 큰일은 아니라고 했던 태영의 말을 믿어야 했다. 태영은 링사이드 좌석에 앉아 권숙을 지켜보고 있을 것이다. 마침내 경기장 입구에 도착한 권숙은 눈을 감았다. 마음이 차분히 가라앉자 노랫소리가 들려왔다. 태영이 좋아한다던 '이룰 수 없는 꿈'이었다. 문이 활짝 열리고 경기장 안으로 권숙이 들어섰다. 권숙의 등장과 함께 경기장은 환호로 가득 채워졌다.

그 꿈, 이룰 수 없어도. 싸움, 이길 수 없어도. 슬픔, 견딜 수 없다 해도. 길은 험하고 험해도 …… 정의를 위해 싸우고, 사랑을 믿고 따르며, 잡을 수 없는 별일지라도, 힘껏 팔을 뻗으리라.

복싱을 시작하고 처음으로 관중들을 바라보며 입장로를 걸었다. 한 사람씩 눈에 담으려 노력했다. 한때는 끔찍했던 당신들이지만 언제나 지켜봐 줘서 고맙다는 마음의 소리를 건네며 걸어갔다. 처음이자 마지막 인사를 마친 권숙은 정면을 응시했다. 그 사이 음악은 절정을 향했다.

이게 나의 가는 길이요. 희망조차 없고, 또 멀지라도 멈추지 않고, 돌아보지 않고. 오직 나에게 주어진 이 길을 따르리라.

권숙은 그 목소리를 가슴에 새기며 눈을 들었다. 멀리 자신이 그렇게도 벗어나고 싶었던 링이 보였다. 언제나 권숙을 집어삼킬 것 같던 링이었는데 오늘은 더할 수 없이 평화로운 모습이었다. 노래는 마지막에 이르러 차분히 가라앉았다.


　내가 영광의 이 길을 진실로 따르면 죽음이 나를 덮쳐 와도 평화롭게 되리.


　이는 스스로에게 하는 말이자, 태영에게 전하는 말이었다.

　링닥터의 승인을 받고 링에 오른 권숙이 손을 번쩍 들어 올렸다. 관중들의 에너지가 힘차게 쏟아졌다. 가운을 벗은 권숙은 서둘러 링사이드를 살폈다. 하지만 태영을 찾기도 전에 경기장 불이 꺼지며 한아름에게 핀 조명이 쏟아졌다. 권숙과 달리 별다른 환호도 없는 등장이었다. 한아름은 침묵의 길을 걸어 권숙에게 다가갔다.

　선수 소개 후 한아름의 챔피언벨트 반납 의식이 이어졌다. 그러는 동안에도 권숙은 태영만 찾았다. 공이 울리고 1라운드가 시작된 뒤에도 마찬가지였다.

　한아름이 간격을 두고 권숙을 탐색하기 시작했다. 하지만 권숙의 시선은 여전히 링 밖을 향해 있었다. 장충체육관의 관중석에는 권숙을 향한 응원 플래카드 일색이었지만 눈에 들어오지 않았다. 권숙은 오직 링사이드의 좌석에 신경을 집중했다. 관중의 얼굴을 하나하나 훑으며 태영을 찾고 있었다. 빈틈을 발견한 한아름이 과감하게 공격해 왔다. 권숙은 몸을 살짝 트는 것만으로 빠르게 날아온 한아름의 펀치를 피했다. 관중들은 권숙의 이름을 연호하며 공격을 요구했다. 하지만 권숙은 여전히 태영을 찾고 있었다. 계속된 한아름의 공격을 피하며 둥그렇게 링을 돈 권숙은 링사이드의 모든 좌석을 훑고 마지막 좌석으로 향했다. 태영이 아니었다. 인정할 수 없던 권숙은 조금 더 가까이 다가가 확인하기 위해 백스텝을 밟았다. 역시 태영이 아니었다. 그 순간 쉬지 않던 풋워크를 멈추고 자리에 그대로 섰다. 턱부터 복부까지 견고하게 커버링한 팔에 힘이 빠지며 틈이 생겼다. 한아름의 펀치가 권숙의 얼굴에 꽂혔다.

"역시, 피엠님은 달라. 프로야!"

TV 화면 속에 쓰러진 권숙을 보며 칼자국이 박수를 쳤다. 그는 뿌듯한 얼굴로 태영을 바라보았다. 권숙의 다운을 믿을 수 없는 태영은 고개를 저었다. 인정할 수 없었다.

"일어나."

권숙에게 들리지 않을 거라는 걸 알면서도 외쳤다. 미친 사람처럼 되뇌었다.

"일어나라고!"

심판의 카운트가 마지막 숫자를 향해 서서히 올라가고 있었다. 경기장에는 관중석에서 쏟아낸 야유가 끝없이 메아리쳤다. 링에 드러누워 버린 권숙은 머리가 핑 도는 것을 느꼈다. 일어나야 하는데 도무지 일어날 생각이 들지 않았다. 생애 첫 다운이었다. 조명으로 가득한 경기장의 천장을 바라보는 권숙의 두 눈에 눈물이 차올랐다.

"보고 있겠다고 했으면서……."

혼잣말을 뱉어낸 권숙은 눈을 감아버렸다. 도망치지 않고 마지막을 깨끗이 마무리하겠다는 결심이 점점 흐려졌다. 그때 야유를 뚫고 철용의 목소리가 날아와 권숙의 귓가에 꽂혔다.

"어서 안 일어나?"

눈을 뜬 권숙이 목소리를 따라 고개를 돌렸다. 코너에 있는 철용이 보였다. 피투성이가 된 채로 비틀비틀 링을 향해 다가오고 있었다.

"오늘 이긴다고 했다면서. 또 도망칠 거야?"

권숙은 정신이 번쩍 들었다. 바보처럼 굴지 말자. 권숙이 자리에서 일어나자 카운트를 멈춘 레프리가 다가왔다. 권숙은 두 눈을 부릅뜬 채 주먹을 들고 파이팅 포즈를 취했다. 태영은 분명 어디에선가 보고 있을 것이다. 약속했으니까. 권숙은 무슨 일이 있어도 태영을 믿기로 했던 다짐을 떠올렸다. 경기를 재개하자 권숙이 저돌적으로 달려들었다. 한아름도 피하지 않고 맞섰다. 권숙의 부활에 관중들은 더 큰 환호를 보냈다.

"다리가 조금 풀린 거 같아."

유난히 길었던 1라운드가 끝난 뒤 코너로 돌아온 권숙이 의자에 털썩 주저앉았다. 물통을 받아 입을 헹구고 양동이에 뱉었다. 피가 섞여 있었다. 아마추어 데뷔 시절부터 지금까지 처음 있는 일이었다. 철용은 아무 말도 하지 않았지만 신기한 듯 권숙의 다리에 시선을 고정했다. 권숙은 철용의 다친 얼굴을 물끄러미 바라보았다. 급히 처치한 철용의 상처와 태영이 관련 있을 것 같았지만 묻지 않았다. 태영은 분명 다른 곳에서 권숙을 지켜보고 있을 것이다. 지금 이 순간에만 집중해서 반드시 이겨야 했다. 최선을 다해서 끝내야 했다.

"생각보다 주먹도 다부지고 스피드도 좋아. 어떻게 할래? 펀치력으로 승부 볼 거면 다음 라운드나 그다음 라운드 안에 결정해야 돼. 종반까지 갈 거면 2, 3라운드는 회복하자."

"우습게 보면 안 되겠어. 지금까지 붙어본 상대 중 제일 세."

"그럼 다음 라운드는 데미지 회복에 중점을 두자. 오버 액팅하지 말고 링을 크게 써."

휴식 시간을 마무리하는 세컨드 아웃이 선언되었다. 다시 공이 울리고 2라운드가 시작됐다. 권숙은 호중의 지시대로 링을 넓게 쓰는 아웃복싱으로 발 빠르게 움직여 한아름을 유인했다. 필요 없는 난타전으로 체력을 빼앗기지 않는 방법인 동시에 한아름을 도발해 혼자 힘을 쏟아버리게 하려는 함정이었다. 하지만 한아름은 쉽사리 걸려들지 않았다. 권숙이 아슬아슬한 거리까지 들어와야 주먹을 한 번 뻗어보는 식으로 안전하게 경기를 운영해 나갔다. 관중석에서는 그때마다 탄식을 쏟아냈다. 그리고 3라운드까지 이어지는 두 선수의 소극적인 플레이에 안타까워하는 목소리가 더욱 커졌다.

4라운드의 공이 울리자 권숙은 총알처럼 튀어 나갔다. 그리고 링을 좁게 쓰는 인파이팅 방식으로 한아름을 압박했다. 권숙의 펀치가 한아름의 커버링에 닿을 때마다 한아름은 코너로 밀려났다. 하지만 코너에 등을 대고 선 한아름의 수비는 오히려 견고해졌다. 양어깨에 바짝 닿아있는 로프 때문에 권숙의 공격 루트가 눈에 띄게 줄어들었기 때문이었다. 어쩌면 그것은 권숙의 압박이 아니라 한아름의 전략일 수도 있었다. 레프리에 의해 링의 중심부로 불려 나온 뒤에도 한아름은 다시 코너로 밀려났다.

"왜 안 깨지지? 저깟 커버링 두어 방이면 깨져야 하는데 안 깨져."

4라운드가 끝나고 코너로 돌아온 권숙이 거칠게 숨을 내쉬며 불만을 토로했다.

"니가 안면 공격을 안 하고 복부만 집중적으로 커버링하잖아. 그러니 못 깨지. 안면 공격 안 할 거야?"

"해, 한다고. 그냥 기회가 없었을 뿐이야."

하지만 5라운드가 시작돼도 권숙은 한아름의 얼굴에 펀치를 뻗지 못했다. 권숙이 망설이는 찰나에 한아름은 몸통을 가린 커버링을 살짝 턱으로 옮겼다. 권숙은 또다시 한아름의 커버링만 죽어라 때리다가 코너로 돌아왔다. 4라운드째 한아름은 공격 없이 소극적인 방어만 펼쳤다. 그러는 사이 흥미를 잃은 관중들은 한아름에게 야유를 보내곤 했다. 코너의 의자에 앉은 권숙은 생각처럼 풀리지 않는 경기 때문에 짜증이 치솟았다. 여전히 말없이 권숙을 지켜보던 철용에게 물었다.

"저 빗장 여는 법 좀 알려줘요."

"복싱에 관여 안 한다니까."

"마지막이니까 해줘요!"

"왜 이기고 싶은 건데? 어차피 은퇴할 거 그깟 챔피언벨트 하나 없다고 죽는 것도 아니잖아."

"제발요! 최선을 다해 끝내고 싶어요. 지든 말든이 아니라, 할 수 있는 건 다 쏟아놓고 가야 다신 여기로 안 올 거 같아요."

철용이 피식 웃음을 터트렸다.

"나보다 빨리 어른이 됐구나." 철용이 권숙에게 바짝 붙었다.

"커버링에 막히지 말고 커버링을 공격해. 그러면 엉뚱한 곳이 열릴 거니까. 그땐 생각하지 말고 본능에 맡겨. 단 절대로 제어하지 마. 그건 상대에 대한 예의가 아니니까."

공 소리에 맞춰 권숙이 다시 링으로 달려나갔다. 여전히 견고한 커버링으로 얼굴과 몸을 보호하던 한아름이 천천히 풋워크를 시작했다. 권숙은 정직하게 한아름에게 들어갔다. 커버링을 보는 순간 철용의 말이 완전히 이해됐다. 권숙은 한아름의 아래팔에 단단히 박혀 있는 전완근을 힘껏 때렸다. 예상대로 몸통을 노린 보디블로라고 생각한 한아름이 몸을 잔뜩 움츠렸다. 권숙은 개의치 않고 커버링에 계속 펀치를 쏟아냈다. 견고한 한아름의 벽이 점차 무너지고 있었다. 한아름의 커버링이 아래로 쳐지는 순간 글러브에 가려져 있던 그녀의 관자놀이가 눈에 들어왔다. 권숙은 철용의 말대로 본능에 몸을 맡겼다. 지난 16년간 몸에 새긴 본능이 한아름을 향해 움직였다. 세월이 만들어낸 라이트훅을 받은 한아름은 바닥에 쓰러질 것이었다. 그리고 한참이 지나서야 자신이 공격당했다는 사실을 인지하게 될 터였다.

그런데 한아름이 버텼다. 허리가 접힐 듯 크게 휘청거리며 몸이 넘어갔지만 간신히 버텨냈다. 권숙이 마무리를 하기 위해 달려들었다. 이제 보디든 안면이든 가리지 않고 활짝 열려 있었으니까. 하지만 공이 울렸고 레프리가 재빨리 권숙의 앞을 가로막았다.

"봐주지 말고 끝낼 수 있을 때 끝내는 거야."

철용의 조언을 안고 출격한 7라운드였다. 치명타에서 아직 회복하지 못한 한아름은 이전의 견고함은 찾아볼 수 없었다. 권숙이 던지는 콤비네이션 펀치를 반도 막지 못하고 휘청거렸다. 위빙으로 권숙의 펀치를 흘려보내는 것은 상상도 못했다. 이미 다리가 풀린 한아름은 동공마저 활짝 열려 있었다. 권숙은 한 방이면 끝날 거라 생각해 달려들었다. 그러나 한 방이 두 방, 두 방이 네 방이 되어도 한아름은 쓰러지지 않았다. 반쯤 벌어진 입에서는 침이 새고 있었다. 순간 한아름을 죽일지도 모른다는 악몽이 다시 떠오르려 했다. 저렇게 맞고서도 버텨내려는 한아름을 도저히 이해할 수 없었다. 그녀는 정말 죽을 생각인 걸까.

"복서라면 누구나 죽을 각오쯤은 하고 있어."

철용이 권숙의 마음을 읽었는지 태영과 비슷한 말을 했다. 호중도 권숙의 긴장을 풀어주려는 듯 실없는 농담을 던졌다.

"명언이십니다. 적어 놓고 읽어도 되겠습니까?"

호중이라면 진심으로 말하는 것일지도 모른다는 생각에 피식 웃음이 터졌다. 긴장이 조금 풀어졌다. 8라운드 시작을 알리는 공이 울리기 무섭게 권숙은 한아름에게 달려갔다. 그때 죽어가던 한아름이 허리를 꼿꼿이 세우고 일어섰다. 이미 뻗은 펀치를 거둬들일 수 없던 권숙이 한아름의 얼굴을 가격하는 순간 한아름 역시 권숙의 얼굴을 가격했다. 그림 같은 크로스 카운터였다. 체중이 실린 펀치를 날린 권숙은 간신히 버텨냈지만 자신의 힘을 고스란히 돌려받은 탓에 크게 휘청거렸다. 되살아난 한아름이 그간 당한 걸 갚겠다는 듯 권숙을 공격하기 시작했다.

"이게 뭐라고 저렇게까지 하는 거야?"

한아름의 공격을 버텨내고 코너로 돌아온 권숙이 불만을 터트렸다.

"이한아름 인생……."

호중이 멍한 얼굴로 자신도 모르게 중얼거렸다. 한아름의 투지에 저도 모르게 감화된 듯했다.

"인생은 복싱이 아니야."

"그래, 그럴지도 모르지. 그래도 하나만 잊지 마. 끝까지 최선을 다해라."

"더 해줄 말은?"

호중이 기회를 양보하듯 철용을 바라보았다.

"후반 라운드는 처음 와봐서 버겁지? 이쯤 되면 작전이고 뭐고 없어. 정신력이고, 의지의 승부다. 승리에 대한 열망이 더 큰 사람이 끝까지 서 있는 거다."

"작전 없으면 말아요."

"권숙아." 철용이 권숙을 불렀다.

"끝까지 포기하지 마라. 이제 아무 걱정하지 말고."

권숙은 대답 없이 링으로 나갔다. 이제 9라운드였다. 그때 상대 코너에서 걸어 나오는 것은 한아름이 아니라 복싱이었다. 아무리 떼어내려 안간힘을 써도 떨어지지 않던 끔찍한 복싱이었다. 권숙의 과거는 그녀를 향해 강펀치를 휘둘렀다. 뒤로 물러선 권숙의 등에 로프가 닿았다. 오늘따라 링이 유난히 좁게 느껴졌다. 로프의 반동은 권숙을 다시 복싱 앞으로 보냈다. 벗어날 수 없는 운명의 외침 같았다. 권숙은 하는 수 없이 복싱을 향해 펀치를 날렸다. 살기 위해 뻗은 펀치였다.

글러브 끝에 묵직함이 느껴지는 동시에 복싱으로부터 날아온 펀치를 얻어맞았다. 순간적으로 정신이 날아갈 뻔했지만 더 이상은 도망칠 수 없다는 것을 알고 있었다. 복싱을 향해 다시 펀치를 휘둘렀다. 맞으면서 때리고, 때리면서 맞는 동안 멈추지 않고 앞으로 나아갔다. 한 걸음 물러날 때마다 권숙을 막아섰던 좁은 링이 권숙의 앞길을 환히 열어놓고 있었다. 권숙은 그 이유를 알 것 같았다. 자신이 싸움을 멈추지 않았기 때문이었다.

권숙은 철용의 허벅지에 시퍼런 멍을 남겼던 최초의 기억을 떠올렸다. 그때 자신의 인생이 일방적으로 정해졌지만 그 인생과 한 번도 싸워보지 않았다. 내일도 오늘과 같을 거라 지레 겁을 먹고 도망치려고만 했다. 그래서 늘 철용이 정해놓은 인생에만 머물러 있었다. 자정이 지나도 앞으로 나아가지 않으면 진짜 내일은 오지 않는다는 것을 이제야 깨달았다. 이기고 지는 것은 중요하지 않았다. 싸우는 것만으로도, 앞으로 나아가겠다는 의지만으로도 이렇게 길이 열리고 있었으니까. 도망치지 않고 오늘 최선을 다하면 내일은 반드시 열릴 것이었다.

권숙의 글러브에 한 번 더 묵직함이 전해졌다. 그 순간 복싱이 흩어지며 다시금 한아름이 눈앞에 나타났다. 권숙의 펀치에 맞은 한아름이 휘청거리고 있었다. 권숙은 앞으로 나아가기 위해 다시 펀치를 뻗었다. 한아름도 권숙의 펀치를 두려워하지 않고 달려들어 공격했다. 그녀 역시 내일을 열기 위해 최선을 다해 싸우는 중이었다.

권숙과 한아름은 멈추지 않고 주먹을 뻗었다. 상대의 공격에 휘청거리기도 했지만 넘어지지는 않았다. 링은 권숙과 한아름의 땀으로 번쩍거렸고, 권숙과 한아름이 흘린 피로 뜨겁게 달아올라 있었다. 두 사람 모두 최소한의 가드만을 남긴 채 공격적으로 서로를 물어뜯었다. 치열한 사투에 관중들은 환호도, 야유도 잊은 채 침묵으로 경기에 집중했다.

"아빠, 나 이제 이게 정말 마지막이에요. 더는 하란 말 하지 마."

마지막 라운드를 앞둔 권숙이 코너에 남긴 말은 그게 전부였다. 격렬한 싸움에 권숙의 체력도 바닥을 보이고 있었다. 공이 울렸다. 지칠 대로 지친 권숙과 한아름은 좀처럼 서로에게 다가가지 못한 채 서로를 맴돌았다.

"이한아름 파이팅!"

그때 누군가의 외침이 고요한 체육관을 울렸다. 뒤이어 몇몇 사람들이 한아름의 이름을 외쳤다. 누구도 예상하지 못한 응원이었다. 한아름이 권숙을 향해 성큼 다가섰다. 그러자 권숙의 이름을 외치는 목소리도 들려왔다. 권숙도 한아름을 향해 다가섰다. 두 선수는 다시 펀치를 주고받았다. 관중들은 두 사람의 이름을 치열하게 외쳤다. 뒤섞인 이름들이 체육관을 가득 채웠다.

권숙은 관중석을 가득 채운 사람들 역시 각자의 내일을 위해 최선을 다하고 있을 거라고 생각했다. 그들은 거리에서 만났던 바쁘게 살아가는 사람들이었다. 어쩌면 권숙과 한아름을 통해 매일 치열하게 싸워야 하는 자신들의 인생을 보고 있는 것일지도 몰랐다. 지금의 함성은 권숙도, 한아름도 아닌 스스로에게 보내는 응원일 것이다.

권숙은 한아름과 뒤엉켜 마지막 힘을 짜내 펀치를 주고받았다. 가드를 올릴 힘도, 회피할 힘도 모조리 공격에 쏟아부었다. 서로의 맨얼굴에 펀치가 꽂혔다. 크게 휘청거리는 몸을 간신히 지탱하며 다시 펀치를 뻗었다. 피로 범벅이 된 링 위에서의 2분이 훌쩍 흘러갔다. 권숙과 한아름은 쓰러지듯 서로에게 카운터펀치를 날렸다. 그러나 두 선수의 펀치 모두 상대의 얼굴 대신 어깨를 맞췄다. 두 사람은 서로를 끌어안는 듯한 자세로 멈춰 섰다. 시합 종료를 알리는 공이 울렸다.

레프리가 두 선수를 떼어놓으려 했지만 떨어지지 않았다. 철용과 송 관장이 링 위로 올라왔다. 그들은 각자의 선수를 안아 중립 코너로 돌아갔다.

"잠깐 놔줘요."

권숙이 철용에게 귀엣말을 속삭였다. 철용에게서 풀려난 권숙이 링 위에 무릎을 꿇고 앉았다. 그리고 링에 오래도록 입을 맞췄다. 체육관을 가득 채운 사람들은 신성한 의식을 치르는 듯한 권숙의 모습을 말없이 지켜보았다. 권숙은 처음으로 최선을 다했다. 비로소 이곳을 떠나 내일로 갈 수 있을 거라는 확신이 마음 깊은 곳에서부터 피어오르고 있었다.

칼자국의 사무실에는 침묵이 맴돌았다. 칼자국도, 부하들도, 그리고 태영도 뜻밖의 결과에 할 말을 잃은 채 오직 TV 화면을 바라볼 뿐이었다. 레프리에 의해 링 중앙으로 나온 권숙과 한아름이 보였다. 온몸이 축 늘어진 두 사람이 간신히 서서 판정 결과를 기다렸다. 첫 번째 심판은 권숙에게 승리를 주었다. 칼자국의 부하들이 태영을 묶기 시작했다. 그런데 두 번째 심판과 다음 심판이 연이어 한아름에게 승리를 주었다. 최종적으로 한아름의 판정승이 선언되었다. 하지만 칼자국과 부하들은 상황을 파악하지 못했다. 칼자국은 멍하니 TV를 바라보고 있었고 태영을 묶은 부하들은 포댓자루를 씌우려 했다.

"권숙인 졌고, 게임은 당신이 이겼어."

발을 휘저으며 칼자국의 부하들을 떨쳐낸 태영이 말했다.

"당신 장사꾼이라고 했죠? 나는 당신에게 약속된 이득을 줬어요. 이제 놔줘요."

그러나 칼자국은 고개를 저었다.

"당신 말처럼 이권숙은 졌고 우린 돈을 벌었지만, 이건 비즈니스 외적인 문제에요. 마지막 기회까지 차버린 배신이 있었으니까. 대신 어머니는 살려드리죠."

"내가 믿는 게 뭐냐고 물었죠?" 태영이 차분하게 말했다.

"내가 오늘 중에 자수하지 않으면 팀장이 변호사를 통해서 자료를 경찰에 넘길 거예요. 날 경기장에 보내지 말았어야 했어요. 복사본이 없었을까. 나도 당신만큼 나쁜 놈인데."

흥분한 칼자국이 누워 있는 태영의 배를 걷어찼다. 태영이 고통스러운 숨을 뱉으며 몸을 웅크렸다.

"내가 뒤집어쓸게요."

몸을 웅송그린 태영이 조용히 말했다.

"희원이 형에 대한 것까지 모두요. 대신 여기서 끝내요. 우리 엄마, 그리고 권숙이, 아무도 건들지 않는다는 조건으로 우리 인연 끝내자고."

우두커니 선 칼자국의 그림자가 쓰러진 태영의 위로 드리워졌다.

　침묵에 싸여 있던 체육관에 느닷없이 야유가 터졌다. 조금 전
까지 한아름과 권숙을 함께 응원했던 관중들은 복싱 천재 권숙
의 패배를 인정할 수 없다는 듯 아우성치기 시작했다. 코너로 돌
아가던 권숙은 문득 뒤를 돌아보았다. 한아름이 승리의 기쁨을
만끽하지 못한 채 죄인처럼 고개를 숙이고 있었다. 권숙은 비틀
거리며 한아름에게 다가갔다. 그리고 그녀의 손목을 잡아 팔을
높이 들어 올려주었다.

　"언니 얼굴 진짜 엉망인 거 알아요? 완전 못생겼어."

　권숙이 피투성이가 된 한아름의 얼굴을 보며 웃었다.

　"니가 더 심하거든." 한아름도 피투성이가 된 권숙을 보고 웃
으며 말했다.

　"다음에 또 해."

　"고마워요, 언니. 좋은 기억 하나는 가지고 갈 수 있게 해줘서."

　"그게 무슨 말이니?"

　권숙은 대답 대신 한아름을 끌고 링을 돌며 관중석을 바라보
았다. 자신을 인정해달라고 호소하듯 간절히. 관중석에선 야유
가 잦아드는 대신 하나둘 박수가 터져 나왔다. 권숙이 희미하게
웃었다.

　"아저씨 어디 있어요? 링사이드에 있겠다고 했는데. 눈이 이
렇게 돼서 안 보이나 봐요."

링으로 올라온 철용과 호중의 부축을 받으며 권숙이 물었다.

"알잖아." 호중이 목소리를 낮춰 말했다.

"형님 찾으면 안 돼. 졌으니까 더더욱."

"알아, 아는데. 나 할 말이 있어."

불길한 예감이 엄습한 권숙이 부은 눈으로 울먹였다.

"잊어, 권숙아. 그게 형님이 바라는 거야."

권숙은 호중의 말이 들리지 않는 듯 링사이드로 내려가려 했다. 철용이 권숙을 잡아 품에 안았다. 권숙은 철용을 뿌리치려 몸부림쳤다. 철용의 두 눈도 어느새 빨갛게 달아올랐다.

"그래, 잊지 마라. 우리는 그 자식 기억하자. 그 나쁜 자식. 널 위해 최선을 다했어."

철용의 말에 권숙이 입술을 깨물었다. 필사적으로 울음을 참는 권숙의 두 눈이 눈물로 일렁이고 있었다.

5

"병원부터 가봐야 하는 거 아닙니까?"

택시기사가 룸미러를 보며 말했다. 뒷좌석에서 쓰러질 듯 위태롭게 앉아 있는 태영이 여기저기 피가 터지고 부어오른 얼굴로 고개를 저었다. 칼자국은 태영을 놓아주는 대신 죽지 않을 만큼 때렸다. 마침내 질긴 악연이 끝났다.

"괜찮습니다. 경찰서로 가주세요."

택시가 움직였다. 라디오에서 권숙의 패배를 다룬 뉴스가 흘러나오고 있었다. 앵커는 곧 기자회견이 시작된다고 알렸다. 태영은 기사에게 볼륨을 높여달라고 부탁했다. 권숙의 패배를 믿지 못하는 기자들의 웅성거림이 들렸다. 권숙이 마이크를 잡자 이내 소란이 사그라들었다. 권숙의 차분한 목소리가 라디오를 통해 울려퍼졌다. 태영은 눈을 감았다.

"오늘의 패배는 절실함의 차이에서 비롯되었다고 생각합니다. 이한아름 선수는 누구보다 복싱을 사랑했고, 저는 누구보다 복싱을 끔찍하게 여겼습니다. 복싱은 제 삶에 아무런 가치가 없었지만 이한아름 선수에겐 전부였습니다. 복싱에 온 인생을 걸고 있는 이한아름 선수를 이길 방법은 처음부터 없었습니다. 네, 저는 복싱을 좋아하지 않습니다. 오늘 말고는 단 한 번도 복싱이 즐겁다고 생각한 적이 없습니다. 그래서 이제 지긋지긋했던 복싱과 이별을 하려고 합니다.

은퇴는 제가 복싱을 시작했던 다섯 살 때부터 꿈꿔온 것입니다. 저는 복싱이 두렵습니다. 맞을지도 모른다는 공포에 잠도 제대로 자지 못했고, 누군가를 때려야 하는 죄책감에 매일 괴로웠습니다. 좋은 재능, 감사한 재능은 저에게 지옥 같은 삶을 이어가도록 했습니다. 하지만 아빠의 강요를 거부할 용기도, 여러분의 기대를 거절할 용기도 없었습니다. 엄마의 죽음을 핑계 삼아 도망친 게 전부입니다. 그래서 링으로 돌아왔습니다. 제대로 마지막 인사를 하고 싶었습니다.

제게 잘할 수 있는 일을 해야 즐거운 인생을 살아갈 수 있다고 말해 준 사람이 있었습니다. 잘할 수 있는 일을 좋아한다면 그것만큼 멋진 삶은 없다고 생각합니다. 하지만 저에게 잘하는 일은 악몽일 뿐이었습니다. 한동안 인생의 갈피를 찾지 못해 방황하기도 했지만 저는 좋아하는 일을 하기 위해 열심히 살아가기로 결심했습니다. 그 사람은 제가 아직 좋아하는 일을 찾지 못했어도 제 첫 번째 인생과 결별한 뒤에는 발견할 것이라고도 했습니다. 그날이 바로 오늘입니다. 비록 승리로 마지막을 장식하지 못했지만 복싱에 최선을 다한 오늘……, 오늘 저는 복싱과 이별합니다.

저 이권숙은 은퇴를 선언합니다. 오늘부터 복싱선수가 아닌 평범한 시민 이권숙으로 돌아가겠습니다. 부디 여러분의 이웃, 친구, 언니 동생으로 지켜봐 주시기 바랍니다. 감사합니다."

가만히 눈 감고 있던 태영의 입가에 희미한 미소가 번졌다. 뭉개진 눈가에서는 뜨거운 눈물이 흘러내렸다.

다녀왔어

교도소 문이 열렸다. 눈을 찌르는 가을 햇살에 태영이 미간을 찌푸렸다. 바깥세상은 2년 전과 달라진 게 없어 보였다.

"형님!"

호중이 반갑게 달려왔다. 태영이 못 본 척 지나치자 재빨리 뒤따라오더니 검은 봉지에서 두부를 꺼내 태영의 입에 쑤셔 넣었다. 태영이 두부로 범벅이 된 입가를 닦으며 호중의 뒤통수를 때렸다.

"이 자식이 촌스럽기는. 그리고 넌 형님이 싫다는데 왜 자꾸 귀찮게 면회를 오냐!"

"만나 주시기나 했어요?"

"우리 엄마도 안 만났다. 조용하게 반성 좀 하겠다는데."

"저 미국 진출하는 데 구설수 생길까 봐 피한 거 다 알아요."

철용의 지도로 링에 복귀한 호중은 단숨에 한국 챔피언 타이틀을 획득하더니 은퇴 전의 세계 랭킹까지 올랐다. 5년여의 공백이 느껴지지 않을 만큼 강한 의지가 그의 재기를 가능케 했다. 미국 진출의 각오를 다진다며 머리를 짧게 깎은 호중의 얼굴이 밝아 보였다.

"저희 집으로 가실 거죠? 형님 쓰시라고 이불도 다 빨아놨어요."

차의 시동을 걸며 호중이 너스레를 떨었다.

"세워 인마. 나 엄마 보러 갈 거야. 2년을 불효했다."

"그동안 제가 줄기차게 찾아온 성의를 봐서라도 오늘 하루는 저랑 소주 한잔해요. 내려가면 다신 안 올라오실 거잖아요."

"그래, 안 온다. 시골에 박혀서 조용히 살 거야. 됐냐?"

"아, 몰라요. 저 미국 가면 언제 또 형님이랑 술 한잔하겠어요. 진심으로 서운합니다."

호중이 마른 코를 훌쩍였다. 쓸쓸하게 가라앉은 태영의 시선이 창밖을 향했다. 도로변에 코스모스가 어지럽게 피어 있었다.

2년 전 태영의 자백은 대한민국을 발칵 뒤집어놓았다. 마지막 경기에서 패배하고 은퇴를 선언한 권숙도 승부 조작 의혹에서 자유로울 순 없었다. 다행히 그토록 뜨거웠던 경기를 감히 조작이라 단정하는 사람은 없었다. 여기에 전문가들의 분석과 공인이 이어지면서 의혹은 점차 사그라졌다. 그러나 권숙을 향한 세간의 관심은 여전했고 그토록 꿈꿨던 평범한 일상을 찾기까지는 생각보다 오랜 시간이 걸렸다.

승부 조작 사건이 수면 위로 올라오고 재판이 진행되는 동안 권숙은 매일같이 편지를 보내왔다. 태영은 그것을 확인조차 하지 않고 폐기했다. 권숙이 의심을 살 만한 여지는 모두 차단해야 했다. 사건에 대한 관심이 시들해지자 권숙은 직접 태영을 만나러 오기 시작했다. 물론 태영은 단 한 번도 면회 신청을 받아들이지 않았다. 그렇게 시간이 흐르면서 자연스레 편지와 면회 신청이 끊어졌다. 태영은 늦게나마 권숙이 마음을 다잡은 것 같아 다행이라고 생각했다. 그리고 다시는 자신과 함께한 시간을 되돌아보지 않기를 바랐다. 바람에 분분히 흔들리는 코스모스를 보며 태영이 눈을 감았다. 지난 2년간 묵은 피로가 묵직하게 몰려왔다.

호중의 오피스텔에 도착하자마자 태영은 쓰러지듯 잠들었다. 눈을 뜨니 호중이 거나한 술상을 차린 채 기다리고 있었다. 호중은 투정 부리듯 그동안의 일들을 늘어놓았고, 태영은 가만히 들어주었다. 끝 모르던 호중의 수다가 끊어지면서 두 사람은 한참을 말없이 술잔만 비웠다.

"형님, 권숙이는 안 만나실 거예요?"

취기에 혀가 꼬인 호중의 말에 술잔을 채우던 태영의 손이 멈췄다.

"형님 마음 모르는 거 아니니까 그동안 말은 안 했는데요. 권숙이 형님 기다렸어요."

호중이 안타깝다는 듯 한숨을 내쉬었다.

"한동안 말도 못했어요. 밥 안 먹지, 잠 안 자지. 선생님도 엄청 속상해 하셨어요. 반년 정도 그러더니 제 딴에는 결심한 게 있는지 갑자기 조경인지 원예인지를 배우겠다고 해서 한시름 놓아요. 지금은 대학도 가겠다고 열심히 공부 중이에요. 그 자식 말은 안 해도 아마 형님······"

"됐어."

태영이 말을 잘랐다. 권숙의 이름에 속절없이 동요한 마음을 다잡아야 할 것 같았다. 이제 와서 그 아이의 삶을 흔들 수는 없었다.

"난 권숙이 인생에서 퇴장한 지 오래야. 마음잡고 열심히 살고 있으면 그걸로 됐다."

"그래도······."

"그만하자."

단호하게 말을 끊은 태영이 술잔을 비웠다. 호중도 말없이 술만 마셨다.

그날 밤 태영은 밤새 잠들지 못했다. 복잡한 상념과 뒤얽힌 감정이 열병처럼 괴롭혔다. 새벽 어스름이 밝아올 무렵 호중의 자전거를 끌고 무작정 나왔다. 차가운 새벽 공기를 가르며 마음 가는 대로 향했다. 돌이킬 수 없는 과오와 그로 인해 놓쳐버린 것들, 이제 다시는 잡을 수 없게 돼 버린 것들이 머릿속을 부유했다. 금방이라도 손에 닿을 듯한 그리운 잔상을 떨치려 한참을 달리다 보니 익숙한 풍경 속에 있었다. 태영은 자전거를 세웠다.

권숙과 매일 아침 함께 뛰었던 그 길에 서 있었다. 푸른 새벽 기운이 내려앉은 고요한 산책로에 낮은 바람이 불었다. 아련한 들꽃 향기가 코끝을 간지럽혔다. 기억의 봉분을 덮고 있던 얇은 장막이 바람결에 날아가며 오래전 추억이 쏟아져 내렸다. 태영은 온몸을 적시는 지난 기억을 피하지 못한 채 한참을 우두커니 서 있었다. 권숙의 사랑스러운 웃음과 가벼운 발걸음이 여전히 남아 있는 것 같았다. 태영이 저린 가슴을 가만히 눌렀다. 지난 2년이 무색할 만큼 자신의 마음 또한 이 자리에 멈춰 있었다. 그 마음을 외면하려 애써 발길을 돌리려는 순간이었다.

"아저씨……."

불안하게 떨리는 목소리가 태영의 심장을 파고들었다. 휘청이는 가슴을 누르며 태영이 천천히 뒤돌아보았다. 권숙이 서 있었다. 믿을 수 없다는 듯 두 손으로 입을 막고 선 그녀의 눈에 금방이라도 터질 듯한 눈물이 가득 차올라 있었다.

"진짜 아저씨 맞아요?"

권숙이 조심스레 다가와 떨리는 손으로 태영의 얼굴을 어루만졌다. 결국 그녀의 눈물은 넘쳐흘렀다. 태영이 입술을 깨물었다. 얼굴에 닿은 권숙의 손길이, 따뜻한 체온과 들꽃 향기가 꿈이 아니라고 말하고 있었다. 태영의 손이 눈물로 젖은 권숙의 얼굴을 감싸는 순간 권숙이 태영의 가슴에 힘껏 안겨왔다.

"미안해요. 아저씨 돌아왔을 때 당당하게 혼자 선 모습 보여주고 싶었는데. 약속 지켰다고 말하고 싶었는데……. 아직 아무것도 해놓은 게 없어요. 그래서 지금은 아니라고 생각했는데. 아저씨를 보니까 참을 수가 없어요."

태영이 권숙을 감싸 안았다. 그동안 권숙을 밀어내며 끊임없이 다짐했던 생각들이 권숙을 마주하는 순간 모두 무의미해질 거라는 걸 알고 있었다. 이제 더는 저항할 수 없었다. 소녀처럼 순수하고 그 어떤 투사보다 강인한 순정을 가진, 세상에서 가장 사랑스러운 챔피언이 앞에 있었으니까. 태영이 권숙의 머리칼을 가만히 쓸어 넘기며 말했다.

"괜찮아. 아직 아무것도 이루지 않았어도 괜찮아. 열심히 살고 있잖아. 그거면 돼."

"이제 아무 데도 가지 말아요."

한참을 권숙과 눈을 맞추고 있던 태영이 고개를 끄덕였다. 권숙이 햇살처럼 눈부시게 미소 지었다.

"보고 싶었어요. … 오빠."

태영이 권숙을 따라 웃었다. 그리고 권숙의 입술에 작게 입 맞추며 속삭였다.

"다녀왔어."

## 작가의 말

　권숙을 처음 만난 건, 오랜 대학 생활을 마치며 호기롭게 전업 작가를 선언한 직후였다. 운이 따르던 시절이었다. 능력보다 많은 기회가 찾아왔고 그것들을 모두 내 것으로 만들기 위해 쉼 없이 글을 썼다. 그때 가장 먼저 그린 인물이 권숙이다. '죽을 만큼 복싱이 싫은 천재 여자 복서'라는 설정에 홀린 듯 그녀의 얼굴을, 손과 발을, 목소리와 말투를 그려나갔다. 하지만 여기까지였다. 그저 재미있겠다는 느낌이 전부일 뿐, 권숙을 통해 하고 싶은 이야기는 찾지 못했다. 결국 권숙은 끝을 맺지 못한 수많은 책 중 하나로 나만의 도서관에 잠들어 있어야 했다.

　다시 권숙을 만난 건 주어진 기회들을 빛나는 성과로 완성하지 못한 채 30대가 되어 버린 어느 날이었다. 그럼에도 여전히 꿈을 좇던 내가 '현실'을 깨닫던 시기였다. 즐겁기만 했던 글쓰기가 버거워졌고, 어쩌면 인생을 잘못 살아왔는지도 모르겠다고 생각하던 때였다. 재능도 없는 길을 미련하게 고집하며 지나온 20대를 원망하기도 했지만 포기하기에는 너무 멀리 와버렸다. 어떻게든 새로운 기회를 얻으려 미완의 책들을 꺼내 꾸역꾸역 돌파구를 모색했다. 그래서였을까? 권숙이 유난히 도드라져 보였던 게…. 압도적 재능을 가진 복싱 대신 다른 꿈을 찾겠다며 방황하는 그녀의 모습이 세상 물정 모르는 철부지의 투정처럼 다가왔다. 어느새 나는 '하고 싶은 일이 아니라, 할 수 있는 일을 해야 한다'라며 그녀를 꾸짖고 있었다. 그리고 내 조언에 동의하지 않는 고집쟁이 꼬맹이와 치열하게 갈등했다.

이 책은 나와 권숙의 다툼을 그린 것이다. 나는 끝내 권숙을 이기지 못했다. 그렇다고 굴복한 것도 아니다. 그녀는 '하고 싶은 일과 할 수 있는 일' 사이에서 고민하는 또 다른 나였고, 필요한 건 훈계가 아니라 '응원'임을 깨달았기 때문이다. 책을 쓰는 동안 주어진 길 대신 자신만의 길을 개척해 나가는 수많은 권숙을 떠올렸다. 불확실한 미래 앞에서 머뭇거릴 때 한 번 더 용기를 낼 수 있게 만들어줄 지지대가 되길 바라면서….

그렇게 끝맺은 권숙의 이야기는 제2회 교보문고 스토리공모전에서 더없이 큰 상을 받았고 단행본으로 출판되었다. 교보문고로부터 그토록 간절히 바라던 응원을 받은 나는 다시 즐겁게 글을 쓰기 시작했고, 여전히 글을 쓰며 살아가는 중이다.

이제 나는 권숙과의 재회를 앞두고 있다. 몇 번이나 영상화가 예정되었으나 몇 번이나 무산되고, 또 언제 그랬냐는 듯 다시금 찾아오던 그녀였다. 단지 운이 좋고 나쁘다는 말로는 설명되지 않는 생명력이었다. '하고 싶은 일과 할 수 있는 일 사이에서 고민하는 청춘의 이야기'를 더 많은 사람에게 들려주고 싶다며 그녀 곁에 모인 동료들의 무한한 지지와 응원이 있었기에 가능했다. 교보문고가 그랬고 여러 제작사와 방송국, 매체 등에서 만난 사람들이 그러했다.

덕분에 《순정복서》는 오랜 기다림 끝에 움틀 준비를 마쳤다. 이제 나는 새 얼굴로 다시 링에 오르는 권숙을 만날 것이다. 홀로 외로이 시작한 작품을 함께 완전하게 만들어준 모든 이들에게 감사를 보낸다. 더불어 권숙의 시작을 함께하였으나, 지금은 다른 링에서 자신만의 경기를 펼쳐나가고 있는 옛 동료들에게도 고마움을 전한다.

# 순정복서

**초판 1쇄 발행** 2014년 12월 25일
**2판 1쇄 발행** 2023년 7월 15일

**지은이** 추종남
**펴낸이** 안병현
**본부장** 이승은 **총괄** 박동옥 **편집장** 임세미
**책임편집** 정혜림 **디자인** 용석재
**마케팅** 신대섭 배태욱 김수연 **제작** 조화연
**2차저작권 관리** 권정은

**펴낸곳** 주식회사 교보문고
**등록** 제406-2008-000090호(2008년 12월 5일)
**주소** 경기도 파주시 문발로 249
**전화 대표전화** 1544-1900 **주문** 02)3156-3665 **팩스** 0502)987-5725

**ISBN** 979-11-7061-015-1 03810
책값은 표지에 있습니다.